U0945339

落花时节又逢君

我欲度你成仙，却被你度成了人！

典藏版

蜀客 著

青岛出版社
QINGDAO PUBLISHING HOUSE

图书在版编目（CIP）数据

落花时节又逢君：典藏版 / 蜀客著. — 青岛：青岛出版社，2020.9

ISBN 978-7-5552-9297-5

Ⅰ. ①落… Ⅱ. ①蜀… Ⅲ. ①长篇小说－中国－当代 Ⅳ. ①I247.5

中国版本图书馆CIP数据核字(2020)第134482号

书　　名 落花时节又逢君（典藏版）
著　　者 蜀　客
出版发行 青岛出版社
社　　址 青岛市海尔路182号（266061）
本社网址 http://www.qdpub.com
邮购电话 18613853563　　0532-68068091
责任编辑 李文峰
特约编辑 崔　悦
校　　对 耿道川
装帧设计 千　千
照　　排 千　千
印　　刷 三河市良远印务有限公司
出版日期 2020年9月第1版　　2024年4月第3次印刷
开　　本 16开（710mm×980mm）
印　　张 20
字　　数 280千
书　　号 ISBN 978-7-5552-9297-5
定　　价 39.80元

编校印装质量、盗版监督服务电话 4006532017 0532-68068638
建议陈列类别：畅销·青春文学

落花时节又逢君 典藏版

目录

第二卷 **我行我路**

第三卷 前世今生

第四卷　相伴人间

小序

中道褪芳颜，樽前弃玉冠。却作成、一段情缘。
莫向今生问前世，糊涂过，道愚顽。
明月几回圆，红尘众口编。笑姮娥、应悔当年。
天上神仙地下鬼，终不似，在人间。

第一卷 三世之缘

第一章

恶龙潭

香风阵阵，仙乐飘飘，姹紫嫣红乱成一团，娇笑声不绝。

一道身影卓然立于其中，身着锦袍绣带，神圣高贵，仿佛周围一切都是为他而存在，旁人却怎么也看不清他的面容。

远远地，一个细细的声音传来，略显焦急："神尊大人！神尊大人！"

笑闹声中，他却注意到了这道声音，挥手，周围立即静下来。

"有事？"他声音柔和地道。

"我……能不能做你的神后？"那声音羞涩，带着期许。

哄笑声炸开。

"笑什么！我喜欢神尊大人，就是想做神后！"那声音煞是羞恼地道。

"那就修仙吧。"神尊声音里带了笑意。

…………

转眼工夫，画面已经变了，云潮翻涌，茫茫无际，其中两道人影十分模糊，一个高大颀长，另一个则略显矮小。

"求神尊大人成全。"细细的女子声音响起。

"你与他本非同类，你若执意如此，便是有违天道，必遭天谴。"男人的声音依旧那么温和悦耳，"人类入六道轮回，你却不能，若断了根本，到时只会落得精魂俱灭的下场。"

"那又何妨！我只求报他一世。"女子话中尽是傲气。

男人默然片刻，叹息："这是瑶池水，你饮下便可化去本形，精魂得以与他一道投胎转世。"

"多谢神尊大人。"女子喜悦地道。

"你饮下此水，从此便非我族类，仅换得一世相守，他难道比成为神后还重要？"

女子沉默。

"我只是区区小妖，与仙道无缘，神尊大人离我……太远。"

"永堕轮回，断却仙缘，你……"

"我不求仙道，愿生生世世做凡人。"

“不后悔？”

“不悔。”

浑身如抽筋剥骨般地疼，红凝嘶声惨叫，直到被痛醒，倏地从床上坐起，已是汗湿衣背。摸摸身上皮肤完好，她擦擦额头冷汗，照例发呆。

从异世记事时起，她就开始做这个荒唐的怪梦，一直做到今世，几乎每个月做一次，有时她甚至怀疑这梦在前几世就开始缠着自己了。那个女子和自己有什么关系？神尊大人又是谁？可惜梦中她始终看不清他们的模样。

“红凝！醒了吗？”敲门声响起。

“啊，好了。”

“师父叫你吃饭。”

“就来。”

门外声音消失，红凝迅速翻身下床，利落地换过衣裳，跑出门去。

茅檐木桌，十分简朴。

桌上摆着两菜一汤，很是清淡粗陋，三个人坐在桌旁，却只有红凝一个人吃饭。其余两人都坐在旁边，面前只放着一杯清水，一个是看上去三十多岁的青衣男子，一个是十七八岁的冷漠英俊的少年。

男人语气中略带疼爱：“红凝，你脸色不好。”

红凝只顾埋头扒饭：“做噩梦了。”

男人皱眉：“又做噩梦？”

见他担忧，红凝忙笑道：“都做了这么多年，不也没事吗？师父不用担心。”

男人点头：“今日十五，阳气衰减，你师兄正好能摄取日精，我也要闭关。你既无事，不如去采些药回来吧。”

红凝应下，随即嘀咕：“成天修道，有什么意思。”

男人笑了笑，嘱咐：“每逢十五阴气大盛，那些木魅精魂都会出来摄取天地精华灵气，你不可走远，万事小心，午时过后定要回来。”

“知道知道，每次都要说这些，”红凝埋怨，指着桌子上的菜，“你们都修仙，一个总吃药，一个只喝水，哪有我这样的口福。”说完她夹起一筷子菜，故作陶醉地叹气，“师父的手艺越来越好了！”

旁边少年哼了声。

青衣男子摇头笑道：“辟谷之术，可致长生，你总不肯修。”

红凝不在意地道：“天天清心寡欲修仙，放着红尘里这么多好东西不能享受，长生有什么好？我这辈子是没福分成仙了，还是安心给你们打下手吧，将来你们两个得道成仙，可别忘了我。”

少年冷冷地道：“长生自然好，我们还年轻，你就已经是老太婆了。”

红凝翻了个白眼：“随便你怎么说，我是不会修的。”

少年道：“天生一颗凡心。”

山溪流泻，汇聚成潭，时值四月，这里的潭水却散发着阵阵逼人的冷气，左岸是峻峭的悬崖。

夜里惊出太多汗，身上黏糊糊的，红凝放下装满草药的篮子，脱衣跳入潭中。

寒潭碧波荡漾，潭水清澈却深不见底，据说名叫恶龙潭。至于潭底下究竟有没有恶龙，红凝不知。她在这山中住了十来年，早就不害怕了，因为连师父也没察觉到里面有妖气，估计恶龙潭只是个名字，就算其中原本真有龙，也早已被谁收去，或者遭了天劫了。

其实若是从前，谁说世上真有龙，红凝肯定会笑其迷信，然而自从来到这个世界，十年里目睹无数不可思议的事情发生，她的唯物主义信仰早已被推翻。

至于自己究竟是怎么来到这里的，红凝直到现在都没弄清楚，只知道她在茶花丛中游览时晕倒，醒来就成了个被丢在路边的襁褓中的婴儿，随即被现在的师父救起。

师父叫文信，师兄叫白泠。

变成婴儿已经有点让她接受不了，更令人接受不了的是，看上去三十来岁文弱儒雅的师父其实已经一百三十三岁！而白泠师兄更有三百九十六岁“高龄”，是只冰妖。

自小跟师父修习强身健体之术，泡在凉凉的潭水里也不觉得冷，红凝看着白嫩细小的手臂，苦笑。在某个时代她年已二十二，可现在只有十二岁。十二年，她从婴儿长成了女孩，师父与师兄却没多少变化，不得不承认，修仙对美容是有好处的。她若回去办个辟谷养颜的美容院，不用吃饭，既可减肥，又可养颜，还可节约人民币，估计光顾的女士肯定也不少。

十年，她有关另一世的记忆已经变得模糊，唯一可作为纪念的就是读音相似的名字。

这场变故，会不会和那个奇怪的梦有关系？这事红凝也曾私下问过师父文信，然而文信也不清楚具体缘故，只说她的前世可能与那女子渊源不浅。

红凝泡在水里沉思。

就在此时，离她不远的地方，原本碧油油的潭水忽然起了涟漪，越来越大，渐渐地开始发出咕咚的声音。

经常接触某些东西，感觉也就变得格外敏锐，红凝惊觉不对，定睛一看，潭中央的水竟已沸腾起来，似被煮开了一般，同时一股妖气直冲云天。她顿时大骇，立即就要跃上岸去。

左腿被什么东西缠住。

那东西冰冷，滑滑的，还有些硬。

成精的水蛇？红凝鸡皮疙瘩冒出来，忙低头，深深潭水中看不到那东西的首尾，只见它的身体足有水桶粗细，漆黑如墨，上面还生着一片片坚硬的鳞甲！

这哪里是什么蛇！

妈呀，她竟然碰上这东西！红凝吓得尖叫：“师父——师兄——”

龙身虽滑，但她那腿却始终被缠得紧紧的，收不上来。

想不到这潭中真有恶龙，听说恶龙是吃人的，以人的精魂修炼灵珠，别说她此刻身边无法器，就算有，单凭自己也绝对制不住它，文信和白泠都在修炼，传音符也不在，怎么办？

红凝这才开始后悔当初没认真修习法术，情急之下反倒激发了求生本能，尽量镇定，张口便要念脱身诀。

就在此时，龙身忽然改为卷住她的腰，猛地往下一拽。

水从四面八方涌来，冲入口鼻耳朵，红凝被呛住，顿时大为懊恼，早知道就该先念避水诀，如今嘴巴进水，是什么诀也念不出来了。

水中，隐隐传来阴沉的、得意的笑声，仿如雷鸣。

幸亏红凝天生胆大，虽然恐惧，却仍睁大了眼——明明师父都确定这里没有妖气，怎么会突然冒出条孽龙！

借着模糊的天光，她终于发现了缘由。

水面下约一丈处，石壁上竟然有个半人高的洞。

红凝顿时明白过来，想必是这洞通往别的地方，恶龙平时根本不在潭中，今日跑出来摄取日精才让自己撞上，怪不得先前没有妖气！

腰间清楚地感受到鳞甲的颤动，恶心与恐惧一并袭来，窒息感越发强烈，她不由拼命挣扎，然而十二岁的小孩力气能有多大，那龙直卷着她往潭底拖。

正当她绝望之际，一道金光如流星般从她头顶坠落。

红凝一惊。

黑龙大约也觉得奇怪，停住动作。

转瞬间，那东西已经落到潭底，似乎被摔破了，化作数不清的星星点点的碎片，四五丈深的潭底看上去就像是夏季浩瀚的夜空，缀着无数繁星。

星光一闪一闪，竟然开始“发起芽”来！

就像曾经电视剧里的快进镜头，枝叶迅速蔓延，很快长出花苞，还开出了硕大美丽的花朵！

花不止一朵，而是百花齐放！

艳丽的牡丹，缤纷的桃花，娇艳的杏花，清秀的芙蓉，恬淡的菊花，骄傲的寒梅，鲜美的红莲……几乎所有季节的花同时出现在这里，姹紫嫣红，一朵接一朵地盛开，绚丽的景象把阴森的潭底衬得亮堂堂的，金光四射，瑞气腾腾，竟似变作了百花园。

仿佛有风吹过，花浪起伏。

红凝回神，转脸就看清了那条黑龙，只见它遍体漆黑，鳞甲开合之际微光闪烁，双目如灯，头上长角，相貌十分凶恶。

那龙也察觉不对，但终是舍不得到手的美食，决定尽快解决，抬头张口咬来。

红凝闭眼。

一声咆哮，她身上的束缚忽然松开，随即周围水浪翻涌。

红凝奇怪，睁眼一看，只见那龙拼命摇头摆尾，双目红如火炬，仿佛有什么东西进了眼睛。它全身的鳞片也一片片张了开来，无数花瓣卡在缝隙里，根根竖立，竟如坚针利刃。

终于，恶龙痛极，翻滚着钻入石壁上的洞穴逃走了。

红凝正在发呆，脚底却被什么东西托住，直往上升。

那是一株硕大美丽的红茶花，花托着她的脚，将她送至岸边便消失不见，随即一双手将她接到怀里。

第二章

锦绣

这当然不是意外，红凝早就猜出是有人救了自己，因此并不惊讶。只不过来人身上散发着淡淡的极其美妙的香气，竟然让她觉得熟悉。

这是一个穿着锦绣衣袍的年轻男人。

说他年轻，其实看不出他的实际年龄，双眸清澈如水波，一张脸美得难以描画，淡淡的笑容初看神圣高贵，再看却又艳丽无比，那是方才百花盛开都比不过的风华。

他微笑着低头看她：“红凝。”

没来由地生起亲切之感，红凝情不自禁嗯了声，接着又惊讶地道：“你认识我？”

锦袍男人含笑不答。

红凝这才惊觉自己全身赤裸躺在他怀里，顿时热血涌上脑门，虽然目前这具身体只是个发育不足的十二岁的小女孩，但心理上可不是。

她尽量镇定地道："能不能先放我下来？"

锦袍男人果然放下她。

红凝走过去拾起衣裳穿上，然后转身看他，虽说已经表现得很冷静，脸上却还是忍不住微微地发烫。她斟酌了一下才道："多谢恩公出手相救。"

刚刚经历一场惊心动魄的事，照理说，她表现得与年龄很不相符，普通人必定会奇怪，锦袍男人却没有："我本是来救你的。"

红凝不解。

锦袍男人又道："修行不易，饶了它吧。"

这次红凝总算明白他的意思："可它还会害人。"

锦袍男人道："本非同类，自有天谴，不是我该管的。"

一切顺其自然，这人和师父一样是修道的？红凝暗忖，因性命是他救下的，也不好再说什么，礼貌性地问："恩公尊姓大名？"

锦袍男人轻声叹息："不记得了，早就不记得了。"

红凝莫名。

锦袍男人抬起右手。

那手很漂亮，十指修长有型，随意舒展着，仿佛美玉雕成。红凝看得呆了呆，回神时，却发现不知何时自己已立于一片花丛之中。

这是一片漂亮的、艳红如火的茶花。

红凝天生就喜欢这种热情的颜色，这让她感到愉快和温暖，不由得心情大好，蹲下身去揽那花，谁知花在手中的触感竟是实实在在的，绝非普通幻术所能达到的效果。红凝顿时惊讶万分："这是……上等幻术？还是搬移术？你也是修道之人吧？"

锦袍男人摇头，接着却笑了："算是。"

红凝懒得再想文绉绉的话，干脆直接问："你叫什么名字？"

锦袍男人看着她："你连本身都不记得了，却如何记住我的名字？"

什么本身？红凝听得满头雾水："你认识我？"

锦袍男人笑而不答，问："为何不跟你师父修仙？仙道永恒，长生不死，何必承受这轮回之苦。"

谈起这问题，红凝莞尔："仙道固然永恒，可依我看，轮回也未必就是受苦。"她边说边站起身，"转世重生跟长生又有什么区别？与其清心寡欲无休无止地修行，不如永远留在人间，经历各种有趣的事。再说修仙实在太枯燥乏味了，我喜欢热闹，人间有情有义，不也很好？"

锦袍男人道："有情又如何。六道轮回，人每一世轮回，便会将前世之情忘得一干二净，正如你，已经连自己转世的根由都忘了，岂非也是无情？"

红凝反驳："忘了不代表它没有过，既然有过，就不能算无情。"

锦袍男人道："情也有悲苦，怎及神仙超脱自在？"

他是想说服自己修仙？红凝暗笑，直视他的眼睛，反问："能感受到冷暖悲苦也未尝不是好事。神仙夫妻就是天天一起双修吧，像那样无情无欲，不就和两根木头一样，长生又有什么意思？"

这种话从一个十二岁小女孩嘴里说出来，显得极为怪异，锦袍男人微笑："你还这么想？"

红凝道："我一直都这么想。"

"那将来再说，"锦袍男人侧过身，抬手，"我叫锦绣。"

红凝忙上前："你……"

人已消失不见。

他遁走了？心知对方必定有很高的道行，红凝也没大惊小怪，只是莫名地感到一阵惆怅，低头，发现周围那些鲜艳的茶花也随他的人一起，全都消失得无影无踪。

她喃喃地道："锦绣。"

"越来越呆了！"一个冷冰冰的声音响起。

"白泠？"

"没大没小。"

白泠泡在潭水里，浑身衣衫并不像普通人的浸了水那样紧贴身体，而是和平地上一样，宽大的白衣自然而然地舒展开，顺着水波抖动，整个人看上去仿佛和水融为一体了。

红凝收回思绪，双手扶着膝，俯身看他："师兄越来越俊了，怪不得那么多花妖树精喜欢你。"

白泠慢悠悠地抬眼："你真不像个小孩。"

这话他已经说过多次，红凝也没提起过穿越的事，笑道："我现在是小孩，可再过几年，别人就会以为你是我师弟。"

白泠的脸马上沉了下去。

能气到三百多岁的老妖精，红凝暗乐，故意仰脸望天，长长地叹气："看你总是长不大，现在是不是觉得，长生也没那么好？"

白泠不答，身体开始透明。

换作别人惹恼他，早被冻成冰块了，可红凝全不在意："别现原形吓我，我早就不怕了。"想到当初那点见识，她觉得好笑，"跟你说实话，我当初那是以为你被太阳晒化了，所以着急，你以为我真的怕你？"

白泠愣了下，沉默，慢慢恢复正常的模样。

红凝取过旁边的草药篮子，起身：“你可是三百多岁的老妖，按年龄按辈分，我叫你祖宗也够了，哪敢要你这样的师弟。”

白泠冷哼：“师父叫你午时后就回去。”

红凝也暗自后悔，口里却道：“我不是正准备回去吗，这么好的日子，你没有修炼？”

白泠道：“方才好像有妖气。”

红凝一阵感动，白泠虽然总是冷冰冰不客气的样子，可实际上这位师兄很关心自己。妖最能感受到周围的妖气，想是他发现不对，才临时中断修炼，遁过来探视。

想到这，红凝便不再隐瞒：“这潭里真有条恶龙，不过它逃走了，暂时应该不会再回来。”

白泠皱了下眉，也没多问：“我想也是出了事，先回去再说。”

知道他并没瞧见锦绣，红凝点头，挎着篮子就走。

第二日文信出关得知此事，十分吃惊，但见她安然无恙也就放了心，仔细盘问。红凝将事情经过描述了一遍，最后含糊地解释两句，说是被一个来历不明的同道所救。

修道之人很常见，文信没怀疑，沉吟片刻道：“此龙必非先天之龙，而是什么东西得了机缘修炼成的妖龙，不曾朝拜龙王，所以性恶食人。”

“多半是条蛇。”红凝回想起那龙的凶恶模样，后怕不已。

文信回忆道：“其实我初来此地时，听到恶龙潭之名也曾怀疑，打听之后得知，此潭得名于五十年前，有人见一放牛小儿被巨蛇吞食，漆黑有足，想是只蛟。但这许多年来，我始终未在那潭中发现妖气，也未听说附近有人畜失踪，以为它是被同道收去了，因此也没放在心上。”

红凝道：“那洞肯定通往另外一个地方，附近没事，不代表它没在别的地方作恶。只怕它已经吃了不少人，只不过今天不知为什么跑这边来，遇上了我。”

文信道：“据你说，它已经长出鳞甲，蛟原要修炼五百年才能化龙，如今却只五十年光景，它必然得了什么神物相助，所以化龙这么快。”

白泠问得干脆：“是收是度？”

文信叹息：“它难得修到这地步，也是它的机缘，只是无人指引，错走了恶道，将来的天劫也重得多，恐难逃过。不如先行劝化，若它肯改过向善不再食人，也是件功德。”

红凝本来觉得那龙凶恶，收了保险些，但想起锦绣说饶过它的话，于是点头：“这样好。”

白泠道：“万一它将来又作恶？”

文信也想到这点：“最好将它封印住。”

白泠道：“手头并无封印之物。”

文信道：“它这么快就成龙，赖的是那件神物，若知道是什么，我自有办法。”

白泠道：“我且去那洞内探一探。”

红凝忙拉住他："你一个人？"

白泠略带鄙夷地看她一眼，转身出门。

文信笑道："无妨，那龙尚未修得人形，可见道行还浅，何况白泠在水里更得利。"说完他起身，"我们也去看看吧，趁早寻个万全之策，下月十五那妖龙或许还会出来。"

寒潭如镜，一如往常。

白泠入水便消失了，文信在岸上查看。

红凝远远站着，想起昨日锦绣所施展的法术："师父，我想让这地方开满花，该用什么法术？"

文信只当她是在请教学习，随口答道："自然是幻术，障眼法。"说完他一挥手，周围所有景物立即消失，变作一片唯美的桃林，落英缤纷。

红凝抬手去接花瓣，却没有昨日那样的真实触感："这些花都是幻象，是假的。"

"自然是假的。"

"我要真的花呢？"

文信哈哈一笑："自己种。"

师父真是言简意赅，红凝啼笑皆非："不如用五鬼搬移术？"

难得她这么好学，文信收了法术，周围恢复原样："五鬼搬移术的确可以将东西从别处移来，但花木隶属花神，连上仙也不能轻易逾权召唤，鬼差又岂敢下手？"

"哦？"

"花木与人不同，它们与山川地气相连，全凭一脉地气滋养，离土则气断，气断则灵散，灵灭则根枯。草木一旦离土，依附其上的精魂便会散去，再不能成精，若非生计需要，随意糟蹋采拔它们是件有损功德的事，为一时兴致而断了它们的仙途，必受花神惩处。"

红凝道："那我们吃菜采药，它们不是很无辜？"

"此乃天意，也是它们的劫数，否则这世上岂不尽是妖精？"文信好笑地道，"便是我们人，也不是谁都有仙缘，神仙度不了劫便会大折修为甚至被打回原形，天道如此，对万物都是公平的。"

当神仙也要考试，红凝叹道："那做神仙有什么好？"

文信笑而不答。

红凝回到原话题："这么说，五鬼搬移术是不行了。"

文信点头："你要一株就罢了，若要许多，除非能号令土地山神，将它们连同一脉地气搬来。但这等搬山撼岳的至上法力，岂是凡人能有的？"

红凝愣了一下："凡人不能？"

文信道：“有是有，只是我未曾见过。”

红凝道：“就连师父你也不行？”

文信摇头。

搬山撼岳？红凝否定这种可能，当时锦绣仅仅是挥手而已，哪有那么大动静：“真没别的办法？”

“你不妨设坛拜祭花神与众花仙，也曾有人借来花木的，但这法子未必对谁都有用。”

“花神？花仙？”

“嗯……”文信道，“花木之族，花神和众花仙还有花妖，掌控花木之灵，能为之续气，挥手之间便能召唤。”

神仙太遥远，妖怪倒是常见，红凝暗暗揣测，难道锦绣是花妖？

她正想着，忽听文信咦了声，道：“莫非是这个？”

红凝忙问：“什么？”

文信扬手指对岸石壁。

第三章

古寺寻根

红凝抬眼一望，见他指的是峭壁当中那圈圆形石刻，顿时笑道：“那个我小时候就见过了，不知是谁刻上去的。”

文信摇头：“那里离地约有十丈，谁会无故在那么高的地方刻东西？我看那不是刻上去的，倒像是什么东西撞上去所留的痕迹。”

撞上去？红凝仰脸细看半晌，也奇怪了：“还真像，可什么东西会撞到那上面？”

文信看着那石刻，沉思不语。

红凝心中一动：“会不会和那恶龙有关？”

文信点点头，盘膝坐下。

知道他想做什么，红凝担忧地道：“既是神物，能否找到就要凭机缘，事关天机，贸然卜算必会大耗精神，说不定……”

文信道：“姑且试一试。”他说完闭目，凝神掐指。

红凝见此，便站到旁边为他护法。看着碧油油的潭水，她一时回想起恶龙之事，一时又想到遍地茶花和神秘的锦绣，竟有些心神不定，好半晌才回过神，转脸却见身旁文信面庞发白，额上冒出汗粒。

事情不简单！红凝察觉不对，大惊，正打算叫白泠回来帮忙，文信已重新睁开了眼。

红凝松了口气："师父可算出什么？"

文信摇头一笑："仗着区区道术擅自窥探天机，果然是徒劳一场。"见红凝要说话，他又摆手制止，"我虽不能算出此物来历，但能确认它与那妖龙有关。"

他站起身，比画那石壁上的痕迹："此物既是撞上去的，之后必定落入了这潭里，被那只蛟得到，借着灵气所以修成了龙形。"

红凝道："那东西形状应该不小，能撞到那么高的崖上，难道是半空中飞来的？"

文信颔首："既是神物，也未可知。"

红凝道："它从哪里飞来的？"

二人一愣，似是想到什么，同时朝身后望去。

远处山头，树木葱茏，其中一座古寺若隐若现，有塔尖高耸于风中。

红凝道："会不会——"话未说完，忽听得潭中哗啦一声，以为又是那龙，她不由惊得转回脸看，原来是白泠回来了。

白泠面色不太好道："那洞里有许多岔道，其中一条通往十里外的一口井，不知谁在井上下了道符，方才我不留神，差点被它摄住。"

红凝笑道："是了，想必这些年它都在那边作恶，用人的精魂修炼灵珠，最近不知被哪位高人察觉，施法锁住了那边的路，它没了吃的，才回这边来。"

白泠轻蔑地道："那符也不见多高明，分明是此人法力不够，只好行这等权宜之计，恐难长久。"

文信叹道："不知这洞还通往哪里，若用符镇住这边，恐怕它会去别处作恶。我暂且设个阵，你二人去报信，让附近百姓不要再靠近这里。"

这时代崇佛敬道，师徒几个在这山里住了多年，深得周边百姓爱敬。听说恶龙潭出事，村里头几位德高望重的长者都被吓一跳，忙派人给村民传话，又连连称谢。

回来路上，红凝把石壁上圆形印迹的事告诉了白泠。

白泠道："你待如何？"

红凝想了想道："不如我们先去寺里看看？"

白泠没反对，用传音符跟文信说了声，便带着她上路了。

红凝不会缩地之法，白泠虽能，却带不动她这样的凡胎肉体，二人步行至古寺时已是傍晚。

但见夕阳西斜，霞光万丈，沿着干净的石阶往上走，一路树木繁茂，涧水潺潺，不多时二人便登上山头。前面寺门十分高大庄严，上书“神钟寺”三个大字，气势非凡，里面暮钟声响起，伴有阵阵梵唱之声，果然是佛家清净宝地。

白泠顿了下脚步。

红凝明白：“你在外面等我吧。”

白泠轻哼，继续朝前走：“小小寺庙而已，有什么去不得。”

其实普通寺庙也没什么可怕，只不过这种古寺已有百多年历史，香火旺盛，戒律森严，加上有高僧诵经念佛，日久也就有佛光佑护了。普通妖怪受不住佛光，远远望着都会胆战，好在白泠已有近四百年修为，进去无妨，但一身妖法就不能再用了。

寺门前有两个小和尚在说话，忽见一十七八岁的少年带着个小女孩走来，忙住了口，合十见礼：“施主这是来进香还是来还愿的？”

白泠不答，红凝只好上前道：“我们是来贵宝刹上香的。”

小和尚将二人让进门。

红凝有意放慢脚步，一边仔细打量四周，一边做出奇怪的样子跟他们闲扯：“神钟寺……师父，这寺名有趣得紧。”

见她年纪小，口齿伶俐讨人喜欢，两个和尚也不怪她好奇，俱笑道：“小施主不知道，敝寺原本叫霞隐寺，听说是五十年前才改的名。”

红凝道：“这里有一口神钟？”

两个和尚摇头：“没有。”

红凝笑道：“那怎么又叫神钟寺了？”

那年幼些的和尚答不上来：“这……”

年长些的和尚喜卖弄，闻言笑道：“小施主不知，寺里五十年前差点真的就迎来一口神钟，谁知却被看门的误了事。”

红凝忙问：“怎么误事了？”

那和尚边走边道：“贫僧也是听师伯说的。五十年前，任住持的海空长老极为有名，当时寺里人还没这么多。一天夜里，长老忽得一梦，醒来说有人找上他，自称金童，乃是南天门的司时官，因觉敝寺风景甚好，欲下凡来长住，让长老在十五月圆夜子时正打开寺门放他进来。”

红凝奇道：“他真的来了？”

她听得有趣，和尚讲得也有劲：“长老自是大喜，对此事深信不疑，吩咐全寺上下沐浴诵经，准备迎接那位神仙。”

红凝笑道：“就凭一个梦，他不怕有假？”

和尚摇头："此事听来未免虚妄，当时寺里其余僧众也都与小施主一样，只道长老太拿梦当真。十五那夜，长老原是打算摆香案率一众寺僧迎接，却又怕场面太大惊了那位神仙，因此思来想去，还是让众人照常歇息，只吩咐师伯留心守门，自己在禅房打坐。哪知等到半夜将近子时正，外面始终不见动静，守门的师伯心里抱怨，便偷了个懒，想着第二日撒个谎也就过了。"

红凝忍不住道："可惜！"

"可不是，"和尚叹息，"门刚关上，就听砰的一声响，全寺人都被惊起，那门原本又厚又结实，也被生生撞出个洞。师伯心知坏了事，吓得忙开门看，却已不见那东西的踪影。长老当下便狠狠责骂了他一顿，立时摆香案诵经赔罪，谁知那口神钟见门没开，心里不高兴，就飞往别处，竟再没来过。事已至此，长老只叹敝寺无缘留住宝贝，便将寺名改了。"

红凝道："你怎么知道是神钟？"

白泠忍不住嘲讽："果真笨。"

见她仍不解，那和尚便笑："小施主，它自称是南天门的司时官，又叫金童，这金童，合起来可不就是个'钟'字吗！"

平时画符画得多，却还是没习惯繁体字，红凝反应过来不由觉得好笑，敷衍了几句，与白泠去殿中上香，舍了几文钱后便告辞出门。

出了寺门，红凝便笑道："这可对上了，悬崖上那个石刻的大小形状，分明就是钟口撞上去留下来的。和尚不开门，神钟被气跑，没地方可去，只好回头乱飞，不小心撞上石壁坠入潭里，被那只蛟得到，所以这么快就修炼成了龙。"

白泠道："天色不早。"

红凝加快脚步朝山下大路走："找辆车坐回去吧，我走不动了。"

天色昏暗，大路上正好停着一辆马车。赶车的是个青衣老头，手里拿着水烟袋，见了二人立即笑着招呼："这么晚了，两位可要坐车回去？"

红凝大喜，点头便要往车上爬，却被白泠伸手拦住。

白泠将她拉至身后，紧盯着那老头："你来做什么？"

眼前的老头忽然摇身一变，竟化作一个白衣女子，小脸樱唇十分漂亮，头发却是白如雪。她看着白泠，满脸欢喜之色："这么多年了，你还是能认出我。"

原以为又是个觊觎白泠美色的女妖，如今听这话中意思，他们两个根本是认得的，红凝顿觉好奇，忙转脸看白泠。她小时候被文信捡回来，这师兄就已经在了，却从不曾听他提过往事。

白泠微微抬眸，毫不客气地吐出一个字："滚。"

白衣女黯然，声音低下去："我以为你被道士收了去，这些年一心想要救你，好不容易才找到这儿，你就不肯好声好气对我？”

白泠紧绷着漂亮的脸，拉着红凝就走。

二人关系显然非比寻常，人家女孩子低声下气，却被这样对待，倒也罕见。红凝忍不住皱了下眉，也不便插嘴，于是不动声色地任他拉着手走。

他们刚走出两步，白衣女就站在了面前，拦住二人，一脸醋意：“这小孩是谁？”

白泠不答反道：“让开。”

从小就多受这位师兄照顾，红凝从心底里将他当作亲人，倒没在意牵手这种事，况且自己在别人眼里年纪还小呢。不料此女醋意竟这么大，红凝不想惹麻烦，灵机一动，仰起脸摇白泠的手臂，装嫩道：“师兄，她是谁？”

“这是你师妹？”见她一副不懂事的样子，白衣女语气果然缓和了，低声道，“你还惦记之前的事？可我那也是为你好……”

不待她说完，一阵极其阴寒的风骤然卷起。

白衣女面色大变，倏地消失。红凝被吓到，慌忙朝四周张望，却见她已经站在了两丈开外，一脸难以置信的表情：“白泠，你……对我下手？”

白泠转身面对她，慢悠悠抬眼的样子实在令人着迷，声音却冷酷如冰：“再纠缠我，必教你精魂俱散。”

白衣女红着眼圈呆了半晌，恨声道：“若非你这般无情，我怎会对小珂下手，你会后悔的！”

长袖轻拂，人已消失不见。

白泠脾气是不怎么好，但并非不能自制，被寻常妖精惹恼了，顶多略施教训制造几块冰，红凝还从未见他下过这么重的手。红凝原本觉得奇怪，听了这番话却大略猜着缘故，这女的害过人，而这个人对他很重要。

当然，红凝也不便多问，事关隐私，盘问起来倒显得八卦，于是不动声色缩回手，笑着催他快走。

廊桥如长虹凌空，直达高耸的云台。

台下云潮广阔，仙雾腾腾。

台上有面棋盘，二人端坐，凝神对弈。

左边执黑子者是位看上去三四十岁的真人，白面黑须，云袍峨冠，一派仙家悠闲之气，身后不远处站着对金童玉女，各持法器；右边那位则年轻许多，锦袍绣带，丰神俊朗，唇角噙着一丝浅笑，正是锦绣。他身后不远处站着两名手拈花枝的美丽女子，一妩媚一冷艳，各有千秋。

半晌，那戴峨冠者落下一子，笑道：“尊神今日心神不定，想是喜事将近的缘故，这棋却要输了。”

锦绣含笑抬眸："星君说笑了。"

戴峨冠者正色，拱手道贺："听说尊神修炼有成，重升天神指日可待，实乃万千之喜。"

锦绣亦直起身，轻叹道："当年泄露天机，险些祸及天庭，师父原要重罚，是帝君说情，才只削了我三万年道行，贬为上神，执掌本族之事，至今已有近万年了，我从未想过还能回归本位。"

戴峨冠者笑道："有什么意外的，你们是同门师兄弟，帝君对尊神寄予厚望。自尊神被贬去执掌花事，中天就一直无人镇守，帝君自是盼你早些归位。"

锦绣岔开话题："星君可还记得我提过的红凝？我前日从南海回来，见她被孽龙拿住，精魂险些被摄走，便救了她一命。"

戴峨冠者讶然："你还在费心？"

锦绣道："当初将她从后世移来，命数生变，如今竟连我也不能卜算，若她有不测，岂非我的罪过？自当照看些。"

戴峨冠者道："她可明白了？"

锦绣从旁边钵里拈起一粒白子："让她从后世回到前世，不过是想让她明白，人间万象都是变化的，情爱转瞬即逝，岁月也可倒流，前世来世更非绝对，唯有仙道永恒。她本身极有灵气，却始终参不透其中道理。"

戴峨冠者道："让她以再世之眼去看前世，实乃尊神一番苦心。"

白子落入棋盘，锦绣转脸看台下云潮，叹息："本族因形体所限，修行不易，以致门下凋零。我既在其位，能多度一个也是件功德，一切全凭她的造化。"

戴峨冠者随手落下一子："仙妖凡人种族不同，本就不能结合。当初她执意入红尘，险遭天谴，幸得尊神取瑶池水助她脱胎换骨，留得精魂，如今已非尊神族类。"

锦绣道："她落入凡尘，总是因我而起。"

"红尘历劫，方能载入仙籍，此乃天规，若非她自己贪恋红尘，也不至如此。一切都是定数，这道理尊神应该比我等更清楚，怪道帝君总说你太多情。"戴峨冠者笑着掐指，"她既已转过十世，报过恩，以凡人之躯修仙也未尝不可。尊神即将卸任，重掌中天王宫，趁早点化她即可，切莫误了大事。"

锦绣颔首："我正是想在卸任之前了却此事。"

"能不能升仙，凭的是机缘和天意，强求不得，"戴峨冠者摇头道，"尊神是否太过执着，前日帝君还提起你，似极担忧……"

锦绣不动声色："哦？帝君为何担忧？"

戴峨冠者道："这我不知缘故，尊神的事除了帝君之外还有谁能卜知，你不妨亲自去问问？"

锦绣微笑道："能料到别人，却料不到自己，不只你我，帝君亦是如此。天机不可泄露，至于我，知道如何，不知道又如何，一切但凭天意。”

戴峨冠者肃然道：“果然还是尊神看得明白，是我等糊涂了。”

以上神钟故事根据开县民间传说改编，是作者几年前路过一个叫莲池村的地方时听到的。据说那钟先撞上大寨庙门，随即弹向远处的小寨（当地称丫鬟寨），在小寨石崖留下个印记，然后反弹落入莲池（据说池中有三朵莲花以及三家祖坟），不慎罩住只小黄鳝，小黄鳝因此成龙。所以莲池水从不曾干涸，曾有会凫水的老人自夸年轻时扎猛子下去摸到过神钟柄上的环，但也有人怀疑那是以前洋人勘探发现油田所留下的环记。作者当年路过此地时，曾因为感兴趣特地爬到小寨顶看过，崖上确有一圆形印记。

第四章

救星

十五夜，月亮东升挂在山头，恍若玉轮，清辉遍地，山中显得更加冷清静谧。

恶龙潭里倒映着一轮冷月和澄澈的天空，仿佛下面别有天地。两个人盘膝坐在岸上说话，唯独白泠仰面躺在水中望月亮，不知道在想什么。

“今夜不出意外的话，它会出来吸食月精。”

“万一它不出来呢？”

“那就将它引出来。”文信道，“神钟既然在潭里，必是被它藏起了。白泠已经探出它的巢穴，只要我们引出它，拖住一时半刻，白泠便可趁机去找寻神钟。”

红凝心里苦笑，认命地道：“师父的法力会把它吓跑，看来只有我去做这个诱饵了。”

见她这副表情，文信失笑：“孽龙以人为食，最能感应生气，稍后你入水引它上来，只需拿镜子照它，再念诀，就不会有事了。在白泠找到那口钟之前我会遁形，如无意外不会现身。”

红凝低头看手里的镜子，这是文信用法力炼成的照妖镜，她以前使用过多次，并不陌生，于是点头道：“我知道。”

文信起身吩咐：“时候不早，白泠暂且收起法力，以免被那孽龙察觉。”

白泠应了声，身体渐渐透明，消失在水里。

红凝看着沉沉的潭水，回想被恶龙缠住的经历，头皮一阵发麻。

文信将她从地上拉起来，安慰道：“我虽遁形，却一样在留意你的。”

红凝拍拍衣裳，莞尔：“师父放心吧，又不是第一回。”

文信这才挥袖隐去身形。

五月天气，潭中却有股幽幽的寒意生起，红凝缓缓下到水中。往常不知多少次亲眼见文信收妖，但她顶多也就打打下手，严格地说，这还是头一回唱主角，心里终究没底。加上上次潭底事件太过惊险，她本就紧张，那恶龙的样貌在脑海里始终挥之不去，甫一入水便忍不住打了个寒战，差点呛水。

一道柔和的水波漾起，轻轻将她托住。

“怕什么！”白泠声音淡淡的，却比平日温和许多。

察觉白泠在身边，红凝顿觉温暖，恐惧莫名地减轻不少：“我没事，你快藏起来吧。”

白泠沉默片刻。

“它要来了，你仔细些。”那水波推她一把，然后消失，再也感受不到。

它来了？红凝收心敛神，紧紧盯着水面。

渐渐地，潭心果然起了波纹，在月下粼光闪闪，很快冒出水泡，同时还伴着咕嘟的声音，强烈的妖气连她这种新手都能察觉到。

水下，危机在逼近……

“一、二、三！”心中默数，觉得时候差不多了，红凝敏捷地跃起。这次她本就在浅水处，因此很快就跳上了岸。

哗啦一声，一道黑影从水中冒出，带起无数水花，长长的身体直向这边扫来。

红凝早有准备，就地一滚避开，顺手捞过岸上放好的照妖镜捧在胸前。

那恶龙高高地直了身，似要跃起。

红凝单膝跪着，双手紧紧扣住怀中镜子，只待它上岸就反转镜子照它，然后念元帅诀。这类妖孽最怕的就是九天神雷，因为神雷可震散它们的精魂，是惩罚它们的天刑。虽说她这点微薄法力根本请不来雷部元帅，但引点雷声震慑震慑它还是可以的。

然而，恶龙居高临下瞧了她片刻，竟缓缓缩回了水中。

红凝意外。

原来那恶龙认出了她，曾经吃过大亏，不知道上次救她的厉害人物还在不在，因此也不敢贸然上岸，只在水里半沉半浮，双目忽闪忽闪，似在窥视。

一人一龙对峙。

最终，恶龙似乎对她失去兴趣，将头一低，没入水中。

红凝轻轻吐出口气，接着却着急起来。白泠进它的老巢寻神钟去了，如今它若回去，说不定就要撞上。就算白冷不怕它，今晚的行动也是功亏一篑，让它知道三人是在打神钟的主意，再想引它出来封印就更难了。

来不及多想，她立即起身走回水边。

潭水平静无痕，沉着一块圆圆的白玉璧。

红凝俯身看着水面，犹豫着要不要再下去引一次，哪知就在她走神的瞬间，忽听得哗啦一声，一道水柱迎面浇来，淋了她满身。

这恶龙竟也会耍诡计！

红凝大惊，眼睛被水所迷，心里却知道不妙，倒地翻滚躲避。

恶龙已经断定周围无人，有恃无恐，直飞出水落到岸上。但见它身长近三丈，鳞甲和爪子被月光映得发亮，周围有浅浅的黑气萦绕，不待红凝喘息，便张牙舞爪连扑上去，几次不中之后索性将身体一卷，把她圈在中间，然后得意扬扬地收紧身体。

龙身粗如水桶，鳞甲片片颤动，红凝看得鸡皮疙瘩都冒了出来，立即举起胸前的照妖镜，同时开始念诀。

恶龙头顶，晴空隐隐传来闷雷声。

远处阵中，文信见此情景，缓缓收起剑。

听得天上雷声，那恶龙果然惊惧，下意识丢开红凝，迅速伏首，将身体蜷作一堆，再不敢上前。

红凝没工夫擦冷汗，集中精神念诀。

以人的精魂修炼灵珠，可增许多道行，那龙舍不得退走，待要上前作恶，却又惧怕她真引来神雷，一时竟摇首摆尾犹豫不决。

半日过去，红凝终于法力不继，雷声也弱了。

察觉这雷并不能构成威胁，恶龙胆子渐壮，朝她逼近。

红凝将手一晃。

金光闪过，正是照妖镜。

恶龙吓得停住。

不知白泠去了这么久，找到神钟没有？红凝面上镇定，心里却有点着急，紧紧盯着那龙，丝毫不敢松懈。好在她有照妖镜在手，它暂时还不敢乱来，一人一龙应该能相持一段时候。

她兀自盘算，对面恶龙却不耐烦了，忽然将头左右一摇。

柔和的金光在左边龙角处亮起。

那是什么？红凝察觉到异状，疑惑不安。

金光先是小小一点，如萤火般闪烁了十来下，而后陡然暴涨数倍，光芒四射，十分耀眼，映得周围恍若白昼！

金光下，照妖镜黯然失色！

借着光芒看清龙角上那件东西，红凝顿时面无人色，口里高呼："神钟！神钟在角上！"

原来这神钟本是上天神物，可大可小，如今被孽龙缩小了挑在龙角上，怪道白泠迟迟不归，因为宝贝根本不在洞里，而在它身上！

远处文信也没料到会出现这等意外，大惊之下再不管别的，立即撤去法阵，口里念诀，驱剑朝那恶龙斩去。

宝剑飞至半空，竟似撞上一堵无形的墙，被弹落于地。

龙须摇摇，猩红的舌头近在面前。

一场莫名其妙的穿越，结局居然是喂龙，红凝不知道该哭还是该笑，眼见躲避不及，干脆闭了眼。

就在她闭眼的刹那，耳畔猛然传来一道雷鸣般的巨响！

巨响声震得人头昏脑涨，甚至还可以清楚地感受到脚下土地的颤动。

什么声音？红凝尚未反应过来，周围突然又恢复沉寂。

奇怪的寂静，静得有些诡异。

莫非自己已经入了龙腹？

过了半晌。

"红凝？红凝？"有人在轻声唤她。

我没被吃掉？听到熟悉的声音，红凝这才心惊胆战地睁眼，发现自己仍是站在原地，旁边文信一脸紧张，额上微有汗色。

她面前已经多了口一人多高的、形态古雅的铜钟，瑞气腾腾，金光灿灿。

铜钟上还站着个人。

那条龙竟消失了！

见她安然无恙，文信这才松了口气，擦去额头的汗，恭敬地朝钟上之人作礼："幸蒙仙驾搭救，不知仙驾宝号？"

那人十分年轻，身穿黄色宽袍，长相英俊，就是眼睛总也睁不大，看上去有些没精打采，似乎还未睡醒："不敢，小仙只是南天门的司时官，因一时睡过忘记报时，误了帝君大事，所以被贬下界，总领这里的山神土地。"

原来是个贪睡被贬的神仙，红凝忍不住问："那条龙呢？"

提起那龙，钟仙便现懊恼之色："我不过睡了一觉，谁想这孽畜竟跑出来作恶，幸好我及时醒来。"说完他带着古钟飞起，底下立即现出一条小黑蛇，它盘作一团，脑袋藏在身体中间不敢见人。

红凝好奇地问："尊驾睡了多久？"

钟仙道："小睡片刻，不过四五十年。"

红凝呆了呆："多谢上仙搭救。"

钟仙脸色不好地道："我尚未修成上仙。"

红凝自知失言，不敢再说。

钟仙顿觉无趣，打个哈欠，低头叱骂那小蛇："孽畜！我当初见你可怜，所以有心助你，不想你竟敢擅自出来作恶，必教天雷打你！"

那小蛇闻言颤了下，缓缓爬至红凝面前，望着她直点头，模样十分可怜。

文信摇头。

原本他们选择这种危险的方法就是要封印它，不想坏它修行，如今见这小东西主动求情，红凝顿生恻隐之心，叹气："你强拘那些人的魂魄修炼灵珠，可愿放了他们？"

小蛇点头不止。

红凝便转向钟仙："它修行也不容易，尊驾若能将它封印住，别让它再出来害人就好了。"

"也罢，"钟仙抬手将那蛇收入袖中，再打个哈欠，"我回去睡觉了，但愿下次醒来还能见到你。"

小睡片刻就四五十年，下次他想见她，恐怕就要去阎王那儿找了。红凝哭笑不得："尊驾不回寺里去？那些和尚都盼着你呢。"

钟仙直摇头："还是这里清静，这里清静。"

这里清静好睡觉？神仙也玩忽职守！红凝本身对仙道不甚向往，也不怕他生气："尊驾既然是来管理土地山神的，还是少睡为好，以免误了大事。"

"我若能不睡，早已是上仙了。"钟仙并不介意她直言，转向文信，"你修行之心甚诚，若持之以恒，虽说未必能以肉身飞升，但载入仙籍也不是没有可能。"

文信喜道："多谢仙驾指点。"

钟仙点头，带着那口钟缓缓飞回潭中水面，似乎又想起什么，回身看红凝："来日见到中天王，且代小仙问候。"

红凝一愣："中天王？"

钟仙冲她眨眼道："中天神王，当初你不是跟着他赴会的吗，我方才差点没认出你。"可能是太困倦，不待红凝多问，他就与那口钟一起下沉，潭水自动向四周分开，随即又合拢。

光芒消失，恶龙潭恢复原样，平静无波，依旧沉着一轮圆月。

"回去吧。"不知何时白泠已经站在了岸上。

"幸好没事。"文信长长嘘了口气，看向红凝，"你认得这位神仙？"

红凝茫然摇头，心里也是百思不得其解。听钟仙的话，自己和他竟是认得的，但印象中并没有任何关于这个神仙的记忆，自己几时跟什么中天王去见过他了？

金殿高台，琼楼玉阁，仙音阵阵，香雾缭绕，旁边玉液池上几枝莲花亭亭而立，光华灼灼。

远远的天边，一片祥云飞来。

云头站着个年轻男人，锦绣衣带随风舞动，十分俊雅，近看更是眉宇疏朗，凤目含情，两名妙龄女子分别立于他身后左右，俱是花一般的姿容。

在玉液池畔落定后，他便吩咐二女留下，独自走上曲桥。

几个神仙在水心台上围作一圈，圈中有两名老者下棋，见了他忙起身作礼：“帝君念了多时，中天王总算来了。”

锦绣微微一笑：“锦绣戴罪之身，早已不是什么中天王，诸位折杀小神了。”

那白发老者丢了棋子，笑道：“尊神修行有成，重掌中天是迟早的事，何必太谦。”

锦绣不再多说：“青君宫里有些事，不若早些回去。”

白发老者闻言愣了一下，急忙低头掐指一算，顿时大惊失色：“只贪着下棋，险些闯下大祸，幸得尊神提点！”说完他转身取过拂尘，与众神仙道声“告辞”，带了童儿匆匆驾云离去。

锦绣问众神仙：“帝君安在？”

众神仙未及回答，旁边有几个人走来，当先是位身材魁梧的老者，着红袍玉带，白面银须，相貌威武，见了锦绣便大笑道：“我道是谁，原来是中天王。”

锦绣亦笑道：“罪神而已，北界王别来无恙。”

北界王道：“可是帝君召见？”

锦绣点头。

“帝君在天书阁，方才还提起尊神，快些进去吧。”一道十分动听的声音响起。说话的是北界王身后的女子，身穿雪白衣衫，仪容美丽，清秀中又隐约透出三分天然的媚态。

锦绣含笑：“多谢天女指引。”

天女亦抿嘴一笑，别开脸，不经意的动作在她做来却是风情万种。

与众神仙别过，锦绣轻拂绣袍，朝天书阁走去。

第五章

再逢恩人

天书阁是藏放天书的重地，无人把守。锦绣刚走到门外，帘子便自动卷起，入目是一张宽大书案，案前坐着一个中年男人，身穿缀有日月星辰的法服，头戴珠冠冕旒，白面黑须，相貌威严。

锦绣上前作礼：“帝君匆忙召唤，不知所为何事？”

神帝仍看着面前的金色小字，抬手示意他坐：“倘若没事，师弟就不来了？”

锦绣微笑低头：“不敢。”

刚坐下，一名丹唇蛾眉的盛装女子就从外面走进，双手捧着茶盏，口里笑道：“这是瑶池的上品青莲玉露，中天王且尝尝，比你们的百花仙酿如何？”

锦绣欠身：“怎敢劳动神妃。”

“中天王太见外。”神妃放下茶，退至神帝身边站定。

神帝将手一挥，面前的金色小字瞬间消失得无影无踪。他意味深长地看着锦绣道：“朕若没记错，师弟执掌花事已近万年。”

锦绣答：“劳帝君记挂，尚欠六年。”

“修行如何？”

“不敢耽误。”

神帝这才点头，轻声叹息：“他日重升天神，自会有一番劫难，以你的法力度劫原该不妨事，就怕……”他停住。

锦绣道：“一切听凭天意，帝君不必忧心。”

神帝看着他半晌，眉头反而越皱越紧，冷哼道：“自你走后，中天一直无人镇守，边界那些邪神无一日安宁。昆仑族早就盯着这个位置呢，昆仑天君几番发难，朕勉力才将此事压下去，就等你归位了，师弟切莫让朕失望。”

锦绣道：“若他日有成，自当为帝君分忧。”

神帝略感满意：“朕找你来，是有件事要与你商量。”

锦绣道：“愿闻其详。”

神帝瞟着他，半是玩笑地道："朕见师弟身边无人，未免有许多不便，既将重归天神位，不如朕与你指一位王妃，如何？"

锦绣顿感意外。

神帝转脸示意爱妃："你跟他说。"

神妃忍笑道："北界王有一女，早年受封北瑶天女，极是貌美聪慧。北界王执掌北仙界多年，每每提起你也颇多赞美之词，天女更常跟我打听你的事，言语间甚是关心。帝君的意思就是定下她，不知中天王意下如何？"

锦绣回神，道："帝君做主便是。"

神帝与神妃相视一笑，俱松了口气。

神帝道："朕这就下旨。"

锦绣摇头："怎好仓促行事，锦绣尚未归位，天劫将近，这几年本欲潜心修行，恐无暇——"

"无妨。"神帝打断他，"朕先做主定下，待你重归中天王宫，再行聘完礼。"

锦绣道："此事尚不知天女的意思……"

神帝笑道："你不必推托，北瑶天女已等了你两万年，休要欺朕不知。"

锦绣果然不再多说，微笑道："帝君美意，怎敢推托，锦绣谢恩。"

神妃在旁边笑："这其实是我的主意，中天王别嫌我多事。帝君只你一个师弟，对你的事极上心，总怕你重升时会出什么意外。因此我便提了个醒，北仙界仙术独到，正好补本派之短，将来有北瑶天女相助，你度起天劫便容易得多。"

"锦绣明白，神妃费心了。"锦绣不动声色地道，"但凭帝君做主。"

神帝点头道："这几年你只管修行便是，少出去走动。"

锦绣道："谨遵教诲。"

神帝放了心，岔开话题道："近来昆仑族越发猖狂，是存心不让朕好过。"

锦绣道："昆仑神族与我们本属一脉，渊源不浅。当年昆仑天君未能度得天劫，帝君受命为天庭之主，他们自然不忿。"

神帝冷笑道："虽是被迫离开天庭，但朕也不曾亏待他们，前日昆仑天君……"

神妃领会其意，道："瑶池会将临，我先去准备，失陪。"

神帝点头。

阳春三月，大地回暖，山间风光无限。水清草碧，满坡杏花娇艳，一个十五六岁的青衣少女和一个白衣少年走在山道上，少女手里撕扯着几朵杏花，身后白白的花瓣撒了一路。

留意到某人目光复杂，红凝不在意，继续蹂躏那花："用不着瞪我，采花的人多的是，我又没把它连根拔掉。"

白泠道："何必糟蹋它？"

红凝道："反正我不修仙，花神要怪就怪吧。"

白泠道："你是不是和它有仇？"

红凝扯掉最后一片花瓣，随手将花柄花托丢掉："我也不知道，别的花都好，就是看见杏花讨厌，说不定我上辈子真跟它有仇。"

白泠看她一眼，不再多说："你在这里等，我去买。"

光阴似箭，三年时光弹指即过，师徒几个在山中修炼的修炼，采药的采药，日子过得倒也悠闲。这次文信吩咐二人进城买些必需的东西，红凝不会缩地法，嫌路远不想去，又不好意思说出口，白泠的提议正中其下怀，她不由笑道："我想什么，你怎么都知道？"

白泠绷着脸不答，快步走了。

红凝冲他的背影叫道："有事就用传音符叫我！"

白泠消失不见，也不知听到了没。

红凝找块大白石坐下，顺手从头顶扯了几枝杏花继续糟蹋，很快花瓣花蕊就落了一地。她正玩得起劲，忽然听到有男人的声音响起，十分轻柔悦耳，带着种无形的蛊惑力，竟听得她心中一颤。她抬头看，只见一个十六七岁的姑娘和一个白衣男子相拥着朝这边走来。

姑娘长得有几分姿色，那白衣男子更是罕见的美男子，面如冠玉，唇若涂脂，一双桃花眼尤其妖媚，顾盼之间风情万种。只要看到它，人们就会忽略他身上别的缺点，诸如眉毛太过秀丽、脸部线条太柔美、缺少阳刚之气等。红凝一直觉得白泠的长相无可挑剔，然而这个人的美已不仅仅限于长相，一举一动，一颦一笑，皆媚态横生。

他搂着姑娘的腰，低声说着甜话。

红凝竟隐约觉得面上发热。

白衣男子很快留意到她，眼睛一眯，停住脚步，转身对那姑娘道："三娘，你先回去，我晚上再来找你。"

姑娘低头："陆郎——"

白衣男子轻轻抬起她的下巴，看着她的眼睛道："听话。"

姑娘似已痴了，茫然点头，乖乖离去。

雪白的衣衫下摆镶着银丝边，衬着雪白精致的缎面靴，典型的富家公子打扮。知道他站在面前，红凝仍是若无其事，低头继续掐杏花。

"姑娘怎的一个人在此？"他的声音含着笑意。

红凝并不抬脸看他："走累了，坐着歇会儿。"

白衣男子也不怕唐突佳人，伸手取过她手中花枝，行为透着三分轻佻，语气却很文雅："小生也想在这里歇歇，不知姑娘会不会生气。"

红凝看着他手中的花，咬唇道："这地方又不是我的，你想歇，与我有什么相干？"说完她将身体往旁边让了让。

白衣男子果然在她身边坐下，声音更加温柔："不知姑娘芳名，家住何处，怎好一个人跑出来？"

"我啊……"红凝正打算说，忽然又停住，似乎想起了什么事，抬手丢给他一件东西，"公子帮我看看，这是什么？"

白衣男子下意识地将其接在手里，看清此为何物之后立即面色大变。

红凝这才敢看他的眼睛，冷笑道："妖狐，还想害人！"

原来先前被他看那一眼，她就已经感觉不对，心神恍惚似不能自主。知道这是媚术，她立即取出怀中的桃木珠握在手里，趁其不备丢给他。桃木本就是辟邪之物，文信特地做了桃木珠给她防身用，经过几番炼化，普通妖怪在它跟前，应该是什么妖法都不能用的。

头顶阳光灿烂，正好借得日主之威，红凝口里念诀，掌心隐隐有光华亮起，轻喝一声"打"，手便直朝对方身上拍去。

男人受她一掌，闷哼一声。

红凝起身，冷冷地道："孽畜，竟敢以媚术害人，你可知罪！"这本是文信的话，如今她照样学来，倒也有几分震慑力。

男人双肩微微抖动。

以为他害怕，红凝放软了语气："念你修行不易，我有心饶你。那姑娘中了你的媚术，元阴被摄走大半，身体必然受损极重，若你趁早将吸得的元阴送回去，我便不再追究。"

"是吗？"男人缓缓抬起脸，桃花眼中闪着醉人的笑意。

红凝呆住。

男人轻笑着抬手，朝掌心吹了口气，掌心的桃木珠立即化为灰烬，随风散去，无影无踪。

红凝大骇。

男人也很意外，挑眉打量她："想不到是修行之人，小丫头也敢玩花样，区区桃木珠岂能敌得过我们的三昧真火。"

三昧真火！红凝后退："你是九尾狐后裔？"

男人眼波流动，道："你叫什么？"

惊骇之下哪顾得上提防，不慎与他的视线相交，红凝心中一阵迷糊，昏昏沉沉，顺着他的话回答："红凝。"

男人轻声道："来，我带你去个好玩的地方。"

那声音仿佛带有魔力，红凝此时全然不能自主，果然挪动脚步走到他跟前，痴痴地看着他。

男人伸手搂她入怀，托起她的脸细细看了片刻，露出满意之色："这点法力也敢降我，有趣，不如多与我消遣几日。"

红凝眼神空洞，神情茫然。

男人笑着，低头要去亲她。

一阵劲风吹过，两人头顶无数花瓣如急雨般落下。

轻飘飘的花瓣打在身上，竟让男人疼痛难忍。

"谁！"男人迅速抱着红凝避开，正要发怒，陡然间又想到了什么，不由脸色大变，丢开红凝，化作一只五尾白狐逃走。

红凝如梦初醒。

锦袍绣带，长身玉立，神情温和，凤目中隐隐含着笑意，尽管离得还远，红凝却能依稀嗅到他身上飞来的香气。大约是有他在的缘故，周围的花似乎也开得比先前更艳丽了几分。

"是你！"红凝惊喜地道。

锦绣微笑："多时不见，你又长大了。"

这话从他嘴里说出来，红凝竟莫名地一阵脸热，再看那张俊脸，与三年前相比根本没什么变化，于是更坚定了心中猜测，镇定地道谢："多谢你又救了我。"

锦绣缓步走到她面前，看着白狐逃走的方向："他这次是偷跑出来，好在并未惹出人命。"

"你认识他？"

"嗯，他原是北界狐族的公子，名叫陆玖，天生就有三尾，所以深得北界王宠爱，我不能拂了北界王的面子。"

想来那北界王权势定然不小，红凝迟疑了一下："他会不会报复你？"

锦绣摇头道："北界族规极严，他既回去，自会有人处置。"

红凝放下心，正要说别的，却见他低头看着满地花瓣发愣，顿时后悔万分。攀折花木破坏环境本不是什么高尚的事，何况对方很可能就是花妖，于自己有救命之恩，她在他眼皮底下干这种摧花恶行，未免无礼。

半晌，锦绣轻声道："你做的？"

人有脸树有皮，红凝手足无措，却又说不出道理："我也不知道，就是不喜欢……"

锦绣看了她片刻道："嗯，这个自有缘故。"

见他并无责怪之意，红凝松了口气，没留意他话中的问题，只是诧异不安，才见过两次面而已，自己竟这样在意他的看法……

"还是喜欢现在这样？"锦绣突然问。

红凝回神，理解了他的意思："我没那觉悟，不喜欢修仙。"

锦绣不语。

红凝有自己的道理："我也曾听师父说过，仙道其实就是擅自改命，以求长生永恒，这有违天理循环规律，所以成仙要经历数次天劫。由此可见，真正的天道是让我们按自然界的规律走，好好做人，你难道不觉得，你们那样才是在逆天？"

锦绣微愣。

这话实在惊世骇俗，红凝也不在意："何况天天修行，无情无欲，就算长生，那样的生活又有什么意思？"

锦绣道："神仙自有神仙道，未必如你想的那般无情。"

红凝故意哦了声："原来仙界也有情有欲？"

锦绣道："自然。"

红凝忍笑："你的意思是先要禁情灭欲修仙，成仙以后就可以纵情纵欲？"

见她直言直语全无忌讳，锦绣也笑了："不同种属不能结合，仙凡更是有别，此乃天道。丈夫修仙，妻子却坏他功德，岂非可惜？若只留恋凡尘，又如何飞升？清苦修仙，为的正是了断这一切尘缘，双修不过是互相补益，二人并无情意，直到载入仙籍。"

红凝心中一动道："你很想让我修仙？"

锦绣微笑道："仙道永恒。"

看着那双明亮又温柔如水波的眼睛，红凝一时竟不知说什么好，正巧此时，传音符忽然有了动静。

"城外寺里出事，我要去看看，不回来了。"白泠的声音响起。

红凝忙问："师父知道吗？"

白泠道："说过。"

原来他是专程告诉自己的，红凝喜欢被人放在心上的感觉，一来担心他的安全，二来本身也无聊，立即问："你在哪儿？"

白泠似早已料到她会问，答道："城东的天和寺。"

"你等我。"红凝说完便收了符。

如今已经很难再卜算她的事。锦绣不由皱眉："你最好不要乱跑，不是每次出事我都能赶来。"

红凝听出他话中意思，问："你一直在保护我？"

锦绣没有否认。

没有谁会无缘无故保护别人，红凝心跳不止，匆匆抬脚就走："我只是去看看，谢谢你。"

第六章

溺死在房间

远远地看到白泠站在树下，旁边还有个白衣女，红凝认得她，一时也不好过去，忙闪到树后。

“再纠缠，休怪我手下无情。”

“我还不是为你！”

“你杀了小珂。”

“那又如何，她不死就会误了你！”白衣女激动地提高声音道，“人妖殊途，你们根本不可能在一起，否则必遭天谴！”

白泠冷冷地道：“与你无关。”

“与我无关？”白衣女抱住他的手臂，仰脸摇头，“你以为我喜欢害人？作孽太多会使将来的天劫加重，我还想陪你一起飞升，一起修炼，做出这种事，你以为我就不怕？”美眸中渐渐有光亮闪烁，她望着他的眼睛道，“我们一起在昆仑山修炼二百多年，你每常说我胆小，任他们欺负，可只要你在，我什么都敢做。你……你不明白我的心意？”

白泠沉默许久，推开她道：“我已经饶你一命。”

白衣女道：“跟我回昆仑山。”

白泠侧身不语。

白衣女看了他半晌，恨声道：“她本就该死！若不是她，我们就会一直在一起，一起修道，一起飞升，又怎么会变成这样！我只恨没将她打得魂飞魄散！”

白泠怒喝：“贺兰雪！”

白衣女咬牙道：“骂她你就心疼了？你不要后悔！”

长袖一挥，她整个人便消失了。

红凝听得清楚，反倒有点同情这贺兰雪，因爱生恨，只是感情这东西最难捉摸，付出再多未必能有收获。感慨的同时，红凝不知为何又生起几分惆怅，人与妖不能在一起，唯一的办法就是修仙……

“出来。”白泠的声音响起。

知道被发现，红凝忙从树后走出来，笑道：“我见你们有事，不便打扰。”

白泠轻哼了声，举步就走。

红凝忍不住道：“她也和你一样？”

话问出口，红凝本以为白泠不会理，哪知他竟停住脚步，破天荒地回答了：“她是昆仑山的雪姬。”

红凝意外，哦了声，不再追问。

据说天和寺本是座小寺，近十年来才逐渐扩大规模，香火渐旺，如今也小有名气。此时许多百姓围在天和寺门外阶下，议论纷纷。

红凝挤不进去，问白泠：“出了什么事？”

白泠道：“死了个人。”

红凝惊道：“怎么死的？”

“溺死的。”

“是里面那个池塘？”

白泠沉默片刻，道：“他是在房间里被溺死的。”

人在房间里溺死，显然另有蹊跷，红凝诧异地道：“会不会是谋杀？这里是寺院，有佛法庇佑，不该发生这种事的，那东西很厉害？”

白泠摇头道：“此寺建成至今历时不长，佛气不重，佛光尚弱。”

红凝沉思片刻道：“多半是个水里的东西在作怪，你能不能感觉到？”

白泠道：“须待它现身。”

发生命案，周围百姓却全无惋惜之色，许多人还一副幸灾乐祸的样子，红凝正在奇怪，门内就走出一群人来。其中除了几个和尚，还有数名衙役和两名青袍护卫。当先三人，中间那个身穿绯色官袍，五十来岁，面目威严，左边作陪的是本县的陶知县，右边则是天和寺住持。

那穿绯色官袍的人朝众百姓一拱手，朗声道：“海某蒙圣上钦点为越州知府，正当赴任，途经此县，本欲在寺里寄宿一晚，不想竟遇上这等凶事。此县隶属越州，本府难辞其咎，必将彻查此案，知情者皆可来报，若经查实，必有重赏！”

这是新来的知府？红凝暗忖，寻常官员上任谁不是预先知会下属，命其好吃好住接待着，他却寄宿在这城外寺里，表面看还算正直，但也难说。这年头有几个好官？保不准这就是个雷声大雨点小的，道貌岸然，有意捞个名声……

旁边两人低语。

“他仗着有几个钱，大舅子又是知县，成日横行霸道，如今死在佛祖的地方，当真是报应，查不清楚才好呢！”

“莫要连累和尚！”

“郑可那种人怎么会住这种地方？他必是听得新知府路过，跟他大舅子一道来卖乖讨好，不知送了多少银子。”

“那也未必，听说海公先前在明州是极有名的清官。”有声音插进来道。

二人俱冷笑。

死者是知县的妹夫，谁愿意蹚这浑水？何况这种恶霸死了，百姓只会拍手称快，纵然知道线索，也不会帮着捉拿凶手，因此人群渐渐散去。

红凝低声问道：“怎么办？”

白泠不语。

虽说这郑可罪有应得，但难保那东西不会再害别人，见知府海公转身要进寺，红凝决定赌一把，上前两步大声道：“大师，我与师兄途经此地，想在贵宝刹借宿几日，不知大师能否行个方便？”

众人俱回身看她。

住持不敢擅自做主，只看海公。

陶知县呵斥道：“放肆！知府大人在此，怎容闲杂人等住进来！”

这姓陶的官威还真不小，红凝只望着海公：“早听说海大人爱民如子，民女才斗胆相求，望海大人恕罪。”我要看你们是不是一伙的。

海公和颜悦色地道：“这里刚出了命案，你们——”

红凝抢先道：“有道是‘不做亏心事，不怕鬼敲门’，我与师兄平生从未作恶，也不曾仗势欺人，还有谁会无缘无故害我们？”

海公愣了一下，若有所思。

陶知县也听出不对，却碍于海公之面不好发作。

红凝道：“大人乃朝廷命官，身份尊贵，尚且不怕，我们还怕什么。”

海公面露赞赏之色，却仍摇头道：“凶手尚未拿获，你二人年轻，当以性命为重，到别处去吧。”

这是个好官。红凝道：“不瞒大人，我们本是修行之人，所谓僧道一家，没有地方比这里更合适。”停了停，她又笑道，“或许民女还有办法拿住杀人凶手。”

海公果然两眼一亮，沉吟起来。

陶知县忍不住道：“你二人年纪轻轻，有什么本事捉拿凶手？胡闹！”

红凝垂下眼帘到：“本事要使出来才知道。民女方才听人说，本县陶大人是二十岁中的举人，岂非也是年纪轻轻便大有作为？”

陶知县既不好说是，也不好说不是，轻哼道：“你倒是生了张利嘴。”

海公笑问旁边住持："可还有空的客房？"

住持回道："尚有几间。"

海公道："既然你二人有这等胆量，便住下吧。"

红凝作礼谢恩，拉着白泠进门。

陶知县一来有心为难二人，二来死的是妹夫，原是打听到知府大人路过，忙带他来献媚，谁想反叫他丢了性命，妹妹难免哭闹，自然烦恼不已，因此迫不及待催促红凝二人快拿凶手。红凝也不推托，提出去现场，住持便引着众人来到了郑可住的房间。

房间干净，略显简朴，但仍可以看出这是寺里的上等客房。

海公道："被下人发现时，郑公子便躺在中间地上，浑身湿透，如在水里浸泡过。据仵作查验，他是溺死的。"

红凝检查窗户，发现窗户被钉得严实，于是问："当晚有没有人来找过郑公子？"

众衙役道："我等一直在院内把守，不见有动静。"

红凝不语。

住持叹道："阿弥陀佛，敝寺原本不过弹丸之地，这十年来多得郑檀越资助，方有今日，想不到他竟未得善终……"

郑可欺压百姓恶名在外，倒舍得出钱修建寺院，可见是亏心事做得太多，临时才来抱佛脚，求个心安吧。红凝暗暗嗤笑，问众人："当时有没有看见什么特别的事？"

众人沉默。

海公道："他身上沾了些水草。"

红凝问："哪里的水草？"

住持略作迟疑，答道："像是本寺莲花池里的。郑檀越喜欢那池，在里面投养了许多鱼，不让我等擅自动它。"

红凝点头道："这就对了，他是被池塘的水溺死的。"

陶知县冷笑道："你的意思是，他自己跑去池塘自尽了？"

海公也道："当晚郑公子一直在房间里，并未出门。"

若她说池塘里有作怪的非人的东西，这位知府大人会不会相信？红凝想了想，放弃解释，反问道："难道说池塘的水流进房间把人溺死，大人会信？"

海公摇头。

陶知县哼了声："荒唐！"

红凝拿不准，转脸看白泠。

白泠微微颔首，轻声道："佛。"

红凝莫名。

白泠道："寺里的东西不是都有'佛'字标记吗？"

红凝恍然："对，方才我们那房间不是所有东西都做了标记吗，怎么这间房没有？"

一个小和尚忙站出来合十道："郑檀越说看着碍眼，叫小僧换掉了。"

众人意外。

海公怀疑地道："当真？"

旁边另一和尚站出来做证："确实是郑檀越叫我们换掉的。"

红凝摇头。一个出钱修建寺院的人却嫌"佛"字碍眼，若处处有"佛"在，道行浅薄的妖怪哪敢作怪？他自己去掉了护身符，因此遭殃，果真是天意。

陶知县不自在地道："如今是找凶手，不是找什么'佛'。"

红凝道："既要彻查，细节自然也要问清楚。"

案情古怪，海公原本也没指望二人，索性开口道："也罢，今日且先歇息吧。"

陶知县附和两句，再三邀海公进城安顿，被海公婉拒。陶知县对妹夫平日的所作所为了如指掌，如今见他死得蹊跷，且是在这种地方，不免也心虚，出门见天色已晚，便匆匆告辞离去，留下数名衙役保护海公安全。朝廷命官若在他的地盘出事，他必是难逃罪责的。

花香袅袅，花朝宫城四季如春，锦绣负手立于朱栏边，看着栏下那簇如火的红茶花，似乎在想什么事情。

身后，一个穿着红白轻衫、手持杏花的女子轻声唤他："神尊大人。"

锦绣侧过身。

女子吞吞吐吐地道："她们都说……神尊大人即将卸任，回归中天。"

锦绣微笑道："怎么？"

女子垂首，低声道："没有，只是今后我们就见不到神尊大人了——"

"晋升天神乃是喜事，神尊大人自有重任在身，岂能一直留在花朝宫？"旁边那冷傲女子打断她，挥手，一树红梅立即盛开，芳香扑鼻，"只要我们潜心修行，将来位列上仙，自有天庭重逢之日，你这般黏着神尊大人，只会扰了神尊大人修行。"

先前那女子涨红了脸，怒视她。

"梅仙说得不错，杏仙当学习。"锦绣道，"我不在，自有新任花神接任，既是我族类，将来也会照看你们。何况归位之事尚未作准，你二人万万不可因此误了修行。"

杏仙这才高兴："真的？"

锦绣正要说话，又停住，转脸看天边飞来的祥云。

云头被按下，但见来人身穿雪衣长裙，容貌美丽，端庄的姿态中透着几分天然的妩媚，一双美眸似嗔还喜，正是那北瑶天女。

锦绣不意外地道："天女。"

北瑶天女慢步走到他身旁："贵人多忘事，连陆瑶二字也不记得？你若这么客气，我也只好照样拜见中天王了。"说完她真的矮身朝他作礼。

"岂敢。"锦绣莞尔，抬手让座。

陆瑶美眸一转，打量四周道："早听说花朝宫里景色好，果不其然，本想多过来走走，又怕你嫌我烦。"

锦绣含笑道："何出此言？天女驾临，花朝宫蓬荜增辉。"

陆瑶收起促狭之色，低声叹道："陆玖的事，多谢你。"

"北界王不怪罪我就好。"

陆瑶摇头道："我这个兄弟向来不肯好好修行，每常擅自跑下山闹事，若非你教训他，将来必闯大祸，那时连父亲也救不得他。"停了停，她又将眼波一横，"既是一家人，你自可管教他，父亲只有感激，怎会怪罪。"

锦绣愣了一下，随即微笑。

他二人兀自说话，杏仙上过茶，退回到梅仙旁边站定，低声抱怨道："她总是来缠着神尊大人做什么！"

梅仙道："她是未来的中天王妃，自然能来。"

杏仙愣了愣，忽然悄声道："若是我们能做她的侍女，岂不是可以跟着神尊大人了？"

梅仙颇为不屑地道："胸无大志。"

花朝宫风月无边，人间亦有人间事。

池水沉沉，池面宽阔，由于夏季未到，尚不见新荷叶，只浅水处有许多东倒西歪的枯荷梗，二人站在池边。

"它怕见佛字，就不会太厉害。"

"嗯。"

"住持不是说郑可喜欢这池塘吗？但你看那些水草，那枯荷叶……池塘从来都没被清理过，"红凝用树枝拨弄着，仔细察看，"里面有鱼倒是真的。你说，会不会是鱼在作怪？"

白泠不答。

红凝无奈地丢开树枝，抬脸道："师兄大人，你就不能多哼一声？"

白泠看看她道："嗯。"

红凝忍不住笑了，指着他正要说话，却听得左边传来人声，十分耳熟，转脸看去，原来是一对白衣男女在那边调情。

看清二人相貌，红凝震惊不已。

白衣女正是贺兰雪，而那个男人，一双眼睛摄人魂魄，不是狐妖陆玖是谁!

论相貌，他们倒也般配，但貌合神离，看上去就没那么赏心悦目了。红凝叹息。贺兰雪竟用起这种笨法子，白泠像是会为她吃醋的人？到头来除了自己，她谁也气不到。

白泠果然早已看到他们，微微皱了下眉，没说什么。

红凝试探地问："她将来怎么脱身？"

"与我无关。"

"你也太无情了。"

白泠闻言似乎有点愣，侧脸盯着她。

红凝没注意，探身朝那边张望，只见贺兰雪坐在陆玖怀中，双手钩着陆玖的颈，一双美目却瞟着白泠，见他毫无反应，渐渐地也演不下去了，露出伤愤之色。陆玖是什么人，很快就发现美人状态不对，跟着看过来。红凝不慎与他的眼睛对上，心神又开始恍惚，直到白泠侧身挡住视线才猛地清醒过来，暗自后悔。

白泠拉起她就走："那是白狐，小心不要上他的当。"

红凝也觉得不该多事，点头道："知道。"

第七章

请花神

高等妖精都进了寺，不只白泠，还有一只雪妖和一只五尾狐狸。白泠的嫌疑可以排除，至于另两个，红凝也认为可能性不大。首先，郑可入寺才遇害，可见那妖怪必是寺里的，而且郑可曾多次来天和寺，直到前日住进来换掉了带"佛"字的东西才在夜里出事。这说明那妖怪白天不能现身害人，并且惧怕佛法，修为不会太深，贺兰雪与陆玖能在寺里随意走动，杀人根本不需要条件。

红凝躺在床上想了半晌，爬起来，决定再叫白泠一道去池塘看看，也许有什么线索被忽略了。

白泠就站在她门外。

红凝诧异地道："你在这儿做什么？"

白泠将视线移向别处，没有回答。

他是担心陆玖会来找麻烦？红凝很快明白缘故，心中一暖："我们再去池塘看看吧。"

两人刚走出院门，就见一人等在外面，白泠视若无睹，只管往前走。

"白泠！"贺兰雪拦住他。

"让开。"

"师兄，我就在那边，有事叫你。"红凝识趣地找借口脱身，不待白泠多说，快步就走。虽说这样有点对不起白泠，但她实在不想惹也惹不起这个麻烦。贺兰雪太过疯狂，什么事都做得出来，何况他们之间的问题别人没必要去掺和，叫白泠自己解决更好。

"让开。"白泠恼火道。

"你是不是喜欢她了？"

"她是我师妹，你不要无理取闹！"

听到解释，贺兰雪声音果然软下来："你别生气，我只是担心你又……"

红凝松了口气，加快脚步。白泠是知道其中利害关系的，真让贺兰雪误会，说不定自己也会落得小珂那样的下场。

转过墙角，前面就是池塘。

冷不防脚下被什么东西一绊，红凝差点摔倒。恍惚瞥见一团白影躺在地上，她立即后退，避免去看那双眼睛，同时张口就想叫白泠。

"麻烦抱我过去下。"一道懒懒的声音响起。

听出这声音不是陆玖的，红凝止住呼救的念头，低头打量他："你是谁？"

地上那人模样倒还过得去，与众不同的是，他生着一对长得出奇的耳朵，两只眼睛半眯着，闪着诡异的红光。

这是只兔精？红凝反倒镇定了，这妖精还未完全脱去本形，法力绝不会太强，难道就是它在作怪？

兔精对她的反应不满意，道："喂，呆了？"

红凝叹气道："要抱你去哪里？"

见她不害怕，兔精未免意外，迟疑片刻，伸手往池塘另一边指了下："我住在寺外，你先抱我去那边。"

"好。"红凝俯下身作势要抱它，却在暗地里悄悄握住一张符，念咒。

兔精全无防备，察觉被制，大惊："你做什么！"

兔精妖气不重，应该没有害人之心。红凝有点怀疑，拔出腰间小剑指着他，冷着脸吓唬他道："人是不是你害的？再不说实话，我必召天雷把你打回原形！"

听到打回原形，兔精急了，求饶："我并没害谁。"

红凝立即问："郑可是怎么死的？"

兔精疑惑地问："郑可是谁？"

红凝道："这寺就是他出钱修建的，你怎会不认识？"

兔精分辩道："我平日很少出来，哪里知道他们的事。"

见他的确不像说谎，红凝失望，还是不甘心地问："你住在附近，就没见寺里发生过什么奇怪的事？这寺里有没有别的妖怪？"

她本是随口发问，兔精却似乎真的想起什么："你说死人？对嘛，有人死了！"

红凝暗喜："你知道什么内情？如实说来。"

兔精道："这事只有我知道，说与你，你必须放了我。"

红凝毫不犹豫地应下。

兔精想了想道："池塘里的确是死了个人的。"

红凝道："是前几天的郑可吧，谁害的他？"

兔精道："什么前几天？是十年前。"

红凝惊讶了："十年前？"

兔精恢复懒懒的模样："十年前这里还是个小寺，只有几间房，那天夜里我出来乘凉，见一个和尚和一个绿衣人坐着说话。那绿衣人说着说着就要看什么龙宫水晶瓶，和尚就拿出来给他看，那人连声赞叹，说好宝贝呀价值连城呀，后来趁和尚不注意就把他杀了，用铁链子捆住尸体沉在池底，自己拿着宝瓶走了。"

红凝倒吸了一口冷气。

她无意中竟打听出这件陈年旧事，因贪心杀人，怪不得郑可不让清理池塘！和尚无辜被害，尸身至今未见天日，必定难入轮回。

红凝问道："那和尚是谁？"

兔精摇头道："这却不知。"

十年前寺里有哪个和尚失踪，要打听应该不难，红凝告诫两句便放了兔精，转身往回走。

"十年前小僧还未入寺呢。"小阁楼上，小和尚一边整理经书一边道，"别说小僧，住持都是后头才来的，这些年敝寺的人也不曾少过一个。"

红凝奇怪地问："依你说，十年前这寺里就没有人留下来？"

小和尚放了经书，解释道："当年此地十分荒僻简陋，只有一位海明师父守着，哪有今日场面。后来海明师父云游去了，将寺交与郑檀越打理，郑檀越很是守信，出资重新修葺寺院，请来德高望重的住持，才有了如今的天和寺。"

红凝心思转动，口里却笑道："怪不得郑公子会资助天和寺，原来是念着海明师父的交情。"

小和尚笑道："他二人原是好友。"

红凝问："海明师父有没有回来过？"

小和尚摇头。

这就对了！红凝听到这里已大致猜出事情的来龙去脉："你们寺里这些年有没有发生过什么怪事？比如，那个池塘？"

小和尚想了想："不知算不算怪事，那池塘的莲花开得比别处迟，落得却早。小僧觉得有趣，便私下记了日子，无论那些莲花先前开得多好，都会在六月十六那天落完花瓣呢。"

这事怎么又与莲花有关了？红凝诧异，若有所思。

小和尚道："去年夏夜，有位师兄还说在池塘边看见了一个红眼睛长耳朵的妖怪，吓得病了好几天。"

兔子精跑出来乘凉，吓到了和尚。红凝暗笑，怕他生疑，故意岔开话题："这两天没让人进来上香？"

小和尚垂头丧气地道："上什么香，将来能逃出一条命就是万幸。"

红凝忙问："怎么了？"

小和尚低声道："实不相瞒，郑檀越在敝寺出事，迟迟拿不到凶手，纵然知府大人不追究，将来陶知县也必不会放过我们。如今他叫人守在外头，就是怕我们跑了。"

狗官！红凝暗骂，好言宽慰他两句，问了些别的事才匆匆离开，刚走到廊下，就听得几名衙役围在一处说话。

"郑可死的那房间有鬼，这几天弟兄们离远些！"

"真的假的？"

"吓你们做什么！昨晚我和赵三路过那里，听得里面有女人的声音，爹着胆子推门看，却什么都没了！"

众人纷纷倒抽冷气。

"姓海的不知几时才肯走，咱兄弟几个的命都悬着呢，晦气！"

…………

和尚，池塘，莲花……现在居然又有女人掺和进来了，事情听上去越来越复杂。红凝皱眉，没有惊动那些衙役，回房将此事告知白泠。

白泠道："不是海明，寺里并无怨气。"

鬼和妖不同，死后魂魄无所依附，无处藏匿，只能游荡在尸体附近，因此难逃黑白无常的捉拿，除非它怨气冲天，进不去鬼门。正因为这样的鬼魂有怨气，有道之士很容易就能找到它们。如今池塘没有怨气，那就只有一个可能：海明和尚已经归去地府了。

"或许海明师父已经想通了，但如今他的尸骨沉在池底不见天日，就算去地府，恐怕也没这么快入轮回。"红凝喃喃地道，"害郑可的既然不是海明师父，就一定是那女妖，她也跟郑可有仇，到底有什么仇呢？”

白泠突然道：“我要回去看看。”

红凝回神，不解地道：“怎么？”

白泠沉默半晌，语气里有一丝不安：“贺兰雪行事素来冲动，不计后果，昨日跟我说了些气话。”

贺兰雪个性偏激，太容易迁怒别人，为了逼他回去，干出什么疯狂的事也不是不可能，虽然文信道行高深，但那女人的狠劲可不是文信比得上的。

他们与文信距离太远，传音符早已失效，红凝也有点不放心了，点头道：“要不我们都回去吧。”

“妖狐已经走了，我必须尽快赶回去看看，带着你太慢。”白泠说完拉过她的手，将一只晶亮透明的手镯戴在她腕上，“有急事就叫我，我明日再来找你。”

这件东西红凝小时候不知用了多少次，甚至还曾因为好奇拿它做过试验，每次白泠都能及时赶到。然而自从知道那是什么东西之后，她便不肯再用了。如今见白泠又将它拿出来，她不由得叹气，勉强笑道：“我又不是小孩子，你总让内丹离体，很伤精神也很危险的。”

白泠看她一眼，推开她，出门便消失了。

黄昏天色，池塘边摆着一张香案，上铺黄布，设了蜡烛、香炉、令牌等物以及许多三色纸写成的符。

头一次单独办事，红凝并无把握。海明师父虽与此案无关，但无辜而死，尸骨沉于池底不见天日，只有真相大白才能安心入轮回。而自己若是直说池塘有尸体，恐怕没人会相信——陶知县本就有意为难她不说，此事闹出来更会牵连到他，因为他家里正收藏有一只郑可送的水晶瓶。

她要让海公相信，就要先让他相信世上有鬼妖。

这次的神很特殊，文信都从未请过，更别说红凝连普通口诀也记不全。她只得揣度着行事，先是恭恭敬敬叩首，全神念咒，然后拿剑挑起三色符纸在蜡烛上点燃，默念道：“弟子红凝，谨拜花神座下，神君有知，令牌起……”

话虽不伦不类，意思却也清楚。红凝默念完毕，便紧张地盯着那三块令牌，目不转睛。

然而令牌没有动静。

红凝继续念咒烧符纸，重复了三四次仍不见效果，只得叹了口气，打算放弃，正准备收拾东西，忽然有一阵凉风吹来，风中带着异香，纸灰四散。

“在做什么？”熟悉的声音传来。

自己这水准能和神仙交流已算难得，哪能请到真身驾临！红凝第一反应就是出了纰漏，正在惊慌，见是锦绣才松了口气，暗喜。她没请到花神，却请来了认识的花妖，也算意外收获。

锦绣走过来。

红凝本欲称锦绣大哥，又觉得不妥，人家可能是几百上千岁的前辈，于是去了称呼问："你怎么来了？"

锦绣没有回答，只看着香案上那些符纸含笑道："请花神？这样是请不到的。"

红凝脸一红："我就试试。"

锦绣轻声道："你既不想修仙，也不好好学法术，将来一个人怎么在这尘世中活下去？"

他话中无半点嘲讽之意，是感慨，隐约还透着些担忧。红凝听得呆了呆，镇定地开玩笑道："让师父师兄他们养我啊，我不能长生，肯定会比他们先死，再不行，就早入轮回早投胎算了。"

锦绣沉默片刻，叹道："不论发生什么事，你须记得，一切都是天意，是命中注定的劫数。"他话说得玄妙，红凝听得莫名。

锦绣见她发呆，不由得笑问："你想请花神做什么？"

红凝回神，将事情经过都告诉他，末了道："我怀疑是这池塘里的莲花在作怪。"

锦绣转脸看池塘："何以见得？"

潜意识里想要信任这个人，红凝不打算隐瞒："事隔十多年，周围没有怨气，海明师父的魂魄肯定已经入地府了，衙役昨晚听见那房间有女人的声音，更说明作怪的不是海明师父。花事素来归花神花仙执掌，这里的莲花却开得古怪，每年六月十六之前全都凋谢，怕不是因为气候吧，除了莲花妖，别的妖怪谁能这样自如地控制花时？"

锦绣道："一切自有定数，郑可生前作恶太多，故有此报。"

红凝赞同地道："虽然郑可该死，但我们还不知道这莲花妖是善是恶，难保她将来不会再去害别人。而且她杀了郑可，就该出来说清楚，以免连累寺里和尚被陶知县迁怒。若她一意孤行，连累无辜，我就只好逼她现形了，到时候她修为尽毁，可怪不得我。"

锦绣皱眉道："花木百年，届时便降下天雷，避过才能成妖，再修三百年又要历小劫，五百年历大劫，两千年度劫成功，方能成小仙。"

他关切同类也正常，红凝理解："我知道你的意思。正因为她修行不容易，事情没弄清楚，我也怕冤枉了她，所以想找她问问。可她始终不肯现身，我才想到请花神代为召令。"

锦绣点头道："你做得对。"

红凝忍不住试探："你……也跟她一样吧？"

锦绣果然微笑，没有否认。

这话问得唐突，红凝原本还担心他生气，见状不由得松了口气，有些尴尬地笑道："其实我很早就想问了。"

锦绣道："想要我帮你？"

知道小心思瞒不过他，红凝承认：“你能不能见到花神？”

“此事其实不须旁人插手。”锦绣看着池水道，“她并非不愿出来，只是寺里处处有佛法，又有朝廷命官在此，官府的带刀衙役煞气甚重，她修为尚浅，不敢现身。今夜子时，你可叫他们解去武器，除去官袍，到池边等着，她自会出来。”

怕佛珠法器就罢了，原来她还怕带刀的衙役，怪不得那些衙役听到声音推门进去，她就跑了，看来她也很想出来说清楚。红凝放了心，又好奇地问：“你不是普通花妖吧，是……花仙？”

锦绣笑而不答。

红凝想起一事，问道：“你知不知道中天王是谁？”

锦绣道：“怎么？”

红凝将前日恶龙潭钟仙的话复述一遍：“他说拜见中天王。”

锦绣摇头道：“他本是南天门的司时官，嗜睡，千年前曾误过一次事，幸得帝君宽恕，想不到他还是不改陋习，会有今天，也是注定的劫数。”

红凝自言自语道：“可他说见过我，还说我跟中天王去看过他。”

锦绣不语。

红凝狐疑地打量他：“你是什么？红山茶？茶花仙？”

锦绣低头盯着她，凤目里是满满的笑意。

仗着他脾气好，红凝大胆了：“好个花仙，现原形让我看看。”

锦绣道：“让花仙现原形很无礼。”

红凝有意吓他：“我是山野丫头，不懂什么礼，你不怕我生气了作法收你？”

“胆大无礼，你这性子也只红山茶能配得上，”锦绣微笑，目光温柔如水，“天色不早，快去办事吧，晚上我再来。”他转身走了几步，消失不见。

她配红山茶？周围空气中依稀还飘着香味，红凝涨红脸，忽然觉得心慌，忙转身朝海公的住处走。

第八章

沉冤昭雪

半夜，天空中没有月亮，池塘边燃着五六支火把。火光里，红凝一身青衣站在池塘边，旁边海公也换了身素服端坐在椅子上，陶知县作陪，那两名青袍护卫空手立于两旁，众衙役捕快已解去刀剑，二十来个和尚也摘除了念珠等物，都站得远远的。

“什么时辰了？”海公侧脸问。

“将近子时。”一名衙役回报道。

海公闻言不由皱眉，看向红凝，略带询问之色。听说今晚会有重要证人到来，他才特地率众人在此等待。

红凝明白他的意思，道：“海大人放心。”

此女提出这么稀奇古怪的要求，海公原是有些担心，后悔答应得太过草率，半夜里兴师动众，到时候若无收获，来日未免落人笑柄，如今见她一脸镇定，把握十足，才又渐渐地安了心。

寺里出了古怪凶案，陶知县巴不得躲得远远的，但知府派人来请，不能不硬着头皮相陪。他本就满肚子火气，如今听出这又是红凝的主意，更加不耐烦：“故弄玄虚！依下官看，必是这些和尚捣的鬼，不如将他们收押，严加审问，不怕他们不招！”

住持大师慌得上前合十道：“善哉，老衲敢担保，敝寺僧众绝不是凶手，大人明察！”

陶知县喝道：“当夜寺里并无外人，除了你们和尚还能有谁！”

住持急道：“这……”

海公有些不悦地道：“此事有待商榷，待查明真相，本府必会还令妹夫一个公道。”

陶知县冷笑道：“不知那个重要证人几时才来？”

子时快到，却丝毫不见动静，红凝也有点没把握了，转身问众人：“你们真的都去了武器？还有师父们，身上有没有带别的法器？”

众人俱摇头。

对上海公疑惑的目光，红凝镇定地笑道：“想是她误了时辰，待民女问问看。”

说完，她上前几步面向池塘，深深吸了口气，从怀中抽出一张符，望着半空默默念咒，将双手合掌一拍，再将符往上一抛，那符便飘飘悠悠飞上半空，自行燃烧起来。

符纸燃尽，空中现出两个大字：即到。

二字大如斗，闪闪发亮，在空中停了近十秒才如流萤般渐渐散去。

众人看得清楚，哗然，再不敢小瞧她。

海公更有十分信了：“想不到姑娘竟是道门高人。”

事实上，红凝施展的只是最初级的幻术，急中生智用这小伎俩搪塞，以便拖延时间，幸亏海公没有怀疑。

红凝躬身道：“证人很快就到，还请两位大人再稍等片刻。”

海公点头，陶知县也不好再说什么。

红凝表面不动声色，心里却也着急起来，刚才用雕虫小技暂且将众人糊弄过去，但只能挡得一时，若那莲花妖再不现身，可就真的难以解释了……

锦绣绝不会骗自己。

想到这，红凝莫名地又镇定下来。

正在此时，池上忽有一阵风卷起。

风势来得猛烈，无数尘沙飞扬，却并不寒冷，风中依稀带着荷叶莲花的清香，直钻到人心里，周围火光无故变得暗了几分。

众人纷纷以袖掩面，都道："好香！"

红凝已经看出这阵风不寻常，大喜，当即高声叫道："既已来了，还不现身！"

话音刚落，原本黑黢黢的池面竟铺满了荷叶，一个粉衣女子亭亭立于荷叶上，粉面桃腮，十分清秀美丽，恍若仙女。

众人惊骇。

陶知县面如土色，颤声道："何……何方妖孽？"

海公也惊道："这是……"

红凝忙安慰道："大人不必惊慌，她便是民女所说的证人。"

这女子绝非寻常人，众人心里都明白，不敢多言。

海公到底见多识广，加上为官多年两袖清风，一身浩然正气，很快就定下神："姑娘是何人？若知道本案的始末，不妨如实讲来。"

那粉衣女子弯腰作礼，声音十分好听："回禀大人，小女子乃是这莲花池里的莲花，名叫连华，今日特意为一桩冤案而来。"

海公忙问："那郑可是被谁所杀？"

粉衣女子道："正是连华。"

听说妹夫是她害的，陶知县立即一拍椅子扶手，横眉呵斥道："原来你就是凶手，来人哪！"喊出口发现不对，他忙喝红凝。"还不快助本县捉拿凶手！"

红凝冷冷看他一眼，道："大人急什么，她既然敢主动来认罪，还会跑了不成？就算她是凶手，大人也要先听完供词吧。"

海公点头，问连华："你与郑可有仇？"

连华摇头。

海公脸一沉，语气严厉起来："大胆妖孽，竟敢害人性命！若不细细道出缘故，就算你本事通天，本府也定不轻饶！"

"大人在上，连华岂敢隐瞒。"连华低声道，"连华杀郑可，乃是为了替别人报仇。"说到这里，她竟流下泪来，转向众人，"不知诸位可曾听说过，十年前，这天和寺里有一位师父，法号海明。”

海公看住持。

住持忙上前回道：“敝寺确实有过一位海明长老，外出云游未归。老衲来得迟，与他素未谋面。”

连华拭泪道：“连华在这池塘已有百年，十二年前一场大旱，池水枯竭，幸亏海明师父每日担水相救。连华受此恩情，本想修得人身再行报答，谁知他却被郑可所害，死得不明不白！好在苍天有眼！事隔十年，郑可竟又住进来，还自已换掉了房里所有带‘佛’的东西。”

海公道：“于是你便杀了他。”

连华点头。

陶知县道：“胡说！胡说！那海明十年前就出门云游去了，至今未归，不知死在了哪里，怎能怪到郑可身上！”

海公也道：“你如何知道海明被郑可所害？”

连华道：“连华不敢有半句谎言，海明师父其实并未出门云游，消息全是郑可对外胡说的！十年前的六月十六夜里，郑可就已将他害死，用铁链捆了沉在池底。”她伸手往池塘中间一指，“就在那里。郑可怕尸体被人发现，因此特地出资修葺寺庙，不准外人动池塘。”

想不到竟有这等隐情，众人面面相觑。

海公沉吟道：“你既是妖怪，也有法力，为何不搭救他？”

连华泣道：“他是连华的恩人，连华怎会不想救？只因那时修行太浅，无能为力，直到三年前我才躲过天劫，勉强修成人身，却又惧怕寺中佛法，不得出来行动。”

红凝道：“所以你故意让这池里的莲花都在六月十六那天凋谢。”

连华点头道：“尸骨沉在池底无人知晓，恩人必定难入轮回，在地府受苦。花期乃是花神制定，连华不敢有误，只得私下让它们提前凋谢，好教人发现池中古怪，或能让恩人的尸骨重见天日，可惜始终无人领会其意。如今总算迎来大人，连华待要鸣冤，谁知大人一身正气，身边带刀护卫又个个煞气逼人，故迟迟不敢现身，好在天赐良机，郑可也来了，连华才得以为恩人报仇。”

陶知县道：“郑可与海明本是好友，岂会杀他！单凭一具尸骨也不能证明什么，你休要血口喷人！”

连华厉声道：“证据便是知县大人收藏的那只龙宫水晶瓶！那本是连华为报恩，特意在暗中指引恩人寻到的，不想竟惹得郑可起了贪心，反为恩人招来杀身之祸！”

陶知县白了脸，抵赖道：“哪里有什么龙宫水晶瓶？你胡说！”

红凝淡淡地道：“就在陶知县家中宝库里，怎会没有？听说那藏宝库中奇珍异宝无数，何不拿出来请知府大人赏鉴赏鉴？”

海公冷着脸道："来人，去搜！"

陶知县倏地起身道："下官敬重大人，所以礼遇有加，大人不领情便罢，反听信杀人凶手的一面之词。下官虽职卑位低，却也是殿前过来的进士，大人要擅自搜查下官宅第，未免有逾权之嫌。"

海公冷笑道："你的意思是本府无权搜查？"

陶知县拱拱手，神态已不再那么恭敬，嘴硬道："不敢，只是难以叫人信服。"

"陶大人是殿前过来的进士，本府自然不敢过问，"海公站起身道，"来人，请尚方宝剑。"

听到"尚方宝剑"四字，陶知县立时呆若木鸡。

其实海公在寺里住了几天，曾暗中派人出去走访，对这知县的所作所为也有些耳闻，有心要惩治他。区区一个知县却私设藏宝库，藏有这么多贵重的宝贝，他认为这正是个难得的机会。

连华急道："大人，且待连华说完再请也不迟。"

御赐宝剑乃是辟邪之物，海公这才想到她害怕，于是止住两名青袍护卫，转身命众人拿下陶知县，又回身向众衙役下人喝道："闭了寺门！但有私自通风报信出去的，就地处斩！"

衙役们早已吓得不敢动，颤声答应，众和尚却都松了口气，连连念佛号。

海公重又在椅子上坐下，看着连华道："仅凭你一面之词，怕也难叫人信服，安知那瓶不是海明自己送郑可的？"

连华正要说话，却有一阵阴风卷来。

不同于先前连华来时那阵风，这阵风格外阴寒，带着许多森森的鬼气，吹得人心里发毛。几支火把几乎熄灭，映得一张张脸惨绿惨绿的，在场众人都忍不住哆嗦起来。

风止，一个灰衣僧合十站在池畔。

海公惊问："你是谁？"

灰衣僧未及回答，就听得连华惊喜的声音："是海明师父！师父，你可还记得我？"

灰衣僧抬脸，但见他三十来岁模样，高额直鼻，眉宇间带着许多英气，笑容温和中透着爽朗："你……就是连华？"

连华轻飘飘掠下荷叶，拉着他流泪道："是我，你看，你看我修成人身了！"

听出此人身份，发现他身下并无影子，众人吓得纷纷后退。

海公喝道："你究竟是人是鬼？"

灰衣僧低头，合十作礼道："贫僧正是海明，十年前被郑可所害，尸骨至今沉在池底不见天日。贫僧也在地府受尽苦楚，今日阎王见贫僧罪业已消，本要送贫僧去投胎，幸有一位神尊送信说情，因此答应让贫僧前来对质，以免冤枉无辜之人。"

海公道："如此，你果真是被郑可害了，因为那龙宫水晶瓶？"

海明颔首道："此事原有根由，贫僧年少时交友不慎，入了草寇之流，杀人无数，为逃避官府追捕才落发为僧，后来虽改邪归正，却终究是罪孽深重，故教死于郑可手上，在地府赎罪十年。如今贫僧罪业已消，还求大人做主，捞出池底尸骨，让贫僧得入轮回。"

海公感慨，顾左右而言道："善恶终有报，可见天理昭昭，谁也逃不过因果报应。"

红凝突然道："天也是借人的手办事，掌握了一切，所以才能定下什么天道让别人都去遵守，未必就真的公平。有些人作恶多端，还能活得好好的。"

海明摇头道："今世不报，来世也会报。"

红凝道："对我们来说，重要的是今世，来世如何谁又记得？上天借连华的手替你昭雪，然而连华私自杀人，也会加重她将来的天劫。若她度不得天劫，便要被打回原形，这也要归于天意，可见上天是个无情的东西，而我们有情，才会弱小。"

海明愣住，看连华。

连华低声道："连华心甘情愿。"

海公叹道："身为异类，这等情义却不输于人，委实难得。"

海明合掌念了声佛号，望天道："此事既因贫僧而起，与他人无关，将来若有劫难，贫僧愿一力承担，但求上天不要连累于她。"

连华摇头道："纵使连华不插手，师父的冤情也自会得以昭雪，只是……"

海公何等聪明之人，早已看出端倪，正色道："你擅自害人性命，原是大罪，本府念你一点感恩之心，且身为异类，不知人间王法，如今肯主动投案，郑可又行凶在先，便饶了你这次，今后万不可再害人。"

连华作礼道："谢大人。"

海公笑着看向海明："因果报应，也是你合当有此劫难。如今你二人一个有情一个有义，虽非同类，彼此却恩情不浅，不若本府做主让你还俗，方不辜负她一番心意，如何？"

连华怔住。

海明却是摇头，称谢道："大人肯开恩饶过她，贫僧已是感激不尽，然人妖殊途，草木之族不入六道轮回，贫僧怎好平白毁了她修行，容先告退。"

"还有这等缘故？"海公意外，继而惋惜道，"你……"

海明转脸看了连华半晌，轻轻推开她，转身，随风隐去。

连华呆立半晌，忽然掩面奔入池中，随那些莲叶一起不见。

照着连华指的位置，众人很快就从池塘里捞出了尸骨，收殓入棺。海公亲自带人去陶知县家搜查。郑可恶名尽人皆知，如今死了本无可惜，海公查清真相为的是不冤枉寺里和尚。今夜审案过程听起来虽玄，却有这么多人做证，至于陶知县，他做下的恶事数不出千件也有百件，那宝库就已足够定罪了。

风轻柔，夜阑珊，红凝心情复杂，默默走过假山石，却见先前那只兔精又躺在地上。

一见她，兔精就竖起耳朵道："你又要抓我？"接着它开始絮絮叨叨数说自己修行不易。

红凝好笑，打断他道："你别出来吓人，我就不抓你。"

兔精这才止住唠叨。

红凝问："你也要修仙？"

兔精将耳朵往下一耷拉道："不想，我只是机缘巧合得了粒寿星老儿吃剩的仙果，才成了现在这样。"

红凝大有遇知音之感："是啊，修仙很无聊。"

兔精赞同道："说得太对了！"

"做兔子就很好？"温和的声音传来，"你会被豺狼吃，或许还会被人抓去烹炸下酒。"

二人同时愣住，只见不知何时锦绣已站在了旁边。

锦绣看那兔精："难得你有此仙缘，修仙虽无趣，但你又怎知神仙的日子不好？那时你可以像现在一样睡觉乘凉，且无生死的烦恼，来去自如，岂不更好？"

兔精呆了呆，跳起来道："你说得对，我去修炼了。"他顿时化作玉兔飞快跑开。

眼见它消失在对岸，红凝好气又好笑，瞟着锦绣道："有这样点化的？你这算不算是在诱拐别人修仙？"

锦绣微笑道："威逼诱惑也好，我只是说了实话。仙道永恒，它能想通，你为何不能？"

红凝往石头上坐下："你总想让我修仙，又打算拿什么诱惑我？"

"情。"

"哦？"

锦绣温和地道："仙道永恒，性命长存，自有永恒的情，凡间却没有。凡人每一世便会忘记前世之情，正如你，可还记得你的前世？到来世，你更会忘记现在的师父、师兄，想要情意永恒，唯有修仙。"

红凝沉默片刻，终于叹了口气，惆怅地道："连华喜欢海明师父。"

锦绣道："仙凡有别，人妖异类，强行结合必遭天谴，对他们没有好处。来世海明若肯潜心修行，二人也许能同登仙道，不比在凡间更好？"

"打住！"红凝懊恼地瞪他，"我都快被你说动了。"

锦绣抿了下嘴，挑眉道："你不想被我说动？"

"我……不知道，我就是不想修仙，"红凝也答不上来，突然问道，"你也是修仙的？"

锦绣承认："算是。"

红凝咬了一下唇："你为什么要保护我？"

锦绣看了她片刻，道："我欠你的。"

这种话听上去莫名地透着暧昧。红凝一愣，很不自在地道："我不记得你欠过我什么。"

锦绣道："不记得也好。"

被看得心慌，红凝别过脸道："这次的事，谢谢你。"

"不要再出来乱跑，我最近没多少时间来看你。"锦绣有些无奈地告诫她，又轻声道，"不论发生什么，都是劫数，你定要明白这个道理。"

他反复强调这话，红凝竟生出一丝不安，含混地嗯了声，忽然起身道："时候不早，我先回去歇息了。"

第九章

身 份

一个秘密被埋藏了整整十年，至今方才真相大白。连华重情重义，海公十分感慨，特地命寺里众僧守护池塘，不得将连华之事宣扬出去。听说陶知县倒台，百姓皆拍手称快。至于郑可之死，海公对外只宣称是海明的冤魂索命，反正郑可本就是一恶霸，这样正好应了那句因果报应的话，也能警示世人。这时代的人敬畏鬼神，加上众衙役将海明现身之事讲得绘声绘色，由不得人不信。

海公原是打算重赏红凝，回头却寻不见人了。

红凝一大早就离寺，匆匆往回赶。

三月阳光灿烂，远远地，山坳里出现一片杉树林，林边有几间小小茅屋，檐上茅草在微风中颤动，景色天然淳朴美如国画。见识过钢筋水泥的高楼大厦，这种房子显得太简陋，然而红凝从未觉得有什么不满，只有她自己才知道里面有多温暖舒适。红凝在这里住了十几年，这几间屋子连同周围的一草一木都让她觉得熟悉又亲切，那是"家"一样的感觉。

青石阶干干净净，房门半掩。

红凝不觉停住脚步，越发忐忑不安，甚至有点儿心惊肉跳，又说不清是什么缘故。白泠说过今日回寺里找她，这一路两人却不曾遇上。

他知道事情已经解决了，所以才没再去吧。

红凝自我安慰着，快步上前推门。

门开的刹那，她才发现究竟是什么地方不对了，平日大开的两扇窗户此刻都紧紧闭着，房间光线因此显得昏暗。屋里面两个人倒是和往常没什么两样，文信盘膝闭目坐在竹榻上，白泠面无表情地站在旁边。

不同的是，地下多了摊血迹，还有个人。

雪衣白发，美得可怜，她一动不动地坐在地上发呆。

“不论发生什么事，都是劫数。”想到昨夜锦绣的话，红凝隐约猜到了什么，勃然变色，扑到文信榻前道：“师父！”

文信睁眼，微笑道：“回来了。”

红凝冷冷地看白泠道：“是她？”

冷峻无瑕的脸上第一次露出内疚之色，白泠移开视线，不看她那双愤怒的眼睛。

文信摇头道：“我早已料到有此一劫，因此守阵修炼内丹，没想到还是难逃劫数，这些都是命中注定，怪她也无益。”

“我不信什么劫数！”红凝怒极，几步走到贺兰雪跟前道，“你喜欢我师兄没错，可你现在害了我师父！”

贺兰雪咬唇，别过脸道：“只要他跟我回去，我也不会……”

啪的一声，未等文信阻止，红凝已扬手扇了她一耳光：“你以为天底下只有你会伤心？一个男人就能让你滥杀无辜，有本事你把全天下人都杀光，再问他会不会跟你走！”

贺兰雪捂脸，眼眶红红似有泪珠涌上，却又极力忍住，望向白泠。

白泠站着没动。

贺兰雪轻声道：“你从不会让人欺负我的。”

白泠沉默半晌，道：“你已经不是以前的小雪，我不能原谅你。”

“不能原谅……”贺兰雪喃喃地念了几遍，目光渐冷，“你既不喜欢我，为何当初在昆仑山又要救我帮我！纵然我不如小珂，若你对我有对你师妹一半好，我也知足。你喜欢你师妹了是不是？是你逼我下手的！”

这女人性情偏激，全凭臆测行事。红凝对她愤恨大于同情：“你没错，我师父又有什么错？世上比你可怜的人多的是，你不要以为全天下的人都对不起你。”说完她转向文信，“她这点法力，怎么会伤到师父？”

文信道：“她是趁我修炼内丹之际下手的，我也没想到有人竟能破我的阵。”

红凝想也不想地道：“是陆玖，九尾狐一族通晓阵法。”

文信也不多追究，看着贺兰雪道：“我是修行之人，如今你敢做出这等事，就不怕将来受天谴？到时候你非但不能成仙，多年修行也会毁于一旦。”

贺兰雪大笑，恨恨地道：“我勉力修行，就是希望有朝一日能与他同登仙界，如今他不肯跟我在一起，成仙又有什么意思！”她缓缓直起身，看白泠道，“小珂是我杀的，你师父也是我害的，如今我既落到你们手上，要杀便杀，你不是想替小珂报仇吗？”

白泠不语。

文信叹了口气，挥手替她解了咒：“是我命中合该有此一劫，你且去吧。”

贺兰雪并不道谢，也不看白泠，径直出门离去。

红凝虽气恨，却不好阻止，过去扶着文信道：“师父要不要紧？”

文信拍拍她的手道：“若要担心什么可是自寻烦恼了，对我们修行之人来说，生死没有什么不同，舍了一副皮囊而已，如今劫数过去也是好事。”

红凝沉默片刻，起身就走：“我去采药。”

白泠不说话，也匆匆跟出去。

文信摇头。

自从被贺兰雪暗算，文信的身体便急剧衰弱下去。红凝急得不得了，四处寻好药，甚至跑去城里请教郎中，白泠偶尔也会带回些珍贵药草，不知是从哪里采来的。或许是顾及二人的心意，文信并不拒绝，只不过表现得更加平静，不仅重新设置了周围的阵法，修行打坐也一如往常，不时还闭关。

秋去春来，转眼间一年过去，山坡上又是杏花如霞。

锦绣一直不见人影，应该早就知道会发生什么事，所以当初才会说那些话吧。天意如此，他虽有机会阻止，却也不能违背天意。

如雪的杏花分外刺眼，红凝心中越发气闷，伸手一阵乱扯。

她的手被人握住。

优美的眼睛略显冷漠，白泠看着她，语气和他的目光一样波澜不惊：“师父自有仙缘，此事本是他命中的劫数，若安然度得此劫，再过百年便得以肉体飞升，成为散仙，那样最好不过。如今虽事出意外，但也顶多舍弃这凡胎肉体而已，他自己是明白的，你又何必伤心。”

红凝甩开那手。

白泠皱眉道：“红凝。”

“若不是你纵容她，怎么会有这些事！”红凝将揉碎的花瓣掷到他脸上，怒视他，“你喜欢她就早点跟她走，不喜欢就该处理好。明知道她不择手段，你却还舍不得伤她，师父才会被她害了！你们的事凭什么要牵扯到师父！”

白泠沉默。

红白花瓣砸落在少年的发上、脸上、肩上，点点都是怒气，少年只是黯然承受。

压抑已久的怒火终于发泄出来，红凝看着他，忽地眼圈一红：“对不起，师兄，我……”

贺兰雪对他是真心，又有当年情谊在，他怎么可能下得了手？正如他对自己也是面冷心软，自己竟因此迁怒他。

“我没怪你。”白泠突然开口道。

红凝没了力气，在石头上坐下：“师父说他时日无多。”

白泠道：“迟早会有这天，你可还记得钟仙说过的话？”

红凝面无表情地道：“师父未必能以肉体飞升，但若勤奋修行，自能载入仙籍。”

白泠道：“师父功德圆满，在阴司不会受苦，死即是生，将来必可修成鬼仙，正好应了钟仙之言，可见这都是上天注定的。师父修行多年，能得道成仙，也算遂了他的愿，你该为他高兴才是。”

“那我呢？”红凝抬脸看着他，语气平静，“成仙了，就与人间再无瓜葛，对我来说，师父能多陪我们百年也好，那时我已经死了，随你们怎么成仙成佛，都和我无关。现在他被贺兰雪害了，一旦魂归地府，我们就是阴阳相隔，纵然他将来修成鬼仙，我又去哪儿见他？”

白泠愣怔。

“我只认现在，现在他不是神仙，是养我十几年的师父。”红凝喃喃地道，“我恨贺兰雪，她是疯子，该杀人偿命才对。”

白泠默然。

红凝也意识到话说重了，忙擦擦眼睛道：“你别误会，这不关你的事，我刚刚那都是气话，不是真的怪你。”停了停，她又低声道，“我只是想说，生和死对于你们没什么不同，你会修仙，会长生，会记得很多事，可我不一样。人间没有永恒的情，来世就算你们找到我，我也不会再记得你们，所以今生才会想让你们多陪我些时候，你别怪我有私心。”

白泠看她片刻，道：“我记得就够了。”

红凝勉强笑道：“你们活几千上万年的人，经历的事情多了，一个脑袋哪能什么都记得住。”

白泠不再多说，伸手拉起她：“回去吧。”

红凝点头。

两人的身影刚刚消失，旁边山石上就出现了一个人。

贺兰雪低头看着地上那些被揉碎的杏花瓣，似难以置信。半晌，她猛地抬起脸，望着二人远去的方向，美丽的眼睛里透出怨毒之色，口里喃喃地道：“原来是她，竟然是她！”

她长袖拂过，整片杏花林瞬间被白雪覆盖。

“好好的花，今日偏被你们两个轮番糟蹋。”磁性的声音带着笑意，一只手从旁边伸来揽住她的腰。

美目中厌恶之色一闪而逝，贺兰雪恢复娇弱的模样，顺势倚到他怀里：“陆郎。”

陆玖抬起她的下巴道："你胆子不小，竟敢利用我。"

贺兰雪面色微变，勉强笑道："你这是说什么话，我倒不明白了。"

"你想激他，可惜办法好像没用对。"陆玖顺势在那樱唇上亲了一口，"我当你喜欢什么样的男人，敢冒这个险，原来是区区一只冰妖，本来还以为你有几分眼光，竟是我看错了。"

贺兰雪咬唇不语。

陆玖道："你不怕我对付他？"

贺兰雪声音冷了下来："你最好不要惹他，否则后悔也来不及。"

陆玖乜她："你有多大能耐为他报仇？"

贺兰雪冷笑道："你知道他是谁？"

"他的来历与我有什么关系。"陆玖不在意地道，"你当我真为这个吃醋？我只是没想到，为了他，你竟真的敢去对付文信，那是个大有福德之人，你就不怕将来的天谴？"

贺兰雪淡淡地道："既然你早已知道，为何又将进阵的法子告诉我？"

陆玖满面春风地道："这回我却是真被你算计了。当时我并不知道你要做什么，以为你是想闯进阵去走走，或者也拜个师父。"说到这里，他又挑眉，"那丫头生得还算有几分姿色，至于冰妖，我就不明白他究竟哪点好，连堂堂北界狐族公子也比不上？"

贺兰雪不答，媚笑道："你不是在那丫头手上栽过一次吗，就不想尝尝她的滋味？"

陆玖舔舔她的耳垂道："她不过凡人一个，哪里比得上你我双修的滋味？"

贺兰雪闭目，酥胸起伏，低声道："她滋味如何，你没尝过，又怎会知道？"

"人妖殊途，不像你我乃同类，还是少惹为妙。"陆玖突然推开她，转脸看着二人远去的方向，眼波闪烁，"这丫头也真有点意思，我一直觉得奇怪。"

贺兰雪目光微动："怎么？"

陆玖若有所思地道："我那未来的姐夫似乎认得她。"

贺兰雪奇怪地道："你姐姐不是上仙吗，姐夫自然也该是神仙，怎会认得她？"

陆玖道："我这不也在奇怪吗？"

贺兰雪道："你父王不给你定亲？"

陆玖道："须待我位列仙班。"

贺兰雪似笑非笑，略带鄙视地道："狐性淫，怪道你会忍不住跑出来。他一心想要你成仙，可惜你比不得你姐姐。"

陆玖悠然道："我们九尾狐族岂是你们能比的？我天生三尾，如今已修行两千年，再修四千年便可直接晋升上仙，不像那些苦修多年也只能当散仙的。这中间玩玩还罢，我不想真惹出什么麻烦。"

贺兰雪掩口道："是怕你父王吧。"

“你不必激我，我不喜欢被利用。”陆玖拍拍她的脸道，“我们北界仙族不是你们昆仑族，我也不是那冰妖，你做的事已经让我很生气，想要活命，就别再拿同样的招数来对付我。”

贺兰雪脸一白，嗔道：“说什么呢，我是怕你将来真成了仙，就不记得我了。”

陆玖将她从身上推开：“我记不记得不重要，别以为我不知道你打的什么主意，既然惹了我，就乖乖听话。”停了停，他笑得温柔又文雅，“凡人我动不得，你这样的小妖精倒不成问题，虽说你迟早要受天谴，可我舍不得这么早就让你精魂俱散。”

贺兰雪不敢再说。

“你做这些，怕不只是因为嫉妒吧。”陆玖笑道，“人妖殊途，他敢留恋人间，恋上凡人，迟早会招致天谴，所以你想对付那丫头，让他跟你回去，也是救他一命。但就算我真动了那丫头，你以为他会跟你走？”

“有她在，他就永远不会跟我走。”贺兰雪冷冷地道，“他曾因此丢了五千年道行，未能升仙，否则你这区区两千年算什么！只要能让他跟我回去，是嫉妒还是救人，对我而言没有区别。”

“一个凡人女子，真有那么好？”陆玖意外，目中渐渐兴起一抹玩味之色，“我倒想尝尝了。”

贺兰雪终于露出笑意，柔声道：“我也奇怪，她究竟哪里好呢……”

花朝宫城里云气霭霭，朝露沾湿绣帘，主人不在，未免显得冷清寂寞。云髻高耸，明珠泛彩，陆瑶坐在窗前，任旁边杏仙低声耳语，只悠闲地靠着椅背，若无其事地把玩长而美的指甲，端庄娴静又不乏妩媚。

见她毫无反应，杏仙住了口，低唤道：“天女？”

陆瑶这才哦了声：“这些都是真的？”

杏仙道：“婢子不敢在天女跟前说谎。”

见她自称婢子，陆瑶有点意外，瞟她一眼，笑道：“我每常听他感叹门下凋零，自是想勉励同族修仙，他身为花神，这也是分内之事，你为何要告诉我？”

杏仙微愣。

陆瑶抬眉。

杏仙马上垂下眼帘，隐去目中表情：“那丫头是一心要做神后。”

陆瑶轻笑道：“那只是年少轻狂罢了。何况她后来决心报恩，甘愿脱去本形做了凡人，早已忘记一切前尘往事，哪里还记得什么神后？”

杏仙忙道：“天女贤惠大方，才不会多想，但当年神尊大人待她很不一般，还曾带着她赴瑶池仙会。她不过是……”

陆瑶挑眉道：“她不过是区区一小妖，哪里够资格赴仙会，要去也该带上你们才是。”

心里的话被她看穿，杏仙涨红脸：“我们岂会那般小心眼，只是神尊大人再过两年就要晋升天神，如今过分在意她，恐怕会耽误修行。”

“你说了这半天，只这句话说到我心上。”陆瑶叹息道，“此事我早已打听过，他本就是个多情的，必定还在为当年之事内疚，但因此耽误修行万万不可，帝君也十分担忧，故令我多留心。你先下去，今后有事再来报我。”

杏仙松了口气，点头退下。

第十章

阴阳相隔

自那日之后，红凝便平静了许多，为防止再生意外，师徒三个将方圆数十丈内都布了阵。白泠依旧冷漠寡言，出去寻找灵药的次数却渐渐多了起来，往往一趟便能满载而归，都是难得的珍品。红凝不知道他的灵药是从哪里弄来的，不过目前她也没心思去深究，只尽心照顾文信。

匆匆两个月过去，服用了许多灵药，文信精神真的好了不少。最近几日他破天荒地停止打坐修行，只陪两个徒弟说话，三人倒也其乐融融。

房间里，红凝小心翼翼地捧上汤药：“师父。”

文信端坐在桌旁，已经换了身新衣，闻言接过药，却没有立即喝，随手搁到桌上道：“白泠出去有几天了？”

红凝忙道：“他去采药了，这次可能走得远些，应该快回来了。”

文信点头道：“药已经不少，如今天热，他的法力可能会受点影响，还是少出去为妙。”

“师兄做事向来谨慎，不会怎样的。”红凝宽慰他，眼睛却也不自觉地瞟了瞟门外。

文信伸手拉她至跟前：“这些日子你很难过是不是？”

红凝扶着他的膝蹲下，口里笑道：“怎么会，钟仙说师父迟早会载入仙籍，我就是有点舍不得。”

文信叹道：“我原以为度得此劫，百年之后再飞升，如今虽说事出意外，但能蜕去这肉体凡胎，修得长生，也算遂了我平生之志。”

红凝沉默片刻，道：“师父修成鬼仙，就真与凡间再无瓜葛了？”

仙凡有别，修行者过于留恋尘世只会引出祸事。文信不答，摸摸她的脑袋道：“当初收你为徒，也是因为你我有缘，今后我自有去处，你不必再记挂，像往常一样过便好。”

见他担忧，红凝反倒笑了："师父放心，我又不是一个人，不是还有师兄在吗？"

文信摇头，欲言又止。

红凝没留意他的异样，垂下眼帘笑道："师父养了我这么大，我却没尽到半点孝心，来世更会忘了你们，未免有点没心没肺，师父别生气就好。要不我先给你磕三个头赔罪？"说完，她果真跪到文信面前，恭恭敬敬磕了三个头。

文信无奈，拉她起来道："我本欲叫你修仙，但你……"

"但我天生一颗凡心，实在不适合修行。"红凝趴在他膝上，"来世师父再来点化我吧。"

文信笑道："我正有这意思。"

红凝道："就怕我是个俗人，没有仙缘。"

文信道："有心修行，未必就不能成。我早年曾写得一卷书，修行之法尽在上头，你若有心，便去翻来看看，将来或有重逢之日。"

红凝想了想道："可修仙吃不好喝不好玩不好，万一这辈子还没修成就死了，下辈子会不会想起来再修？还有，我辛苦修了几百年，到时候若成不了仙，那不是很不合算？"

文信失笑："罢了，还未开始就先想这些，你趁早别修了。"

师徒二人就这样笑着拉家常，将往事一件件翻出来数，气氛倒是前所未有的轻松，一年以来笼罩在心头的阴影似乎全都消散了。

许久，红凝终于轻声问道："师父打算什么时候走？"

文信不答："待白泠回来再说。"

提到白泠，红凝忍不住好奇地问："师兄以前好像是住在昆仑山？他是被师父收服，所以才跟着修行的？"

文信看着她正要说什么，忽然门被推开，白泠匆匆从外面走进来。几日不见，他漂亮的脸上略带疲惫之色，身上白衣却依旧干净平整，无半点污迹。

红凝站起身埋怨道："就你回来得巧。"

白泠看她一眼。

红凝故意瞪回去。

文信拉着她许久才松开手，吩咐道："你先出去走走吧，我有几句话要与白泠说。"

红凝看看二人，没说什么，出门去了。

门关上，房间恢复寂静。

确认她已离开，文信这才看着白泠开口："昨夜神君托梦于我，恐怕我也该走了。"

白泠道："师父不必急着走，且看这个。"

他抬起右手微微一晃，掌心立刻现出一株青紫色小草来，小小的圆圆的叶片，叶尖散发着淡而柔和的金光。

文信愣住："这……这是……"

白泠道："这是本族神物九叶灵芝。"

九叶灵芝，修行之人谁不知晓，传说它与九转仙丹一样具起死回生之效，纵然魂魄离体，也能从地府阎君手上强行将其引回。可惜它生长在昆仑神界，并非凡间之物，举世难寻，有缘人方能得之，因此大都是出现在传闻中，少有人能识别。如今白泠竟能取到这样的宝贝，文信怎不震惊，立即低斥道："你盗这个做什么！快些放回去，若叫上神发现，必会降罪！"

白泠道："师父服下它就能保住肉体，待百年后修行圆满，必能飞升做散仙，不比鬼仙更好？"

文信摇头道："你怎的如此糊涂！并非我不愿留下来，只是享用此物，需要极大的福德与仙缘，我恐怕没有，凡事不可强求，我寿数将尽，合当如此。你擅自盗取神物篡改命数，将来事发必招灾祸，这场因果也会牵涉我，于我更无益。"

白泠道："既然我能取到，可见师父就是有缘人，何必推辞。"

文信想了想道："此话也有些道理……"话音忽然停住。

白泠也惊道："这……"

眨眼的工夫，那九叶灵芝竟已枯萎，化作一株干草！

二人面面相觑，沉默不语。

许久，文信叹息道："你做这些，是不放心她？我看她虽年轻，却极有主意，一时伤心自是难免，也不用太担忧，待我离开，你便速速回昆仑山。"说到这里，他语气变得严肃，"来日方长，此事万万不可耽误，你既然肯叫我声师父，就该听我这回。"

白泠沉默半晌，点头。

文信整了整衣衫，缓步走过去盘膝坐到榻上，道："我走了，后事照我先前的吩咐办。"

白泠立即转身："我去叫她。"

文信止住他："不必，那孩子太过看重情义，省得她难过一场，我将来也不能安心修行。"

白泠道："但她很想送师父。"

文信摇头，闭目。

暑热天气，黄昏的风却吹得人发冷，时有不知名的花瓣随山溪流水漂下。

红凝双手抱膝，木然看着溪水。

一直以来都是亲自在照顾，文信的身体究竟有多大起色，她就算不十分清楚，也绝不至于太糊涂。最近他莫名地停止修行，今天更是早早沐浴更衣，还有那刻意表现的其乐融融，都让她害怕和不安。

答案明明白白地摆在面前，她却不愿去相信。

被文信从路边抱起那一刻，那安详的笑、这十几年的生活都已让她不自觉地产生了依赖，纵然她知道他是修行之人，不会太留恋人间感情。她一直以为自己才是最早离开的那个，时间还很多，一切会照想象中那样发展。

留恋凡尘会妨碍修行，她知道其中利害，所以才会尽量配合，想让他安心离去。可惜她终究是个再普通不过的凡人，想不通也参不透那么多玄妙道理。她只知道陪伴教养自己多年的亲人将要离开，要眼睁睁看着他离去而无动于衷，实在太难了。

死亡并不陌生，人人都会经历，奇怪的是，明明每个人都知道这简单的道理，待到身边亲人离开时，仍会忍不住伤心难过一番。她是活过两世的人，本该比别人更豁达，谁知到头来还是难以幸免。

世间没有永恒的情。

夜幕未降，天边已有月亮升起。等了这么久都没有意料中的消息，红凝略觉安心，动了动身体，准备起身回去照顾文信喝药。

她背后传来一声叹息。

熟悉的声音，很轻，却能让人清楚地感受到其中那一丝担心与歉意。红凝转过脸，看着他发愣。

来人身着锦袍绣带，目光亲切，神态安详。

红凝轻声道："是你。"

锦绣微笑，伸手："是我。"

那手很漂亮，色泽温润，干净无瑕，五指修长，透着令人安心的力量。红凝看着，犹豫了，迟迟没有动作，他却主动扶住了她的臂弯，将她从石上拉起来。

没介意过于亲昵的动作，红凝望着那双眼睛道："你早就知道。"

锦绣默认。

红凝慢慢地垂首，将脸埋入他怀中。

锦绣没有拒绝，轻轻搂住她。

怀抱散发的温度叫人留恋，红凝沉默许久，低声道："你真的不能救他？"

"这是命中注定的劫数，擅自更改只会招致无妄之灾，你想救他，可问过他自己愿不愿意？"锦绣在她背上拍了拍，"还看不明白？不是每个人都能升仙，难得他有机缘，若因此便要错失升仙的机会，你这就不是救，而是耽误他。"

红凝不语。

锦绣道："如你所说，生死轮回与长生本无差别，你师父终会修成鬼仙，从此不入轮回，你又何必烦恼？"

红凝道：“他是我师父，是我在这世上的亲人，我不想他这么早就走。”

锦绣道：“如今不走，他将来也会走。”

红凝抬脸道：“我是个凡人，所以无论身边的人什么时候走，我都会这样，除非我比他们先离开。”她有些惆怅，“来世我还是会忘了他们，你说得对，人间没有永恒的情。”

锦绣含笑道：“你打算如何？”

红凝避开他的视线，不肯答。

锦绣道：“仙道永恒，只要你肯修仙，终有一日会再见到他。”

红凝忽觉烦躁：“我不喜欢修仙。”

锦绣皱眉道：“不入轮回，无生死离别，这样有何不好？”

“我也不知道。”红凝抬眸看他一眼，奇怪地问，“你为什么总劝我修仙？我修仙对你有什么好处？”

锦绣道：“对你有好处。”

红凝心中一动：“我好不好，对你很重要？”

锦绣道：“我欠你的。”

又是这句话。红凝知道这句话中没有暧昧了，便冷静下来：“你前世欠我，所以想助我修仙来还？”

锦绣道：“算是。”

红凝道：“你一直跟着保护我，也是因为这个？”

锦绣默认。

猜测被证实，心底生起莫名的失望，红凝别过脸，从他怀中离开：“前世的事我已经不记得，也没兴趣，我只在乎今生。今生你并不欠我什么，你以后不用再这样。”

锦绣道：“仙缘难得，不知多少凡人梦寐以求，放弃可惜。”

因为文信的话，红凝其实早已心动，却还是不甘心，反驳道：“修仙只不过是从一个世界到另一个世界，他们修得长生不死，我们有轮回转世，生老病死聚散离合是人间的规律。身边的人离开，我确实会伤心，但也会好好活下去，师父选择修仙，我却有我的人生，为什么要花那么多工夫去做自己不喜欢的事。”

锦绣道：“仙界才有永恒的情。”

红凝直视他的眼睛道：“你想要我修仙，真的只是因为欠我？”

锦绣点头：“自然。”

红凝想也不想就顺口道：“那你再变一次茶花让我看看，以后就不用再欠我什么了。”

锦绣微愣，没有动作。

这种迟疑让活过两世的人敏感，红凝立即挑衅地道：“你对我好，难道不只是因为欠我？”

锦绣也不答，反而笑着回她：“你想要怎样的答案？”

那笑容太炫目，红凝被问得涨红了脸，却不甘心就此退让，羞恼地瞪着他。

锦绣笑道：“你不说，我又如何知晓？”

他非要她自己说！红凝气恼，索性挑眉道：“我就是喜欢你。我们不是同类，等我修成仙，是不是就能在一起了？那时你还会不会像现在这样保护我？”

锦绣看着她，迟迟没有回答。

这次的迟疑意义全然不同，红凝只觉心一沉，忙侧身望着月亮笑，尽量使语气轻松，保留最后的面子：“算了，反正我不记得前世。你救过我两次，就算再大的人情也已经还清了。凡人是很容易动感情的，这怪不得我，你走吧，以后不用再来，免得让我心存妄想。”

说完这段话，她便紧紧咬住唇，压下那一波一波涌来的惆怅与失落感。

两人一阵沉默。

锦绣凤目含笑，上下打量她。

眼前的人已不再穿红衣，容貌也已改变，却能与他记忆中的人影巧妙地重合在一起。

她还是这么敢说，历经十世仍本性不改，当真是年少轻狂。

终于，他开口斥责：“你太放肆。”

红凝并不迟钝，听出他话中并无恼意，立即得寸进尺地追问：“我就是这么放肆，你，会不会等我？”

锦绣默然片刻，道：“先修仙吧，将来或许……”或许你会改变主意。

方才主动表白也不怕难为情，如今他没拒绝，红凝反而不自在了，想笑又笑不出来，觉得这简直就是在调戏良家男人。

见她这副模样，锦绣忍不住笑了，轻轻拍她的肩：“你师父有事，快回去。”

第十一章

离　开

桌上碗中药汁犹在，两张杌子仍是照红凝出去时的样子摆着，别的东西也都没有动过的痕迹，房间里似乎一切如常，只不过少了个人。

白泠独自守在屋里面，另一个人却不见了。

方才锦绣的话别有深意，红凝已隐约猜到发生的事，还是忍不住心中一痛，呆呆地在门口站了许久，才轻声问："走了？"

白泠嗯了声。

短短两三个时辰，文信的肉身就已经被安置妥当，白泠遵照文信的嘱咐，没有设灵位。红凝看着那张竹榻，榻上空荡荡的，却散发着强烈的熟悉感，仿佛主人随时都会回来打坐。

红凝有点恍惚，喃喃地道："这么快，怎么不叫我？"

白泠走过去，像往常一样拉住她的手道："师父总算得偿所愿，将来顺利载入仙籍，或许还会回来看你。"

红凝低头看看那手，接着抬起脸，渐渐露出一个微笑："其实你们不用担心我，我打算修仙，只是一想到很久都见不到师父，还是……"

双目倏地一亮，白泠低声道："你说什么？"

被他的情绪感染，红凝心情也没那么沉重了，反而开起玩笑："想不到吧，大俗人要修仙，你……"

目光刹那柔和下来，唇角，一丝笑意如涟漪般轻轻泛起，越来越明显，如同春风吹过冰河，俊美年轻的脸不复冷漠，温柔得像一汪春水，一样的波光潋滟。

虽然早料到他会意外，但十几年来头一次看他这么笑，红凝硬是呆了好半天才回神，忍不住调侃道："师兄温柔一笑，难得难得，我真怕你要化成水了。"

白泠却没计较："你果真肯修行？"

红凝抬起二人的手："对，你没听错。师父先走一步，还有我们，我会尽力赶上你们，以后请师兄多多指点。"

白泠道："好。"

红凝道："明天起你教我炼药吧，我要辟谷修行，争取将来跟你同登仙界。"

白泠愣住，脸上光彩渐暗。

红凝没有留意，缩回手，走过去收拾桌上的东西，顺便将杌子摆正，边整理边叹气："还好有我们两个，也没那么无聊。以前师父在的时候，你不说话就算了，现在师父不在，突然这么安静，我怕我受不了。以后我找你说话，你别嫌烦，多少答应两声吧，算我求你——"

"红凝。"白泠打断她。

红凝回身看着他笑道："怎么？"

白泠移开视线道："我要离开些时候。"

笑容僵在脸上，红凝轻轻哦了声，垂下眼帘道："你也要走。"她转身继续整理房间。

沉默许久，白泠道："我先回昆仑山，你且安心修行，这里方圆四十丈内都布了阵，寻常异类要进出也难。你没事最好别外出，日常所需之物每半个月自会有人送来。"

红凝忙个不停，口里随便应了声，拾起桌上的药碗就走。

白泠拉住她道："我过两年会回来。"

"我知道。"红凝点头，出门。

文信的离去并没带来太大的变化，二人的生活一切照常。虽茅屋内不复往日热闹，但除了略感寂寥之外，二人就像什么事也没发生过，只是变得生疏客气许多。白泠再没提过离开的事，红凝偶尔会发呆，但也没忘记正事。她从文信的遗物中翻出了那卷手稿，开始照着上面的方法修行，由于先前学道术时有过经验，也不觉得太难。

夏日的天变得很快，中午还骄阳似火，至下午竟已乌云密布，湿热的空气中传来阵阵蝉鸣声，让人感到无比压抑和烦闷。

红凝心神不宁地打了会儿坐，觉得实在受不了，干脆取过凉水灌了几口，然后坐到椅子上拿手扇风。

房间变得空旷，更多的孤独感悄然而生。

细细将周围每件东西都看了一遍，红凝坐着发呆。这里原本住着三个人，如今却只留下两个，而且说不定什么时候，就只剩一个人了。

白泠是跟着文信修行的，文信去了，他要离开也不奇怪，可三个人在一起生活了十几年，他就真没有半点不舍？

走和留这么随意，他们都已看透生死，根本就不难过吧，原来从始至终割舍不下的只有自己一个，连聚散离合都看不透，真不是修仙的料。红凝深深吸了口气，走回去盘膝坐下，认定一件事就坚持到底，这点恒心还是有的，至少，有个人会一直保护自己。

白泠推门走进来。

心底微微抽痛，红凝含笑起身道："师兄。"

白泠抬手将一只黑色小木匣放至桌上："这是我用先前那些药炼的，每十日服一丸，或许对你修行有好处。"

红凝曾跟文信学过炼药，当前正准备辟谷修行，闻言点头道："谢谢你。"

白泠愣了一下，转脸看着她。

一时二人都不说话，窗外天色沉沉如黄昏，房间的光线也显得更加昏暗，空气似乎凝固了，沉重且闷，叫人难以忍受。

半晌，红凝轻声打破沉寂："你打算什么时候走？"

白泠沉默片刻，道："过些日子再说。"

红凝道："到时记得跟我说一声。"

白泠点头。

可能是光线太暗的缘故，白泠俊美的脸看上去有点模糊，唯有那双明亮的眼睛，竟看得红凝心里一颤。红凝轻轻吐出口气，尽量不去想太多，侧脸望望窗外天色道："快下雨了，明日水定要浑，我趁早去洗衣裳。"她端起木盆匆匆出门。

白泠欲言又止，默默看着那背影消失。

"你还要留到几时！"威严的声音响起。

不知何时，房间里已多了个面目威严的壮年男人，戴紫冠明珠，着黑袍玉带，眉挺鼻直，一双丹凤眼中目光厉如闪电，下巴蓄着乌黑的短髯。

白泠大惊，随即跪下："父王。"

男人冷冷地道："休要再叫这两个字，昆仑族没你这么不成器的东西。"

白泠不敢多说。

男人道："修行未见增进，胆子倒越来越大，私盗九叶灵芝。我们背后多少眼睛看着，你还嫌昊天拿不到我们的把柄，要带累全族不成！"

白泠面有愧色地道："孩儿不孝，愿一力承担后果。"

男人冷笑道："我倒想将你一人绑了送去天庭处置，需问昊天肯不肯放过别人。"

白泠垂首不语。

男人看了他片刻，目光稍微柔和了那么一下，但很快就恢复原样，轻哼："他要拿我们下手，也没那么容易。"踱了两步，男人走到他面前，"起来，跟我回去。"

白泠迟疑不动。

男人怒斥道："混账！私自毁损道行就罢了，莫非你还不知道其中利害！"

"师父刚走，她一个人……"白泠伏地叩首道，"求父王准我再多留几日。"

"糊涂，岂能任由你胡来！"

"父王！"

恳求不成，白泠起身后退。

"长进不小，抗命的事也敢做了，"男人冷笑，"你若真能跑出这门半步，我便准你留下。"

男人黑袍一挥，二人同时不见。

云层厚重如墨，似欲垮塌，终于，狂风骤起，草木尽折，空气中的闷热感却因此减去了好几分。溪边有人在奋力拧衣裳，看样子想在暴雨来临之前快些赶回去。

昏暗的天色中，一男一女远远站在山坡上。

白衣在风中起伏，飘飘如谪仙，陆玖满足地叹了口气道："人间气象就是不同，暴雨狂风，仙界哪得这等畅快。"

贺兰雪道："雷部的人就快来了，你不怕？"

陆玖笑着瞟她："这里若有人要受雷刑，绝对不会是我。"

贺兰雪却没看他，眼睛只望着溪边，淡淡地道："怎么，还不打算动手？"

陆玖道："你自己为何不动手？"

贺兰雪收回视线白他一眼，似嗔非嗔道："你这是在笑话我！那里布了阵法，除了北界狐族公子，我们这等小妖哪能进得去。何况……"她轻推他的手臂，挑眉，"想尝她滋味的人又不是我。"

陆玖语气温柔地道："是啊，你只是想打得她魂消魄散罢了。"

贺兰雪媚眼如丝地道："三昧真火不是能炼人魂魄吗，区区一个凡人就让你吃大亏，你倒大人大量。"她别过脸，柔声叹气，"也罢，什么事不是忍气吞声就过去了。"

陆玖道："我不过想尝尝她的滋味，可没想杀她。"

贺兰雪道："你怕天劫？"

陆玖不在意地道："有我父王在，区区天劫算什么？只不过我那未来姐夫是认得她的，真下手，恐他不快，惹恼姐姐就麻烦了。"

贺兰雪掩口笑道："我知道，你怕你姐姐。"

陆玖面不改色，抬脸望天："雷部的人快到了，哪个小妖动了杀机，让他们撞见，收拾起来也是举手之劳。想活，就先收起你那些心思。"

贺兰雪咬咬唇，冷笑道："你以为我怕？"话虽如此，她还是不安地望了望天，美目中掠过一丝恐惧之色。

陆玖忽然咦了声："昆仑族的遁术。"

贺兰雪忙转脸看，果然见黑压压的云层下，一道紫光飞速划过，朝着昆仑山的方向遁去，消失在天际。

陆玖似笑非笑地道："是从里面出来的。"

贺兰雪愣住："难道……"

陆玖道："他可能回昆仑山去了。"

想想也没有别的解释，贺兰雪沉默。

陆玖笑着看她："这不正合你的意吗，还不快回去找他？"

贺兰雪冷冷地道："回去又如何？有她在，他就永远不会安心修行，更不会跟我在一起。"

陆玖道："你也没那么笨。"

指甲深深掐进肉中，贺兰雪道："你真不肯帮我？"

陆玖仿佛没有听见，温文尔雅地笑道："这场雨怕是不小，我们还是先找个地方躲躲吧，顺便玩点别的。"

“怕淋湿你这身狐狸毛？”贺兰雪忍气冷哼，先行遁走。

夜色中狂风大作，阵阵雷声从头顶滚过，闪电映得窗外恍若白昼。

桌上燃着盏古旧的油灯，这是文信的房间，由于经常整理打扫，每件东西都摆在适当的位置，与主人在时一模一样，丝毫不显凌乱。

红凝坐在榻上，看灯焰跳跃。

她特意在这边等，白泠若是回来，发现文信的房间里有人，一定会过来查看。

门紧闭，迟迟没有人推开。

竭力否定心中的猜测，红凝慢慢地抱住膝盖，将身体蜷缩起来。他亲口答应过，绝不会不辞而别，或许……去办事了？十几年来，他每一次外出都会事先告知自己，什么时候走，要去多久，几时回来，这次却没有。

飒飒声响起，由远及近，雨点终于铺天盖地般砸下。

眼睛湿润，红凝弯弯嘴角，自嘲地叹气。

天下无不散的筵席，亲身经历了两世还看不透这些，她到底是在怕什么？多年过去，那个世界的亲人们不也已经模糊了吗，她伤心又怎样？时间真是件厉害的武器，或许将来，白泠、文信也一样会随之淡去，来世更要被她完全遗忘。

白泠不厌其烦地牵着自己学步，指点自己法术，带自己进城。那个漂亮冷漠的师兄只因被姑娘们觊觎美色屡次受自己嘲笑，就变成了如今的坏脾气，说话丝毫不留情面，却又对自己关怀备至。

原来红凝怕的，只是忘记。

窗外望不见灯光，这地方十分僻静，离最近的村庄也有两三里路，也是文信为了修行清净特意选的。

雷电交加的夜，孤独的茅屋，孤独的人，难以忍受的寂寞。

“红凝。”有人轻声唤她。

于迷惘中被惊醒，红凝下意识地抬脸：“师兄！”待看清来人，她忙跳下竹榻，惊喜地道“是你。”

锦绣道：“不必再等，他已经走了。”

师兄真走了？红凝咬唇。

锦绣拭去她脸上的泪道：“有朝一日你登入仙界，自然能见到他们。”

红凝点点头，将脸埋入他怀里，低声道：“我只是不习惯，先前还好好的，突然都不见了……一起生活了这么久，他……也不说声就走。”

锦绣道：“你认为他会不辞而别？”

红凝愣了一下，忽然想起什么，大惊道："难道……他有什么原因，非走不可？"

锦绣承认："你最好让他走。"

先前的不快立即消失得无影无踪，红凝暗恨自己大意。白泠向来对自己呵护备至，如今不告而别，事情肯定很严重。他是怕说出来惹自己担心吧？自己平日粗心，对他的事一无所知便罢，如今竟然仅仅因为一句"离开"就只顾着赌气，没去细想他最近的异常表现。

红凝越想越悔恨，越想越担心："他会不会有危险？"

锦绣道："他肯回到昆仑，就不会有事。"

红凝这才松了口气。

锦绣道："你师父文信如今已拜在东岳君座下修行，不日即可载入仙籍。"

红凝大喜道："真的？"

锦绣颔首道："你若想见他，就勤奋修行，我这两年恐怕不能多来看你。"

红凝失声道："你也要走？"

看出她的失望，锦绣柔声安慰："我有些要事脱不开身，你切记不可乱跑。"

从他的话中感受到担忧之意，红凝到底不是那胡搅蛮缠的人，也就理解了，眨眼笑道："那你忙正事吧，我慢慢修行，你在天上等我。"

锦绣看着她，只是微笑。

红凝在孤独中获得拥抱，纵使无言地相拥，也比什么都甜蜜。一道雷声在头顶炸开，红凝恍若未闻："你真是茶花仙？"

锦绣含笑抬起左手，手上真的多了枝红茶花。

花朵艳红如火，热情且妩媚，枝叶挺翠，透出三分坚韧，真正是艳而不娇，比之牡丹略欠点贵气，比之梅花略少点傲气，却也别有一种山野的纯真风味。

红凝感觉亲切无比，抢到手里看了看，又仰脸端详他半晌，怀疑地道："这花不像你。"

锦绣道："像你。"

红凝脸一热："怎么像我？"

锦绣道："胆大妄为，年少轻狂。"

红凝怎会听不出话中含意，瞪他："我就是说喜欢你，喜欢你，怎么了？"

锦绣笑而不语，重重地敲了下她的额头，然后不知从哪里变出只细长优美的白玉瓶，从她手中取过花插入瓶中，放到桌上："今后它陪你，若有急事，就将它取出。"

红凝忙道："我去弄点水。"

锦绣制止她："不用。"

没水，花不会谢吗？红凝暗暗称奇。

第十二章

谁的劫

接下来的日子，红凝抛开别的事，开始修习辟谷之术。或许是心情和天气的关系，加上有白冷精心炼制的药丸辅助，断食也没有想象中那么困难，半个月后，她只服药饮水，反觉浑身轻松。这意外的变化令红凝觉得惊奇又有趣，这辟谷之术很适合懒人——不用生火做饭。

玉瓶里的茶花果真没有凋谢。

非但没谢，那花颜色反而越来越鲜艳，灼灼生辉，应该是靠瓶中灵气滋养。红凝仔细观察那灵瓶，发现上面只有四个小字：花朝风露。

这辈子经历的怪事不少，最意外的就是自己竟然会和花仙恋爱，而且出乎意料地顺利。

文信将入仙籍，白冷迟早也会，自己呢？能不能如愿求得永恒的情？红凝摸摸红艳的花瓣，觉得脸有点烫，忙将它放回原位。

天色已晚，她起身出门，准备去溪边打水。

门外竟站着个人。

被那双眼睛看得心神一荡，红凝大吃一惊，慌忙移开视线，扶住腰间的桃木小剑，后退两步道："你来做什么！"

陆玖淡定自若，笑道："自然是找你了，这阵法设得还算高明，费了我几日工夫。"

红凝退进门里，淡淡地道："找我做什么？"

陆玖柔声道："姑娘独处山中未免寂寞，陆玖特地前来相伴。"

磁性的声音透着无限诱惑，这是《聊斋》里的狐狸精们常对书生说的台词吧？红凝哭笑不得，唯恐又中了他的诡计，暗自防备，面上镇定："我好像不需要，陆公子不会这么无聊吧？"

"那我就说实话了。"陆玖扶着门框，压低声音道，"贺兰雪要我来杀你。"

听到贺兰雪的名字，红凝恍然，旧恨随之涌上，想不到文信饶了她一命，她竟还不悔改！

心里气闷，红凝冷笑道："你还真听她的话。"

陆玖笑起来："女人要起心眼全都一样，这话说得好，可惜对我不太管用。"

红凝垂目，缓步后退："当然，陆公子是聪明人，怎么会因为我一两句话就改变主意。"

陆玖抬脚跨进门："我可以让你魂消魄散。"

“陆公子要下手，我也无话可说，但这样糊里糊涂被人利用，我却为你不值，”说话间，红凝已退至桌旁，迅速取过身后的玉瓶茶花，这才真正松了口气，“听说九尾狐族都是天生的半仙之体，且通晓阵法，足智多谋，难道看不出她这是在借刀杀人？”

陆玖看到那茶花，果然愣了下，站住道：“花朝宫。”

锦绣法力比他高，他有所忌惮，这点是肯定的。不过俗话说“宁伤君子，勿伤小人”，自己得罪这种人必定后患无穷。衡量之下，红凝微微一笑：“当初实属无知，所以冒犯了陆公子，红凝这里赔礼了。”她果真矮身作了一礼，“俗话说，大人不计小人过，还望陆公子别和我一般见识，就当看在锦绣的面上吧。”

陆玖本已恢复平静，听完这番话又意外了：“你叫他什么？”

直呼锦绣名字未免暧昧，红凝脸一红，没有回答。

陆玖看着她，神色捉摸不定。

红凝道：“你知道贺兰雪为什么要杀我？”

陆玖有些心不在焉地道：“她喜欢冰妖，可那冰妖喜欢你。”

红凝意外，皱眉道：“陆公子好像误会了，他是我师兄。”

“师兄啊……”陆玖笑得意味深长，“好吧，你师兄待你格外好，叫她怎能不生气？”

“那是因为……”红凝竟无法反驳，心生烦躁，“总之，我师兄已经回昆仑山，贺兰雪该去昆仑山找他才是，而且我没记错的话，她已经跟了你，既然知道她的心思，你还要帮她？”

“她的心思与我何干，只不过美人相求，我怎好不答应？”陆玖轻嗤，语气忽然一转，变得满含暧昧，“你也可以求我。”

他不过是跟贺兰雪玩玩，贺兰雪到底没得到什么，迟早会自食其果。

爱固然痛苦，恨却会毁灭一切。

红凝暗自叹息，扶住花枝道：“这花一旦离瓶，锦绣就会知道，陆公子何必逼我？我不过区区凡人，杀了我只会招致天劫，对你并没有好处。何况当初的事我已经认罪赔礼，你还要计较，岂不显得太小气？”

陆玖为难地道：“饶过你，我怎么跟她交代？”

红凝毫不迟疑地道：“陆公子的风采和手段，是女人都逃不过，难道她真那么厉害？”停了停，她又道，“你不喜欢她也罢，若真为她着想，就更不该杀我。且不说我和师兄并非你想的那样，就算他真的喜欢我，我若死了，难道他还会原谅贺兰雪不成？”

陆玖果然笑了：“你很会说话，比她聪明。”

红凝道：“还望陆公子高抬贵手。”

陆玖目光闪烁，不再说什么，转身出门离去。

看看怀中的茶花，红凝长长地舒了口气。确定陆玖离开，她立即抱着花瓶出去走了一圈，将四周的阵法略作改动，这才放心地回来。这倒也不是害怕，只不过她曾听锦绣提起，陆玖在北仙界的地位不低，真惹上了，说不定会连累锦绣，不如和平解决的好。

白泠已经走了，贺兰雪为什么还要处心积虑地对付自己？就为了让白泠永远留在昆仑山？

窗前明月挂起，红凝拨弄着匣中药丸，心神不定。

活过两世，她不是同龄的糊涂少女，谁对自己格外好，又怎会不知？在别人看来，白泠冷漠难以亲近，有洁癖且喜静。然而，他可以任她拽着衣角满山跑，有时候一天只说十句话，至少有八句是被她逼着说的，实在烦得受不了，也只瞪瞪眼以示警告。总之，一切他都会为她安排得妥妥当当，包括这次离开。

难道他真的……

红凝摇头否定了这种可能，当年被文信从路边捡回来，白泠对自己就格外不同，那时自己还是个婴儿，他哪有这么快就喜欢上了？

自己想得太多了，贺兰雪那个疯子，向来是疑神疑鬼的。

红凝自觉好笑，合上药匣，准备打水沐浴，谁知刚跨出门，一只手就从旁边伸来，要去揽她的腰。

“谁！”红凝大怒，闪身避开，抽出桃木小剑刺去。

剑身被那手握住，一寸寸化为焦木。

看清来人，红凝大惊道：“你又来做什么？”

说话间，她已被他制住。

“不是来，是你这么有趣，我还没舍得走。”湿热的气息喷在她耳边，陆玖声音里透着几许得意，“我的遁术，你又怎能发现？”

难以脱身，红凝心里着急，紧闭双目道：“你就不怕天劫？”

“有我父王在，区区天劫算什么？”陆玖抬起她的下巴，“何况我又不会杀你，阴阳交合本就是修行之法，有什么不对的。”

“无耻！”红凝咬牙道，“若是锦绣知道……”

所谓色令智昏，陆玖此刻哪里会害怕，低头笑道：“知道又如何？就凭我父王，他多少也要卖三分面子，何况……”

湿热的舌尖舔过耳垂，红凝半是厌恶半是惊怒地睁眼：“你……”

见她目光迷惘，显然已是中计，陆玖露出几分满意之色，轻佻地拍拍她的脸：“外头冷，我们进去吧。”

红凝果然低头，任他搂着走进门。

陆玖打量房间，目光落定在那枝红茶花上，秀眉一皱，似很不解，斜眼看她道：“想不到他这般小心，你与他究竟是什么关系？”

红凝喃喃地道：“我喜欢他。”

陆玖并不意外，笑得欢畅，有点幸灾乐祸地道：“可惜可惜，谁都知道他是个最多情的，陆瑶等了两万年才等到他，你一个凡人何必自讨苦吃，不如跟了我吧。”处子元阴对修行大有助益，他上下打量她，确认她是处子之后笑意更深，“你必定还没尝过其中的滋味乐趣，它的好处是说不清的，一言难尽。”

红凝迷茫地问：“什么？”

陆玖没有回答，捏了捏她的手，声音越发温柔：“我教你领略人间极乐之事，做一回神仙，好不好？”

红凝垂眸，含混地嗯了声。

见她含羞的模样，陆玖淫心大起，搂着她就朝床走：“你只要依了我，便知道我的好处，包管叫你享用不尽——”

他话未说完，忽听得一声“打”，怀中红凝已消失，同时，一道白亮的闪电从窗外射进，直直朝他刺去，强烈的光芒映得室内明晃晃的，恍若白昼。

陆玖愣了一下，消失不见。

好不容易争取到时间，红凝现身桌旁，心知情况危急，飞快地伸手去取那只玉瓶。

就在她即将得手之际，一只手忽然从旁边伸来，连瓶带花抢了过去，接着笑声骤起：“有趣，果然有趣得紧！”

红凝惊得后退。

“区区锁心之术，也想瞒过我。”陆玖出现在桌旁，单手托着花瓶，风度翩翩恍如神仙。

如同掉进冰窟，红凝全身冰冷，实在想不通自己哪里露出了破绽。方才她有意去看他的眼睛，却事先对自己用了锁心之术，一旦封住心神，看什么也就如同没看了，然后假作被迷惑，趁他防备松懈便偷袭脱身。她原以为此计定能瞒过他，如今看来他竟早有防备，她的顺从、偷袭全都落在他眼里，他分明是在玩猫扑老鼠的游戏！

陆玖当然知道她在想什么：“很奇怪？只因我并没使媚术。”

脑袋轰地炸响，红凝终于知道自己错在了哪里。她一心想使诈脱身，所以故意做出受迷惑的模样，却没料到对方根本没有用媚术！

呆了呆，她身影晃动，遁出门去。

“长夜寂寞，正好陪你玩玩。”她身后传来陆玖的笑声。

时已十六，圆月高挂，如同水银灯。这本是修行与斗法的大好时候，方才红凝正是借着太阴之力偷袭陆玖，然而月既属阴，更能助长妖气。

陆玖挑眉道："怎的不逃了？"

红凝尽量冷静地说："逃有用？"

陆玖笑道："你还不算太笨，有什么本事，尽管使出来让我瞧瞧。"

红凝避免去看他的眼睛："你真不肯放过我？"

有时候东西不在好，而在于得不到。陆玖贵为北界狐族公子，长相身份无一不是上乘，外加高明的媚术，对付女人哪有不手到擒来的？北界王的纵容更是助长了骄子之气，就连贺兰雪也不敢过分要求他。如今红凝曾令他吃过大亏不说，还丝毫不买账，未免惹他性起，非弄上手不可。

他缓步上前道："怎么样，求我放过你？"

红凝握拳，淡淡地道："我听说北界族规很严。"

陆玖脸色变了变，很快又不在意地道："不过玩玩，并未动情，于修行无妨，父王岂会当真把我怎样。"

茶花落在对方手上，红凝自知在劫难逃，却也不甘心受他摆布，于是伸手自头上拔出发簪，默默念诀，然后迎风一抖，小小发簪竟化作了一柄寒光闪闪的青锋剑。这正是文信生前所用的武器，虽说近年他只清静修行，但年轻时也曾游走四方，不知多少作恶的妖鬼被斩于剑下。因此此剑煞气极重，寻常妖怪见之胆寒，威力不可小觑，如今正好被红凝炼作护身法宝。

陆玖饶有兴趣地打量那剑："好剑，但用它对付我还差得远。"

"差不差，试过才知道。"红凝冷哼，双手高举长剑过头顶，口里念诀，那剑乍得太阴之威相助，一时光华大盛，凌空朝陆玖削去。

"有几分能耐。"陆玖不慌不忙地挥袖，一道绿光骤然亮起，划过半空，蛇一般缠上剑锋，与之相抗。

灼热感迅速从剑上传来，烫得红凝手一松，接着她只觉得整个人都在燃烧，心上阵阵疼痛，法力受制，剑尖光芒渐暗，再难进攻。

见她不肯弃剑，陆玖意外，轻哼道："看你倔到几时。"

剑锋颤抖，红凝来了横劲，全神念诀。

陆玖笑道："三昧真火乃是噬心之火，你不怕？"

两人实力悬殊显而易见，红凝已经没有精神回答他。三昧真火能令凡人灰飞烟灭，她当然明白其中利害，只不过料定他不会下杀手，才敢冒险硬撑，拖延时间。但由于平日不善术法，她如今全力以赴，很快就难以支撑，额上渗出汗水。

陆玖闪身至她身旁，撤了法力，笑道："罢了，你斗不过我的，不若乖乖地——"

他话音未落，红凝忽然侧脸张口，一股血箭喷到他身上。

陆玖尚未反应过来，只觉得有什么东西重重击在胸口，犹如千钧巨石，几乎让他昏厥，同时浑身奇痛无比，十分难耐。

一粒木珠滚落在地上，闪闪发亮。

意识到发生了什么事，陆玖后退，怒极反笑道：“好好，你胆子不小！”

心血耗损，红凝也后退几步，勉强站稳。九尾狐族最难对付，桃木蘸心血方能逼其现形，虽说她法力不济，但如今正值月圆时分，正好助长了威力，加上陆玖本身全无防备，竟真让她偷袭得手。

眨眼工夫，陆玖已现出原形，十指生出银色长甲，身后五条长长的蓬松的雪尾摇摆，兽性也随之爆发，目露凶光：“自寻死路！”

一团绿幽幽的火光亮起。

红凝大惊失色！

照理说，妖怪被迫现原形，法力就会大打折扣，对付起来便容易多了。她哪里能料到九尾狐族会这般厉害，现了原形还能动用三昧真火，如今激怒他，别说性命，她恐怕连魂魄都难保全！

修炼两千年，头一次被人逼出原形，陆玖怎咽得下这口恶气，长长指甲挑着那团火，毫不迟疑地弹出去。

今日真要落个灰飞烟灭的下场？红凝惊恐，整个人僵在原地，全然忘了闪避，心中尽是绝望。

“红凝！”一道满是痛意的急怒之声传来。

第十三章

三世之缘

火光在面前跳跃，下一刻，它就能让人魂消魄散，永远从世上消失。

急怒的声音满含痛意，红凝从绝望中清醒，一颗心猛然下坠，随之而来的是更多绝望。眼睁睁看着那人影朝自己扑来，她努力地张了张嘴，却怎么也叫不出，只发出喃喃的声音，仿佛在自言自语：“别。”

碧莹莹的火，拥有摧毁凡间一切事物的力量，彻底断绝它们的根源，了断人的轮回。

红凝抬手想要阻止，却仍被那股大力扑倒在地。

幽幽绿火沾上白色衣角便迅速蔓延，最终聚集在他的心口，在他体内燃烧，看上去漂亮又诡异。

地上，红凝立即翻身抱住那人，眼见那小小火焰燃烧跳跃，仿佛同时也在灼烧她的心。或许是先前斗法心血耗损的缘故，她心头一阵阵抽搐，疼得厉害。

白泠转脸看着陆玖，冷冷地道："造下杀孽，你就不怕受天谴？"

陆玖业已回神，知道这次犯下大错，脸色也变了，手一挥，茅屋前的石座轰然倒地，四周阵法随之撤去。

"白泠！"一道白影疯狂地冲进来。

白泠迅速直起身，伸臂将红凝挡住，语气带了几分恳求："不要动她。"

听到这话，白影在离他几步远的地方陡然停住，贺兰雪呆呆地站在那里，看着他半晌，忽然微微笑了，笑得眼泪不停地流下来。她紧紧捂着胸口道："好，好，你始终还是惦记她，五千年的道行还不够，如今什么都要给她！"

白泠变色。

贺兰雪伸手指着红凝，笑着摇头道："你不说，我就不知道吗！一样的讨厌杏花，一样的不爱修仙，她还能是谁？是谁？"

白泠慢慢地转过脸，仍是什么也没说。

红凝木然地抱住他道："你这是做什么？"

碧火渐旺，身体逐渐变得透明，白泠沉默半晌，漂亮冷漠的脸上露出了笑意，如同火光一样温暖，却又透着许多无奈与悲哀之色。

"有件事我一直没跟你说，"他轻声道，"父王曾为我卜卦，你是我的劫。"

红凝看贺兰雪道："救他，求你们。"

贺兰雪木然不语。

茶花！红凝挣扎着要起身。

白泠拉住她："小珂。"

听到这陌生又熟悉的名字，红凝愣了愣，转脸看着他，神情不解。

"你不记得了，"白泠看着她，惆怅之色渐渐散去，笑意反而多起来，"我记得，当初师父带你回来，看到你的第一眼，我就知道你是小珂。"他像往常一样握住她的手，"我总是迟了一步，当初遇上你，你便已经喜欢那个人，让我等来世，父王说你是去报恩的。"

红凝茫然地道："什么？"

白泠缓缓地垂眸道："第二世我找到你了，你叫小珂，答应和我在一起，可我……没有保护好你。"

"我杀了你！"贺兰雪冷笑道，"人妖殊途，你不死，他迟早也会受天劫，你死了才是顺应天意！没想到他……他竟然舍弃了五千年道行，又找到了你！"

白泠看着红凝的眼睛，略带希冀。

曾经有过这些事？红凝摇摇脑袋，竭力想回忆，脑中却始终只有一片空白。

他用五千年道行换得今生，她却已经不记得前世。

白泠沉默片刻，语气变得愉快：“不记得才好，你已经忘记他，喜欢我了。”他伸手摸她的头发，略有些迟疑，终是轻轻抱住她道，“等了三世，我终究还是找到了你。原打算就这么过一世，想不到你竟肯修仙，我还希望将来能与你同登仙界……”他到底忍不住叹了口气。

他们终于有希望在一起，他却难逃此劫。

失望，他还是忍不住失望啊……

有凉凉的东西滴落红凝颈间。

我修仙，却不是为你。红凝心中剧痛，眼前迷蒙一片，眼泪滚滚而下。她紧紧抱住他，声音嘶哑地道：“可我不记得，什么都不记得！为什么我不记得了？”

“我记得就够了。”白泠声音渐弱，身影越发模糊，冰与火相抗，所受煎熬更非同一般。

心火燃尽，他便会形魂俱灭。

他抬脸看着贺兰雪，做最后的乞求：“不要再害她。”

贺兰雪看了他片刻，道：“好。”

白泠点头，微微一笑：“对你不住。”

贺兰雪也笑。

“来世便忘了我吧，省得难过。”他年轻俊美的脸上生起无奈与怜悯之色，有留恋，更多的是不甘。他定定地看着面前的人，那是他守护了三世也错过了三世的女子，喃喃的声音似在叹息，又似责怨：“五千年道行还不够，不够吗……”

一阵风吹过，带来无尽凉意。

面前人影逐渐消失，仿佛被风吹散了，红凝下意识地张臂想要护住，却什么也抓不到。

她摸摸肩膀，那里的手也不见了。

眼泪被吹干，她独自坐在地上发呆。

贺兰雪转身打破沉寂：“你杀了他。”

陆玖回过神，故作镇定地道：“是他自己要代人受死，与我何干。”

出乎他的意料，贺兰雪没有发怒，只挑了挑眉：“你也逃不过的。”

话音刚落，她忽然飞身而起，化作一片浓云笼罩在上空，挡住头顶明朗的月光。须臾，无数铜钱大小的雪花飘散下来，落地即化。

陆玖惊道：“你……做什么！”

冰冷的雪花如纷乱的蝶影，挟逼人寒气，却透着彻骨沁心的纯净，四周隐约响起笑声。

偷听到他的大劫，不择手段地逼他回去，从决定对文信下手的那一刻起，她就已经为自己选择了结局。

雪尽云收，圆月重现，天地间一片澄明，周围景物更加清晰。红凝仍是面无表情地坐在地上，却再也见不到贺兰雪的影子。

陆玖似难以置信，喃喃地道："疯了，真是疯了！"

遇上这种事，心情总不会好，他摇摇头，不想再多作停留，转身就要离开。谁知就在此时，一道紫光倏地划过长空，紧接着大片乌云飞来，黑压压地盖住了天空。

天庭不可能这么快就知道这件事，惩罚更不该这么重！

陆玖惊异，不免有些着慌，想要遁走。

云中霹雳炸开，声音震耳欲聋，一道耀眼的紫色闪电劈下，其形若刀刃，看上去就是一柄巨大的弯刀，天威煌煌，纵使盘古开天辟地也难形容比拟。

陆玖跌倒于地，惊恐且绝望："昆仑斩神刀！"

天火为刀，散鬼之形，灭妖之魂，断仙之根，斩神之灵，紫色神刀毫不留情地斩下，眼见就要将他劈成两半！

忽地，一道金光自东南方飞来。

"阿玖！"女子的疾呼声传来。

金光如剑，伴有瑞气，恰恰格开那柄紫刀，相撞时发出震耳欲聋的声响，地面不住地晃动。

金光紫电尽数消失，大地回归沉寂。

满天乌云散去，周围光线却明亮如白昼。中间地上站着个男人，紫冠黑袍昭示着他尊贵的身份，依稀竟有王者的威仪，眉挺鼻直，下巴蓄着乌黑的短髯，一双丹凤眼十分凌厉，其中满是阴沉狠怒之色。

他身后跟着四个手执法器的随从，神情俱有些愤愤的。

云头降下。

锦绣与陆瑶并肩而立，身后跟着杏仙梅仙二人。

见陆玖安然无恙，陆瑶松了口气，也不急着过去看他，反倒上前两步，朝黑袍男人盈盈下拜道："北界上仙陆瑶，拜见昆仑天君。"

锦绣亦道："天君别来无恙。"

昆仑天君不理二人，踱到红凝面前。

红凝抬脸道："救他。"

昆仑天君不答，目中的狠厉之色却减掉了几分，隐约透出一丝黯然。这个倔强的小儿子和他的母亲一样，一样可以做出蠢事。当初天君推算到他的劫数，所以强行将他带回，谁料到他又偷偷逃出来，只为与这女子道别，果真天意难违。

半晌，昆仑天君抬手，就在白泠消失的地方，有蓝紫色的微光聚拢，变作小小一团，缓缓飞入他袖中。

见此情景，锦绣与陆瑶互视一眼，皆松了口气。

当然，凡胎肉眼是看不见这些的，红凝伸手，慢慢地在地上摸索："白泠……"

"劫数既完，你最好忘了他。"话音未落，昆仑天君已从她面前走开。

陆瑶始终规规矩矩地保持着行礼的姿势，旁边陆玖也慌忙翻身跪好，一声不敢言语。

陆瑶低声求情道："舍弟实是无知，且看家父之面，求天君手下留情。"

"好得很，姓陆的小子！"昆仑天君看着陆玖，皮笑肉不笑地道，"小儿道行不深，倒劳动北界小辈出手教训。"

姐弟两个垂首不敢辩。

锦绣摇头道："人妖殊途，本就是他命中的劫数，天君何必动怒。"

昆仑天君道："你的意思？"

锦绣道："陆玖确是罪有应得，当按天条处置。不如来日面见帝君——"

"小儿命丧北界九尾狐之手，本王自会与他算账。"昆仑天君冷笑着打断他，双眉一扬，傲气尽显，"你早已不是什么中天王，区区花神也敢接本王的刀，我倒想问问昊天，他当真是欺我们昆仑无人吗？"

见他话锋直指神帝，锦绣也不生气，微笑道："天君言重了，昆仑族术法独到，门徒鼎盛，能者辈出，连帝君提起也称赞佩服，锦绣怎敢不敬。方才实是情急失手，并无他意，若天君定要责罚，锦绣认罪便是。如今只望天君以令公子为重，不若先行归去，来日锦绣代为上奏，必为天君求得瑶池金莲露。"

陆瑶何等聪明，忙道："北界愿奉上灵泉一盏谢罪。"

昆仑天君尚未回答，一随从怒道："杀子之仇，竟要天君就此罢休？"

"原是失手，天君何必与小辈计较，反倒误了大事。"说到这里，锦绣叹息道，"闻夫人只此一子，天君不看锦绣的面，也该……"

昆仑天君果然迟疑，脸色阴晴不定。

锦绣道："天君可是信不过我？"

九界之水极为难得，六界交情都好，最难求的便是瑶池金莲露。昆仑天君明为臣子，暗中却与神帝呈分庭抗礼之势，本就担心神帝会为难，如今见他肯主动应承此事，昆仑天君思索再三，终是挥袖，冷冷地道："叫陆展去昊天跟前候着，本王再与他理论。"

紫气升起，五人驾云而去。

事情总算平息，陆瑶看向锦绣，嫣然一笑："今日幸亏有你，想不到阿玖竟闯下这等大祸。"

锦绣道："幸好尚能补救，须速速带他回北界。"

陆瑶点头，低声责骂兄弟。

见红凝仍坐在地上，锦绣走过去俯身扶她，轻声道："好了，起来。"

"我不记得了。"红凝推开他，双手仍在地面胡乱摸索，终于痛哭出声，"白泠呢？前世，今世，我为什么不记得？什么都不记得！"

锦绣道："他动了凡心，自当历劫，此乃天意。"

红凝不理他。

"怎的还不明白？"锦绣强行要拉她起身，"世间万物都有循环转化之规，你何须难过。"

"那又怎样！"红凝挣扎，"循环转化，我去哪里找他！我呢！"她忽然转向陆玖，恨恨地道，"今天不是白泠，灰飞烟灭的就是我，杀人偿命！"

锦绣道："一切自有定数，你不明白。"

红凝冷眼望着他半晌，道："你为什么要为他说情？他本来该死，你为什么要救他！"

锦绣不语。

陆瑶眼波微动，上前作礼道："舍弟确有不是，陆瑶代他向姑娘赔罪，姑娘且看在中天王的面上，饶他这次吧。"

红凝已知道中天王是谁，冷笑道："神仙也讲人情，赔罪就能让白泠回来吗？你是谁？我为什么要看他的面子？"

陆瑶莞尔，也没解释。

杏仙怎会错过讨好新主的机会，娇声道："这是北瑶天女，也是将来的中天王妃。"

红凝倏地看向锦绣。

锦绣没有避让，只是看着她的眼神黯淡了许多，其中的歉意清清楚楚。

仿佛对着面镜子，照得心中一片雪亮，红凝忍不住低头笑道："原来都是我自作多情。"

她缓缓地站起身，整了整衣衫，这才抬眸又看着他："中天王不用内疚，你并不欠我什么，都是我欠你的。闭关实在无聊，那些药难吃得很，我竟坚持到今天，奇怪。"

空空的地面上，什么也没有留下。

眼泪终于再次滚落。

"他一直以为，我修仙是为了他。"红凝摇头，转脸看着陆玖，语气很平静，"我决不会放过你！"

那目光太狠，陆玖不安地看姐姐。

红凝收回视线，冷冷地道："天意？我只相信善恶终有报。有北界王罩着，有你们袒护，那妖狐就能随意杀人，连天劫也不怕，什么仙界。一样的钩心斗角徇私枉法，比人间还恶心！是我糊涂了，那种地方怎会有我想要的东西！"

锦绣道："你——"

清脆的响声打断他的话，玉簪一折两段，被掷于地上。红凝后退几步道："我红凝在此立誓，今生后世，永不修仙，否则下场形同此簪，叫我魂——"她发不出声音了。

语气坚定，暗含嘲讽，发誓的人一如当初那般决绝。

锦绣俯身拾起两段玉簪，轻声道："你总是轻易为别人发这样的誓吗？"

凡人的感情，他这种神仙怎能理解？红凝看着他，渐渐地，唇角弯出浅浅的弧度，变作一抹嗤笑。

她不再理会他，转身回房。

杏仙碰碰梅仙："那就是昆仑天君与凡人所生的儿子？"

此事天庭明令禁止再提，但当年闹得沸沸扬扬，岂有不流传的。一万多年前，正宗神族与昆仑神族争拥天庭之主，分别是昊天帝君与昆仑天君，两族祖师约定互不插手，让二弟子闯天劫，能者为尊。谁知就在这当儿，昆仑天君私自娶了一个姓闻的凡间女子，神与人怎能相恋，终于没能度得天劫，致使昊天帝君坐上天庭之主的位置。

昆仑神族失败，此事原该到此结束，不想后来又牵扯出另一件秘密。

当初昆仑天君为避劫，特意闭关修行，却不知是谁暗中将那名女子送上了昆仑山。

得知此事来龙去脉，昆仑祖师立即卜算，明白幕后黑手果然是正宗神族的人，一时大为震怒。昆仑天君与昊天帝君都是各自族中首屈一指的人物，除了两派祖师，谁能知道他们的命数？因此昆仑祖师认定此事是正宗祖师指使，有违互不插手的约定，率部族登门质问，两派险些在南天门打起来。最终，锦绣主动站出来承认自己无意间窥得天机，不慎泄露，引得部族动心设计。正宗祖师得知，当即削去他天神之位，贬为花神，算是勉强给了昆仑神族一个交代。幸亏锦绣人缘甚好，能算出昆仑天君的克星，足见法力了得，昆仑天君也有些佩服，此事才平息下去。

从天神被打回上神，昆仑天君重修五千年，晋升天神时又险遭大难，那位闻夫人为平息族中怒气，保住天君的道行，主动去了天火麒麟处，落得灰飞烟灭的下场。

梅仙本不喜杏仙，但提及此事也不免动容，垂首道："想不到昆仑天君难度情劫，如今他的儿子也……"

陆瑶蹙眉，见锦绣站着不动，立即瞟杏仙。

杏仙领会其意，忙上前劝道："神尊大人数次点化，已尽了主仆之情，是她自己冥顽不灵，与仙道无缘，何必再枉费心思。"

陆瑶也过去扶住他的手臂，柔声道："你还有两年就要晋升天神，天劫将临，若总被这些俗事缠身，帝君与我……很是担心。"她言毕垂首。

锦绣默然片刻，点头，带四人驾云离去。

第二卷 我行我路

第一章

贵公子

灵霄殿外，朝会虽散，神仙们仍未离去，三三两两聚在一处，议论纷纷。北仙界小公子竟失手杀了昆仑天君的爱子，今日朝会上听得奏报，神帝虽未表态，脸色却不怎么好，因事情牵涉当年的恩怨，不免引得后辈小仙好奇打听。

锦绣微微皱眉，转过曲廊。

数名仙娥手捧果盘玉壶朝这边走，见了他，忙停下来俯身作礼。

锦绣问："帝君何在？"

领头的仙娥小心地回道："帝君与北界王都在金罗殿上。"

锦绣颔首让众仙娥退下，朝金罗殿方向走了几步，迎面又见北界王带着陆瑶匆匆出来，不由一笑，停住脚步。

陆瑶抿嘴，也不行礼招呼，向北界王嗔道："阿玖也太不像话了，我说了多少次，父王总不放在心上，这下可好，定要他闯出祸才罢。"

"一个不注意，这孽障竟无法无天了。"北界王摇头叹气，又称谢道，"幸得尊神及时赶到，否则小儿性命难保，来日必定带他登门拜谢。"

锦绣道："北界王太客气了。"

陆瑶瞟了父亲一眼："他救阿玖，看的是父王的面子，父王反倒见外起来。"

"说得是。"北界王领悟，看着锦绣笑道，"那孽障是被我惯坏了，如今我竟制他不得，难得你不见外，闲了且代我多多管教吧。"

"大错已成，所幸还能补救。"锦绣不动声色地侧身，"我这就面见帝君，此事当尽早了却为好。"

北界王点头。

金罗殿高高的玉阶上，神帝端坐在案前批阅奏章，每批好一本，便有金鸾衔了奏章飞出殿外。见他进来，神帝也不理会。

锦绣不以为意，整理衣袍，上前恭恭敬敬地作礼道："花朝宫上神锦绣，参见帝君。"

神帝看他一眼："你几时变得这般客气了。"

锦绣微笑道："揽了苦差，还指望帝君开恩少骂我几句，怎能不客气些？"

神帝失笑，轻哼道："瑶池金莲露万年一滴，如今只存了两滴，再大的情面也不过如此，昆仑天君自己不上书求赐，你倒会顺他的意。"

锦绣道："若无九界之水，事情便再难挽回，昆仑北界必会大动干戈，因此锦绣看的不是天君的面，而是北界的面。"

神帝冷眼看他："果真？"

锦绣沉默片刻，道："当初实是锦绣之过，才害得闻夫人……如今那位正是她的公子。"

神帝淡淡地道："若人人都像你这般多情，天庭人间也就太平了。"

锦绣岂会听不出话中讽刺，莞尔道："帝君既已有了主意，何不让与臣做个人情。"

虽说昆仑天君气焰嚣张，但当初两派约定仍在，昆仑天君再厉害也始终是个臣子罢了。如今边界邪神蠢蠢欲动，昆仑与北界真闹起来，那才棘手。神帝执掌天庭只万年，根基尚且不稳，真要借此为难昆仑天君，有失气度不说，还会授人话柄，不如安抚为上。君未失德，臣子受了恩，再生事就无理，因此就算锦绣不来求，这金莲露也是要赐的，只不过神帝主动赐去，未免有示弱之嫌，如今锦绣主动提出，也是在体谅解围。

神帝怎会不明白其中道理，扬眉，似笑非笑地道："众人都说你多情，我看你还是清醒的。"

锦绣笑而不语。

神帝不再多话，叫进一仙娥吩咐道："让神后带他去瑶池。"

城外山脚，有座宽大的庭院。

惨白的月光照在窗台上，十分冷清寂寞。卧室里燃着灯，一名年轻男子手持书卷斜倚在床头，身上只着了中衣，显然心思并没在读书上，两只眼睛时而不安地瞟向窗外，瘦削的脸映着灯光，看上去精神不太好，似在生病。

须臾，轻轻的叩门声响起。

男子面露紧张之色，略作迟疑，仍是起身去开了门。

"三郎。"一道人影迅速闪进来，那是个体态轻盈的黄衣女子，云含春黛，纤腰袅娜，生有十分的颜色。

男子掩门，退后两步道："丽娘。"

"三郎也太用功了！"黄衣女嘻嘻笑，抢过他的书丢到地上，身体缠过去，"夜这么深了，我们还是早点安歇吧。"

男子下意识地闪身躲避。

发现他举止大异于往常，黄衣女奇怪地问："你怎么了？"

手被她拉住，男子忙掩饰道："想是近日生病的缘故，有些困倦。"

黄衣女便不在意，照往常一样搂着他上了床，亲起嘴来。只见她舌尖轻吐，香津暗送，将酥胸不停地在他胸前蹭，一双玉手却不知不觉间解开他的裤带，滑向他的下体。男子年轻，纵然久病也万万禁不起这番挑逗，加上她手段实在高明，不过片刻工夫，男子下身已是昂然挺立，顿时暗暗叫苦，又不敢造次，只得任她抱住行乐。

房中笑声急喘声响起。

一场大战下来，男子神色比先前更加委顿。

病虚之体泄得自然快些，黄衣女生性贪淫，未能尽兴哪会就此满足，情欲上来，嫌他迟迟提不起兴致，索性将脸伏在他胯间。

很快，男子重整旗鼓，挺枪上阵。

黄衣女娇笑着将身体凑上去，二人又合作一处，此时她已然放松警惕，妙目半开半合，脸上生起享受之色，尽情摄取元阳。

男子伸手抱住她，喘息着道："还是我来吧。"

正到销魂处，黄衣女只顾贪欢，不疑有他，低声笑道："你快些。"

男子本是满头大汗，勉力支撑，闻言不由得咬牙，抱着她翻了个身，用力挺送几下，趁她闭目享受之际，伸手悄悄拉下床头的一面锦帕。

惨叫声响起。

美人玉体横陈，一身肌肤宛如凝脂，堪称天然的尤物，然而，她的身下多了件不该有的东西，一条长长的、毛茸茸的尾巴！

男子被吓得魂飞魄散，翻身滚到床下喊道："来……来人！"

被床头照妖镜困住，狐女心知不妙，眼波流转："三郎，你要做什么？"

灵符在身，男子哪里还会受她媚术控制，顾不得身上衣衫不整，跌跌撞撞地扑向门："姐姐！仙姑救我！"

门被踢开。

"妖狐还不认罪？"一名青衣女站在门外，手执长剑，十六七岁年纪，长相清秀，淡淡的笑容有点冷，与年龄极不相符。

知道遇上高人，狐女放弃挣扎。

青衣女走到床前道："摄人元阳，至今已害了十六条性命，今日你落到我手上，也算是罪有应得。"

狐女咬牙，目露杀机道："野道士多管闲事！"

青衣女不在意，剑尖指着她的咽喉："死到临头不知悔改，打散你的魂魄也不为过。"

狐女惧怕，放软语气哀求道："仙姑饶命。"

"我只是个凡人，不是什么仙姑。"青衣女早已料到她的反应，收回宝剑道，"饶了你也行，不过我要件东西。"

狐女松了口气："只要饶我一命，但说无妨。"

"我还没说要什么东西，你就答应得这么爽快？"青衣女俯身抬起她的下巴，扬眉笑了，"我要你的内丹。"

内丹乃是至宝，是修行的见证，炼成十分不易，若真的放弃，多年道行就要毁于一旦，谁肯轻易与人？狐女脸色大变，求情道："内丹只能提升法力，并不能增加修为，于姑娘别无用处……"

"我正是要提升法力。"青衣女丢开她，重新将剑移到她颈间，"害了这么多人，饶你一命已经是便宜你了，内丹还是命，你自己选。"

语气平静，却能让听的人明白，她是说得出做得到的。

内丹没了还可以再修炼，谁也不想落得魂飞魄散的下场。狐女恨恨地看了她半晌，终于低头吐出一粒圆润的火红色的珠子。

青衣女拾起珠子放入怀中，收了照妖镜。

失去内丹，狐女现出原形，跃下床飞快从窗口逃走。

青衣女转身出门。

"姐姐留步。"旁边的男子已整理好衣衫，满面通红地叫住她，上前作礼，"多谢姐姐救命之恩。"

"拿钱办事而已，她不会再回来。"青衣女顿住脚步，淡淡一笑，"若非那些人贪图美色，也不至于丢了性命，所以我饶了她。若你品行端正，妖邪自然难以近身，我只能救你这一次，好自为之。"

话音刚落，她便消失在夜色中。

严格地说，此地并不算是荒山野岭，只是略显冷清，附近十来户人家都安静地沐浴在斜晖里。宽而直的官道划过山脚，向远处延伸，偶尔有荷锄者走过。道旁是大片的密林，林木掩映间，青灰色檐瓦若隐若现，似是有处殷实的庄户人家。

庭园背山而建，两扇大门半掩着，破旧不堪，铁环扣锈迹斑驳，门匾上的字已经模糊得难以辨认，透过缝隙朝里望，只见院子里生满了杂草，显是荒废已久。

青衣女拉拉背上包袱，推门而入。

院子十分宽敞，高壮的柱子，石砌的井台，十几间瓦房布局规整，里面桌案齐全。几间屋子里还摆着破旧的床，想是当初主人来不及搬走留下来的，可知旧主人必是有些地位的乡绅。

然而如今,这里竟落得一派凄凉景象,房梁遍布蛛网,窗台满是灰尘,门板也有了虫蛀的痕迹……

原因只有一个：据说这房子闹鬼。

短短两年里，主人家二十几口人就只剩了一半，请来作法的道士和尚死了好几个，最终不得不搬走。附近村民有大胆不信邪的跑来住，第二日也不明不白地变作死尸。出了这等诡异之事，周围人家害怕，都陆续搬到了山头那边。剩下的没能力搬迁的人，也尽量绕道而行，不敢走近，这些桌椅等家具才得以保全。

闹鬼也正是红凝住进来的原因。

将所有房间连同水井都检查一遍，红凝选了个干净些的房间，放下包袱，拭净桌上床板上的灰尘，又从井中打盆水洗了洗，最后在房间前后设下几道符——有异类靠近必会察觉——以作警戒。

一切安顿妥当之后，她这才在桌旁坐下，取出怀中那粒火红的内丹。

圆润的珠子躺在掌心，红彤彤的美丽无比，她看着它的那双眼睛也逐渐变得柔和。

这一年多来，她行走四方，斩除作恶的妖鬼，顺便夺取内丹提升法力。内丹是仙家宝贝，也是修仙的象征，更是修行者独有的东西。对别人来说，它除了快速提升法力别无用处；而对修行者来说，它几乎与性命同样珍贵，失去它，多年道行就会毁于一旦。所以道士们收妖捉鬼，通常不会逼迫它们交出内丹，这有损功德，更没有妖精会轻易把它交给别人，除了一个。

只有他会毫不犹豫地将内丹变作手镯，戴在她的手腕上。

她不喜欢修行，他便从来不劝，只求守护她一世。

心猛地一阵紧缩，红凝捂住胸口。三生三世，你付出那么多，我却什么都不记得，连老天都觉得不公平，所以让我再也忘不掉你。

她一心想去追求永恒的情，却不知道它就在身边。

火红的颜色开始变浅，光泽也逐渐褪去，最终整粒内丹化为乌有，犹如蒸发了。

狐女几百年的修行成果就这么报销，红凝毫不在意，取出几块干饼，就着葫芦里的水慢慢吃起来。不修仙的人要那么多功德做什么，管什么前世后世，都比不上今生重要，这些妖精全是害人性命为非作歹的异类，罪有应得，她取内丹还算便宜了它们。

作恶就该现报，谁也逃不掉。

吃完饼，天色已是黄昏，红凝正要打坐休息，忽听得吱呀一声，院子大门好像被人推开，紧接着一阵嘈杂声响起。

“公子，我们真要住这里？听说——”女子不安的声音传来。

“收拾房屋，就在这儿歇一宿。”清朗的声音打断她，有些不悦。

另有人应下。

这种地方也有人敢来住？红凝皱了下眉，但听得窗外脚步声来来去去，想是众人忙着收拾房屋，院子里变得十分热闹。

脚步声渐近，有人砰地踢开门进来。

红凝冷冷地看他。

有关这里发生过的事，打听时早已听附近的人家提过，无奈公子不肯信，非要住进来，众人只得依他。虽说同行有不少武艺高强的，但众人对于鬼神之事到底带了几分畏惧，这园子明明是无人住的，如今突然见到个女子，那人顿时大骇。

“来人！快来人！”他面色一变，迅速退出门外，大吼道，“这可不是那妖孽！”

话音刚落，数条人影闪现。

这是闹鬼的宅子，哪个姑娘家敢独自跑来玩！众人望着里面的红凝，惊疑不定。

红凝无奈又好笑，懒得去理会。

须臾，先前那清朗的声音响起：“胡闹！天还未黑，妖怪怎会这么早就出来，休要大惊小怪！”

众人忙向两边让开，一位衣着华美的青年走上前，从腰间束的那条白玉带就能看出，来者必定是位很有身份的贵介公子。

贵公子怎么肯住这种地方？红凝先是惊讶，待看清他的脸，更全身一震。

轮廓分明的俊美的脸，挺直刚劲的眉毛依稀透着英气，他看上去二十几岁模样，但也说不准，因为这时代的人都早熟，十七八岁就很稳重老成了。

这些都不足为奇，红凝此刻只怔怔地望着他的眼睛。

那时一双冷冷的眼睛。

有了这双眼睛，那张脸就变得有些像一个人。

第二章

荒园之夜

见她眼神有异，那贵公子不免也有点莫名，接着便微微皱眉，俊目中闪过一丝鄙夷之色。显然他并不是第一次被女孩子看，只不过被看的方式有所不同。矜持自重的女孩子是绝不会这么不眨眼地盯着陌生男人看个不停的，简直不知羞耻，何况正经人家的女孩儿哪会孤身跑到野外来过夜。

“公子，真有妖精？”一个女孩子好奇地想要看，却又不敢上前，只躲在他身后探出头朝门内张望，再配上柔柔的声音，当真是小鸟依人。

这类女人才能勾起男人们的怜爱之心，贵公子侧脸，目光仍有点严厉，声音却已柔和了许多：“什么妖精，是位姑娘罢了，休要跟着他们胡说，你两个先去收拾房间，我就来。”

听到这番话，红凝立即回神，黯然一笑。

这人不是他，他不会对别的女子这么好，在被她们纠缠不休的时候，他只会慢悠悠地抬起那双漂亮冷漠的眼睛，毫不客气地令她们“滚”，全无半点怜香惜玉的风度。

那贵公子哄走爱妾，转脸见她看着自己笑，并不起身来见礼，顿时更加不快，勉强拱手为礼道：“在下杨缜，京城人氏，经商路过此地，只因天色已晚，想在此借宿一夜，明日便走，望姑娘行个方便。”

红凝皱了下眉，没有立即回答，打量众人。

这些人经商行走还这么惹眼，岂非明摆着说“我有钱快来抢”？这些随从一看就不像寻常高手，想是京城官宦子弟出门游历办事，不愿泄露身份，假借“经商”为托词罢了。

红凝原本为着特殊目的而来，如今突然多出这些人，到时候办起事未免有许多不便，而且此事凶险，或许会发生意外。因见他与白泠长得有几分相似，红凝心软，没有点破他的谎言，摇头提醒道：“此地太简陋了些，转过前面山头便有田庄，天黑兴许能赶到，诸位不如去那边借宿。”

再糊涂的人都能听出这是拒绝的意思，众人都看向杨缜。

这院子分明是无主的，只因对方先来，故打声招呼以示客气，想不到反被无理拒绝，杨缜脸色顿时不太好看：“敢问姑娘可是这里的主人？”

遇上这种专制独断的人，红凝心知再说下去也没用，索性道：“杨公子若定要住下，请便，只是此地十分凶险，凡事须留神。”她有意加重了“凶险”二字。

先前打听到这院子的历史，众人就很不安，如今听她这么说，一名下人忍不住上前劝道：“公子，这园子恐怕真有些蹊跷，既然山头那边有田庄，还愁找不到乡绅人家借宿？不如尽快赶路……”

杨缜忍怒，冷冷地看着红凝道：“既是凶险，姑娘为何还要住下？”

红凝不答。

“怕什么！”一名绿袍护卫识相地站出来，高声道，“人家小姑娘尚且敢住在这里，我们这么多人，就算真有鬼，又能怎样？”他特地瞟了门里的红凝一眼，目光暧昧，“说不定那鬼正是个美娇娘！赵某倒有心要会一会她，就怕她不敢来！”他言毕大笑。

众人跟着哄笑。

见他言语中有挑逗之意，红凝皱眉。

男人在外面寻欢作乐本不稀奇，杨缜身份特殊，且早已娶妻纳妾，又认定这女子不正经，因此对手下人的无礼举动不以为意，呵斥道："还不去收拾！"

众人不敢再多言，散去。

"分明是当年有人作下命案，借鬼神之事掩饰，故弄玄虚，无稽之谈！"杨缜冷哼道，"区区两句话就被吓住，一群饭桶！"

这是暗指自己故意拿话吓唬人？红凝看着他的背影冷笑，多几个诱饵有什么不好，你非要送上来帮忙，我又何必客气。

夜幕拉开，没有月亮，风却有点大，吹得墙外树木飒飒作响。

蜡烛早已准备好，点燃之后，房间里影影绰绰，显得冷清又空旷。窗外却十分吵闹，那伙人已经生起了火，坐在院子里烤着打来的野味，吃着干粮，饮酒说笑。

今晚人多，作怪的东西怕是不会出来了。红凝失望，回身从包袱里取出文信的手稿，忽略修行的内容，只取上面记载的那些新符咒和术法参看学习。

门忽然被推开。

红凝不慌不忙地抬眼看去，来人正是白天那个姓赵的绿袍护卫。

"在下赵兴，京城人氏，"那护卫堆着笑自我介绍，躬身作礼，"外头热闹得很，姑娘怎的一个人闷在房里？"

红凝已猜着他的来意，冷眼不语。

见她并不责骂，赵兴更放了心，环顾四周，叹气道："姑娘只身在外，实在太委屈了，若有什么难处，尽管开口，只要赵某能办到，必定竭尽所能。"

红凝点头道："多谢。"

再泼辣凶悍的女人，在灯光里都会显出几分柔美，何况赵兴面前的本就是个碧玉年华的美丽姑娘，此时衬着烛光，只觉她颜色比白天更加艳丽。赵兴看得吞了吞口水，色胆更壮，上前去拉她的手："姑娘若是……"

酒气扑鼻，红凝不动声色地退开。

意识到自己性急，赵兴忙收了手，正色道："赵某虽不才，家境却还勉强过得去，如今跟着公子办事，在京城也算说得上话的人，姑娘若无处可去，不妨——"

红凝微笑着打断他："要我跟你回去？"

这女人连这种话都能主动说出口，想是好上手了。赵兴两眼发亮地道："我是看姑娘孤苦无依，着实可怜，不如早早寻个归处。拙荆贤惠，只要你应了我，我包你丰衣足食穿金戴银，如何？"

红凝沉吟片刻，缓步走到他面前，抬脸道："是吗，那我就跟着你了。"

事情这么顺利，赵兴大喜，伸臂就去搂她："既然你肯跟着我，不如我们先……"他笑容骤然僵住，脸逐渐变得白了，眼睛也越睁越大，露出恐惧之色，那双伸在半空的手再也落不下去。

红凝抬眉。

半晌，喉咙动了两下，赵兴终于用力挤出暗哑的声音："鬼……有鬼！来人啊！"

见他屁滚尿流地跑出去，红凝平静地坐回桌旁，继续看书。

须臾之后，门外便聚集了一群人，其中十来个执刀拿剑，紧张地朝门内望，却见红凝仍是气定神闲地坐在房里看书，对外面的事似乎全无反应，不由得都疑惑起来。

没发现异常，有两个人强拖过赵兴："人家姑娘好好地在那儿呢，哪有什么鬼，鬼在哪里？"

那赵兴只朝门内望了一眼，便立即后退，指着红凝颤声道："她！就是她，她是鬼！"

烛光映着侧脸，描过前额、鼻梁、唇、下巴，勾勒出柔和的线条，桌旁的女子看上去更加娴静，略显冷漠，但怎么也和传说中的"鬼"联系不起来。众人细瞧半晌，渐渐地不耐烦，没好气地道："赵老大，你是眼花见鬼了吧！"

本是为着一点色心想去调戏姑娘打野食，谁知就在他张臂搂抱间，面前的美丽姑娘竟忽然变作了一个面皮紫涨、两眼暴突、舌头长长的女鬼。赵兴差点没被吓得丢了魂，如今却反被骂作眼花，顿时也着急了，拍着胸膛发誓："方才亲眼见她变身的，我赵兴的眼力几时那么差了！她就是那作祟的女鬼！"

这么大的声音，屋里姑娘肯定听见了，骂人是鬼未免过分，众人都觉尴尬。

有人咳嗽，低笑道："怪道方才不见赵老大，原来是跑人家姑娘房里去了。你不是要抓鬼来让我们大伙儿看吗？如今反倒将人家姑娘当作鬼，没把尿吓出来，可知这鬼在心里呢。"

众人明白他吃了亏，都暗笑。

赵兴涨红了面皮，怒道："你们说，哪有姑娘家独自跑到这野外住着的？这儿的人都死光了，她却活得好好的，也太古怪！她生得这么娇滴滴的，不是鬼也必是个妖精，使妖法害人，何不拿下她审问一番！"

里面姑娘顶多十六七岁，言行却异于常人，敢一个人住在鬼屋不说，外头闹出这么大动静，她却安然而坐，光这份镇定，就不是寻常人能有的。众人也开始惊疑，远远地打量红凝，有点头的，有摇头的，也有窃窃私语的，始终拿不定主意，未敢唐突。

"公子。"有人往旁边退开。

原来众人都围在这边吵闹，早已惊动了房间里的杨缜，此时他已经换了身月白色衣袍，剪裁做工都十分考究，举手投足间，通身的贵气半点不减。

他先是看看众人道："什么事这么吵？"

"公子，那女的是……"赵兴抢着上来禀报，说到一半忽然想起他不信鬼神，忙将"鬼"字吞回去，支吾，"她……会妖法，来路不正。"

"怎么回事？"杨缜沉声问众人，眼睛却直直地盯着里面的红凝。那秀美的面容依稀透着三分刚强的味道，不似其他女子那么柔顺可怜，让他从一开始就很反感，如今又闹出事，他想当然地就认为是她的问题了。

红凝借着烛光看书，并不理会他。

有人忙上前，将事情经过大略禀报了一遍。

自己手下人的德行，杨缜岂会不清楚。但一个大男人被小姑娘吓成这样，未免太过蹊跷，他自然不信是赵兴眼花，更不相信有鬼，于是皱眉问："姑娘为何要作弄他？"

红凝这才抬眼瞟他一眼，淡淡地道："如今是他在吵闹，扰了我的清净，杨公子不先责问自己的手下失礼，怎么反倒来问我？"

杨缜面沉如水地道："既是我的手下，自然要弄清楚，以免他平白遭人戏弄。这里只有姑娘一个人……"

红凝搁下书卷道："杨公子是在审问我？"

"不敢。"杨缜全无愧疚之色，"或许有些误会，但若果真是其他人在装神弄鬼，我查明真相，对姑娘也有好处。"

红凝冷冷地看着他道："如今你们人多，杨公子定要护短，仗势欺人，我说什么都是没用的。若杨公子还知道'道理'二字，如今你的手下擅闯我的房间，还骂我是鬼，坏我名声，杨公子不该先替手下向我赔罪吗？"

杨缜紧抿着唇，目中隐约生起怒火。

红凝道："有男人趁夜闯进我的房间，还让我跟他回去，哪里来的胆子！想不到经商的人家也有这种狗仗人势的奴才。"

杨缜立即拿眼睛瞟赵兴。

赵兴不敢言语。

杨缜很快恢复平静，拱手道："在下管教不严，代他向姑娘赔罪便是。"不待红凝说话，他忽然又轻哼一声，语气略带鄙夷，"但正所谓无风不起浪，苍蝇不叮无缝的蛋，洁身自好者，是非自然远离，姑娘更应明白这个道理。"

这话讽刺之意明显，显然是在暗指她不自重，招人调戏。

红凝闻言冷笑道："那不过是苍蝇之见，未免把蛋看得太无能，只能等着苍蝇来选择叮不叮。"

杨缜登时愣住。

"杨公子的道理我却不懂，自家的狗跑出来咬了人，你反倒怪别人长得招狗咬？"红凝动手一页页整理书稿，看也不看他，“苍蝇生来厉害，蛋就只能当弱者？蛋有缝无缝，都不是让苍蝇随便叮的，对于那些自以为是的苍蝇，蛋也会主动教训。人间处处有是非，为何要躲？”停了停，她直起身，“我要歇息了，杨公子若无事，就请回房去吧。”

有生以来还没有哪个女人敢当面反驳自己，更没被人这么撵过，杨缜铁青着脸，道一声“打扰”便拂袖离去。

院子里安静下来，众人不知所措。

红凝想起什么，转脸对他们道：“此地凶险，今夜你们最好当心，万万不可单独行动。”

漆黑的夜，飒飒的风声，清冷的语调使得这句话听上去多了几分神秘，带着些预言与警告的味道，让人潜意识里不敢将它当作玩笑，尽管说话的只是个小姑娘。

分明是自己人无礼冒犯，对方不计较不说，反而好言相劝，众人都有点惭愧，不知谁主动道了声“多谢”，接着便各自散了。

深夜，沙沙的声音响起，院子里火堆已快熄灭，青烟阵阵，火光里地面润湿，竟是下起了小雨。

门打开，一个人影骂骂咧咧地从房间出来，摸索着朝茅房的方向走。

凉风卷来。

离角落的茅房还有十来步距离时，那人忽然意识到什么，站住，开始不安。

旁边分明有高高的墙挡着，照理说，他这个方向应该是吹不到风的……想到白天打听到的传说，他一时愣在那里，看着茅房黑洞洞的门，犹豫着该不该继续往前。

正在他为难之际，一双手悄无声息地从后面伸来，轻轻搂住他的脖子。

修长柔韧的手在昏暗的光线中显得格外白皙，带着细腻的光泽，完美无瑕。

第三章

诱饵

红润鲜艳的茶花，离了玉瓶，迅速凋谢枯萎。

案前，锦绣看着手上枯萎的花枝，许久没有说话。

梅仙打起帘子走进来道：“神尊大人。”

锦绣随手将茶花又插回瓶中，转身。

梅仙道："花朝会快到了，是不是该准备了？"

锦绣嗯了声："花朝会又到了……"

花朝盛会百年一度，自被贬以来，前后不知经历了多少届。好花美酒，仙妖共贺，神仙的岁月无穷尽，这些事正如过眼云烟，经历太多，没有谁会去细细回忆品味，他记得最清楚的，也唯有那一次……

半晌，他微微一笑，点头道："照往年的办吧。"

梅仙迟疑不语。

锦绣看她："怎么？"

梅仙沉默片刻，低声道："神尊大人明年便要晋升天神，离卸任之期不远，将来去了天庭，我们就更难见到了，我想……办得热闹些。"

锦绣愣了一下，含笑道："也罢，随你们办。"

冷傲之色去了很多，脸颊生起一丝红晕，梅仙低声答应，正要退下，却被他叫住。

"你且别走，我还有些事要说。"锦绣言毕，示意她上前，然后抬起手，手上登时现出一柄小小的如意，金色的如意上有五彩光华流动。

梅仙惊道："花神令？"

锦绣道："你修行近两万年，也该晋升了。我已向帝君提过，今后由你暂代我掌管花事，到时上赐仙册金丹，你定要勤奋修行，不得有误，两万年后晋升上仙，便可名正言顺地册封花神。"

梅仙意外，垂眸道："神尊大人尚未卸任，还是——"

锦绣打断她道："这些年你执掌两季花事十分谨慎，为我分担不少，论理也有功，早上任晚上任都一样，将来你便可亲赴瑶池会了。"

瑶池会只上神上仙才有资格参与，自己虽然不是上仙，但只要受了花神之位，到时就能赴会见到他。梅仙喜悦，迟疑着不敢伸手去接："如此重任，恐怕我……"

锦绣将如意放到她手上："将来若有难处，我自会遣人相助。"

梅仙这才矮身，受了如意。

锦绣往案前坐下："花朝会的百花酿尚未备好，去叫杏杏进来。"

梅仙道："她似乎不在。"

锦绣抬眸看她。

"她去见……"梅仙欲言又止，忍不住露出一丝鄙夷之色。她素来孤傲清高，不屑于背后谈论别人，此时纵然想说，也迟迟难以启齿。

锦绣已料知答案，微笑道："待她回来，你叫她来见我。"

梅仙松了口气，低头看看手上的如意，犹豫道："此事……先不要跟杏杏说吧？"

锦绣明白她的意思："杏杏的性子不如你持重，所以我将花神令交与你。你既代了花神之位，今后掌管花事，百花皆要听你号令，怎能畏首畏尾，这不是你素日的行事作风。"

梅仙忙垂首道："神尊大人教训得是。"

锦绣挥手道："花朝会上，我会将你的事昭告全族。"

梅仙答应。

见她不肯走，锦绣奇怪。

梅仙忽然道："既然她自己执意要做个凡人，可见是天意注定，断却她的仙缘。当年那事分明是杏杏胡闹的结果，神尊大人已经尽力，何必再内疚。"

锦绣先是一愣，顺着她的视线，很快明白她指的是什么，一时不语。

梅仙看着案上枯萎的茶花，低声道："不如……送她回去吧？"

锦绣沉默许久，道："勉强助人穿行轮回，太耗费法力，待我安度天劫再说。"

梅仙点头退下。

凌晨，小雨仍未停住，院子里燃着几支火把，阶前地上躺着个三十来岁的中年男人，映着火光，脸色惨白，于是嘴角那丝笑容就显得格外诡异。

众人围在一处，神情各异，两名美妾躲在房间不敢出来，只在窗边远远观望。

下人紧张，爹着胆子劝道："公子，此地真有些古怪，我们还是快些走吧。"

杨缜脸色也很差，看着地上的尸体久久不语。

赵兴浑身哆嗦，颤声道："必是那女鬼！"

众人齐齐看向红凝的房间。

房门紧闭，里面全无动静。

"公子，我们还是走吧，万万不可落入她手上！"赵兴顾不得别的，急急地劝他，"昨晚她叫我们当心，必是有意的！王虎素日壮实得很，怎会突然就死了？"他指着地上的尸体道，"我们已经验过，他全身上下并无半点伤痕，除了中邪，还能——"

"你确定没有伤痕？"女子的声音打断他。

赵兴脸色剧变，退开好几步，指着她道："你……你究竟……"他竟怕得话都说不出了。

红凝没有理会他，径直走到尸体旁边蹲下。

众人不约而同地让开，唯独杨缜站在原地不动。

除了衣衫略显凌乱，尸身上果然没有任何伤痕。红凝皱眉，再反复检查几遍，仍是一无所获，不由得停下动作，沉思。

独自住在野外，可知此女胆量不小，却不想会大到如此地步，竟敢翻碰尸体。杨缜微嗤："他们都是习武出身，岂会不识伤口？"

红凝抬脸问道："在哪儿发现的？"

无人回答。

杨缜略抬下巴，示意她看对面那扇半掩着的门，那是间无人住的空房。

红凝道："你们发现的时候，他就是这样子？"

闻言，众人面露尴尬之色。

杨缜紧抿着嘴，半晌才吐出几个字："衣衫不整。"

红凝了然，总算明白为何众人看自己的眼色都那么古怪了。红凝也不免疑惑，这才一夜工夫，通常女妖女鬼摄人元阳，也没有这么快就死人的道理，何况自己并没从院子里感觉到明显的阴气……

见她不说话，杨缜忍不住道："你又有何高见？"

他俊美的脸与白泠有六七分相似，红凝有点恍惚。待发现那双冷漠的眼睛里并无半点关切之色，她就惊回了神，移开视线，自嘲地笑道："杨公子还是尽快离去的好。"

杨缜冷冷地看着她，不语。

下人瞧瞧尸体，劝道："公子，此地不宜久留，将来好好安抚他的家人便是，我们——"

"凶犯尚且逃逸在外，我们若真拿这些鬼神之事糊弄过去，岂不正合了他的意？"杨缜挥手打断他，"你们先护送两位如夫人走，我暂且留下。"

众人吓了一跳，齐齐跪下道："公子，万万不可。"

两名美妾也已听到他的话，再顾不得害怕，跑出来想要劝阻，被他看了一眼之后，却是谁也不敢开口了。

下人苦劝："公子如此行事，若是叫王……"他一下停住了。

"你们先护送如夫人去重州别宅，我随后便来。"杨缜收回视线，冷笑道，"什么鬼怪妖狐，无稽之谈罢了，凶手借此蒙蔽外人，我倒要见识见识。"

红凝忽然道："你要见识也不妨，若丢了性命，未免连累别人。"

杨缜不怒反笑："你也以为是鬼怪作祟？"

她不是以为，是肯定。红凝没去碰他的钉子，选择沉默，低头继续查验尸体，她伸手托着那尸体的脑袋，想要扶他坐起，谁知刚一用力，就感觉有些不对。

心中一动，她急忙扶起那人的头颅细细察看。

渐渐地，一丝笑意自唇边泛起。

想不到竟在这里遇上，当真是得来全不费工夫！忍住心中喜悦，红凝不动声色摆正尸体，起身就要回房间。

"站住！"杨缜低喝。

单听这语气就知道，声音的主人是那种习惯发号施令的人，红凝只觉反感，知道他想问什么，停住脚步道：“想活命，就最好听他们的话，尽快离开。”

杨缜道：“你知道些什么？”

红凝意外。

得到线索，自己本是不打算声张，想不到他竟看出来了，此人倒有几分眼力。

红凝侧身道：“我知道什么，为何要告诉你？”

杨缜慢步在她身旁踱了一圈，视线锁住她，阴沉的语气透着冷酷：“你有嫌疑。”

死者被发现时衣衫不整，显然受过引诱，而这院子里只住着一个陌生女人，被怀疑也在情理之中。

面对威压，红凝视若无睹：“你也说了，我只是有嫌疑。”

“放肆！”赵兴硬着头皮喝道，“你知道我们公子——”

红凝打断他道：“民女又没犯王法，你们是谁，与我有什么相干？”

赵兴还要再说，却被杨缜挥手制止。杨缜看了她半晌，渐渐地收起威势，最后竟然一笑：“在下心存怀疑不假，但姑娘不惧传闻，独自住进此地，此等胆量不输男子，令在下佩服。如今在下无凭无据，又岂会难为姑娘？”

冷漠的眼睛里浮着笑意，熟悉又亲切。红凝怔了怔，迅速移开视线。对方既然这么说，她再计较就显得小气了。红凝此刻心情好，于是点点头道：“此事凶险，你们还是——”

“当务之急是查出凶手，王虎方不至于死不瞑目，”杨缜打断她，“死的是我们的人，姑娘要查验尸体，在下也未曾阻拦，如今姑娘若知道线索，还望告知。”

知道此人固执，红凝打消了劝他离开的念头，径直朝房间走，丢下一句话：“看他脑后。”

赵兴欲再劝：“公子……”

杨缜沉声道：“看他的后脑！”

天亮后，红凝匆匆出门去集市买东西，为后面的行动做准备。她忙了整整一日，至晚方回，走进院门时已是夜幕初降。

雨下得越发大起来，室内透出柔和的灯光，屋檐下挂着两盏灯笼，风摇灯影，雨丝如线。院子里已经不如先前那般热闹，两名美妾、十多个下人连同马车均不见，想是被遣走了。其余马匹估计是被托给庄户人家照料去了，院子里只剩了七八个人进进出出，正在将一些崭新的桌椅用具往房内搬。

杨缜负手立于阶前，白袍如雪。

不愧是养尊处优的贵介公子，停留几天也弄得这么铺张。红凝暗笑，这事原本在意料之中，此人是个坚定的无神论者，且身份重要，他不肯走，下人们再害怕也只得陪着受罪，哪敢让他独自留下。

难得遇上这东西，既然你留下来送死，不如为我所用，或许还能保你一命……

雨点落在脸上，有点冷。红凝微微一笑，主动招呼道："杨公子还没走？"

杨缜居高临下地看着她，没有回答。

红凝便不再多话，朝自己的房间走。

杨缜果然叫住她："怎么回事？"

背对着他，红凝嘴角往上扬了扬，待转过身去，表情已恢复平静："你看了他的后脑，发现什么了？"

杨缜不语。

灼灼目光落在她脸上，那是近乎随意的审视和试探。红凝面不改色，缓步走上台阶站到他身旁："既然住在这里，以后有什么事可以找我。"说话间，她随手在他身后卧室的窗棂上摸了摸，还朝里面望了两眼。

主动与男人套近乎，窥视男人卧室，这绝对不是一个正经女人的言行。杨缜这次却没嘲笑，眼睛盯着她的手，不动声色地道："那究竟是什么凶器？"

"死者脑后有一小孔，其形狭长。"红凝依旧扶着窗棂，也不看他，"还有件事你或许不知道，他的脑髓已被吸光了。"

杨缜愣了下，动容道："莫非是什么毒虫蛇兽？"

和一个不信鬼怪的人说鬼怪，红凝不会做这样的笨事，假意叹气道："如今我也不清楚，不过你若遇上急事，可以叫我。"

她分明是个女人，却非要以保护者自居。一抹嗤笑从眸中闪过，杨缜将视线投向高高的墙头："你也是昨日刚到。"

红凝承认："昨夜它只害了王虎，所以你们没事。"

杨缜冷笑。

"若不是你们来了，死的可能是我。"红凝明白他的意思，抬起脸道，"我曾劝过你们离开，是你们非要留下来，所以害死王虎的人不是我。"她挑眉，"我既然敢一个人来，自是早有准备，量力而行，比起不自量力连累他人，杨公子以为有何不妥？"

她屡次出言不逊，杨缜对她本就没什么好印象，闻言脸色更是变得难看之极。他待要发怒，对方偏偏是个姑娘，计较起来未免有失身份，何况确实是他自己一意孤行断送了手下人性命，因此便忍了气，紧紧抿着唇不说话。

红凝若无其事地道："杨公子当心，我先回房了。"

这女子一味逞口舌之利，言语锋芒毕露，全无半点可爱可怜之处。杨缜既是不喜，自然也不会留意她的动作，只礼貌性点了下头，淡淡地道："姑娘也当心。"

红凝笑了笑，不紧不慢地走下台阶。

第四章

报复的快感

幽幽绿火燃烧在心口，映着雪白的衣，漂亮，残酷，叫人看了一眼便永远难忘。

“五千年修为还不够，不够吗……”

喃喃的声音里，面前的人一点点被风吹散，无影无踪。

你用五千年道行换得今生，我却遗失了我们的前世。

红凝从梦中惊醒，发现脸上已满是泪水。

耳畔隐约传来笑声，男人妖媚的笑声。

来了？红凝心中狂喜，迅速整理思绪，胡乱拿袖子擦擦脸，翻身下地，摸到怀中早已准备好的东西，然后轻轻将门推开一道缝，闪出门外。

不知何时雨已经住了，灯笼摇曳，院子越发显得凄清。子时将尽，杨缜的房间里却还亮着灯，门紧闭，窗户半掩，那陌生的笑声正是从里面传出来的，应该是两个人在谈话。这么大的动静，却没有一个下人出来查看，他们似乎都睡得很熟。

亲手设的局，红凝自然明白发生了什么事，迫不及待要看效果，于是用符隐去身上生气，蹑手蹑脚地走至窗下，透过缝隙朝里面看。

烛台上燃着支蜡烛，不甚明亮，桌旁两个人对面坐着。其中一人白袍如雪，双唇紧闭，微有愠色，正是杨缜。

另一位则是个粉衣公子。

姣美的粉红色，暗藏风情，男人极少有愿意选择这种颜色的，因为它通常为妇人女子所钟爱。如今那位公子正好穿着一件这种颜色的衣裳，自然而然就多了种阴柔之气。何况他长相也甚美，弯弯的眉比女子的还秀丽，桃花眼中秋波荡漾，俊俏的脸更是白里透红，比三月桃花还娇艳。笑声媚，笑容更媚，让人禁不住陶醉，几乎忘却他的男子身份。

纤纤素手柔若无骨，一抬一放，举止宛若女子。

妖气满身，果然是这东西！红凝在黑暗中微笑。

若非这场梦让自己及时惊醒，自己便要错过难得的机会，难道是他在冥冥中提醒自己？

心突地一跳，红凝抬脸望望黑沉沉的天，摇头。

他形魂俱灭，天地间便不再有任何意识存在，还能托什么梦？若他真的还在，绝不会让自己冒险做这件事。他必定会立即伸手阻止自己，再慢悠悠地抬起那双漂亮冷漠的眼睛，命令自己退开，然后他独自上去办好一切危险的事，自小都是如此。

可他已经不在了，这是自己唯一能为他做的事。

红凝低头看着手上的木质小剑，面无表情。

对不起，我知道你不希望看到这些，但我的后世不会再有任何关于你的记忆，我不是你，不能将今生的遗憾变作来世的守候，更不能让你白白被遗忘。这不只是为你，也为我的不甘，它不公平。

眼睛重新凑近窗缝，她凝神，平静地等待。

“杨兄风采学识，小弟好生仰慕，”说话间，那美公子悄悄抚上杨缜的手背，“若肯多留几日，你我就更能尽兴了。”

杨缜本已一肚子火，见状不由得面色铁青，倏地缩回手。半夜里忽然有人找上门谈文论道，且颇有见解，他原以为遇上人才，有心收为己用，想不到越往后越不对，对方言语逐渐暧昧，举止也轻佻放浪起来。初时他还勉强忍耐，只当对方是不拘小节太过散漫，谁知越往后，对方越放肆，如今简直是意图明显。杨缜登时心下大怒，起身拱手，微笑道：“夜深，就不留毕兄了，容来日杨某登门拜访。”

这话分明有送客之意，偏那毕公子就没听出来，非但不肯主动告辞，反将手抚了抚额头，抿嘴笑道：“杨兄急什么，如今夜长，一个人未免寂寞，不如同榻而卧，小弟也能与杨兄解闷，如何？”

话中暧昧，杨缜岂会听不出来？他平日里有娇妻美妾相伴，并无那点特殊癖好，此时见对方缠着不放，忍不住现出怒色：“小弟不惯与人同榻，毕兄请回，不送！”

闻言，毕公子幽幽叹息一声，站起身朝他嗔道：“杨兄怎的如此绝情。”

他半是撒娇半是埋怨的语气，加上那等容貌，端的与女人无甚区别。杨缜愣了一下，冷笑道：“我看你学识不错，算个人才，谁知竟连人伦羞耻也不顾，速速离去，免你无礼之罪。”

普通人听到这番斥责难免羞惭，那毕公子却不以为然，反倒涎着脸上去搂他：“小弟一片好意，杨兄何不先依了我……”

“混账！”想到对方同是男人，杨缜慌忙后退几步避开，怒喝道，“来人！”

毕公子拿袖子掩了半边脸，挑逗道：“这么晚了，杨兄要叫人来瞧吗？”

房间里闹出这么大的动静，竟没有手下来询问！杨缜始觉不对，“锵”地抽出墙上宝剑，厉声喝道：“你究竟是何人？”

他本就仪表非凡，执剑在手，挺拔英武尽显威严。时下王孙公子佩剑之风盛行，他身份特殊，随身佩的恰是柄上古名剑，那毕公子被煞气所惊，倒也退了两步。

不知外头手下生死如何，杨缜强自镇定，拿剑指着他道："王虎可是被你所害？"

毕公子看了他半晌，忽然轻轻一笑，挥了挥粉色长袖，迎上来。

杨缜倒是不惧。他也练过武，应付寻常贼子不在话下，于是挥剑直刺毕公子咽喉，谁知手刚送出两分，就觉全身僵硬，再也动弹不得。

宝剑轻轻巧巧落入毕公子之手。

这等神异本事，岂是寻常人能有的？杨缜大骇："这是……"

毕公子弃剑于地，笑嘻嘻地上前搂他，还顺手摸了一把他的脸："早知道你生得这般好看，昨日我就来了。"

杨缜怒极，俊脸上白一阵青一阵，勉强保持冷静："无知匹夫也敢使妖术害人，你就不怕王法？"

毕公子不答，只管解他的衣裳。

杨缜素日刚愎自用行事独断，如今却任一个男人为所欲为，差点气得当场昏过去，目中几乎喷出火："混账！死到临头不知悔改，胆敢戏弄本王！你若此时住手，尚可留得全尸，否则来日本王定要——"

"你只有今夜，没有来日了。"毕公子抬眸，眼睛水灵灵的，半是天真半是妖媚，"我喜欢你这种美人，可惜每次一快活，总会忍不住吃了他们。"

脑髓被吸光？竟是他吃了！杨缜猛然想起此事，惊疑地道："你……是人是鬼？"

毕公子抱着他的脖子笑道："你猜？"

杨缜紧抿着唇，又是恼怒又是恶心，差点没将牙咬碎。

毕公子兴致倒是很好，正要说话，却听得哐啷一声响，身后窗户猛然被撞开，一道轻灵的人影从窗外闪进来。

"不是人也不是鬼。"女子的声音传来。

小剑原不足三寸，眨眼间竟变作了一柄三尺长剑，凌空朝毕公子劈去。

见她会武艺，杨缜先是大喜，谁知定下神一看，发现那剑竟是木头做的，顿时失望至极。这女子言语无礼，行事更幼稚鲁莽，只身前来救人便罢了，区区木剑怎能制敌？何况对方还会妖术，明摆着要枉送性命！杨缜虽觉这女子愚笨，但对方的确是在救人，勇气难得，无奈之下他也将先前的反感收了几分，顾不得嘲笑，沉声责骂道："不自量力，还不快走！"言下之意是要她出去叫赵兴他们进来相助。

红凝不答，又一剑送去，直刺毕公子心口。

感受到剑上强盛的阴气，毕公子面色微变："多管闲事！"说完他丢开杨缜，化作一阵香风遁出窗外，口里哼道，“来日再陪你这小丫头作耍。”

红凝提剑就要追，一个人影却抢在了前面，正是杨缜。

杨缜身份尊贵，十几岁便上阵立功，文武兼备，圣眷正隆，几时受过气？方才险些被那毕公子得手，他便引为平生奇耻大辱，如今妖法解除，盛怒之下，他脚尖一挑，将地上宝剑取在手上就要追出去。

红凝拉住他，简短地吩咐道：“你留下。”

堂堂男人竟要女人来救，杨缜本就恼怒，见她又公然对自己发号施令，更是火冒三丈，甩开她就走：“姑娘救命之恩，来日必当重谢。”

红凝淡淡地道：“杨公子连外头手下的性命都不顾了？亏得他们忠心耿耿保护你，遇上这样的主人，我却为他们不值。”

这话说得难听，杨缜果然站住：“你！”

“多了你，行事反倒不便。”红凝飞快将一道符塞到他手中，“你留在这里，仔细调虎离山之计，有事叫我。”

说完她匆匆就要走，手臂却被拉住。

杨缜反倒冷静了：“此人古怪，我尚且难以对付，你……”

红凝是真的急：“放手。”

杨缜仍扣着她的手不放，沉声道：“待我叫上赵兴他们，与你一道去。”

他原是好意，然而红凝此时唯恐错失良机，哪来工夫解释，不耐烦地跺脚道：“人多有用？成事不足败事有余。你最好叫他们都在院子里别乱跑，还不快放手！”

“那人会使妖法，方才你不过侥幸惊了他，若贸然前去，那是自寻死路。”杨缜忍怒，丢开她的手，“你这女人怎的不识好歹！”

红凝懒得跟他纠缠，使个遁术走了。

面前的人凭空消失，杨缜愣了半晌，捏紧手上符咒，气恼之下过去一脚踢开赵兴等人的房门，喝骂道：“一群饭桶，还不起来！”

一道符咒悠悠飘在半空，如灯笼般散发着柔和的光芒，将周围一丈以内的景物都照得清楚。这是片桃林，残叶满地，红凝缓步在林间穿行，眼睛警惕地扫视四周。雨虽停住，到处仍是湿漉漉的，枝头不时还有水珠滴落，滑入颈间，冰凉刺骨。

那道妖气已消失得无影无踪，不知藏匿在何处。

今日错失良机，再想寻这种东西必是难上加难，红凝气闷，恨恨地将剑往地上一掷，方才若不是为那杨缜耽搁，怎么会追丢！

半晌，她逐渐冷静下来。

事情未必那么坏，这东西既修邪道，报复心应该很强，逃走时曾说过会再回来，或许还有转机。她不如继续守株待兔，以逸待劳。

心里略安定了些，红凝拾起剑，准备回去再作计较。

不知何时，她身后一丈处站了个人。

纵然是漫长黑夜里，他依旧那么尊贵耀眼，锦袍绣带生动似流云彩霞，完美的五官，凤眸含情。

红凝微愣，随即笑了："中天王好像很闲，没事就到人间散心。"

锦绣没有笑："你想做什么？"

红凝道："你这不是明知故问吗？"

锦绣道："对付他，你不行。"

"千年桃妖，脱却草木之形，游走于天地间，性恶者喜食人脑髓，可修成邪仙。"红凝低头，扬了扬手上的木剑道，"桃木本是辟邪之物，普通符咒实难对付，但我想，柏木剑或许能使他有所顾忌。"

桃木乃五木之精，可正阳气，寻常鬼怪见之丧胆，本身就是辟邪之物，要用驱邪之法对付它谈何容易，寻常道术更无济于事。因此她白天匆匆跑了十几里路，特地寻了株古柏，削成一柄柏木剑。松柏号称"万木之长"，有道是"受命于地，唯松柏独也正"，其中松主阳，柏木正好主阴，却又得金之正气，乃阴木中有贞德者，极易聚集阴气，世人都爱在陵园种植此树，也只有它才称得上桃妖的克星。红凝原打算用千年柏木的，无奈时间紧迫，只得拿百年老树将就着用。

锦绣看了她半晌，轻声道："千年桃妖是九尾狐的天敌，内丹可制媚术，暂锁九尾狐的法力。"

九尾狐媚术天然，本性属阴，桃妖内丹至阳，一物降一物，这就是天地间的自然规律。红凝没有否认："中天王是在担心你的小舅子，所以来警告我？"

锦绣道："强取内丹助长法力有伤天和，这是自损功德之事。"

红凝厌恶地皱眉，面上依旧浅笑："什么功什么德，那是神仙才讲究的东西，跟我有什么关系，莫非要先积德，等成了仙，再像你们一样把它扔掉？"

锦绣道："三昧真火能炼人魂魄，你是在以身犯险。"

"这事我比你记得更清楚。"红凝拍拍手中木剑，那剑立即缩成三寸左右，被收入袖底，"你内疚，无非是因为前世欠我，但你救过我几次，我们早就两清了，就算我魂飞魄散，也不是你的错。"

锦绣道："我不能让你出事。"

这个人，总能将话中的暧昧之意说得恰到好处。红凝想到之前的误会，只觉得好笑："你喜欢施恩于人，我却不想欠你的情，更不会还你的情。”

锦绣道：“是我将你带来这里。”

红凝怔了一下，明白之后也不甚在意：“带来这里点化成仙？中天王改变别人的命运真容易，看来你欠的情不但没少，反而更多了，连我都替你不值。”

锦绣沉默。

红凝道：“我现在不需要你保护，若你觉得非要还了这份情才安心，那就……”

锦绣看着她，没有表示。

红凝笑道：“那就杀了陆玖。”

锦绣不语。

“跟你说笑呢，紧张什么？”红凝道，“他是你将来的小舅子，我怎么可能真指望你动手？”

锦绣道：“昆仑天君已不再追究。”

红凝讽刺道：“能说服他，中天王功劳不小。”

锦绣摇头道：“北仙界与昆仑族的恩怨，闹大了并无好处。”

“这是你们的利益关系，与我有什么相干？”红凝冷冷地道，“天道、人间道都只是属于一部分人，北仙界有权势，就可以保护陆玖害人之后还能逍遥法外。纵然这件事的处理结果你们全都满意，对我和白泠却不公平。我们失去的，凭什么因为你们不再追究就算了！我报仇只为自己，你们有能耐迫使昆仑天君放弃报仇，我却不会接受你们的任何威胁，白泠不会再回来，我绝对不会放过陆玖，除非你现在杀了我！”

这是来自凡人的不自量力的坚持，相比敌人的强大，无异于蚍蜉撼大树，看上去是如此可笑，又如此可悲。

锦绣终于皱眉，轻声叹息：“我不会伤你，但也不可能帮你。”

回答在意料之中，红凝并不失望，走到他面前，仰脸看着他的眼睛道：“我需要帮忙的事你却办不到，那，你能做什么？引诱我修仙？”

带着笑的眼睛，眼底沉淀着满满的嘲讽。

锦绣目光一滞，没有回避，静静地与她对视。他很早就知道她的固执与决绝，从来都不是有意要骗她，而是因为太清楚其中的差距。他所做的一切，不过是想助她摆脱轮回转化，弥补当年的过失。何况，能获得天地间的永恒，这是人间万物都梦寐以求的事，谁料她始终不能明白。

看清那双凤目里的情绪变化，红凝如愿尝到报复的快感：“要是我一直蒙在鼓里，将来你打算怎么交代呢？说‘我早就有妻子，只是骗你玩’？”

锦绣果然移开视线，语气有些无奈：“你——”

“其实白泠的事，我没怪你。”红凝打断他，后退几步，“你有你的立场，我只是不想看到你罢了，因为我不但不想做神仙，也不想再看到任何神仙，我更愿意对着一群妖怪。”说到这里，她转身就走，“你因为你的内疚，随意改变我的人生，这种事情很过分。但你让我找回了一段重要的感情，我仍然感谢你，不过，欺骗引诱我就很卑鄙了，我姑且理解为你自以为是。言尽于此，中天王是神仙，还请你继续出尘脱俗，别再插手我这个凡人的事了。”

第五章

合作

红凝回到荒宅时天还没亮，院子里却热闹多了，赵兴等人手按刀剑把守住院门，见了红凝都惊疑不定，无人敢上前搭话。

杨缜房门紧闭，依稀有灯光。

红凝已猜着几分。此人身份显赫行事专制，难免比别人更好面子，如今险些被那桃妖占便宜，偏又落在自己眼里，必定恼怒得很。红凝此刻情绪也不好，没兴趣伺候这位公子爷，准备回房休息养足精神。

传音符忽有动静。

红凝顿觉无奈，叹了口气，转身朝灯光处走。

她推开门。房间里十分安静，床帐桌椅仍是原样，只不过那柄宝剑没再挂到壁上，而是搁在了桌上，触手可及。

杨缜负手立于桌旁，背对着门。

这女子言行可疑，见她接近主人，赵兴等护卫全都围上来，警惕地道：“公子，她……”

“退下。”杨缜冷声道。

众人只得依从。

红凝不慌不忙地掩上门道：“迟了一步，我没追上。”

杨缜转身，目光凌厉地道：“那妖人是谁？”

红凝假作不知：“杨公子不是认得他吗？怎的问起我来？”

杨缜缓步走到她面前，半晌才道：“此人自称姓毕，叫毕秦，至于他的来历，我也不知。”

红凝愣了一下：“毕秦，何处可避秦？”不待杨缜回答，她又微微笑了，“寻得桃源好避秦，好名字。”

这诗是她穿越前记得的，杨缜从未听过，自是不解："何为桃源？"

红凝道："你看他的姿色可比桃花？"

说者无心，听者有意，杨缜当她是在暗指昨夜之事，面色微变，淡淡地道："姑娘须知'祸从口出'四字，还是谨言慎行为好。"

见他敏感，红凝暗笑，不再隐瞒："千年桃妖，食人脑髓，喜好美色，杨公子信是不信？"

他亲身经历此等怪事，简直不可思议，难以解释。杨缜细想这半晌，已经开始动摇，如今听她这么说，不由得惊疑地道："世上果真有妖怪鬼魅？"

见他的反应与自己当初一样，红凝莞尔道："杨公子亲眼所见，何必问我？"

杨缜负手踱了几步，忽然转身盯着她，冷哼道："你也会妖术，安知此事与你无关？"

被怀疑，红凝也不生气："恩将仇报的事果真不少。"

"说得好。"杨缜没理会她的嘲讽，反倒笑了，抬手丢出一道符，"姑娘如此大恩，在下怎敢忘记？"

红凝将其接在手里，面不改色地道："莫非这传音符有何不妥？"

"此符并无不妥。"杨缜从袖中取出另一道黄符，语气平静地道，"奇怪的是，杨某方才在房间里又找到了一道符，看下笔起落，应该也是出自姑娘之手，不知姑娘作何解释？"

万万想不到他会察觉，红凝这回真吃了一惊。

杨缜对她的反应很满意："趁我不备将它丢在窗下，姑娘对杨某未免太上心了。"

红凝镇定地道："杨公子身份非同寻常，想杀一个人还怕没借口？算我好心救错人。"

"救人？"杨缜逼近她，低头附在她耳畔轻声道，"我看，倒像是姑娘拿我当了诱饵。"

声音带着笑意，听的人却知道他已怒极，红凝理智地不去点火，只默不作声。

杨缜坐回椅子上："凭借术法陷害他人，仅凭此物，我便可治你死罪。"

红凝道："欲加之罪，何患无辞。"

杨缜斜眼瞟她："我已派人送信去京城请教柳真人，真相迟早能揭晓，杨某怎能冤枉救命恩人？"

红凝不语。

见那张脸上没有预料中的恐慌，杨缜意外地道："你还有何话说？"

红凝道："我若是你，就立刻带他们离开这儿，去旁边庄上慢慢等真相，反正我暂时不会逃。"

杨缜脸一沉，拍桌道："胆子不小。"

红凝道："胆大未必就有用，有些东西不是凡人能对付的，一意孤行更会连累他人。"

杨缜这次竟没有生气："你也是凡人。"

红凝道："所以我也没把握。"

杨缜寻思片刻道："既是桃树成精，何不寻得根源烧了他？"

"千年桃妖，魂形已分离，不必再借助草木之形生存，纵然烧了那片树林，他仍能逃去别处……"说到这里，红凝陡然停住，若有所思。

杨缜追问："如何？"

红凝回神："你真想拿他？"

杨缜道："若能拿住他，免你死罪。"

红凝本就在盘算此事，闻言笑了："我正要请杨公子相助，就怕你不肯。"

杨缜示意她讲。

红凝取出另一道符放到桌上，默默念诀，同时右手从上面抚过，但见数道青气迅速凝集，自半空流入那符，很快隐没不见。她缓缓将符推到杨缜面前："千年桃妖喜好美色，已经注意到你，必定还会再来，到时你将此符溶入酒中，哄他喝……"

"放肆！"杨缜大怒。

红凝道："成大事者不拘小节，眼前正是个好机会，杨公子既有心除害，何必这么在意身份？"

杨缜忍怒道："我叫人——"

"叫人替你？"红凝打断他，"杨公子身份尊贵，以身犯险的事本该让那些卑贱的人去做，不过派赵兴那样的人去劝酒，恐怕难见成效。"

话中句句带刺，杨缜紧抿着唇，脸色难看之极。

红凝道："杨公子不愿就算了，只是不知他几时再来，那时民女未必顾得了这么多人……"

杨缜道："你这是要挟？"

红凝摇头就走："不敢，你可以尽快离开。"

杨缜低喝道："站住。"

红凝果然停住："杨公子还有何指教？"

杨缜不答。

红凝明白他的意思："今夜之事绝不会传出去，你若不放心，杀我灭口也无妨。"

这女子看似冷漠，笑起来却分外明朗，言语犀利得让人难以接受，但也不是毫无道理，实是他平生从未见过的奇怪女子。杨缜看了她半晌，抬手示意她可以离开了。

红凝做最后的努力："合作的事，还望杨公子三思。"

杨缜冷着脸不语。

连着三天过去，毕秦再没现身，赵兴等人都松了口气，唯独红凝着急得很。难道他真被自己赶跑了？细想之下，红凝又否定了这答案。人类号称"万灵之长"，心肝元气脑髓血液等全都是邪道妖鬼修炼的绝佳材料，毕秦来去自如，这么多年却始终只在宅内作恶，并未伤及周围村庄人家，可见他的目的也不单纯，难道……他是在守护这院子？这里有什么重要的东西让他舍不得离去？

红凝越想越觉得这推测有道理。

他守在这里多年，如今也必定不会轻易离开，可能就躲在某个隐秘的地方。至于那个隐秘的地方究竟是哪里，红凝四处察看，想破了脑袋也没想出来。

阴雨连绵的天气，荒宅更添寂寞，谁的心情都不太好。

“有没有？”

“要在太阳底下看。”

“……”

从进门时就已闻到腥味，再听到窃窃的声音，红凝叹了口气，猛然顿住脚步，回身。

身后那人并没料到她会这样，反吃了一惊，到底心虚，迟疑着不敢动手，一脸戒备地往后退。与此同时，旁边赵兴等人都将手按上了兵器，紧张不已。

红凝道：“拿出来。”

赵兴使了个眼色，那人果真硬着头皮将背后的东西亮出来，强作镇定地道：“你别过来……”

碗内盛着大半碗红色的黏稠液体，红凝也不多问，径直上前伸出食指蘸了点，轻轻在指尖揉了揉，微笑道：“狗血。”

众人面红耳赤。原来那夜杨缜房内出事，又没得到任何解释，众人便疑上了此女。加上王虎死前曾被色诱，如今怕她再迷惑杨缜，众人合计之下，特地派人去村里寻来只狗宰了，想要拿这偏方去制她，谁知竟被她看了出来。

红凝视若无睹，取出绢子擦手：“这个没用的。”

那人尴尬地道：“既然姑娘说没用，那……那就罢了。”他转身过去倒掉狗血。

红凝道：“门上的符不要弄坏了，否则出事可怪不得我。”

众人诺诺散去。

杨缜坐在窗前，远远看见她，既没招呼也没任何表示，表情平静难以捉摸。那夜之事他当然不会再提，手下人也不敢多问。

红凝想了下还是走上石阶，隔着窗户问道：“这宅子荒废多年，加上近日天气不好，人气难旺，杨公子打算一直住下去？”

杨缜淡淡地道：“你喜欢在外面站着说话？”

红凝一笑，走进去坐到他对面道：“杨公子身份贵重，民女不敢冒昧高攀。”

杨缜忽然问：“你叫什么？”

那冷漠的眼睛里恍惚多出些笑意，像极了一个人。他除了脸部轮廓略显刚硬，那鼻子，那眉毛……

一时间，红凝竟看得有点出神。

杨缜目光闪烁。

面前的脸逐渐放大，红凝吃了一惊，见他直起身迎上来，顿时干笑两声，垂了眼帘。他们不一样，还是不一样……再次抬眼，红凝平静地迎上他的视线："民女红凝。"

杨缜只是定定地盯着她，没有说话的意思。

红凝岔开话题："杨公子是不是该和你的属下解释一下，我不喜欢被淋狗血。"

杨缜轻哼道："一群废物。"

红凝试探道："或许那个毕秦不会回来了，你还要等？"

杨缜不答道："那道符我已遣人去定州城三圣观请教柳真人，过两日便有分晓。"

红凝笑道："杨公子执意与民女计较，未免有失身份。"

杨缜抬眉道："红凝姑娘如此陷害我，拿人性命当儿戏，我岂能不计较？"

红凝坦然地道："这只是引蛇出洞，我不这么做，你们迟早也逃不过。"

"引蛇出洞，这就是承认了？"杨缜停了一下，轻描淡写地道，"我已叫人去查过，近些年来，除了进这院子的人无一幸免，附近村庄都相安无事，倒是百里之外的定州和明州发生过不少命案，其中有数起作案手法与毕秦相似。我看了一下，这些案件时间相隔差不多都是三个月。"

两人竟是想到了一起。红凝笑道："兔子不吃窝边草，他不喜欢换窝。"

附近有村庄人家，他却专程跑到百里之外去作案，并且不断变换地点，无疑就是不想让这里的传闻闹大，引来不必要的麻烦。看来他真的舍不得离开这院子。

杨缜道："你很聪明。"

对于杨缜能在这么短的时间内翻出这么多卷宗，还能看出关键，红凝也真心赞叹："杨公子也不简单。"

杨缜道："还肯提点那群废物，看来你心肠还不坏。"

红凝摇头，起身走到门口，又停下："我给他们符，只是为了方便察觉，这个毕秦对我很重要。"

"哦？"杨缜轻笑了声。

红凝回身看着他道："我上次说的事，杨公子考虑得怎么样？"

杨缜马上沉了脸。

红凝莞尔，快步走了。

两人既然被盯上，毕秦迟早会再来，合作才是最好的选择。杨缜本是聪明人，不过要他屈尊降贵牺牲色相，的确有点难以接受。

花朝会将近，花朝宫城上下一片喜气，彩带香风，温暖如春。宫墙内，仙娥仙仆们来来去去布置会场，手捧各色花样形状的杯盘。虽说他们见识得多了，但届时四方花仙花妖齐聚，朝拜花神，这些花仙花妖当中很多都是头一回见识这等盛况，他们在新人面前也不能太马虎，何况修仙岁月枯燥，难得有这么个机会乐一乐。

锦绣负手站在台上，观望远处。

梅仙陪在旁边，手捧花册，边翻阅边向他汇报："近百年来，族中新载入妖册者九百五十七名，这次参会的共一万五千六百八十一名。"

锦绣皱眉道："上次来了一万六千八百七十三名。"

梅仙垂首道："总是天劫难逃。"

锦绣不语。

梅仙忙合上花册道："神尊大人不必烦恼，本族因形体所限，修行不易，此事尽人皆知。"说完她翻开另一本，"还有件喜事，载入仙籍的小仙比上次多出了三名。"

锦绣意外地道："三名？"

梅仙赧然道："两名是梅族。"

锦绣微笑道："倒是你门下修行有成。"

梅仙迟疑了一下，道："还有一名是茶花，山茶族门下向来凋零，不想这次竟有了一名。"

锦绣沉默，许久才点头道："很好。"

远处，两名女子缓步走来，前面那个姿容尤其秀丽，能将白衣穿得这么明丽生动，除了天女陆瑶，再没有别人。

杏仙陪着陆瑶走来，冷冷看了梅仙一眼，随即朝锦绣作礼："神尊大人，天女来了。"

锦绣含笑问："天女有事？"

"没事就不能来？"陆瑶轻撩衣摆，缓步走上石阶，"花朝会即将召开，这几个月你必定忙得很，左右我也无事，或许能帮得上你。"

说话间人已到了台上，梅仙忙欠身作礼。

陆瑶上前扶住梅仙，执着她的手微笑道："早说你行事谨慎，将来必当重任，我这次也是专程来贺你。"

梅仙垂首，中规中矩地回话："下仙不才，是神尊大人抬举，怎敢劳动天女？"

"你不必太谦，他的眼力岂会有错？"陆瑶放开她，转向锦绣道，"我倒真有件事要与你商量。"

梅仙杏仙忙借故退下。

看看远去的杏仙，锦绣皱了下眉：“帝君前日赐我一卷《通海》，我或许要闭关参悟。”

“《通海》《极天》，正宗御神之术？”陆瑶半是惊讶半是喜悦，“听说那御神之术共分两卷，上卷《通海》，下卷《极天》，是当年祖师亲自传授给帝君的。帝君素来倚重你，御赐天书，想必是担心你的天劫。”

锦绣笑道：“我只怕将来会辜负他这番栽培。”

陆瑶面色微变，敛容道：“天劫在即，为何出此不祥之语？”

锦绣回过神也愣了一下，摇头道：“天意注定如何，岂会因一两句话就变。”

陆瑶仍不安，轻轻咬了咬唇：“虽如此，说出来总叫人……担心。”

锦绣看着她半晌，道：“多谢天女。”

陆瑶侧脸看他：“自你被贬到这花朝宫，我几番想来看你，又不敢有违天规，如今来了，你竟待我越发客气。”说到这里，她扑哧一笑，“莫非你是被这些花仙花妖缠得怕了？当年天庭里最多情的中天王变成这样，还不知她们怎么失望。”

锦绣浅笑道：“离开中天太久，习惯了。”

“如此，是我想多了。你既蒙帝君厚爱，得赐《通海》，还怕什么。”陆瑶抿嘴，也自袖中取出一卷书道，“我也有件东西送给你，这是我们北仙界的《浑心术》，虽不及帝君的天书，但或许对你也有些助益。”

锦绣道：“北界仙术，怎好外传。”

陆瑶微嗔：“几时外传了？”

玉面泛红，她倚着他的手臂，不似素日端庄，平白生出许多媚态，目中深情比起两万年前丝毫不减。

锦绣沉默片刻，不再推辞：“多谢。”

第六章

桃之情义

修竹，落花，小轩，一切景物陈设都似曾相识。

公子歪在竹榻上，美服华冠，鬓发如墨，夜光杯在手中旋转，面容虽模糊，那双眼睛却格外清亮，满含玩味之色，细看又是一派萧索与寂寞。

他举杯指着她，动作轻佻，语气一本正经："不如你以身相许，嫁给我如何？"

"这……我是妖怪。"

"我喜欢妖怪。"

"可我喜欢别人。"她急了。

他大笑道："那就没办法了，是你想求我救你，小红茶。"

她恼了："跟你说了我不叫红茶。"

…………

半夜，红凝被一阵细微的敲击声惊醒，躺在床上发呆。

这不是做梦，只是无意识的冥想，她竟然在冥想的状态下看到了这样一幕场景。一切真实得让人难以置信，仿佛早就存在于记忆中，又仿佛刚刚发生过，那个女子她并不陌生，而那个男人，更是熟悉得让她心惊，尤其是那双轻狂又落寞的眼睛。

那不是"神尊大人"。

蓦然回神，原来先前那个一直纠缠不休的怪梦她已经很久没做了。

如释重负，红凝长长地吐出口气。她并不想知道自己与那女子的渊源，也不想知道她与"神尊大人"的关系。梦不做也罢，至少从今往后她不会再有那种凄凉的坚强，不会再有饮下瑶池水后剥皮削骨般的疼痛……

可是这次的梦……

敲击声时断时续，仿佛有人屈指在轻叩桌面，动作极其小心。

红凝察觉异常，当下便收了思绪，将这些无关紧要的事抛开，翻身坐起，发现声音来自旁边桌上的传音符，顿时忍不住微笑。

院子里一片死寂的，杨缜房里亮着灯，窗上映着两条人影。

粉色衣衫仍透着暧昧，可出乎意料的是，毕秦这次竟像变了个人，举止之间再无半点媚态，反倒满脸羞愧："小弟前日……甚是鲁莽。"

杨缜似是无意，屈指轻敲桌面，神色平静地道："是小弟误解毕兄，带累你险些被女冠所伤，深觉惭愧。"

传音符必定被贴在桌子背面了。红凝见此情形，不由得心生佩服。大敌当前，喜怒仍不形于色，还能事先料定最坏的可能，随机周旋应变，此人比她想象中要强多了。幸亏他想出办法通知自己，那毕秦浑身妖气，自己分明在房间外用了符，到头来竟毫无察觉，足见其修为不浅，硬拼定难取胜，万万大意不得。

红凝握紧手中柏木剑。

房里二人继续说话，杨缜生平头一次扮演这种角色，多少有点不自在，抽空瞟了眼窗外，掩饰性地轻咳一声，伸手取过旁边的酒壶道："你我兄弟有缘相聚，今夜正该尽兴，毕兄何不先饮一杯？"

窗下，红凝嘴角微扬，看向毕秦。

毕秦自是意外，沉默半晌，忽然起身抱拳作礼。只听他正色道："小弟之前多有冒犯，本无颜再见杨兄，此番前来，是想求杨兄一件事。"

这回不光杨缜，连红凝也听得愣了。

杨缜放下酒壶，看着他道："毕兄何出此言？"

毕秦叹了口气道："小弟伤人性命不假，但事出无奈，小弟实是有苦衷的。杨兄身份不凡，又有此等雅量，小弟惭愧，有意放你离去。先前我误伤杨兄属下之事，还望杨兄看在相识一场的份上，不要再追究了。"

情况有变，杨缜虽然惊疑，面上却不动声色，继续往杯中斟酒："毕兄既出此言，小弟敢不遵命？天亮后起程便是。"

毕秦大喜，长揖拜谢道："杨兄大恩，来日必当报答。"

觉察对方没那意思，杨缜也自然多了，示意他坐下，举杯道："今日一别，不知何年再见，小弟敬毕兄一杯。"

毕秦不再防备，举杯饮干："见面原本不难，只是……"话未说完，他忽然变色，掷杯于地，起身指着杨缜道，"这……这……"

拿不准符咒的效果，杨缜惊得后退两步，转脸看向窗外，方才叩桌传信，却不知红凝究竟来了没有。

既已得手，红凝立即飞身掠进去，挡在他前面："孽障，还不束手就擒！"

法力被封住大半，毕秦始知是计，怒道："杨兄既已答应不再追究，如何出尔反尔？"

不待杨缜回答，红凝挥剑刺去："仗着妖法兴风作浪，吸食人脑，残害性命，若轻易饶过，世上何来公道？"

见她有恃无恐，毕秦先自怯了三分，再次化作香风遁出门外，谁知刚出门就发觉不妙：院子里竟阴气弥漫，仿佛罩着一层青黑色帷幕，灯笼昏昏将近熄灭，墙头鬼影幢幢，无处不透着萧索肃杀之意。

红凝紧跟着追出门外，见机马上高举柏木剑，口里念诀。这一年来她借助妖物内丹，法力着实提升不少，但见空中青气快速凝集于剑尖，随着一声"斩"，直向毕秦劈去。

阴气阳气本无高低，互相转化，互相制约，万事万物方得平衡，真要斗起来，也就看谁的势头更强盛了。如今院中早已被布下阵法，阴气汇集，桃之阳气再难凝聚，毕秦明白其中利害，慌忙闪身避开，神色不定。

红凝冷笑道："你还能往哪里逃！"

毕秦看看阵法，忽然冷哼："雕虫小技，岂拦得住我？"

数朵桃花大如海碗，带着柔和的白光冲向上空，撞得漫天阴气如海波般动荡！

然而毕秦法力受制，要破阵到底不容易，桃花飞出两丈后便被阴气所摧，凋落于地。

这样一来，前方青黑色阴帷却被扯开了道缝隙。

长袖张开，翩翩然若粉色蝴蝶，毕秦趁机掠向院外。

想不到他饮了符水，竟还有这等能耐，不惜折损自身真灵，生生开了条路出来，红凝十分震惊，心知机会难得，哪里肯放他走，全力扑上去拦阻。

毕秦回身弹指。

数点白芒破空而来，红凝情急之下慌忙挥剑去挡，白芒星星点点又如何挡得尽！低估对手，后悔已来不及，她只得咬牙，跌落地面滚了两滚。

人影闪过，但闻叮叮几声，红凝眼前火花四溅。

有东西纷纷掉在地上，细看竟是几片轻飘飘的桃花瓣。

两只云纹朝靴映入红凝眼帘，杨缜执剑而立，瞟她一眼："这便是你的量力而行？"

虽说已尽力避过要害，但若非他及时赶到，受伤是难免的，此人武艺确实不凡，红凝翻身爬起来，感激地朝他笑了下。

杨缜见状登时一愣。

红凝倒没留意他的反应，眼见毕秦踪影全无，忙道："让赵兴他们起来守住院子，有事就用传音符叫我。"

说完她作法遁走。

雨又开始下，映着灵符的光芒，密密匝匝。

再次追入桃林，妖气消失得无影无踪，红凝不敢大意，拖着长剑警惕地一步步朝前走。这桃妖修为至少在一千五百年以上，半仙之体，隐藏妖气很容易。

雨打枝叶，发出动听的沙沙声，却衬得周围气氛更加紧张怪异。

行至桃林深处，依然不见有任何动静，红凝猛地站住脚步，扬手抛出一件东西，口里喃喃念诀。

照妖镜被高高祭起，光华大盛，整片桃林都被笼罩其中。

再厉害的妖怪，在照妖镜下至少也会露出点形迹马脚，然而此刻，林中除了几十上百株桃树，唯见漫天细雨纷飞，其间空空落落全无半点异常，哪里有毕秦的影子！

调虎离山！

脑后冷飕飕的，红凝当即取出传音符，急唤："杨公子？杨公子？"

片刻后，杨缜的声音传来："在。"

红凝松了口气，道："有事就叫我。"

就这么白白错过机会，她泄气地收了照妖镜，烦躁不已——毕秦饮下灵符水，法力短时间内受制，此刻应该是逃回老巢躲着去了，只是不知他的巢穴究竟在哪里，半个时辰后灵符失效，就再难对付了……

她转身之际，几页纸从袖中滑出，飘落到地上。

那是文信留下的修行手稿，红凝向来视如珍宝，见状慌忙俯身拾起。发现页面被泥水所污，她更加心疼，正要拿袖子擦拭，视线却猛然定住。

最上面那页，赫然画着一幅山势地形图。

院子里燃着火把，无人会守阵，漫天阴气已将消散，杨缜与赵兴等人都站在阶前，神情紧张。

红凝匆匆进门："你们尽快离开。"

见她安然无恙地回来，杨缜面色略缓，沉声问："怎样？"

时间紧迫，红凝没精力慢慢跟他解释："快走，再迟就来不及了，我没把握保住你们。"

杨缜皱眉。

众护卫不知缘由，都一脸莫名。赵兴仰脸望望天色道："这天还未亮，怎好冒雨赶路——"

红凝冷冷地打断他道："想活命就快走。"

这话说得严重，加上此情此景，莫名地为她添了几分威信，众人想到先前王虎诡异的死法，竟不敢反驳。

红凝转向杨缜道："灵符虽制住他的法力，却只有半个时辰的效用，过了这个时候就很难对付。你先带他们离开这里，去旁边庄上投宿，天亮后我自会来与你们会合。"末了她又补一句，"放心，到时我会将事情始末原原本本地告诉你。"

情势凶险，这么多人不懂法术，留下也是枉送性命，甚至拖累她。杨缜是明白人，立即扣住她的手道："既没能拿住他，他必会回来报复，不如一起走。"

那双似曾相识的眼睛，那些关切之色，让她全无斗志。

红凝移开视线，语气冷淡地道："我既留下，自有我的道理，他若真有心报复，没人能逃得过。何况我们都走了，周围这么多人家可能会被他迁怒，别人的命在杨公子眼里果然卑贱吗？"

这话虽是嘲讽，却也有理，杨缜没与她计较，迟疑地道："你可有把握？"

红凝道："你们不在，把握更多。"

清楚此女的脾气，杨缜忍怒丢开她，转身挥袖道："走！"

赵兴等人总算安心，立即跟着他撤离。

刚踏出院门，他忽又顿住脚步道："当心。"

孤身作战，红凝原本烦躁着急，听到这话不由一怔，心中什么地方再次被碰了下。沉默半晌，她才微微一笑："多谢。"

杨缜也不回身，领着众人径直去了。

院子恢复沉寂，雨渐渐变大。

红凝不慌不忙地从怀中取出几件物品，走到院子各个角落，将它们一一布好，启动阵法，不多时就见重重阴气从四面八方涌来，来势比先前更加凶猛。

布置妥当，她缓步走上台阶，面朝着墙站定。

这是一堵结实的墙。

红凝笑了："果然是高明的障眼法。"

笑声未落，照妖镜已取在手中，镜面光华骤现，在强烈光芒的照耀下，原本完整结实的墙壁上竟凭空现出一道门来！

借着镜光，红凝看清了房间里的景象：里面有两个人，俱着粉色衣衫，不同的是，一个双目紧闭仰面躺在床上，对外界的事毫无反应，似乎生了重病；另一个原本坐在床边，发现动静立即站起，满脸紧张恼怒之色，正是毕秦。

情况出乎意料，红凝也吃惊，禁不住后退一步："两个？"

毕秦厉声道："我兄弟二人不想与你为敌，你何必苦苦相逼。"

看出另一个不能为害，红凝镇定许多，收了宝镜道："你取人脑髓残害性命，就该料到今日报应。"

毕秦缓缓地道："你真不肯放过我们？"

红凝道："放过你们也不难。"

她答应得爽快，毕秦反而愣住。

红凝道："只要你肯交出内丹，我便饶过你们。"

内丹是修行的证明，岂能轻易与人，毕秦冷笑两声："小丫头不自量力。"他长袖一挥，数片花瓣挟着风声袭来。

红凝这回早有准备，柏木剑带着阴气将花瓣尽数挡开，同时退至阶下。

毕秦遁出门外。

柏木本就属阴，搅动满院强盛的阴气直朝他涌去。

先前是红凝轻敌，这次却不同，小院四周已经布下严密的阵法，加上误饮灵符水法力被封住大半，毕秦再难遁走。再者他也不能丢下房间里的兄弟，因此只得咬牙将双掌一拍，顿时掌心千万朵桃花飞出，与那阴气抗衡。

桃花片片，美丽妖娆，红凝只觉胸口如受重压，几乎窒息，很快就会被漫天花瓣淹没。

毕秦也秀眉紧皱。

这种时候谁先松手，下场就是死，双方都明白这道理。

红凝勉力支撑，握紧了剑，暗地念诀想要祭出照妖镜。

毕秦岂会不留意她的举动，见状冷哼一声，瞬间，无数巴掌大的桃叶飞起，将小院上空遮得严严实实，几无缝隙。照妖镜本是借九天日月星云之灵力生威，如今无处借力，也就没用了。当然，他这一分神，免不了被阴气侵袭，面上逐渐现出黑气。

渐渐地，双方都感到不支。

一朵粉色桃花自红凝脚底盛开，越变越大，很快长至腰间。

无论红凝如何逼迫，毕秦始终苍白着脸不肯收手，竟是置自身安危不顾。

想不到他真的横了心，再继续必会落得同归于尽的下场，红凝到底不甘，情急之下心中一动，大声道："我能救他！"

毕秦果然抬眸。

忍住胸中翻涌的血气，红凝一字一顿地道："你交出内丹，我救他。"

毕秦喘了口气道："你有办法？"

红凝想也不想便道："他是精魂受损，我曾服食过昆仑山麒麟草。"

毕秦大喜，接着又怀疑地道："麒麟草乃是昆仑神族之宝，你不过一介凡人，我怎能信你？"

"你只能信我，"红凝微笑道，"他现在和死差不多，你交出内丹，不过是从头修炼，却能换回他的生机，兄弟二人尚有重逢之日。如今我死了无妨，你若死了，无人替他接续灵气，他必定也会死，而且是精魂俱散。"

毕秦猛地收手。

第七章

梦中人

身上压力尽去，红凝长长吐出口气："我看他是全凭此地这一眼灵穴存活。"

毕秦沉默半晌，道："他是舍弟武陵，度劫时不慎精魂受损，才变作如此模样。"

红凝道："我向来不善风水之术，直到今天才发现这院子是个好地方，天地灵气汇集，怪道你不肯离开。”她转脸看着那道门，“那就是灵穴所在，你们一直都住在里面，只是用障眼法藏起了门。其实任何人只要稍微仔细点都能察觉问题，左右两扇门的距离很奇怪，相隔太远，中间应该还有个房间才对，可惜我们都没留意。”

毕秦道：“天地灵气归于灵穴，能暂且保他精魂不散，但人是万灵之长，有太多人住在这里，灵气便难以汇集，被他们摄走大半，我只得出手。”

红凝摇头道：“你害死这房子原来的主人，让别人以为这是凶宅，不敢再靠近，没有主人，别人也不会多管闲事。”她叹气，“你每隔三个月取人脑髓，也是为了救他。”

毕秦道：“单凭这点灵气难以支撑。”

红凝道：“附近的村民吓吓无妨，出事太多也会引祸上身，所以你才去百里之外的定州、明州作案。别人绝不会怀疑到这么远的地方，你们就可以安心地住下去。”

毕秦道：“那杨缜大有福德，若在这里出事，定会招来大麻烦。我本不想动他，但也看出你并非常人，留着可能坏事，这才出手杀了他的人，做成衣衫不整之状，好让他误以为有女鬼，怀疑上你，将你带走处置。”说到这里，他俊脸也有点泛红，艳丽无双。他轻轻咳了声，语气里带着悔意，“谁知此人反而相信了你，不肯离去，这么多人住在院子里，灵气不够，因此那夜我有意想将他气走。”

原来他并非真的喜好男色，只是不敢惹杨缜，就用这法子去赶他。红凝恍然：“他还是不肯走，你只好改为求他。”

毕秦点头。

红凝道：“你虽不是有心作恶，却已落入邪道。”

毕秦转脸看着房里的弟弟，轻声道：“我二人遵循正宗修行之法，谁知度天劫时只能过一个。他原本可以顺利度劫，却因一心助我，才落得这般模样……我如今勉强保得他精魂不灭，若不做这些，他便要……”

他没有往下说，红凝却明白，若不这么做，他的兄弟就会精魂俱散灰飞烟灭，永远从这世上消失，就和白泠一样。

同胞兄弟，为了对方，一个不惜性命，另一个则堕入邪道。

两人之间一片沉默。

红凝道：“虽然你是为了救兄弟，但那些被你害死的人也有兄弟家人，你可曾想过这些？”

毕秦低声道：“遇到这种事情，不论人与妖，都难免自私，为了救重要的人，连自己的性命都可以不要，又如何管得了别人呢。”

为了救重要的人，连自己的命也可以放弃。红凝喃喃地道：“这不是傻吗……”

毕秦叹道：“残害生灵，必定劫数难逃，我早料到自己不会有好结果，如今落到姑娘手上，也是天意。”

“天意？”红凝突然冷笑了声。

毕秦奇怪地看她一眼。

红凝回到原话题：“我的条件，你可以考虑。”

毕秦沉吟道：“内丹除了提升法力别无用处，莫非……你要对付九尾狐？”

红凝承认：“对付九尾狐，你的内丹很有用。”

毕秦看了她半晌，忽然长揖拜下：“舍弟的性命，全在姑娘身上了。”

言毕，他整个人就从红凝面前消失，庭中地面眨眼间长出一株高大的桃树，枝叶茂盛，树上开满拳头大的粉色桃花，与现下的季节完全不合。落英缤纷，绚丽如霞，粉色的光晕映得满院生辉，竟让人产生春色满庭的错觉。

红凝赞赏地看了会儿，上前，伸手折下一条树枝。

这是一条金色的树枝。

随着咔嚓一声响，整棵桃树剧烈地颤抖起来，不只形状开始变小，满树桃花瞬间凋零，落瓣满地，枝枯叶萎全无生机。

金色的桃枝不过三寸长，红凝将它收入怀中。

麒麟草生在昆仑山麒麟洞外，历来由昆仑神族掌管。当年她跟着文信对付一只厉鬼时，不慎被阴气所侵，白泠消失了好几天，最后带回一株草，她食之即愈。

那时，她并不知道这草的来历。

如今，她还是不知道，白泠本来从不去麒麟洞的。

面对麒麟天火，神仙也难逃灰飞烟灭的下场，曾经有一个凡人女子却主动走了进去。

走进房间，借着灵符的光，红凝看清了武陵的长相。他与毕秦有九分相似，秀丽的眉毛，挺直的鼻梁，只不过肌肤毫无光泽，隐约透着青黑之色。他静静地躺在床板上，双目紧闭，长睫微微颤动，大约是想说什么却无力开口，由于激动，呼吸竟有点不继。

桃性阳，历劫时精魂受损，被阴气所侵，麒麟草得天火之精，用来救他最合适不过。

红凝往床沿坐下，左手捏住武陵的下巴，迫使他张开嘴，接着拔下发钗毫不迟疑地往右腕上一划，鲜血顿时源源不断地涌出。

大约一盏茶的工夫过去，武陵面色逐渐好转，却始终未能醒来。

先前斗法时已经消耗太多体力，如今失血不少，红凝脸色苍白，额上开始冒冷汗，只觉胸闷心慌。她待要放弃，转念想到毕秦既甘愿以千年道行交换，更不能食言，于是将牙一咬，闭目念诀。

武陵面色越发鲜活。

就在他睁眼的一刹那，红凝迅速收手，凌空画了道符止住血，起身就走。

脚刚踏出门，她脑后风声响起。

红凝踉跄几步，总算避开那些花瓣，扶着墙勉强站定，回身冷笑道："果然处处都是忘恩负义的人。"

武陵翩翩落在她面前，一张脸艳若桃花，却不似毕秦温和，多了几分锐利的英气。他冷冷地盯着她道："你敢夺他的内丹。"

红凝暗地捏了道灵符，语气平静地说："那就让他为你堕入邪道，将来在天劫之下灰飞烟灭才好。"

一只手掐住她的脖子。

武陵淡淡地道："多管闲事。他未必不能度天劫，如今你用计害他舍弃内丹，害他千年修为尽毁，你……该死！"

那手越来越用力，眼前阵阵发黑，呼吸不畅，红凝忍住没有晕过去，直视他的眼睛道："度了天劫又如何？他做下这些恶事，顶多修成邪仙。何况他为了照顾你这个半死的弟弟，四处奔走，还有什么心思修行，怎么度天劫？"

武陵怔了下，转脸看那桃树。

红凝抓住机会，捏个诀迫使他松手，退开两步道："失去内丹，他还有本形在，不过重新修炼罢了，你们兄弟相见之日不远。万一你现在出事，他便无人守护，或许用不了多久就会被人砍去，甚至连根尽毁，你确定能胜过我？"

武陵本欲再动手，闻言果然停住。

红凝脸色苍白，轻轻喘息："修仙度劫，落得这样的下场，其实做妖有什么不好，至少兄弟能时常相聚。"

杀意渐去，武陵缓步走到桃树下，看着雨中憔悴的枝叶，喃喃地道："当年我兄弟二人一心想求得永生，谁知天劫只能过一个……天意，都是天意！"

红凝冷笑道："当年不顾性命帮助你哥哥度天劫的是你，如今救你的是你哥哥和我。这不是什么天意，就算天意如此，难道我们就可以什么都不做？"

武陵沉默半晌，点头道："只要他再度修得人形，我二人便行游天下，再不妄求仙道……"

"妖族至多万年寿命，你二人能团聚多久？半途而废，难得永生。"一道温和的声音传来。

他锦袍绣带上似有金色云霞浮动，那张脸是完美的，五官都生得恰到好处，一双凤目清澈如水，神圣尊贵，略带悲悯之色，绝无半点恶意。这样一个人，却拥有逆天改命扭转乾坤的无边法力，执掌中天兵权十万年，大败邪神界，威震天庭。

眨眼工夫，院子里的阴气已尽数消散，取而代之的是道道金光、团团瑞气，昭示着来人举足轻重的地位，分明是位上神。

武陵惊疑，看红凝。

红凝不动，冷眼旁观。

见她没有表示，武陵忍不住开口道："尊神是……"

锦绣不答，抬脸打量满树枯黄的枝叶，信手拈过一条树枝："为妖就好？天地不容妖鬼，每千百年必降天刑，极少有支撑过万年的妖，谈何永生。"

话音方落，那本已半枯的桃树竟奇迹般苏醒，残叶一片片飞落，重新生出嫩嫩的新叶，一朵朵粉色小花在枝头绽放，沐浴着细雨，十分孱弱，却充满生机。

落英下的人，更有着百花盛开都比不过的风华。

轻易便能为花木接续灵气，武陵终于猜到此人身份，震惊又喜悦，慌忙跪下参拜："原来是神尊大人驾临。当年花朝会上有幸得见尊颜，如今一时竟没记起，该死。"

锦绣低头看他，微笑着勉励道："千年道行修来不易，仙道已近，怎能轻言放弃。你兄弟二人大有仙缘，不若归我座下修炼，他日必有所成。"

武陵看身旁桃树，迟疑道："可……"

锦绣明白他的意思："天意如此，且放下执念，与你兄长一道去花朝宫候命吧。"

武陵本是不愿舍弃兄长，闻言大喜，伏地拜道："谢神尊大人。"

广袖挥过，武陵与桃树俱不见。

红凝苦笑。

这个人，一眼就能看穿别人心里的弱点，把诱惑的话说得恰到好处，所有锋芒都掩藏在微笑之下，半点不露。自被贬以来，他就真的深居简出，再不公开参与天庭任何大事。

被贬？他是被贬的！什么时候的事？

被莫名冒出的想法吓了一跳，红凝心中诧异，再仔细回忆，却什么都想不起来了。此时她也没精力继续想这些事，只觉四肢发冷困倦至极心知是受伤的缘故，便扶着墙转身就朝自己的房间走。她刚走出两步，眼前就一阵发黑，极重的眩晕感袭来，站立不稳。

一双手从旁边伸来扶住她。

"擅取心血会折损寿元，"温和的声音暗含告诫，"喜欢人间就该爱惜性命，不要再固执了。"

雨下得越发大了，被风吹入檐底，沾湿衣衫，或许是精神恍惚的缘故，那声音听在红凝耳朵里也多了几分疼惜。

不适的感觉很快过去，她眼前景物再次变得清晰。

温柔的眼睛不复明亮，黯淡无光。他抱着她静静地坐在阶前，她横躺在他怀中。

嫌姿势太亲密，红凝皱眉想要起身，可不知为何，那怀抱仿佛有着难以抗拒的吸引力，叫她忘记挣扎。强烈的熟悉感猛然蹿上心头，这场景竟似曾相识……

“你先抱抱我呀。”

“将来再说。”

“那我不去了。”

“难得的机会，为何不去？”那声音无奈地道。

“你也想我快点成仙？放心，我不会让你等太久的，快抱我。”

“我比你老二十万岁。”那声音里带了笑意。

…………

她发愣的模样正如当初那只小妖，目光呆滞，一脸痴迷全无避讳。锦绣嘴角微扬，移开视线去拉她的手。

红凝看了他片刻，忽然道：“神尊大人。”

他的手僵在半空，目光缓缓回到她脸上。

见他这般反应，红凝坦然一笑，摇头道：“我并不记得什么，只是以前经常做一个奇怪的梦，梦里有个小妖想当神后，可我始终看不清那位神尊大人的脸。”

时隔千年，记忆中的声音依旧熟悉，她不记前世，究竟是幸还是不幸？锦绣没有说什么，低头查看她腕上流血的伤口。

“白泠走后，我就没再做这个梦了。”红凝缩回手道，“恭喜你，新收了两名潜心修行的好弟子。”

锦绣耐心地道：“天意注定，你为何还不明白？当初武陵本可以安然度得天劫，毕秦顶多被打回原形，但武陵一心助他，才引出今日这场劫难。如今毕秦为救兄弟舍却内丹，变回原形，正合了天意——”

“我只知道他们兄弟有情有义。”红凝打断他道，“难道毕秦遇劫，却要武陵袖手旁观？原来天意就是惩罚有情有义的人？这样的神仙不做也罢。”

锦绣叹了口气，抬手擦拭她脸上的污迹：“要想得到什么，就要先舍弃一些东西，这是天地间亘古不变的道理，你太执着。”

红凝侧脸避开那手：“执着的是你。”

见她脸色苍白，锦绣不再与她争执，将一粒丹药送至她唇边。

灵丹亮晶晶的如露珠，散发出花蜜般的清香，红凝看看他，又看看那药，伸手推开：“神尊大人离我太远。”

锦绣果然又怔了一下。

红凝问道：“那小妖是我？”

她语气十分虚弱，但那大胆的目光、无知无畏的神情，正与当年花朝会上的人一模一样。

锦绣沉默半晌，微微一笑："是。"

"不知天高地厚。"红凝也忍不住笑了，"神尊大人是你？"

锦绣没有回答。

红凝道："我不明白，是她自愿选择做人，执着的却是你，你到底在内疚什么？"

他内疚什么？因为他的隐瞒，他对她说了谎，若不是他插手，她也不至了断仙缘堕入红尘。锦绣道："你已经不记得前世。"

"我不需要记得。"红凝皱眉道，"如今我是个普通的凡人，会有数不尽的前世后世，那些都不重要，我只在乎今生。今生我决不会修仙，你何必再白费心思？"

锦绣摇头道："将来再说。"

红凝感到一阵烦躁和厌恶，想从他怀中离开："我已经说得很清楚，你到底还想怎样？"

无论她如何用力，那手始终将她圈得紧紧的。

她微怒："中天王很喜欢施舍？"

他柔声道："不要再任性。"

任性？简简单单一句话，却莫名激起更多怒意，加上受伤的缘故，红凝再也控制不住，挣扎着要摆脱那双手臂，冷冷地道："仙界的事要管，凡间的事也要管，中天王未免管得太宽！世上需要你施舍的人多的是，想成仙的人也多的是，你大可以去点化他们，但你没有权利操纵我的命运，我绝对不会修——"

大约是受了伤又太过激动的缘故，她忽觉眼前一黑，终于瘫倒在他怀中。

第八章

三更艳遇

云气浩瀚无边，一男一女站在小桥上说话。

"瑶池会快开始了，中天王还不过去？"

"我须等个人，神女先行便是。"

女子闻言笑了："哪位神仙这么有面子，竟要中天王亲自等候，我倒想留下来见一见了。"

男人声音依旧温和客气："怎好让神女耽搁？何况我还有些要事与她商量，一时半刻恐怕……"

他这么说，明显是表示不方便，女子未免失望，嗔道：“罢了，你且忙正事，我先过去。”

她刚刚离开，一个红色的身影就从墙角跳出来，拉着男人的金色衣袖，毫不客气地质问道：“她是谁？”

“东岳君之女。”男人声音略带笑意。

她望望女子去的方向，不悦地道：“你认识这么多女的。”

他柔声道：“花朝宫不也有很多女的？”

她不说话了。

他拉起她的手：“各路神仙都已到齐，你不是专程来看这瑶池盛会的吗，稍后人多，须跟紧了我，少说话，莫要闯出祸来。”

她没有动：“什么时候我才能做你的神后？”

男人沉默。

他微笑道：“待你载入仙籍再说。”

…………

画面逐渐模糊，终于连声音也飘散了，似梦似真。

思绪却越来越清晰。

那张俊美不老的脸，那双温柔含笑的眼睛，甚至连同那若即若离的暧昧、永远留有余地的话，这些都没有任何改变。

他从没有正面回答她的问题。

而她，最终没能载入仙籍，自然也没能做他的神后。

看来这些都只是小妖的自作多情，他若真喜欢她，在她离开时又怎会不挽留？“神尊大人离我太远”，所幸她后来总算明白了。既然是他亲手将瑶池水送到她手上，助她变成凡人，如今又何必再纠缠？他因为内疚，所以对她好，却引得她再次喜欢上他，以至闹出后面这场事。

她既然决定了转身，现在做这种梦算什么意思？

红凝苦笑。

“醒了？”淡淡的声音在头顶响起。

发现自己不像是躺在床上，红凝睁眼，正好对上那双漂亮而冷漠的眼睛。

杨缜倚着车后壁，面无表情。

记忆中的眼睛虽冷漠，却会让她感到亲切，慢悠悠抬眼的动作不知迷住了多少姑娘；而面前这双眼睛始终太过凌厉，这些都明明白白地显示，他们是完全不同的两个人。

红凝静静地望着他半响，垂眸。

身下颠簸，夹杂着车轮吱吱的声音，红凝很快弄清了目前的处境。她不动声色地自他怀中坐起，有意无意地与他拉开些距离，接着又想到什么，立即摸摸怀里，发现那段金色桃枝还在，这才放了心。她抬手掀起车窗帘子朝外看，顿时被日光刺激得睁不开眼。

一只手自旁边伸来，放下帘子。

男女同车，虽说事出有因，但二人先前的亲密之状已大是逾礼，红凝皱眉道："这是……"

"去重州的路上，"杨缜神色与往常无异，自然而然地拂了下衣袍，淡淡地道，"你已昏迷了两日，独自留下恐怕不妥。"

原来当初他率人先行离开，走到半路又不放心，折了回去，正好发现红凝昏迷在床上，便匆匆救了人出来。谁知红凝迟迟不能醒转，几个大夫束手无策，因此他当即决定赶路，毕竟重州城名医会聚，希望更大。

知道他是好意，红凝道："多谢。"

杨缜道："那毕秦……"

红凝将事情经过大略讲了一遍，隐去锦绣一段。

杨缜点头道："我道他必有苦衷。"

"他虽说是为救兄弟，但也害了许多无辜性命，仅被打回原形，我已经算对得住他了。"红凝适应光线之后，重新打起帘子看窗外，"事情已完，杨公子要去重州，民女恐怕不能奉陪。"

杨缜似早已料到她的反应："你既有伤，就先去我的别宅将养一段时日，何况他们都很感激你。"

感激也要借别人的名头，红凝忍不住一笑，转身去检查自己的包袱："不必，下个路口我就……"行动间竟感觉疲乏无比，她只得放弃，扶着车壁喘息。

"你这样能走？"杨缜看她一眼，也不去扶，"只因我昨日接到封信，信中提到重州那边出了数起古怪命案，你或许有兴趣。"

红凝愣了一下："杨公子还真不客气。"

杨缜道："你行走四方，不正是要除妖驱鬼替天行道吗？"

替天行道？红凝将这四个字默默念了一遍，莞尔道："当然，天道不公，我就行我的道。"

见她没拒绝，杨缜面色逐渐缓和。

发现身体异常，红凝不再多话，坐直了身，屏除杂念试着行气，哪知这一试，她便惊怒万分——先天灵气再不能凝集，她的法力竟被人封住了！

手腕上的伤口已消失，连道疤痕也没留下。

一个顾全大局的神仙，岂会容忍凡人的挑衅？他与北仙界是利益共同体，与陆玖更是亲戚，怎么可能让她去报仇？阻止她才是他来人间一趟的真正目的，而她差点又被骗过，直到现在才明白真相。

红凝握紧颤抖的双手，恨极也怒极。

原来在他跟前，她真的还是那个"任性"的小妖，话说得再狠再绝，也因为他数次相救，还有那丝若有若无的内疚与关切，始终没有完全死心。心没有死，就可以让人毫无顾忌地再去划一刀，让它死。

留意到她脸色不对，杨缜皱眉问道："可有不适？"

"没事。"仿佛失去力气，红凝慢慢地靠回车壁，慢慢地缩到角落，闭上眼睛。

重州城很大，人烟阜盛，乃富庶繁华之地。当朝闻名的富商十之有三住在这里，免不了互相攀比斗富，挥金如土，大肆兴建园林，把个府第造得有如人间仙境。更别提沿河的酒楼青楼与花堤亭桥，都是他们专程修了供玩乐的场所，景色宜人，往来会友也方便，引得许多文人名士和告老的官员纷纷来此地定居。

杨缜的别宅更是富丽堂皇，庄严气派。

就算曾见识过高楼大厦，红凝还是忍不住赞叹，半开玩笑地道："杨公子的别宅果然不是寻常富贵人家可比的，民女山野丫头，没什么见识，倒不敢进去了。"

杨缜淡淡地道："你还有什么不敢的？"

红凝也不与他计较，抬脸打量："修建这园子，不知道要多少人。"

知道她的本事，赵兴等人早已转变态度，一路上对她甚为客气，此时都恭敬地跟在后面，闻言笑道："这是当年圣上有意赏赐，城里魏和魏老爷家大公子允诺送的，圣上亲赐的匾。"

红凝也不吃惊，魏和是有名的富商，攀附权贵赠送府第并不稀奇，只不过这次行贿活动是经过皇帝老儿批准的而已。名为自己赏赐，却是别人出银子，皇帝老儿算盘打得精明。

朱门大开，数名下人早已等在阶下迎接："小王爷。"

原来这杨缜乃是当今七王爷之子，年方二十四，自幼陪伴太子读书，文武兼修，深得圣上喜爱。他十九岁便主动请缨带兵出战番邦，连夺五城，从此名震朝野，受封永安郡王。两年前他平叛护驾有功，被加封为睿王，圣眷极隆。这样一来，父亲是亲王，儿子同是亲王，于是家里下人们私底下便直呼其为"小王爷"。

儿子功高，七王爷却十分担心，特地在圣上跟前求情，再不肯让他上沙场。父子在朝中地位已极，恐皇家忌讳，杨缜也明白这道理，主动解了兵权，请命离京去外地做闲王。圣上素来喜爱他，倒很不舍，无奈七王爷执意相求，皇帝只得应允，想着重州乃富庶之地，便特意将其作为封地赐予他。

红凝本来对这些朝政之事不感兴趣，但见他气质不凡，出身必定尊贵，路上合着名字一打听，也早知道了。当然对方如今挑明身份，她还是假作吃了一惊。

杨缜对她的反应很满意，率先拾级而上。

两名美妾带着丫鬟迎出来见礼，倒教红凝有点意外。其实这里头也有缘故，虽睿王名义上不得擅离封地，但自他离京，圣上一直惦记得很，时常召他回去。只拿这次说，一来一去就耽搁了近半年，他正经在重州的日子反而不多。因此他便将王妃留在京城，身边只带了两名美妾相伴，故红凝没有见到王妃。

进了大门，杨缜有意无意地放慢脚步。

先前说话已落后一截，红凝领会其意，快步跟上去。如今法力被封，身体尚且虚弱，这种地方是有钱人的天下，单身女子住在外面确实不妥，大树底下好乘凉，此人虽贵为王爷，品行却还算端正，不如自己先借他这里安顿下来，再另做打算。

半夜，明月高照，河畔花船齐齐泊在岸边，游人早已散去，喧嚣声灭，这一带总算回归短暂的安宁。

远处隐秘的山石下，两条人影搂作一处，手足交缠，呈合抱之势。

男子衣衫凌乱，气喘吁吁极是卖力。

女子香肩半露，低低的呻吟声婉转销魂之极，带着奇异的魔力，竟听得旁人也忍不住热血沸腾，心上似着了火一般。

脚步声渐近。

“有人？”女子呓语，主动迎合男子，“要快些了。”

两片樱唇寻上男子的嘴，洁白纤长的手指缓缓插入男子发间，按住他的后脑，男子乐极，疯狂地撕咬着那两片柔软的唇，下身动作越发快起来，眼见就要发泄。

等的就是这一刻，女子轻笑。

忽然，男子闷哼一声，身体僵直，所有动作全都停止，双目渐渐睁大。

二人终于维持在最紧密结合的姿势，再也不动。

“谁？”一名年轻男人提着灯笼循声而来，看清此处情况之后惊得倒抽一口冷气，后退几步。

撞上男女野合，不是什么好运气。

他紫涨着脸皮想要转身离开，目光却被那女子给牢牢吸引住。

半张侧脸映着月光，看到的人只知道她极美艳，然而究竟长成什么模样，恐怕没有人说得出来。

因为她的眼睛。

慵懒带笑的眼睛仿佛拥有勾魂摄魄的力量，煞是生动。那种美很奇异，甚至有点阴邪，可以吸引别人所有的注意力，以至于忽略她的具体长相。

男人的视线仿佛被粘住，毫无例外地看着她发呆。

这种事情被撞破，女子却无半点羞涩，仍与身上男子维持着交合拥吻的姿势，只拿眼睛斜斜瞟他。

只要是男人，看到这种活色生香的偷欢场景多少都有反应，何况是精力旺盛的年轻男子。

提着灯笼的手微微发抖，男人喉结滚动。

将元阳全数吸纳完毕，女子不慌不忙地松开手，身上人便直挺挺地倒下。销魂的眼波一转，小巧的舌尖轻轻舔了下樱唇，她慢悠悠抬手，将肩头滑下的衣衫拉起了些，一串动作十分自然，却带了种不经意的挑逗。

男人口干舌燥，情不自禁地咽了咽口水。

女子缓缓起身，纤美的腿径直跨过地上那人，朝他走来。她步态轻盈，摇曳生姿，这个角度男人可以看得更清楚，那轻薄的外袍下竟再没穿别的衣裳，傲立的双峰在月光下饱满莹润，看得人血脉偾张，每走一步，相对男人而言都是种无声的刺激。

流光溢彩的眼睛犹如诱人的陷阱，充满控制人心的力量。

啪的一声，灯笼摔落，男人仿佛失去神志，急急上前将她抱起，迫不及待地直顶到假山石上，三两下便拉扯掉下身衣物，飞快动作起来。

喘息声中，他埋头在她颈间。

女子白嫩的腿挂在他腰间，咯咯娇笑。

地上的人仰面躺着一动不动，了无生气。

在红凝看来，重州城街道不够宽阔，行人也不是很多，却也不失古代大城市的风貌。

杨缜没骗她，重州最近的确出了几桩古怪案件，不过自抵达后他便没再提起，倒是红凝自己忍不住主动询问，他才答应带她去衙门看看。

贵为皇族王孙，杨缜出门素来车马轿齐备。红凝不喜招摇，何况她不会骑马。再说男女同乘一骑在这时代是逾礼的，她虽不介意这些，但此人身份非同一般，两人原该保持距离。再说这种小事叫两名侍卫去就可以，何须他亲自出马。于是她便推说想徒步领略重州风物，谁知他真的换身便服跟出来了。

名义上是他作陪，红凝却清楚他的性子，适当地落后半步，避免与他并肩。

主陪客变作客陪主，杨缜并没察觉不妥，习惯性地带着她往前走："你竟不忌荤腥？"修行者通常奉行养生之道，因此他特意吩咐过下人，给她送的全是素食，谁知竟被她毫不客气地退了回来。

一路上饮食清淡，想不到是为着这缘故，红凝闻言失笑："肉食者鄙，民女本是粗鄙之人，吃荤也不稀奇。"

杨缜顿住脚步道："好一句肉食者鄙，连本王也骂了进去。"

"民女怎敢骂王爷。"红凝跟着停下，"退回饭菜无礼，但总比天天吃素强，王爷既然肯留个闲人在府上吃白饭，我又何必客气，叫人说王爷吝啬。"

杨缜看她一眼，继续朝前走："一张利嘴生在女人身上，却不知是福是祸？"

红凝笑道："民女只知道，男人若生了张利嘴，必定好福气。"

清楚她的脾性，杨缜倒没生气："听说修道之人要辟谷。"

辟谷？多无聊的行为，她还真有过那样一段日子，因为那时一心想成仙。红凝凉凉地笑道："那是修仙。"

杨缜意外："修道不正是为了成仙？"

红凝淡淡地道："通常是。"

"你不是？"

"我只修道，不修仙。"

杨缜目光闪烁，不再多问了。

两人沉默着走了段路，身后忽然响起锣声，行人纷纷避让。一队衙役高举"肃静""回避"的牌子行来，紧接着是知府的轿子，还有数名捕快，再就是一辆木板车，车上仿佛运着什么东西，用块白布盖住了。车后跟着一大群人，当先是位六十多岁衣着华贵的肥胖老者，老眼通红，被两名年轻男子搀着往前走，下人们也乱作一团，旁边几名妇人哭哭啼啼。

见此情形，红凝先已猜着几分，待走近些，果然见那木板车上一只枯黄干瘦的手露在白布外。

死的是个老者？她正想着，忽听那胖老者哭了声"儿"，旁边两名男子苦劝："父亲千万保重，二哥近日行为古怪，必有蹊跷，大人自会替我们做主。"

"第五个了。"旁边人群议论纷纷。

"这回是朱老爷家的二公子。"

"死相一模一样。"

…………

第九章

命数之谜

花朝宫的游廊上，陆瑶亭亭而立，与杏仙说着话，一名年轻粉衣男子从旁边经过，见了二人忙停下来作礼问候，接着又远去。

陆瑶奇怪地问："他也是这宫里的人？我竟从未见过。"

杏仙道："千年桃妖罢了，本有兄弟两个，他那兄长不知何故被打回了原形，幸好遇上神尊大人，收他二人在座下修炼。"

陆瑶皱眉道："他怎的又去凡间了？"

杏仙目光微动："总是还惦记着那丫头。"

她语气故作平静，却带了三分试探的味道在里头，陆瑶岂会听不出来，也将眼波一转，口里叹息："饮下瑶池水，原本再无仙缘，是他以神力逆天改命，才求得这机会。若今世那丫头再不能登入仙籍，便要永世为人，他内疚了这么久，也难怪要上心些。"

见她并没生气，杏仙果然低低哼了声，有不甘之色："天劫在即，神尊大人却耽于这些琐事，天女就不担心？"

"我自然不会让这种事发生，帝君更不会。"陆瑶打断她，美目中闪过一丝凌厉之色，很快又恢复平静，浅笑道，"他当年执掌中天十万年，上下无不敬服，岂会不知轻重，因为一个凡人就失了分寸，坏了归位大事。"

察觉她的不悦，杏仙忙道："天女说得是，我也不过胡乱担心罢了。"

陆瑶若有所思地道："说来也奇怪，那丫头一介凡人，我十五万年修为竟难以卜算她的命数，其中缘故帝君不肯说，九嶷神妃也不知道。"

杏仙笑道："不只天女，神尊大人已经为这事奇怪了好些时候。"

陆瑶惊异地道："难道连他也……"

杏仙道："据说当初神尊大人强行助她穿越轮回，中间出了什么差错，致使她命数生变，如今神尊大人也不能卜算。"

陆瑶恍然："果真如此也罢，怪道他经常去凡间，想必是怕生出什么意外。神妃前日还提点，让我尽力助他，以免他过于分心。"

杏仙急道："天女真要去照看那丫头？"

陆瑶眼波流转，似笑非笑地道："他费尽心思想弥补当年犯下的过错，逆天改命何等大事，我不过区区上仙，能耐有限，坏了他的事却不好。"适当显示气度没错，但她听说那丫头固执得很，若在明里插手，事情顺利还罢，一旦有什么差池，反倒会与他生出嫌隙，未免得不偿失。

杏仙哪里知道她的想法，只听她不肯插手，脸色便好了："天女说得是，不如你得空多劝劝神尊大人，让他少去下界，那么大的丫头哪用得着这么操心。"

陆瑶抬手示意杏仙不必再说，漆黑妩媚的眼睛里隐约透出几分不安，秀丽的双眉也微微皱起——逆天改命本就是天地不容的事，天劫必然比平日更重，他肯冒险为她求得一次升仙的机会，已经算得上仁至义尽，纵然心存愧疚，这样关注未免也太过了些。

她堂堂北仙界天女，位及上仙，注定有天仙之缘，是未来的中天王妃。

“我去替他照看一下也好。”她语气淡淡地说。

王府从不会怠慢客人，红凝是女子，不方便住外面客房，于是暂且被安顿在后园中。两间小屋临着池塘，少了精美的游廊，却多了曲桥残荷，池畔堆着白石，一丛矮竹掩映窗间，颇有韵致。这样的住处虽不够气派，幽静冷清的气氛倒正合了她的意。据下人说，这是杨缜特意安排的，想不到他也有细心之处。

回想山中清苦岁月，再看身边繁华世界，红凝苦笑，如此变化，才短短一年而已。

方才那知府十分殷勤，当街让二人查看尸体，又将前几名死者的资料细说了一遍，而后亲自送杨缜至门口才告辞回去。

二人进了园门便一路沉默，杨缜似乎并没留意她的反常，缓步带着她往前走，护卫们不知何时已经退下。

红凝叹了口气，停住脚步道：“王爷好像应该走那边。”

杨缜不理会她，继续走。

红凝知道他想问什么，道：“他们都是被吸尽元阳，所以丧命。”

杨缜果然停住：“据朱家人说，朱二公子上个月起就染了病，但顶多是不思饮食，神情倦怠，略显羸弱些，怎会一夜之间就变成……”回想那张枯黄的脸，那干瘦的身体，简直就是一具骷髅蒙着一层皮，哪里像三十多岁的人，他也暗自心惊，“受害者先莫名害病，死后都是这等惨状，相似的命案每个月便会发生一起，分明是同一妖孽为之，它究竟是何物？”

红凝摇头道：“我要看过才知道。”

只有亲眼所见才能弄清楚，她说的是实话，但现下谁知道那妖怪藏在哪里，怎样才能找到它？杨缜明白此事查起来十分困难，沉吟道：“你可有办法对付？”

红凝没有回答，径自回房去了。

杨缜看着那扇门若有所思，许久后，推门而入。

红凝坐在窗前看池上残荷，神情如常，面前放着杯冷茶，见他进来也不起身，只丢出一句话：“我没有法子，请王爷另请高明。”

杨缜走到她身旁，不说话。

红凝沉默半晌，抬脸看着他，莞尔：“王爷请我来降妖，如今我却已经法力尽失，实在是无能为力，让王爷失望了。”她试过许多方法，始终无法解开身上的封印，这就是神与人的力量差距。那个温柔的神仙抱着她，安慰她，却又亲手夺走她所有的也是唯一的筹码，甚至没有留下半点希望。

修道之人失去法力代表着什么，杨缜明白：“难怪这几日你愁眉不展。”

红凝收回视线，端起茶就喝。

杨缜微俯下身，伸手，修长的手指正好按在杯沿上，无意间触碰到她的唇。

红凝吃了一惊。

这样的举动极其不妥，俊美的脸上却神色不变，冷漠的眼睛里反倒浮现出几分笑意，他缓缓从她手中取过茶杯放回桌上，语气自然地道：“天凉，叫她们送热的来。”

似曾相识的脸更加鲜活，红凝不觉发愣。

“凡事没有绝对。”杨缜直起身，负手道，“你且安心住着，待我将这里的事安排妥当，过几日便带你进京拜会天师。”

回过神，红凝莫名：“天师？”

杨缜转身面向窗外，也看那池上残荷，满意之色更多：“本朝天师精通道法，或许能治好你。”

中天王有心封印自己，岂会轻易就让凡人解开？红凝知道他是好意，一笑：“法力尽失，蒙王爷收留庇护，已是感激不尽，此事民女自会想办法，不敢再劳动他人。”

笑意退去，杨缜皱眉道：“你——”

红凝打断他：“王爷怎的糊涂了？城里每个月都会死人，此事不能拖延。俗话说远水解不了近渴，天下修道者不止我一个，与其进京求天师治我，不如派人在暗中就近寻访高僧道士或有能者。”

杨缜冷着脸看了她半晌，拂袖就走，口里淡淡地道：“依本王看，法力尽失也没什么要紧，你照样是伶牙俐齿争强好胜，半点不让。”

瑞气缭绕，檐角挑着朵祥云，天书阁笼罩在淡淡的金色光芒中。

神帝端坐案前，面沉如水：“昆仑族越来越放肆，觊觎中天之位多年，如今明知不能与你争，却又请命任用他们的人为将。”

阶下，锦绣面西而坐，看着手中奏折皱眉。对方分明是趁着他尚未归位，先将自己的人安排进来，削弱正宗神族的实权，更有架空中天的意思。

神帝道：“你的意思？”

锦绣道：“自臣被贬，十将一直镇守中天，并无差池。”

神帝点头道：“话虽如此，但这次昆仑天君是与南极王联名上奏，以前日邪仙界来犯、中天王不在其位为由，要求任用昆仑四神为将。他们有心为天庭效力，朕总不能没有表示。”

锦绣道：“邪仙界来犯也不只这次，既拖了这么久，帝君何不再拖下去。”

神帝冷笑道：“你没见那上面的话？天庭近年几无昆仑将，若得两派合力，必能永保安宁。这分明是暗指朕打压昆仑族，待他们不公，朕怎好再落人话柄？”

锦绣合上奏折道：“昆仑族法术独到，任用他们的人未必是坏事。”

神帝道：“但中天自古是我们正宗的腹心之地，怎能让昆仑族插手？况且你不在，真放他们进去，难保他们不趁机动作，一旦成了气候，将来恐难遏制。”

锦绣忽然转了话题：“听说近日南滨也生了点事，帝君是不是该起用几名天将？”

任用天将是一回事，派去他们哪里又是一回事，重要的是堵住别人的口。神帝本已有主意，如今见他这么说，不由得点头。

二人心照不宣地笑了下。

神帝端起玉杯喝了一口：“那卷《通海》看得怎样了？”

锦绣摇头道：“御神之术乃是至高无上的神术，锦绣难以参悟，修习起来更是力不从心。”

神帝不紧不慢地道：“当初朕修习两万年，方才窥得些皮毛，如今天劫将临，能悟出多少也全凭你的造化。”

锦绣笑道：“锦绣愚钝，怎比得帝君？”

神帝哼了声，似无意地道：“听说你近日又去过凡间。”

锦绣略感意外，点头道：“为些小事。两名桃妖在下界作孽，我看他们大有仙缘，所以特地走了一趟。”

神帝道：“凡间不比天上，人生只有匆匆数十年，当年那丫头也长大了。”

听出话中讽刺之意，锦绣愣了一下，忍不住笑道：“帝君是在笑话下臣？”

神帝斜眼看他：“朕说错了不成？短短数十年就像做梦，在我们这里，千年修行也不过是个小丫头，而在凡间，十几岁的丫头已经很聪明了。”

锦绣道：“帝君说得是，人生短暂，怎比得仙道永恒？”

神帝这才露出满意之色，语气却特意加重了些：“她本已了断仙缘，难得你多情，费心为她争得这次机会，还有什么不安的？该担心你的天劫才是。”

锦绣道：“她始终执着于凡间之情，认为生老病死理所当然，若今世不能想通，白白错过这次机会，未免可惜。”

“她执着，你也执着不成？”神帝皱眉道，“你能仗着法力逆天改命，但她能否成仙也是天意注定的。人间有句话叫‘谋事在人，成事在天’，说的便是不该过于执着。”

锦绣道：“我也没想到她转过十世还如此固执，或许她一直记恨当初的事。”

神帝沉了脸，冷冷地道：“当初怎么，小小花妖也妄想做花中神后？天条明令，神族血统岂同儿戏，昆仑天君之子修行难有成就，不正是因为他那凡人母亲？最终带累全昆仑族。你贵为天神，她命中注定无缘晋升上仙，你费尽心思为她逆天改命，却不想引出后面的事。原本她尚能修得散仙，如今却因情劫堕入轮回，你也是自食其果，还欺朕不知道？”

锦绣道：“帝君法力无边，有什么不知道的，锦绣怎敢欺瞒。当初念在她颇有灵气，本族门下凋零，我这才略施援手，逆天改命不过是想助她勉强修成下仙，谁知果真天意难违，倒让帝君看笑话。”

神帝道："你虽这么说，朕看那丫头却是一心要做你的神后。"

锦绣一笑："年少轻狂罢了，师兄看着我长大，当年你我不也如此，何必放在心上。"

同门修行情同手足，见他直称自己师兄，更增几分亲切，神帝语气缓和了些："正是念在她年少无知，朕才不予计较。历经此事，你也该知道天意难违，虽说事情因你而起，但若她当时坚定心志，也不至于落得这般境地，你不必过于内疚。"

锦绣道："师兄教训得是。"

神帝气消了许多："朕本有心成全她，留在你身边也未尝不可，是她自己半点不让，不识大体。如今你自认亏欠她，想要助她回归仙道，朕也不拦你，但你修行至今，须时刻记得自己的身份。昆仑族可都盯着中天，此事关系到我们正宗的命脉，这关头万万不可落人把柄，辜负了师父的期望。"停了停，他意味深长地道，"你莫非忘了昆仑天君的情劫？凡事天意注定，尽力而为，却不可强求，否则必招大祸。正如人间因果报应，你的天劫朕虽能相助，但能否安然度劫，全在你自己。"

他说"报应"本是无心，锦绣却听得面色一变，半晌才恢复平静："锦绣明白，只是当初让她穿越轮回时，不知怎的出了意外，以致不能卜算她今后的命数，我实在难以放心。"

神帝却没有意外，淡淡地道："是吗？"

锦绣点头道："当年她命数不定，正是因为我从中插手，弄巧成拙令她堕入下界。如今她命数生变，我想会不会也是天意，要我助她回归仙道，以弥补当初的大错。"

"所以你又插手？"神帝轻哼，"天劫当前，你倒肯耗费法力去卜算这些琐事。"

锦绣也不在意他的讽刺："还求师兄指点。"

神帝看了他半晌，冷笑道："单凭此事，你就断定她命数生变？谁都有不能卜算的事，她的命数与天庭一个重要的人有关也未可知。"

锦绣愣住。

第十章

媚术

一个多月过去，天气已经转冷。

月色还算明朗，夜深，王府廊上亮着灯笼，值夜的守卫往来巡查。相比之下后园就更加冷清了，丫鬟侍女们大多已经睡下，没睡的也偷懒聚作一处玩去了，偌大的园子变得空旷而静谧，假山、池塘、修竹都沐浴在月光里。

忽然，角落里传来压抑的哧哧的笑声，听得人面热心跳。

一对青年男女毫无顾忌地在假山群里交欢。

本是睡不着出来走走，无意中却撞见这样的事，红凝先是一呆，接着也就镇定了。此刻大门已关，这里是王府后园，那男子应该就是府里的下人。虽说杨缜在外对这些事向来不怎么在意，治家却甚严，于门风上更是谨慎，府中下人和丫鬟平日都难搭上话。但林子大了什么鸟都有，出这事也不稀奇，只要贿赂守园门的几个老婆子，混进后园很容易，不过此人胆子委实太大了些。

当然她也留意到，这女子身份不太寻常。

这角度她看不清女子面容，只见那身衣裳在月下如烟如雾，依稀竟有银光闪动，绝不是丫鬟们能穿的样式。难道这府内还藏着这样一位佳人不成？红凝在园内住了一个多月，除了先前两名美妾，并没见杨缜新收别的女人。

脑子里瞬间转过几个念头，仍难以解释，红凝到底不好再看下去，准备转身离开。谁知就在这当儿，那女子有意无意地朝这边侧过脸来。

她有一张艳丽非常的脸。

红凝禁不住倒吸一口冷气，震惊不已。

原来杨缜这次来重州，身边只带了两名美妾，一位姓曲，一位姓王，这女子不是别人，正是那位姓王的如夫人！

背着杨缜私通下人，这位夫人简直胆大包天！

身后男人动作越来越激烈，王氏仰脸，口里配合地发出叫声，然而那张脸上的表情竟是冷冷清清，并无太多欲望。倒是那双眼睛很奇特，深不见底，带着种神秘的叫人难以抗拒的魅力。红凝竟看得心神恍惚，急忙移开视线，忍不住赞叹，杨缜的眼光确实不错，两位美妾的姿色已属一流。这王氏平日说话做事都垂着眼睛一副怯怯的模样，却较曲氏更得宠些，红凝原以为只是他偏爱柔弱女子的缘故，倒没留意这王氏的眼睛生得这么出色，自己同为女子尚且如此，男人自然更难抵抗。

可这样就更不好解释了。

杨缜虽有骄子之气，却绝对不失优秀，且风华正茂，当初法力未失，她一眼就看出此人身体强健绝无恶疾。红凝近日住在府中免不了听到些八卦，据说他常留宿于王氏处，论理王氏不至于太寂寞，这下人哪点比得过杨缜，竟令她冒这么大的风险偷情？

红凝暗忖，见二人仍在动作，也不知看见自己没有，慌忙往旁边移动，想要躲到假山后面避开。毕竟这是别人的家事，闹出来彼此反不好看，自己不过是个借住的外人，没道理白惹一身是非。

“看够了？”身后有人轻哼。

红凝大吃一惊，犹自发愣，紧接着就被一只手强行拖着走了。

当然，她也没有机会看到后面发生的事。

不知何时王氏已经转过身，换了个姿势，重新与那男子合抱在一处，纤纤手指插入男子后脑发间，将樱唇送上。

男子快活极了，越发疯狂，终于颤抖着发出声闷哼。

王氏轻笑着吮他的唇，媚人的眼睛不再清冷，总算带上了喜悦、兴奋的表情。片刻之后，她略略抬起上身，男子便缓缓从她身上滑开，摇摇晃晃地往旁边山石上倒下，瘫软在那里，竟已不省人事。

“还不打算回去吗？”一个带笑的声音响起。

白衣翩翩立于月下，一双眼睛同样媚惑人心，只不过这双眼睛生在男人身上，就使得他整个人看上去多了几分阴柔，赫然竟是陆玖。

眨眼间，王氏已经整理好衣裳，仰脸望着他，语气不太友善：“你来做什么？”

陆玖也不耐烦：“罢了，你当我想来自讨没趣？是姨父央我来的。”

王氏道：“不劳表哥费心，我不会回去。”

陆玖笑道：“依我看，你也太倔了些。人死后自会投胎转世，如同重生，岂不比守着个活死人强多了，你还是放他去吧，来世再找他也一样。”

王氏寒声道：“转世又如何？我始终是妖，纵然他投胎转世千百回，也还是人，上天还是不会让我们在一处。如今我二人难得逃出雷刑，总算可以清静度日，这样没什么不好，至少他不会忘了我。”

陆玖正色道：“这是你的情劫，你若还执迷不悟逆天行事，只会自取其祸，到时可就不是雷刑这么简单，连父王也未必保得住你。”

王氏道：“将来的事将来再说，表哥请回。”

陆玖不在意地道：“你这样为个凡人耽误修行，就不怕姨父对他下手——”

王氏冷冷地打断他：“尽管下手，他死了，我便陪他一道死。”

陆玖悠然道：“你这模样也离死不远。待你将来在天劫之下神魂俱灭，他一样会被鬼差发现，抓去投胎，从此再不记得你，娶妻生子，和别的女人——”

话未说完，一团绿火直朝他扑去。

陆玖闪身避开，大笑道：“我是奉命将姨父的话都转告你了，将来出什么事可与我无关。”他说完化作白光遁走。

王氏满面怒色站了半晌，转身要走，却不慎被旁边昏迷的男子绊了下，顿时面露厌恶之色，冷哼了声，抬脚将男子踢到地上，消失在月色中。

手臂被紧紧拽着，他步伐稳健，走得不算快，红凝却几乎是被拖着往前跑。饶是她遇事镇定，此刻脑子里也禁不住开始乱了，隐约还有一丝忐忑。小妾红杏出墙，偏又落在了外人眼里，简直大失颜面，照此人的性子还说不定会怎么处置她。

终于，杨缜停住脚步，丢开她。

夜风送来许多凉意，游廊上灯笼散发着朦胧而暧昧的光。

红凝忽然尴尬起来，其实女妖吸人元阳这种事往常见得多了，本来不算什么，何况她也不是有意偷看。可如今她偷看被他撞见，意义就完全不一样了，正如一个女人不小心打开不良影片，偏巧这时候来了个男人。

两人沉默半晌。

杨缜果然开口低斥："姑娘家，偷看这些！"

"我只是出来走走……"发现越描越黑，红凝无奈地停住，发现他没有想象中的激动，也十分意外，试探性地观察他的脸色，又回头朝那方向望去方才偷情的明明就是王氏没错，小妾红杏出墙，他竟有这等胸襟？

杨缜面无表情，嗤道："还要回去看个仔细吗？"

原来他并没看清那女子是谁，红凝总算弄明白缘故，反倒松了口气。此人本就妻妾成群，王氏会出墙也不能全怪她，但王族尊严，岂能容忍后院出这种事，加上此人生性骄傲手段强硬，闹起来非出人命不可。

呼吸声有些急促，温热的气息喷在她额上。

红凝惊得回神，抬脸，发现不知何时杨缜已然逼近，二人之间的距离不足一尺。

他低头似笑非笑地看着她，低声道："这些事，你很好奇？"

红凝隐约察觉不对，想要后退。

一只手迅速圈住她的腰，另一只手准确地扣住她的下巴，紧接着他的唇便落了下来。

他猛烈地吮咬，那舌强硬地想要顶开她的牙齿探进更深处，放肆地，急迫地，没有丝毫怜惜，所有动作都在宣告着强势与专制。这是个喜欢主宰一切的男人。

事先全无预兆，哪料到他会突然做出这样的举动，红凝呆了半晌才反应过来，他竟是受方才那一幕的刺激，想找人泄欲！心中备感屈辱，红凝登时大怒，下意识地反抗。谁知法力被封印，她竟似变作了废人一般，对方身材本就比她高大，且自幼习武，正值气盛之年，无论在体格上还是力量上她都不占半点优势，挣扎半晌竟推不开。

冷锐的眼睛变得迷乱，燃着欲火，他似乎已经失去理智，几乎是将她整个人压向自己，吻得更放肆。

发现难以脱身，红凝反倒冷静下来，终于察觉事情不太合理——杨缜向来骄傲自持，就算被这种事挑上了火，也不至于失了分寸去强迫一个外来的女人，这些举动完全不像他素日的行事作风。

脑海里忽然浮现出方才那双眼睛。

那双深不见底的销魂的眼睛。

犹如醍醐灌顶，红凝心里咯噔一下。自法力被封，她就不能再感受妖气，所以一直都没有发现王府中有任何异常，如今看来，王氏竟大有问题！

能将媚术施展到这种地步，王氏绝非寻常妖孽，除非是……

法力尽失，见识却还在，红凝冷笑。怪不得看着那双眼睛时，心动的感觉似曾相识，那妖女早就发现自己了，杨缜估计就是着了道，而自己同为女子，因此侥幸逃过，还差点忽略了这事。

正想着，一只手熟练地探入她的前襟。

知道此事不能怪他，红凝实在恼不得，见他并没有停止的意思，更暗暗叫苦，心知这样下去情势必难控制，忙伸手去取桃木珠，谁知手到怀里竟摸了个空。原来自失去法力，她就没打算再轻易插手这些事，一门心思只想着如何解除封印。何况王府有门神八卦守护，杨缜又是大有福德之人，寻常妖怪哪敢贸然来犯，因此她也不如往常警惕，眼下半夜睡不着爬起来走动走动，根本忘了带法器。

无奈之下，红凝将牙一咬，趁腰间手臂略松之际，将身体往后一缩，提膝朝对方下体撞去。既唤不醒，她只好先制住他再想办法了。

她的主意原本没错，孰料杨缜是习过武点过将的人，虽失去理智，本能却还在，对外界的反应极其敏感。察觉到她的意图，他不由得轻笑一声，侧身避过，同时轻抬右脚。

红凝始料不及，被他这么一绊，再也站立不稳，眼见就要倒地。

一条手臂及时揽住她的腰。

虽然没有摔倒，却再次跌入了他怀中，红凝大急，顾不得事情的严重性，扯下发簪朝他刺去。

发簪还未刺中，杨缜便闪电般扣住她的手腕。

那手十分有力，红凝吃疼，手一松，发簪叮地落地。未等她再采取行动，杨缜已先一步制住她的双手，反转身从背后抱着她压向廊柱，低头在她耳畔颈间亲吻，同时扯断她的衣带。

脸颊贴在冰凉的柱子上，双手被一只有力的手强制性地牢牢锁着抱住柱子，被坚硬的特别的东西抵在腰后，红凝紧张又无奈，不再挣扎。

他在她耳畔命令道：“不许叫。”

红凝苦笑。

“稍后也不许叫。”他的声音带着三分轻佻。

他虽被迷惑心智，流露的却是一个人的本性，想不到他在这些事上也这么专制，还有这等癖好。红凝当真哭笑不得，园子太大，此地僻静，半夜三更能叫来谁？何况他如今中了媚术，早已丧失理智，根本听不进什么，就算惊动全府上下的人，又有谁敢上来扫他的兴？反倒令他们看笑话。

离了法力什么都做不了，那个多情又无情的神仙，强大到可以掌控她的一切，包括她的命运。

为何偏偏是他。

身后的人紧紧压着她，使她整个人几乎贴在了柱子上，一只手迫不及待去扯她的腰带。

她没有羞恼和愤怒，取而代之的是从未有过的灰心。脸紧紧地贴着冰凉的柱子，红凝闭上眼，带了几分认命的味道。

该来的总会来，无力的反抗是不是也算笑话？

正在她绝望之际，那只手出乎意料地停止了动作，紧接着身后的人再也不动。

须臾，她耳畔传来轻轻的、倒吸冷气的声音，腰间的手臂猛地松开。

得以脱身，红凝立即避到柱子后面，与他保持距离，惊疑地打量他，见那双眼睛逐渐恢复了清明与犀利，知道媚术真的已经得解，这才长长地吐出口气。

杨缜如梦初醒，看看自己，又看她，厉声道：“怎么回事？”

红凝平静地整理衣裳：“是我妄图强迫王爷，令王爷失了清白，如何？”

明知她是讽刺，杨缜脸色忽青忽白，冷暖交替，气息却逐渐平缓了。他到底对发生的事还是有几分印象的，回想起来将脸一沉，忍怒道：“好大的胆子，竟敢擅入后园，引诱婢女行此苟且之事，待我查出……”话说一半他忽然发现自己现下做的事也不光彩，于是停住，“方才之事，甚是蹊跷。”

红凝道：“王爷真不知道？”

杨缜皱眉道：“她的眼睛……”当时他不慎与那女子的眼睛对上，就心神荡漾如同被摄走魂魄，竟忽略了她的长相。

红凝斟酌了一下，觉得还是有必要问清楚：“王爷的两位如夫人是何来历？”

杨缜愣了一下：“都是京城人氏。”

红凝点头道：“王爷近日是不是常留宿在王夫人房里？”

杨缜瞟她一眼，不答。

红凝叹气道：“这是王爷的私事，民女原不该多打听，但要彻查此事，恐怕还需从王夫人身上着手。”

杨缜果然铁青了脸：“方才是……”

红凝摇头道：“王夫人举止娴雅，想必是身世清白的大家闺秀。何况重州城之案从几个月前就开始了，那时她跟你尚在京城，自然与此事无关，只不过若有妖孽要借她的容貌作恶，也很容易。”

杀意渐渐退去，杨缜神色稍缓，沉吟道：“你的意思，府内有妖怪？”

红凝笑笑道：“还是会媚术的女妖，稍有不慎连性命都会搭进去，因此王爷近日最好少去两位夫人那里，更不要随便看女人的眼睛。”

杨缜立即看她的眼睛。

“她也可能借我的模样，王爷不必太相信我。”红凝别过脸，淡淡地道，“如今我法力尽失，做不了什么，王爷还是尽快寻访真人高僧为妙。”

杨缜道：“城里这几起案子都是她犯的？”

红凝道：“可能。”

杨缜道：“前日又死了个人。”

红凝道：“她现在找上新的了。”

杨缜颔首，想到先前失态对她做出逾礼之事，轻咳：“方才……”他说了两个字又停住。

心知他拉不下脸道歉，红凝本没打算责怪，毕竟使出这等媚术的绝非寻常妖狐，能抵抗的凡人几乎没有，于是顺水推舟地打断他：“方才王爷正是中了她的媚术，如今就怕她害了真的王夫人，借她的身份混进府内安身，王爷应该先在暗中查清真相，不宜打草惊蛇。”

她有意岔开话题，摆明是不计较了。杨缜的脸色却越发不好。他冷冷地看了她半晌，拂袖就走，丢下句话：“近日我都歇在书房。”

目送他消失在廊角，红凝忍不住好笑，估计此人是觉得自己这么轻易就算了，于贞操上面看得太轻，心生鄙夷。但若自己真赖上他，恐怕他更加看不起她吧，这种骄子脾气真难伺候。

好在杨缜总算正面回答了问题，既然他近日没歇在王氏房内，就间接地表示现在的王氏也有作案机会，眼下最紧要的是，弄清现在住在园子里的这个王氏究竟是不是原来那个。

她的笑意逐渐冷却。

拥有天成的媚术，除了九尾狐族还有谁？

唇边犹挂着凉凉的笑，她徐徐转身道：“中天王还不肯现身？”

第十一章

柳暗花明

他站在灯影里，俊美的脸上神情难辨。

虽然获救，红凝却没有半点感激的意思，走到他跟前，眼神里尽是愤怒与嘲弄：“满意了？中天王果然法力无边，我承认我斗不过你，封印我的法力，又在我最狼狈的时候前来相救，你倒是会做人情。”

锦绣不语。

他并非有意令她受辱，而是早已不能卜算她的命数，能及时赶来，只因方才突然心神不定。

红凝道：“我的法力还要被封多久？”

锦绣没有正面回答：“强取内丹，有损功德。”

红凝道：“我不修仙，不需要那么多功德。”

锦绣道：“你伤得太重，先休养一段时日。”

红凝笑道：“中天王说谎都不带脸红的，一段时日是多久？十年？百年，直到我死？”

因为他说谎，她违背本性，一心顺着他的安排，不顾一切，急于求进，最终堕落凡尘。但她是不是并没完全忘记？锦绣看着她许久，道：“与仙界作对，对你没有好处。”

红凝挑眉道：“这是威胁？”

他摇头道：“你不能动陆玖。”

她直言：“你一定要阻止我？”

他不再回避：“是。”

握紧的双拳反而慢慢松开了，红凝看了他半晌，冷笑道：“你真以为这样就能阻止我？”

“这是我的封印，无人能解。”面对冰冷的视线，锦绣微微侧过脸，“昆仑天君之子注定难度情劫，既为你而死，此劫已了，他与你从此便再无瓜葛，你苦苦纠缠只会另生事端与祸患。他纵使将来登上仙籍，也不会记得你，天君更——”

红凝突然打断他：“他将来登仙籍？”

锦绣不答。

白泠灰飞烟灭的情景乃是她亲眼所见，谁知突然又发现转机，红凝心神大震，呼吸几乎停滞，喃喃地道："你的意思……难道他还能活过来？"顾不得之前僵化的关系，她猛地抓住他的手臂，定定地望着他，"陆玖才五尾，修为不足，他……他是不是还有希望？"

明亮的眼神热切而激动，充满期待，就像当初她为那人求情时的模样，只为还一世的情，全不顾将来的天刑，若非他助她脱胎换骨，她早已不存于世间。

他此刻告诉她真相，或许她就不会有这么多恨意，不会再执着于报仇？或许，她还会如愿走上修仙之路，去寻找永恒的情？

凤目中那些温柔逐渐退去，锦绣低头看着她许久，道："精魂无存，岂能复生？"

刹那，她脸上光彩尽灭。

锦绣抬手："你……"

红凝后退两步，避开他。

手停在半空，继而放下，锦绣淡声道："劫数已完，再纠缠无益，你若执意不肯求仙，过些时候……"停了半晌，他终于接着道，"过些时候我便送你回去，你会忘记这里的事，不必伤怀。"

"我为什么要忘记？"红凝打断他，"随便更改别人的命运很有趣？修仙与不修仙，过来与回去，都是你一厢情愿做的决定，可被你决定的那个人是我。我现在只想忘记你，不想忘记别人。"

正如当初他送她去地府投胎时一样，她的身影越来越远，甚至没有回头。

锦绣伫立不动，凤目更黯了些。

"她想必不知道你的苦心，你别计较。"一名白衣女子从暗处款步走出来，正是天女陆瑶，"别怪我多事，听说你匆匆出关，我一时担心便跟来了。"

锦绣没有惊讶，颔首道："多谢。"

没能听清二人的对话，可见他早已发现自己了。陆瑶也不扭捏，大方地站到他身旁，望着游廊尽头道："你在她身上用了花神的封印？"

锦绣道："她性子急，恐怕会惹事。"

陆瑶一笑："你这么做必定有道理，只不过帝君已赐了瑶池金莲露，她该不至于还在记恨吧？我听说，她如今降妖除鬼，倒像是在修行，或许将来真能得偿所愿，与天君之子仙界重逢，你还有什么担心的。"

锦绣岔开话题道："陆玖呢？"

陆瑶柔声道："蒙你教训，他如今已收敛多了，我不会再让他乱跑。倒是你的天劫，帝君与父王都很担忧，你也知道我没那么小气，不如安心度劫，至于这边，我可以时常来替你照看她。"

锦绣不置可否："走吧。"

杨缜出身显贵，待姬妾虽严厉，但在日常用度上绝对不委屈谁。王夫人的住处小巧秀丽，精致的游廊外种着几株海棠，几名丫鬟站在门外，衣着皆不凡，其中一名手里捧着半碗燕窝粥，见了二人忙行礼，又进去报知王夫人。

红凝自觉地退到杨缜身后。

杨缜不理她，率先进门去了。

红凝站在原地，进退两难，小妾的房间他进去是理所当然，而自己未免有些不方便进，毕竟主人没表示允许。

丫鬟打着帘子，也不知道该不该放。

两人正在尴尬，里面传来冷冷的声音："还在外面做什么？"

知道他是有意，红凝不由苦笑，低头走进去。说红凝不紧张是假的，万一这王氏真是昨晚的九尾妖狐，被揭穿身份就危险了，如今万万不能让她起疑。

房内，杨缜面无表情地坐在椅子上，王氏已替他解去披风，正亲手奉茶与他，嗔道："王爷这几日都不见，怎的大清早突然想起来看……"

见红凝进来，她忙住了口，红着脸赔笑让座。

王妃不在，园内日常琐事都是王氏与曲氏代为掌管。红凝是客，彼此算不上熟，两位如夫人并不曾因为身份就简慢于她，时常派丫鬟前来问候，所需物什一应俱全，丫鬟们更加客气，礼数周到，不失王族之风。想着对方热情，红凝虽懒于客套，也不好过分失礼，略略欠身问了好，这才往椅子上坐下。

王氏细细问了几句，内容无非是缺什么东西丫鬟有没有错处，红凝一一作答，又道谢。

杨缜低头抚袖。

几日不见他来，王氏正在忐忑，轻声陪着说了两句话，见他只淡淡应答，更不抬眼看自己，饶是他在外人面前向来如此，态度也远不似往常，顿时满脸疑惑，垂首退到一旁。

模样柔顺，楚楚可怜，媚态却远远不及，心思灵巧，善于察言观色，但所有心事也流露在外，这王氏实在不太可能是昨晚那妖孽。红凝已有了底，见她不安，忙起身笑道："红凝住在园内多有打扰，蒙两位夫人关照，本想过来拜谢，正巧遇上王爷。"

杨缜冷眼看她。

王氏还礼不迭："既是王爷的贵客，不嫌妾身失礼就好，姑娘说哪里话。"

红凝看着杨缜轻轻摇头，表示并无异常，口里笑道："如今也没什么要紧的事，红凝就不打扰王爷与夫人，先回去了。"

杨缜淡淡地道："那就走吧。"说完他起身便走。

王氏面露失望之色，但知道他的脾气，也没敢多挽留，只是低声道："方才叫她们熬了些燕窝粥，正要给王爷送去，王爷既来了，何不用过再走？”

杨缜不在意地道：“不了，我还有些事。”

王氏垂下眼帘，不说话。

走了两步，杨缜回身道：“近日园里无事，你且好好歇着，少出门。”

王氏眼圈微红，答应。

此人姬妾成群，何曾费心去关注这些女人的想法？红凝不好多说什么，安抚道：“城里最近出了几桩命案，王爷很着急。”

重州城的命案尽人皆知，王氏闻言也释然了，送二人至阶下：“虽是案子要紧，王爷也当珍重，不要太过劳累。”

王氏全心守着一个男人，看着他的脸色办事，然此人姬妾众多，王氏再受宠，失去宠爱被冷落也是迟早的事，这在王族不新鲜。但这回似乎没那么单纯，他竟对王氏下了禁足之令。红凝暗自后悔，毕竟他亲眼见到昨晚的场景，纵然知道那是别的女人借了自己小妾的模样，恐怕心里也不会舒服，她委实不该将真相告诉他。

杨缜神色平静，只管顺着游廊朝前走。

红凝看看四周，见无人跟来，便开口道：“此事与王夫人无关。”

杨缜嗯了声，没有表示。

红凝不好再说。

杨缜停住脚步道：“若我真要因此冷落她，你又能如何？”

心思被他看穿，红凝一笑：“民女怎好管王爷的家事？只是王夫人实在无辜。”

杨缜淡淡地道：“你管得还少吗？”

红凝知道此人的骄子脾气又来了，不语。

目光略变凌厉，杨缜继续朝前走：“当务之急是先查出那妖女的下落，以免她再去外头作恶……”

红凝恍然。毕竟那妖孽顶着王氏的模样，别人不知内情，万一看到，只会当作王府丑闻传开，此人最好面子，怎容得这些风言风语，想来禁止王氏出门也是这缘故。

杨缜道：“她虽没错，却与此事有关，否则那妖孽为何偏偏借她的容貌？”

一个人若无非分之想，麻烦怎会找上门，可见那下人早已对王氏有觊觎之心，狐女才会变作王氏的模样去引诱他。有人敢打他小妾的主意，红凝这才明白他为何发怒，于是岔开话题道：“既然是府上的人，查起来也不难，只要找到他，或许就能打听出……”她忽然停住，伸手指着不远处，“那是谁？”

顺着她指的方向望去，杨缜似明白了什么，倏地沉下脸喝道：“站住！”

那人穿着青衫，书生模样，本无精打采地朝前走，陡然听见这声呵斥，顿时被吓了一跳，看清出声之人后忙过来作礼：“王爷。”

杨缜打量他：“你不是府里的人。”

那书生不敢抬头，恭敬地回道：“草民钟文才，前日来探亲的，赵兴赵侍卫正是草民的表兄。”

钟文才精神委顿，目光不似常人清明，状态与中了媚术极其相似。红凝越发怀疑，面上却笑道：“怪不得眼生，我看钟公子气色不太好，可是住得不习惯？”

心中有鬼，钟文才含糊了几句。

男人更清楚男人的毛病，杨缜看他这副模样，心底早已猜出大半，冷笑着正要说话，忽听得背后传来王氏的声音。

王氏扶着丫鬟匆匆追上来：“王爷。”

这可正撞在霉头上，杨缜本就恼她被人看见，登时怒道：“不是让你好生歇息吗，出来乱跑，成何体统！”

不明白他为何发火，王氏委屈地垂眸道：“王爷方才忘了披风，妾身看天冷，王爷或许要出门，就赶着送来了……”说完她示意丫鬟递上披风。

杨缜面色略缓，语气仍严厉：“不必，你先回去歇着。”

王氏答应，带着丫鬟回后园去了。

红凝一直在留意钟文才，自王氏出来他就开始发呆，此刻更似失了魂，一时更加确定，本欲取毕秦的内丹替他解了媚术，可转念一想，又打消了这念头，道：“钟公子？”

钟文才回神：“那……那是……”

杨缜脸色差到极点，正要发作，却被红凝抢先道：“王爷既有要事，还是别再耽搁了。”说完她转脸朝钟文才笑，“钟公子且忙去吧。”

钟文才满脸疑惑，诺诺地告退。

杨缜看她：“本王的事，你倒会做主。”

红凝坦然地道：“无凭无据，王爷想要拿他怎样？以王爷的身份，就算冤枉谁也没人敢作声的，冲女人发火更不算什么。”

杨缜淡淡地道：“既这么聪明，说话却不知道讨人喜欢。”

红凝笑道：“民女天生不讨人喜欢。”

杨缜拂袖便走。

红凝忙道：“王爷留步。”

杨缜不理会她。

红凝上前拉住他：“王爷且慢，民女当真有要事商量。”

看看她的手，杨缜忍怒："口口声声自称民女，却敢强留本王，本王看你是越来越放肆。"

他不计较是顾及身份，红凝也知道不能太过分，忙放开他，难得赔了笑脸："民女不是担心王爷只顾恼怒，忘了正事吗？"

怒气逐渐消退，凌厉的眼睛反露出一丝笑意，杨缜道："你打算怎么做？"

红凝毫不迟疑地道："探出那妖女的底细，再设法对付。"

杨缜道："怎么探？"

"钟公子是中了媚术，不如从他身上着手。"红凝取出两道符，"将这两道符烧了令他服下，我自有办法，这事对王爷来说很容易。"

杨缜接过符问："又拿人作饵？"

红凝道："不拿他作饵，他必死无疑。"

杨缜转身正对着她道："你如今法力尽失。"

红凝也看着他道："那妖孽是九尾狐，三昧真火炼人魂魄，所以不能打草惊蛇，否则我们难逃一死，不但死，而且连魂魄也要灰飞烟灭。"

杨缜愣住。

心中自有盘算，红凝索性挑眉激他："王爷若是怕，后悔还来得及。"不待杨缜作色，她又迅速收起挑衅，正色道，"此事稍有不慎便凶险万分，王爷带兵上过沙场，自然不怕，民女却怕死得很，现下没了法力，只能用符探一探消息，还望王爷做得隐秘些。"

月色不如昨夜晴朗，勉强也能让人看清楚四周，时近三更，园内一片沉寂，假山旁果然有个人影在焦急等候。

不远处的阁楼上，红凝站在窗边的阴影中："果然是他。"

杨缜紧抿着唇。

红凝道："那并不是王夫人。"

杨缜冷冷地道："混账奴才。"

察觉他神情不对，似有杀机，红凝皱眉道："窈窕淑女，君子好逑。仰慕佳人并不算死罪，何况那妖孽对他施了媚术，连王爷这般心志坚定都着了道，他一介书生岂能幸免？"

杨缜看她一眼，轻哼。

听出鄙薄之意，红凝坦然地道："爱美乃是人之常情，王爷若怕玷污了尊府，民女走就是。"

杨缜道："你以为你走得出去？"

红凝听得好笑："王爷竟要仗势欺人，强留我不成？"

杨缜道："那又如何？"

想不到他这么说，红凝反而不知该怎么回答了。

杨缜看着她，怒气已经不见，取而代之的是几丝戏谑："如今你法力尽失，武功也未见高明，本王果真要欺负你，你又能怎样？"

红凝道："王爷何等尊贵，岂会无故欺压小民？"

杨缜脸一沉："数次冲撞本王，该当何罪？"

红凝笑道："先前不知王爷身份才多有冒犯，想不到王爷还在计较，莫非真要民女磕头赔罪不成？"

杨缜面不改色地道："也好。"

红凝怎会真的磕头赔罪，只得干笑两声："哪有客人给主人磕头的道理？王爷少不得多包涵些。"

杨缜道："全无诚意。"

红凝无奈："民女是料到王爷胸襟广阔，绝不会仗着身份欺负一个弱女子。"

杨缜道："好厉害的嘴，你是弱女子？"

这人如此记仇，红凝只得硬着头皮道："比起王爷，算是吧。"

杨缜忍不住嘴角一抽，看了她半晌，慢悠悠地道："爱美之心，的确是人之常情。"

红凝不解地看他。

杨缜上前一步，朝她俯下脸道："既是人之常情，本王自然也难免。"

他有意压低了声音，气氛莫名变得暧昧。月光斜斜射入窗户，看着那张俊美的似曾相识的脸，红凝不由自主地想要后退，谁知就在此时，身上传音符忽然有了动静。

二人一愣，同时转脸望去。

不知何时，假山旁已多出道白影，与先前那人抱在一处。

第十二章

输与赢

传音符被放到桌上，那边喘息声，笑声时断时续，动作十分激烈，在寂静的房间里显得越发清晰。

昨夜的场景重现，加上回想起后来发生的事，二人未免尴尬。杨缜移开视线，缓步过去往椅子上坐下道："等什么，还想看？"

无意撞见一次，就被当成了偷窥的女流氓，红凝暗悔不该答应让他来看，硬着头皮问：“那符已经让他服下了？”

杨缜僵着脸不答。

清楚此人的办事手段与效率，红凝知道问了废话，于是定了定神，也过去坐下，取出那段金色桃枝还有另一道符。冥思苦想这么多天，对于现状，红凝并不是全无办法——毕秦的内丹是修炼千年所得，自然带有天地灵气，如今自身先天灵气被封，正好借来用，虽然作用不大，可使几张小符足够了。

红凝抬手点燃那符。

符纸燃尽，纸灰却不散。

杨缜看得惊异，正要说什么，却被红凝摆手制止，只听她问：“夫人究竟是哪里人氏？”

片刻后，传音符里钟文才气喘吁吁的声音传来：“夫人究竟是哪里人氏？”

杨缜这才明白，先前哄钟文才服了两道符，其一是传音符，另一道竟是这种用处。她想控制钟文才，通过他的口去套那妖精的底细，而只有将符放到他腹中，才能瞒过那妖精。

狐女果然并没有发现异样，虽说变作王氏的模样，却并不清楚王氏的底细，不过对方既中了自己的媚术，她便毫无防备，随口道：“妾身自然是重州城的人。”

声音软媚，杨缜听得心中一颤，立即道：“重州城何处？”

狐女笑道：“西河街。”

更确定狐女不是王氏，杨缜沉声问：“西河街哪家？”

见他问得多了，狐女也警惕起来，道了声“亲亲”：“你我只管乐吧，总问这些个事儿做什么？”

红凝怕她生疑，忙道：“小生白天好像在王爷府上见到了夫人。”

这理由十分充足，狐女不再怀疑，仗着媚术柔声哄他：“你认错了，天底下长相相似的人多着呢……”

红凝将手一挥，传音符便没了动静。

杨缜轻轻地吐出口气。

红凝道：“白天钟文才那样，我就猜他肯定不知道王夫人的身份，果然如此。想是他当初无意中在哪儿看见王夫人，心生仰慕，然后被这妖女窥破，才幻化成王夫人骗他。”

杨缜没说话，盯着她看了半晌，忽然冷笑：“好厉害的法子，单凭一道符就能控制人心。”

红凝笑道：“民女虽没了法力，但谁若是想欺负，也未必容易。”

杨缜起身就走了。

第二日红凝便替钟文才解了媚术，杨缜亲自审问，清楚了事情的来龙去脉，与红凝所料相去不远。原来那日钟文才进府投亲，去城外寺里游玩，可巧遇到前去上香的王氏。见她容貌美丽，钟文才未免心动，却不知道她的身份，正在烦恼，夜里“王氏”就自动找上门来。

街上，二人缓步而行。

红凝四下张望，皱眉道：“想不到西河街这么大。”

照杨缜的身份，下令进行全城搜查不难，可这样必会打草惊蛇前功尽弃，而且那妖女借的是王氏的容貌，连二人也没见过她真正的长相，总不能按着王氏的模样去找。

她兀自烦恼，杨缜却没将那狐女的话放在心上：“西河街不过是她随口胡言，你不是说妖怪也怕人气吗？她既是妖怪，又怎会住在城里。”他停住脚步，“倒是你解了钟文才的媚术，今夜她再来，必会发现异常，如何应付？”

红凝道：“顶多再教钟文才中一次罢了。”

杨缜道：“最毒妇人心。”

这么下去，元阳被吸尽，钟文才就会死，红凝笑道：“那妖孽我们现在是万万惹不起的，王爷倘若不忍，不妨寻点人参鹿茸替他好生补补，让他多支撑几日，或者亲自出马去将他换下来。想来王爷英姿，那妖孽定是满意的。”

杨缜面皮抽动：“姑娘家不知羞耻。”

红凝正色道：“民女再不济，也不至于如此疏忽。中了媚术后知无不言，我还怕他到时会供出我们，所以替他解除媚术时，顺带将那妖孽在他身上留的气味也除去了。我们现在只要让他藏起来，或者悄悄离开重州城，那妖孽不会找到他的。”

杨缜皱眉道：“他走了，今后我们就再难打听那妖女的行踪。”

红凝道：“王爷的心肠也未见得好。”

杨缜冷冷地道：“这等混账，死不足惜。”

红凝道：“有非分之想，是因为他并不知道王夫人的身份。”

“若知道，他还能留住这条狗命？”杨缜也不看她，转身朝两名侍卫道，“回府。”

知道他是回去安排了，红凝一笑，继续寻找。西河街很长很大，而且相邻几条街都同属西河街，民居商铺众多，总不能挨家挨户去敲门打听，她一时也犯了难，不知该从何找起。

走了半晌，红凝渐觉腿脚酸软，便随意进了家小店，叫了碗热汤，坐下苦思对策。

那妖女若果真出身九尾狐族，能不能打听到陆玖的消息？三昧真火厉害不假，但要对付也并非全无胜算……

红凝握紧那段金色桃枝。

正在此时，旁边一个声音响起：“张二伯，前些日子托你带的东西可都有了？”

声音被有意压低了，纵然如此，听在人耳朵里仍是十分柔美可怜。红凝不禁抬眼看，只见一名打扮素净的年轻妇人站在柜台前跟老掌柜打招呼，模样秀丽，甚是贤淑。

老掌柜忙从柜台下取出个纸包递给她："正要送去，你倒先来了。"

那妇人接过，称谢。

老掌柜关切道："戚公子的病可有起色？"

妇人垂首道："还是那样，劳二伯惦记。"说完她再三谢过，拿着纸包走了。

红凝立即起身过去问："张二伯，她是你的亲戚？"

老掌柜眯着眼看了她片刻，仍觉得面生，但听她叫得亲切又像是熟客，便当作自己记性不好，摇头道："哪是什么亲戚，这夫人姓胡，半年前嫁与戚家三公子的。为这事，戚三公子还被他老子赶出了家门。谁知成婚不到一个月，戚三公子就害了重病，大夫都没法子。戚老爷只骂她克夫，也不肯管，亏了这位夫人不离不弃，平日里替人做些针线活糊口，还要照料戚三公子，着实不容易，所以街里街坊的没事都帮衬她些。"

红凝若有所思，半晌才又问："她现下住在哪里？"

男人若是这么问，还可能被怀疑是登徒子，她是个姑娘，老掌柜也不防备："东三巷，柳婆子隔壁就是。"

深巷里只有几户人家，十分冷清，胡氏与丈夫住的地方并不难找，随便找人打听就知道了。

院门紧闭，院子里静悄悄的，看来正如传言所说，丈夫重病，胡氏白日里便关了门不与外人往来，的确是恪守妇道。

红凝站在墙外迟疑，法力被封，不能感受妖气，胡氏究竟是不是那只妖狐，如今尚难确定，自己总不能无缘无故闯进去。

"姑娘在这里做什么？"红凝背后响起柔美悦耳的声音。

转身看见来人，红凝意外："是你。"

陆瑶眼波流转："姑娘怎的到这儿来了？"

红凝恢复平静，道："王妃是神仙，都能来凡间走走，红凝是凡人，天下之大，何处不能去？"

话中带刺，陆瑶却不计较，莞尔道："姑娘言重，什么王妃，不过是她们笑话罢了，我叫陆瑶。"

红凝没有理会这些："你找我？"

陆瑶款步走到她面前："陆玖的事实在是对不住姑娘，父王已经责罚过他，昆仑天君那边，帝君也已经赐了——"

"要我原谅他？"红凝脱口道，"不可能！我和白泠失去的，谁能弥补？一句责罚就能免除他犯的过错，你们的天刑呢？"她摇头，"我忘了，你们连法力都是用来对付凡人的。"

陆瑶微笑道："是说封印？他这样做也是为姑娘好。"

红凝自然知道那个"他"指谁，转了话题："不知你找我有何贵干？"

陆瑶柔声道：“他最近忙，让我代他照顾你。”

照顾？红凝想笑，之前用温柔诱骗不知情的自己当第三者，现在却让未婚妻来“照顾”自己，这个男人够狠，若非自己回头早，此刻还要再被伤一次。

红凝摇头道：“多谢费心，但我并不需要人照顾，尤其是仇人的姐姐。”

“姑娘何必句句带刺，我并无恶意。”陆瑶轻叹，依旧端庄优雅，“陆玖是我的弟弟，我维护他也在情理之中。我知道姑娘必定不会喜欢我，但既受他所托，姑娘有什么要求都可以跟我提，我会尽力满足。”

红凝也不推辞：“那好，不要让我再看见你们。”

陆瑶笑道：“姑娘果真如他所言，甚是固执，也罢，将来再说。”

雪袂轻拂，她整个人便消失了。

红凝垂眸看着地面，站在那里久久不动，直到一个声音响起——

“你就打算一直站下去？”

原来处理过钟文才的事，杨缜见她久久不回，便自行出来寻找，谁知正好撞见二女说话。他一时不便过来，此刻见陆瑶离去，不免拿话嘲笑她。

破天荒地，红凝没有还嘴，抬起脸道：“王爷来得真巧。”

杨缜负手踱到她身旁：“我看她也会术法，你们是同门？”

他不知道陆瑶的身份，应该是没有听见前面的对话，红凝也不回答，反问：“你怎么知道我在这里？”

杨缜道：“钟文才已经被送走了。”

红凝道：“你派人跟踪我？”

杨缜既没否认也没解释：“原以为你不简单，谁知和她比起来，你还是个小丫头。”他饶有兴趣地看她，“她在向你示威？”

红凝反笑了：“王爷很会煽风点火。”

杨缜道：“她才是女人中的女人，你输了。”

红凝不是个轻易服输的人，可不得不承认，这次她的确输了。凡是与那个人有关的事她都输得彻底，他掌握她的命运，一边保护，一边伤害，一边温柔地纠缠她，一边又亲手将那些温柔毁灭给她看，到如今也不放过她。

见她不作声，杨缜又道：“女人争风吃醋，使些花样手段也不稀奇，倒是你，别的事都不笨，这上头……本王意外得很。”

红凝讽刺道：“争风吃醋，王爷在说自家的事吗？”

杨缜不紧不慢地道：“女人柔弱些，自有人怜惜，偏处处要强不肯落败，事事都一个人支撑，别人看不见，到头来只会委屈了自己。”

红凝道：“王爷担心得太多了。”

杨缜伸手抬起她的下巴，低笑道：“想哭便哭，男人更不会计较。”

莫名的怒气上来，红凝倏地别过脸：“王爷这话我倒不明白，我为何要哭？”

杨缜顺势放开她，抬眉道：“果真不伤心？”

“我不会为不值得的人伤心，我的事，也与王爷无关。”红凝冷冷地说完，转身便走。

红凝走进大门，再走进后园，天色已黄昏，身后脚步声却一直没有消失，不近不远地跟着她。

池塘边，见四周无人，红凝终于忍不住停下来问：“王爷还跟着我做什么？”

杨缜道：“她是代谁来照顾你？”

红凝回身：“王爷太闲了，关心起我的私事来。”

杨缜走到她身旁站了片刻，摇头，似乎是想笑：“她分明是有意说那些话，未必就是真的，你这么聪明怎的看不出来？白伤心一场。”

伤心？红凝道：“你误会了，真假如何，都与我无关。”

“分明难受，偏不肯承认。”杨缜面色不改，“你这么好强倔强，且毫不领情，是男人都会选她——”

“自作聪明。”红凝懒得多说，打断他，转身要朝房间走。

腰间忽然一紧。

他一只手紧紧圈着她的腰，另一只手扣住她的下巴，湿热的唇落下，依然霸道专制，感觉却大不似上次，上次是本能的欲望，这次更多的是戏弄。

红凝一惊，连忙推他。

她越是推拒，他便越是放肆，终于，他轻而易举地制住她扬起的巴掌，同时抬脸离开。

红凝盯着他道：“王爷这是什么意思，莫非又中了媚术？”

杨缜神色平静，仿佛什么事也没发生过：“原来你是在意这些的。”

红凝忍怒道：“王爷可知，这种无聊的试探足以逼死一个清白女人。”

“或许别的女人会寻死，但你不会，”杨缜丢开她的手，“我比他如何？”

红凝反倒被问得一愣，下意识道：“谁？”

“你喜欢的那人。”杨缜唇角微扬，“本王与他长相相似？”

看着那张熟悉的脸，红凝满腔怒气突然消失，沉默。

她早该想到的，此人是闻名朝野的睿王，年少时便上战场参与政事，洞察力自然非同一般，只怕从一开始就已经留意到自己的异常了。

杨缜道："是谁？"

红凝果断地道："你不是他。"

杨缜道："他喜欢那女人，不肯娶你？"

红凝知道他弄错了，没有解释："时候不早，王爷该回去了。"

"真那么喜欢他？"带着温度的手指轻轻滑过她的脸，他低声笑道，"你不妨将我当作是他，如何？"

红凝真愣了。

杨缜放下手，不等她说什么，转身就走："本王的话你先记着，过些时候再回也是一样。"

第十三章

戚三公子

莫非这位王爷是在表白？红凝对着池塘出了许久神，终是低头笑了，他和白泠长相相似，终究不是一个人。

她正准备回房，身后却站了个人。

红凝没有说什么，只是停住不再动作。

夜色苍茫，看不清对面那双眼睛，更不知道那眼睛里此刻是什么样的神色，因为他没有看她，她甚至不知道他到底在看哪里。

两人沉默许久。

红凝先开口道："中天王是来赏月？"

他终于将目光落定在她身上："我可以解了你的封印。"

红凝道："有条件。"

他点头道："不要对付陆玖。"

红凝道："我的命都在中天王手上，区区法力算什么？中天王要便拿去，何必自降身份与我谈条件，这是在可怜我？"

锦绣敛了眉，语气略显严厉："陆玖是北界王之子，得北仙界庇护。桃妖的内丹纵然有用，但稍有不慎也极凶险，你该清楚三昧真火的厉害，怎能再任性妄为。"

红凝笑道："原来中天王在担心我？"

锦绣道："是。"

见他直言承认，红凝反倒意外："当初内疚的是你，把我带到这里的是你，封印我的还是你，如今说担心我的又是你。"她盯着他的眼睛道，"堂堂中天王不是能预测未来吗？若不是你把我送到白泠身边，他就永远不会找到我，也不会……这些都是你一手造成，你故意看着它发生，推波助澜，满口都是天意都是命中注定，你说，我该怎样感激你？"

锦绣道："我当初并不知情。"

红凝嗤笑道："原来中天王口口声声说天意，却连凡人的命数都看不清。"

锦绣没有再分辩。

他不是看不清凡人的命数，而是这一切完全在意料之外，凡与她有关的事情，他都不能卜算，事情确实发生了，现在说什么她都不会信。

他上前一步道："听话。"

红凝立即后退。

那语气满含妥协与无奈，若有若无的宠溺几乎让她的心死灰复燃。

"我已经说得很清楚，你到底还想做什么？"对于他的纠缠，红凝有些恼火，索性将先前的猜测问了出来，"你无非是内疚，因为你根本不喜欢那个小妖，却骗了她修仙对不对？就和你之前骗我一样。"

锦绣果然不答。

红凝只当猜对了："我现在只是个普通凡人，不是什么小妖。我已经忘记了前世所有的事，包括你，若不是你出现，我会活得很好。"停了停，她补充道，"既然忘了，哪来的恨？你觉得愧对她，当时就该求她谅解，而不是来补偿一个毫不知情的转世之人，这没有意义。如果你非要用这种方式才能消除内疚，我现在就可以原谅你。"

园中一片死寂。

他面前不是那张艳丽的小脸，那坦然而疏离的神色却几无分别。就像当初她为了那人跪在他面前求他，改口称"神尊大人"的那一刻，从不顾一切的喜欢变作最后的陌生，宁可灰飞烟灭也要选择离开，她现在甚至比当初更决绝。

锦绣看着她。

真的不恨，她只是忘了。

一个野性难驯不乏灵气却又傻乎乎的小妖，简单得透明，他对她的一切了如指掌。然而他也不得不承认，在这件事上，她比他见过的任何一个神女仙女都要聪明。她知道怎样报复他，"我会忘记你"，对一个神仙来说，忘记比恨严重多了，这也是她所能想到的最严重的报复方式，并且成功地让他内疚了千年。他有过年少轻狂的时候，多情的名声在清净的花朝宫里逐渐变淡，说"恨"的那些人早已在记忆中模糊，唯独剩下这句"忘记"。

他们本已各行其路，毫无瓜葛，这次逆天改命会带来怎样的结果？

见他迟迟没有反应，红凝叹了口气："我真的不恨你了，你回去吧，凡人的命运就让它顺其自然，不用神仙来插手，更不用劳动陆瑶。"

锦绣目光微动："她找过你？"

红凝没打算隐瞒："她要代你照顾我，我想你也太兴师动众了。"

锦绣沉默半晌，道："那不是我的意思。"

红凝失笑道："当初是年少不懂事，如今我早就想通了，中天王何必跟我解释，你以为我还会吃醋不成？"

锦绣慢慢地踱了两步，袍袖间依稀带有香风。

人生短短数十载，却能历尽悲欢离合尝遍喜怒哀乐，带来的体悟与成长，绝非清淡的修仙岁月能比。他眼前之人已经不再是当年的痴傻小妖，而是一名成熟聪慧的少女，如此坚韧，如此豁达。

或许她做人也好，自己总可以随时去照看她。

但这番逆天改命，终于为她换得一点仙缘，他实不愿就此放弃。

倘若能引导她以后世之眼去看前世，会不会有转机？曾经想不通的事情，她有没有可能再想通？又或者……做出和当年同样的选择？

心一沉，锦绣又微微笑了。

说是忘记，却还残留着前世的部分记忆，这只小妖还是下意识地在记恨？

见他含笑看过来，红凝顿时生起烦躁的感觉。那是属于胜利者的微笑，他仿佛能看穿她的心思，一切尽在他的掌握之中。

红凝快步从他身旁走过，冷淡地道："我要歇息了，中天王请回吧。"

王府手下的办事效率无可挑剔，钟文才已经离开，狐女再来自然就找不到他了。红凝先前还有点担心，直到第二日早晨起床发现并无异常，这才松了口气，至于那位胡夫人的事，她也没有告诉杨缜。

安静的巷子里响起敲门声。

一个老婆子边拍门边唤："胡夫人，胡娘子在不在？"

须臾，一名穿着朴素的少妇开了门："蔡大娘何事如此着急？"

那婆子笑道："有事劳烦娘子，我有两个远房侄子在关外经营，认得些参商，昨日托人捎带了两支上等的好参来。老婆子无儿无女，一辈子命苦，没那福气享用，倒不如现卖了换几两银子使。娘子学问高，烦你去帮忙看看，免得叫他们欺负老婆子没见识坑了去。"她边说边比画："这么粗的，想来是稀罕物。"

这么好的人参确实少见，胡氏闻言大喜，忙道："大娘果真有好的，我这里还有些积蓄，正好买了来与我家相公补补。"

婆子道："既是娘子要，随便给几两便罢了。"

胡氏道："怎好叫大娘吃亏。"

婆子拉她："街坊邻居的，娘子说哪里话，走吧。"

胡氏迟疑了一下，朝身后门内望了一眼，估摸着丈夫安好，便带上院门与那婆子一道走了。

二人刚离开，一个青衣女子就从转角处走出来。

杨缜的府上什么药材没有，上等人参多得快烂掉，讨两支来用很便宜。

当然，红凝也不敢掉以轻心，以为对方真这么疏忽大意。她谨慎地上前两步，仔细观察那门片刻，微微一笑，左手取出那段金色桃枝，右手取出一张符贴到门上。

封印解除，她没有急着进去，轻喝一声："何方小鬼？还不速速现形。"

话音方落，她面前果然滚出几个青面小鬼，俱长相丑陋，跪在地上求饶，原来都是被胡氏强拘了来看院子的。红凝自知找对，暗喜，放他们去了。

房间陈设简陋，却收拾得干干净净，一名年轻男子安静地躺在床上，身上盖着条质地上好的、舒适的薄被，隐约露出雪白的里衣。

在踏进门的那一刻，红凝以为这间房是没有人的，见此情景倒吃了一惊，这不是有个重病的活人吗！

眉挺鼻直，面容英俊，他闭着眼睛一动不动地躺着，似乎并没察觉有人闯了进来。

然而红凝发现，那薄薄的唇边正噙着一丝笑意。

他是有知觉的。

红凝走到床前，皱眉。

自小与这些东西打交道，她身体已极其敏感，纵然法力被封，也还是发觉了不对，当即取出一道符小小地试探了下。

这一试不要紧，红凝立时面色大变！

活人就算重病，多少都带着生气，直到死后才又变作死气。可如今这男子身上虽说感觉不到死气，却也没有明显的生气，是名副其实的"半死不活"状态，这样的人红凝还真的从未见过。

这到底算死人还是活人？红凝骇异。

男子脸上的笑意逐渐消失了，神情变得半是疑惑半是不安，显然已经分辨出红凝并不是自己的妻子，人的直觉就是这么奇怪。

无意中瞟见手上的金色桃枝，红凝突然想到什么，微露喜色，欲伸手试探，想了想又缩回，规规矩矩地朝他作了一礼，尽管他看不见："是戚家姐夫吗？"

男人睫毛动了动。

红凝尽量使语气听上去自然热情："我姓林，搬来隔壁有一段时候了，方才胡姐姐有事出去，央我代她照顾你，姐夫想要什么尽管告诉我。"

听她这么说，戚三公子神情果然缓和了，唇边重新泛起笑意，似不好意思。

不愧是知书达礼的世家公子，他在害羞？红凝暗笑，伸手掀开他身上的薄被，假意道："我看这被子不太暖和，姐夫可有不适？要不要换……"说到这里，她猛地停住。

就在男人的心口，一团绿幽幽的光芒游动着，源源不断地散发着暖意，压制住那身浓郁的死气。

红凝震惊。

这个不是妻子的女人非要来照顾自己，举止竟不顾男女之别，男人颇为尴尬，却苦于不能说话，只得强作镇定，苍白的脸上泛起一丝红晕。

红凝目光闪烁，忽然捏紧金色桃枝，顺手取出符贴到他心口，同时笑道："姐夫身子弱，胡姐姐且慢些，莫惊了他。"

"你做什么！"胡氏惊怒的声音响起。

发现不对，戚三公子双眉颤动，神情紧张。

红凝重新替他盖好被子，安慰性地拍了拍："不是姐姐央我照料姐夫的吗，我正好有事想和姐姐商量，不打扰姐夫休息，我们出去谈？"

胡氏松了口气。

内丹被镇住，对方却没立即动手，可见并不是想要自己的性命，事情还有商量的余地。

她看看床上的丈夫，镇定地点头："妹妹请。"

院中，二女对面而立。

温柔贤淑的模样已然消失，胡氏冷冷地看着她道："是你放走了那姓钟的？"

红凝不答反问："他知道你做的这些事？"

俏脸惨白，胡氏紧抿着嘴不说话。

"你以内丹吸取活人元阳，保全他的肉体，压制死气，所以无常不能发现他。"红凝叹了口气，"我说你怎的这么大意？竟敢让内丹离体，但他根本早就已经死了，人死总是要归地府轮回的，你这样强行留着他，只能得到个活死人，不如放他——"

"放他转世吗？"胡氏断然道，"无论转多少世，他始终都是个凡人，我们不可能在一起，否则必遭天谴。今生他为我挡了雷刑才变成这模样，我怎能轻易就让他转世？那时他会忘记我，我却还记得他……我宁可像现在这样。"

红凝登时吃惊地道："他为你挡雷刑？"

胡氏默然。

红凝一时竟无言。

怪不得戚三公子会变成这模样，竟是以凡人之躯替她挡下雷刑，他竟然知道她的身份！

沉默许久，红凝才又开口道：“虽说他替你受了刑，但你如今残害人命，作恶太多，将来终究是在劫难逃，何况……你不会喜欢做这些事。”

“没错！我厌恶那些混账男人，每去一次，我都恨不能死！”胡氏红了眼，恨恨地道，“但这样能让他记得我，我们现在还能在一起，那些人贪婪好色本就该死！”

红凝摇头道：“是你以媚术引诱他们在先，能抵抗你媚术的凡人又有几个？”

胡氏厉声道：“他们生死与我何干？世间恶人恶事千千万，他是好人，凭什么不能长命！”

涉及重要的人，人果然都是没有理智的。红凝举起另一道符道：“你的内丹现在在我手上，我随时可以毁去你的修为。”

胡氏别过脸，语气软了些：“我不这样做，他就会死，你我无仇无冤，何必苦苦相逼？”

凡人的寿元都在生死簿上写得清清楚楚，人死不能复生，强留魂魄并瞒过阴曹地府，可见她费了极大力气，分明是在逆天而行，稍有不慎便会引来地府鬼差追拿问罪，如今她能成功，也有侥幸的成分在里头，必是那无常没拿到戚公子的魂魄，也害怕阎王追究，将此事瞒下了。

红凝狠心道：“生死轮回是人间规律，你想救他没错，但因此害人性命也是不该。倘若你再执迷不悟，我只好将这些事都告诉戚公子，看他会不会同意。”

胡氏脸色一变：“你……”

戚三公子若真是善良人，知道她为自己做这些事，更不会安心留下吧。红凝缓步朝房间走，淡淡地道：“是让他知道，还是主动了断，你自己选择吧。”

胡氏迟迟不肯应答。

总不能让她继续害人，红凝暗自叹息，压下那丝不忍，果断地迈上石阶。

在她背后，胡氏忽然轻笑起来。

发现异常，红凝骇然转身道：“你要做什么？”

胡氏冷冷地道：“你能毁我的内丹，我的内丹也能先毁了他，你若执意相逼，我宁可与他一道魂飞魄散。”

红凝道：“你再这样，将来也是灰飞烟灭的下场，既然不能在一起，不如放手，他已经为你变成这样，你忍心再连累他？”

胡氏闭目道：“他不会怪我。”

想不到她有这样的勇气，红凝沉默片刻，突然道：“据我所知，瑶池水可以让妖类化去本形，与他一道投胎转世。”

胡氏惊讶，迟疑了一下才低声道：“瑶池水是花木族所有，我是北仙界狐族，须用北仙界的灵泉。那灵泉水现在我姨父手上，我当初也曾苦求，他老人家不肯赐，只道是传言不可信，你怎的知道这些？”

红凝心中一动：“令姨父莫非是北界王？”

听她提到北界王，胡氏越发奇怪，心想道出身份或许能令对方有所顾忌，于是点头道：“我叫胡月，家母正是北界王妃之妹。”

红凝立即问：“那陆玖是……”

胡月道：“正是表兄，你认得他？”

真是踏破铁鞋无觅处啊。红凝笑了：“其实要治好戚公子也不难。”

“果真？”胡月大喜，将信将疑地道，“我几番求母亲相助，可母亲说连姨母也救不了他。”她言下之意是神仙尚且束手无策，红凝区区一个凡人能有什么办法。

红凝道：“你该知道中天王。”

胡月更加诧异：“你认得中天王？听母亲说，他与表姐前两年才定下婚事。”

红凝挑眉道：“认不认得不重要，目前关键是救你相公令堂说没有办法就没有？我看未必，关键在于那个人愿不愿意出手相救，令堂对戚公子恐怕……不太满意吧。”

中天王威名赫赫，法力无边，所谓病急乱投医，为了维持丈夫生机，胡月已是心力交瘁，听她对上界之事很熟悉的样子，先信了几分——母亲至今仍十分反对自己留恋凡人，不仅不肯代求仙界灵泉，还几番强令自己回去，故意不救丈夫也有可能。

红凝将她的神色变化尽收眼底，知道她此刻正处于矛盾中，立即柔声道：“你不信？我现在就能让他醒过来与你说几句话。不过你若真想完全治好他，就要先替我做一件事，而且不能把我们的话告诉任何人，否则教令堂知道我救他，恐怕又要拦阻了。”

第十四章

计

花朝宫里，梅仙正伏案查阅卷册，杏仙掀帘子走进来，笑着唤她：“梅姐姐。”

因为花神令之事，杏仙一直待自己态度冷淡，如今突然转变，梅仙不免意外，想着锦绣的话，有心与她修好，便站起身道：“近日不见你。”

杏仙作礼道：“神尊大人既然已将花神令交与梅姐姐，梅姐姐从此便是百花之主，将来我们全仰仗姐姐提携了，姐姐到时可别忘了我。”

梅仙让座：“你我同在花朝宫当差这么多年，何必客气。”

杏仙笑道：“这不是怕梅姐姐做了花神，就不把我们放心上了吗？”

梅仙微微皱了下眉，吩咐侍女上茶，和气地道：“这是哪里话，神尊大人特地吩咐过，要你我二人齐心司掌花事，将来还会照应我们。”

杏仙喜道：“神尊大人真这么说？”

梅仙点头。

杏仙道：“有神尊大人相助，我们将来晋升上仙就容易多了，只要入住天庭，不就能永远追随他了吗？”

梅仙笑了一下：“这么晚，你找我有事？”

“我都差点忘了，”杏仙吩咐侍女退下，一脸紧张地道，“梅姐姐可知道出了大事？”

梅仙目光微动，道：“近日除了筹办花朝会演习歌舞，并没听说什么大事。”

杏仙假意迟疑片刻，才压低声音道：“我是从天女那儿听说的，此事若传出去，恐怕有损神尊大人威名，天女也担心得很。”

梅仙镇定地道：“若果真不妥，天女自会相劝，神尊大人行事如何，你我怎好妄加议论？”

见她不在意，杏仙忙道：“神尊大人竟将我们花木之族的神印用在了那凡人丫头身上，你说这不是违反天规了吗。那丫头在人间四处乱走，要是不慎被山神土地发现，上报天庭怎么办？”

梅仙震惊，秀眉紧蹙：“神尊大人待小茶一向很好，怎会封印她？万一出什么事……”

“我也奇怪。”杏仙叹气，有意无意地瞟她，“此事传出去，帝君降罪可怎么办？如今连天女都劝不住神尊大人，只能帮忙隐瞒，可惜我也不能解那印，否则……”她故意停住。

花木之族的神印，除了现任花神锦绣，执有花神令的梅仙自然也能解。

梅仙想了想，还是摇头：“想必神尊大人自有道理。”

梅仙表面平静，目中却有了几分犹豫，杏仙一直在留意观察她，见状便不再多说，起身笑道：“我不过听说罢了，未必是真，姐姐可不能告诉神尊大人，叫他嫌杏杏多嘴，害了杏杏。”

从西河街回来，天色已晚，园里亮着灯笼，刚走近池塘就见有人等在那里，红凝视若无睹，径直走过去。

即将擦肩而过之际，他扣住了她的手：“你又擅取心血。”

红凝看着那手，放弃挣扎：“神仙果然非凡，脸皮都比凡人厚。”

锦绣没理会她的讽刺：“做什么去了？”

“我的法力已经被你封住了，还能做什么！”红凝朝身后看了两眼，“我现在累了，能不能回去歇息？”

锦绣放开她。

红凝继续朝前走，走出十来步又停住。

“不走了？”锦绣声音带着笑意，还有几分戏谑。

红凝忍住火，望着不远处的房门：“既然到不了，何必白费力气，中天王闲得发慌来捉弄我？”

因为永远到不了，所以趁早放弃。他明白这道理，于是做了那个决定，而她最终也明白了，不再傻乎乎地只知道往前走，却更加决绝地选择了另一条路。

锦绣将一粒灵丹送至她唇边。

芳香的味道散发出来，红凝冷静了些，欲摇头拒绝，却发现身体已不听使唤，灵丹被顺利喂入口中，顺着喉咙滑下。

他微微一笑。

红凝怒视他。

心血凝成的丹，赢回来更多的恨。他也没介意她的愤怒，轻轻地拍她的脑袋：“再胡闹就把你关起来。”说完他转身隐去身形。

身体再次回归自己控制，红凝无力地靠在廊柱上，苦笑。

用尽了刻薄恶毒的话，这个男人始终不肯放弃，他难道还不明白，自己根本不可能修仙？白泠的死，他的欺骗都是自己介意的，自己已经转身，他做这些又是什么意思？自以为是的神仙，因为内疚就一定要自己成仙？

红凝正在出神，身后响起人声。原来方才见她脸色不好神情疲倦，杨缜特地令丫鬟送了汤来。为了叫胡月相信，红凝不得已再渡心血，损耗极大，也没拒绝他的好意，服了汤，本想再去找他商量些要紧事，但见天色太晚，便打消了这念头，洗浴之后上床睡去。

夜风入窗，送来幽幽的香气，那是不属于这个季节的独特芳香，清冷却令人心舒适。

一抹倩影出现在床前，悄无声息。

当初那个曾经在花朝宫活蹦乱跳、第一个敢明里与杏仙叫板的丫头，有着与自己少年时同样的傲气，转眼就已成了凡人，饱受轮回之苦，如今自己看着她都有点不忍，何况是他？

半晌，倩影举起手中的如意，低声道：“当初为了不叫你灰飞烟灭，他……你纵然恨，也该解了。如今难得契机，他连天劫都不顾也要为你逆天改命，你已教他内疚了千年，还有什么不满的，何必这般固执。”

纵使当年邪神来犯，他也从不曾关注成这样，去凡间，回来彻夜难眠，再去。

忘记的人不是最可怜的，最难放下的是那些不能忘记的人。

金色如意发出五彩光芒，法眼下，一道金印正在逐渐消散。

黑暗中，床上的人犹自熟睡。

接下来两天相安无事，直到第三日清晨，一起床胡月便找上门来，红凝随她出去了一趟，回来就将自己关在房间半晌，至傍晚才匆匆出门。

杨缜正好从园门外进来，见了她不由一怔。

她高高的发髻适当地点缀着几件首饰，火红的外衫领口微敞，隐约现出精致的紫青色抹胸，腰间鹅黄丝绦坠着块翠绿的玉佩。这样的颜色未免太夸张，然而在她身上竟有种奇妙的风味，非但不俗气，反而相得益彰，与平日清冷素净的打扮相去甚远，让她乍一看就像变了个人。

红凝心情很好，主动招呼道："王爷。"

杨缜多看了她两眼，目中有笑意："怎的换了装束？"

此人向来自视甚高眼光挑剔，红凝瞧见那一丝赞赏之色，更加放心了，当年都说自己适合红色，果然没错："有些事情要办，我已跟他们说过不必送饭了。"

杨缜意外地道："要出去？"

红凝点头。

杨缜脸色难看起来："你就这样出去？"

红凝明白他的意思，随口笑道："好看的衣裳自然要穿出去给人看。"

杨缜冷冷地道："园里就没有看的人吗？"

后园只有一个男人，红凝岂会听不懂话中含义："没有。"

话音刚落，杨缜扣住她的手臂，将她拉入怀中，就这刹那的工夫，两道目光连同他的气息都已变得灼热。

"你这是故意的？"

"民女所言，句句是真话。"

他的手猛然收紧，目中火焰倏地熄灭。

他到底是骄傲的男人呢。红凝并不惊慌，依然与他对视。

杨缜看了她半晌，冷笑道："如此，你要去见谁？"

今晚之事凶险至极，红凝没打算告诉他，斟酌了一下才道："外头还热闹，我出去买点东西，而且夜里阴气盛，说不定能探出那妖女的藏身之处。"

杨缜嗤道："打探消息穿成这样，倒也罕见。"

面对讽刺，红凝也不客气："承蒙王爷收留，民女感激不尽，但王爷好像忘了，民女并不是府上的丫鬟奴仆，要见谁，都与王爷不相干。"

她说到这里，手臂忽然疼痛难忍。

红凝反倒笑了："王爷姬妾成群，难免喜欢新鲜的，可我也是女人，一样会人老珠黄，王爷那时还会对我有兴趣？我不想争风吃醋，更不想到头来和她们一样，成天在后园等着王爷想起我，我却是不喜欢等人的。”

杨缜皱眉道：“你……”

他正要说话，却有一名丫鬟慌慌张张地从园内跑来，见二人这情形不免吃惊，矮身作礼：“王爷。”

认得那是王夫人身边的大丫鬟，杨缜呵斥道：“跑什么？”

丫鬟忙道：“回王爷，夫人昏倒了。”

二人都是一愣。

杨缜沉声问：“怎么回事？”

丫鬟小心翼翼地道：“夫人最近身子一直有些不好，今日强撑着亲自下厨为王爷做菜，谁知忽然间就头晕，现在床上躺着，怕惊了王爷，只命我去请大夫。”

红凝道：“一直不好？”她的眼睛却瞟着杨缜。

杨缜自然明白她的意思。最近他确实冷落了王氏，其实平日除了十分受宠的姬妾，哪个生了病他也从不曾留意的，这些事在王族司空见惯，可落在她眼里……

红凝看看那手，挑眉，意思是等他决定。

杨缜紧紧抿着唇，脸黑如铁。

新人旧人，纵然是名震朝野的睿王，遇上这种事也为难。没有笨蛋会在追求新欢的同时跑去看旧人，但他若是不去，未免显得太薄情，新人必定灰心，尤其是面前这人。

半晌，他终于咬牙放开她，朝园内走：“去请大夫。”

夜幕将临，小院子里摆着一张小几，几上放着几碟干果之类的东西。

红凝若无其事地打量四周：“他真的会来？”

胡月并不知道她的意图，挥袖变出两张精美的竹榻，上面铺着舒适的白毡：“放心，他这人虽有些自傲，但我们往常一起玩大的，答应了就不会失信。”转眼，她又弄来几盆花，“何况听说有美人，他怎会不来？”

红凝低头道：“很好。”

既然清楚陆玖的身份，哪个凡人会笨到与他作对。胡月丝毫没有怀疑，叹息道：“你怎会喜欢他！”

红凝随口道：“你可以喜欢戚公子，我为何不能喜欢他？”

胡月摇头，倒是真心提醒：“那不一样，三哥他……是好人，我这表哥不过生了副好皮相罢了。只因他天生三尾，自幼极受姨父宠爱，全族上下都纵着他，是以养成个顽劣的性子，也不好生修行，成日里四处招惹事端，我可从未见他真对哪个姑娘……”

感受到善意，红凝抬脸看她，破天荒地眨了下眼，带了几分顽皮："多谢你提醒，我知道他的品性，怎会当真？只不过当初他曾用媚术捉弄我，之后不声不响就走了，这口气我无论如何咽不下，所以也想捉弄他一场而已。"

丈夫获救的希望在她身上，胡月怕她听不明白，索性把话挑明："他不仅媚术极其高妙，而且本性凶顽，你捉弄捉弄便罢，可千万别惹恼他，否则连我也救不了你。"

红凝道："这个自然，三昧真火的厉害天下皆知，我会有分寸的，何况我还要再请他帮个小忙。"她突然打住，朝门内望，"戚公子好像醒了。"

"你知道就好，"胡月松了口气，"我进去看看。"

望着她的背影，红凝垂眸，掩去那丝内疚之色。

生死簿就是昭示着人类死亡与重生的轮回法则，人死了又岂能再救回来？胡月近乎天真的期待注定是一场空。

一滴金色汁液轻轻滴入壶中，桃枝褪去光芒，变得暗淡，与寻常树枝并无两样。

红凝默默地看了片刻，扬手将桃枝化为灰烬，然后拔出头上小小发簪，迎风一抖，变作一柄闪闪长剑，紧接着便纵身跃起。

衣衫随着动作舞动，越发鲜艳，仿佛一团跳跃的火焰。

长剑画出数道紫光，落到地面又迅速隐没，了无痕迹。

前日早上起来，红凝就发现异常，浑身精力充沛，灵气游走，被封已久的法力竟莫名恢复了，似乎正是为了等待这一刻。红凝当然不信是锦绣主动撤去了封印，但不是他，又是谁？难道有人也希望自己这么做？或者说，是想利用自己？

不论自己是不是被利用，都不重要。白泠的仇，自己不可能轻易放下，既然早就决定这么做，如今法力恢复，则胜算大增，那人正好是帮了自己。

动作停下，剑光消失，地面看不出半点异样。

红凝满意地检查两遍，重新将长剑缩成簪子送入发间，接着从腰间取出一张红色的轻纱，蒙住半张脸，只露出一双明亮的眼睛。

入夜，院门紧闭，原本简陋的院子被装饰得华丽无比，两颗明珠高悬于半空，散发出柔和的光，不太明也不太暗，正好用作掩饰。

红凝闭目在房间里打坐，忽然察觉外面妖气熏人，然后便听到一阵熟悉的笑声，立即起身走到窗前，透过缝隙朝外看。

"表哥。"

"表妹不是惦记着那个妹夫吗，怎的有闲情请我？"

胡月早已等在外面，见他到来，忙亲自迎上去，陆玖也不客气，自己走过去往榻上坐下。

见猎物走进圈套却不自知，红凝微笑，手指不自觉地扣紧窗棂。

胡月先前忙着照顾丈夫，并不知道院子里被动了手脚，她陪着陆玖坐下，笑着问候：“上次是我气急，表哥别与我计较，表姐可好？”

陆玖轻哼了声：“她有什么不好？她前些时候与花朝宫那人定了亲，也算遂了愿，从此我又多了个厉害姐夫。”

胡月哟了声：“可有人管着你了。”

陆玖叹道：“说来真该谢一谢我这未来姐夫，不瞒你，上次多亏他从昆仑斩神刀下救了我。昆仑天君那老浑蛋，分明是他儿子修行不够，自己要上来替人受死，与我何干？他偏闹上天庭，害我差点被父王削去一尾谢罪，幸亏姐夫在帝君跟前说情，用我们北界灵泉赔罪，借帝君之威，才把那老浑蛋压下去。”

胡月忙好言安慰他。

果然是他说情呢，红凝垂下眼帘，唇角弧度变大，化作狠厉的冷笑。

陆玖歪在榻上，兀自与胡月说话：“这一年来父王勒令我在山上修行，陆瑶又看得紧，但凡我出来走动走动，她就搬出父王的话，还真拿自己当回事儿！”

胡月清楚他的性子，有意讨好，便顺着道：“表姐也看得太紧了。”

“可不是！我都快憋出火来了。”陆玖坐直了身，“今日我说来见你，原以为她会阻拦，正想求姨母替我说说情呢，谁知她竟没有，奇怪。”

胡月笑骂道：“你也太不像话了，连亲姐姐也不放心？”

“放心她？”陆玖一嗤，没再往下说，随手拨了拨碟子里的干果，不耐烦地道，“表妹享尽人间乐趣，今日专程请我，就没准备点新鲜东西招待？”

胡月抿嘴道：“怎会没有？”

红凝见时机已到，立即收了心事，拉起面纱。

第十五章

复仇

小小花瓣做成的帘子掀起又落下，杏仙从门内出来，吩咐几名仙娥做事，转眼就见陆瑶带着侍女顺游廊走来，忙笑脸迎上去作礼：“天女。”

陆瑶问："他在里面？"

杏仙道："在呢。"

陆瑶挥手示意侍女退下，然后似笑非笑地看着她道："那丫头的封印好像被解除了。"

杏仙惊讶地道："谁解的？"

陆瑶目光流转，叹道："我正是在奇怪，所以过来问问你，毕竟知道此事的人不多。"

杏仙作寻思状："我只跟梅姐姐提过，她做事一向谨慎，想来也不敢告诉别人，何况又有谁能解神尊大人的印？"她试探着道，"想是神尊大人改变主意，自己去解了吧？"

陆瑶笑看她："我猜也是这缘故，与她有关的事都不能卜算，难免要仔细些。"

杏仙敷衍道："神尊大人现在里面呢，天女快进去吧。"

陆瑶轻轻地笑了声，掀起帘子进去了。

花神令还真能解那封印？杏仙暗喜，当日场景自己亲眼所见，昆仑天君之子命丧三昧真火之下。那丫头恨极了九尾狐族，帝君虽赐了瑶池金莲露，但天君之子始终要被困千年，受千年天火的煎熬，何况那丫头执意不肯修仙，人的寿命不过短短数十年，二人此生再难相见，照她的性子岂会就此罢休？听说九尾狐族的胡月正在重州作案，如今梅仙果真笨到去替她解了封印，想来很快就能闹出事，到时神尊怪罪下来，可与自己无干。

"我却要看看，花神令你又能执掌多久。"杏仙越想越觉解恨，离去的脚步也轻快起来。

门内，仙娥作礼献茶，接着无声地退下。

陆瑶起身走到案前，嗔道："总是我来找你，前日还被九嶷神妃笑话。"

锦绣合上卷册道："北界王安好？"

"父王他老人家很好，就是近日忙了些，"陆瑶往他身边坐下，"因怕陆玖生事，所以总叫我留在家里看着他。"

锦绣道："如此，怎的有空过来？"

陆瑶笑道："他今日去见他表妹了，我才得空来看你。"

锦绣道："表妹？莫非是胡家？"

"可不是。"陆瑶拿手指把玩他的茶杯，"姨父姓胡，说起我那表妹，原本也极有灵气，可惜不知怎的动了凡心，唉，将来恐怕也难逃修为尽毁的下场。"

锦绣闻言皱眉道："留恋凡间，她竟也如此痴愚？"

陆瑶莞尔："情劫最是难度。"

又是情劫。锦绣目光微动，瞟了眼旁边的玉瓶茶花。

陆瑶兀自叹息："她留在重州守着那凡人不肯回来，我想着叫阿玖去劝劝她也好——"

锦绣打断她："重州？"

"我知道你惦记的人也在重州，她好像还记恨着阿玖。"陆瑶忙道，"你放心，阿玖被我教训过，绝不敢再出手伤她的。”

锦绣却站了起来。

陆瑶待要再说，忽听得帘子响，方才那名仙娥匆匆进来回禀：“神尊大人，外头重州城隍有急事求见。”

火一样的衣衫，有一种女人天生适合这种鲜艳张扬的颜色，单薄的身形因此显得风姿绰约，虽是小心翼翼地垂着眼帘，然而那长长的睫毛颤抖着，居然也有几分妩媚，面纱下的脸若隐若现，带着几分神秘的诱惑。

她捧着盘子从门内走出来，盘中有果品，还有一壶酒。

陆玖半是欣赏半是疑惑地道：“这丫头竟有些眼熟。”话是无心出口，他并没留意到，女人那几根纤纤手指略略收紧了下。

倒是胡月听到这句话，反而更相信红凝先前所言，也有心作弄他，转着眼珠打趣道：“怎么会，这是我才认的一位妹妹，姓林，今晚特地介绍给表哥认识。”

这副妆扮本就出格，连红凝自己都未必认得出自己，加上朦胧的光线适当做了掩饰，陆玖果然不再多想：“我当你只顾自己找男人作乐，总算还记得我。”

胡月脸色微变，忍住没有发作，敷衍一笑：“怎敢忘了表哥？”

“这就是姐姐说的那位不凡的表哥？”声音虽甜美，却懒懒的，有些漫不经心的味道，女子似乎并没将客人放在眼里。

陆玖玩弄女子无数，头一次被忽略，对方还是个凡人，顿时来了兴趣，饶有兴趣地打量她：“妹妹可是不满意？”

“不敢，”女子毫不客气地搁下托盘，“表哥慢用。”

皓腕凝雪，陆玖看得眼热，顺势拉她：“初次见面，妹妹也不请我喝一杯？”

女子僵硬着声音道：“表哥，这样不好！”

陆玖哪里还坐得住，伸手就要去摘她的面纱：“你既是表妹的妹妹，便也是我的妹妹，咱们正该亲亲热热的，还避讳什么？”

红凝巧妙地躲开，眼睛始终瞟着别处，语气微带嗔怒：“表哥毛手毛脚做什么！”今日之事实在凶险，稍有不慎被识破便有性命之忧，因此她才决定自己上阵，说不紧张自是假的，暗地里也捏了把汗。

胡月不清楚内情，跟着拍手道：“表哥怎好无礼？”

陆玖两眼弯弯媚态横生：“已经叫表哥了，妹妹怎的连看我一眼也不敢？”

红凝低哼道：“胡姐姐说过，表哥的眼睛轻易是看不得的。”

陆玖闻言大笑，露出几分自得之色，越发来劲地哄她：“你信她的话？我说看得便看得。”

“谁要看你！”红凝瞪他，将他的脸轻轻一推。

陆玖受拘束许久，登时被挑逗得上火，淫心大起，顾不得胡月在旁边，就要将她往怀里搂：“妹妹不看我，总该让我看看你。”

“这也不难。”红凝突然挣开他，提起酒壶挑衅地道，“表哥敢接我几杯酒，我便让你看几眼。”

见她与自己叫板斗酒，陆玖也乐，眼波流转：“好是好，只是就看几眼，我也太吃亏了。”

红凝道：“喝得过我，随你。”

对方只是区区凡人女子，加上胡月在旁边，陆玖半点不疑，得意地躺回榻上：“妹妹说话要算数。”

红凝提壶就倒酒，然后举杯道：“第一杯敬表哥。”

陆玖奇怪：“敬我什么？”

红凝道：“表哥见我眼熟，我见表哥也似曾相识，不是有缘是什么。”

陆玖大笑接过。

亲眼看他举杯饮干，红凝不动声色，以长袖挡着脸喝了酒，接着又满满斟上一杯：“第二杯要敬胡姐姐，我年纪小，行事不曾考虑太多，若是叫姐姐失望，望姐姐能原谅。”对胡月，她的确有些内疚。

胡月没听懂话中深意，陪饮两三杯，便推说照顾丈夫进屋去了。

院中只剩下两个人，红凝坐在榻沿心不在焉地倒着酒，陆玖在旁边看得心猿意马，渐渐朝她靠拢，一双眼睛光华照人，口里柔声道：“妹妹怎的还不敢看我？”

红凝将酒送到他唇边道：“偏不看你。”

陆玖捏住她的手，顺势接过酒杯放回几上，将她往身下带：“这回我却不上当了，咱们先……”

美人入怀，隐约嗅到一丝处子香，九尾狐天生对这些敏感，发现味道熟悉，陆玖不由得一愣，未及深思，忽觉怀中阳气大盛，凌厉中带着杀机，惊骇之下立即翻身，滚下榻去。

那剑不依不饶，紧跟着刺过来，迅疾如电。

“你是谁！”陆玖狼狈地躲开刺杀，惊怒不已。

面纱被风吹得飞扬，红凝冷声道：“你看我是谁。”

长长的睫毛抬起，那双明亮的眼睛直直盯过来，冰冷凶狠的目光让陆玖心中一颤，失声：“是你！”

红凝又是一剑刺去，毫不留情。

桃本属阳，本是镇妖的法宝，对付狐类尤其有效，陆玖闪身避开剑锋，冷笑道：“你以为我怕你？若非我父王……”话未说完，他忽然变了脸色，“这是什么酒？”

“上等的好酒，顺便加了千年桃妖的内丹，正好能克制极阴的三昧真火。”红凝抚摸长剑，“这么贵的酒喂你喝，未免可惜，但至少让你明白‘报应’两字。”

媚术与三昧真火施展不出，体内五脏如受焚烧，陆玖心知不妙，想要遁走。

“想走？”红凝挑眉，扬手抛出袖中早已准备好的灵符。

四道灵符如有感知，迅速飞上半空，向四方散开，各自归位，刹那地上涌现出数道紫光，一幅硕大的阴阳八卦图显现出来。

被那紫光罩住，陆玖重重跌回地面，这番惊吓不小，他终于忍不住喝骂道："胡月！混账！还不给我滚出来！”

胡月早已听到院子里有动静，正走出门来看，见状大惊："你们做什么！表哥快住手，且在看我的面上！”

红凝挥剑就刺。

法力大打折扣，陆玖勉强招架躲避，口里骂道："瞎了眼的糊涂东西！你到现在还信她！”他骂完转向红凝，“我碍着天规不想再动你，别不识好歹。”

仇人相见，红凝早已红了眼："杀人偿命，天规真那么有用，你还能站在这儿？”

胡月听出不对，来不及细想，忙祭出一道白绫想要上前劝解，谁知白绫刚飞近八卦图，就似撞上一堵无形的墙，再也攻不进去。察觉三昧真火难以施展，胡月也不笨，一想便知道是方才喝的酒有古怪，顿时大悔，指着红凝恨恨地骂道："我当你真心，你怎的反伤我表哥？可恶！”

“我害他？这是他的报应！”红凝仗剑道，“我师兄死在他手上，如今他活得好好的，我师兄却再不能回来！你不肯放弃丈夫，我又怎能让师兄白白丧命！如你所言，恶人都逍遥法外，好人凭什么不能长命！天上人间，何来公道二字！”

胡月愣住。

此事拖下去必定惊动城隍土地，速战速决最重要。红凝知道不能耽搁时间，趁机念诀祭出照妖镜。

强烈的光芒罩下，将陆玖死死困在八卦图中。

陆玖本是九尾狐妖，妖性未除，加上有北界王妃纵容溺爱，任性妄为的脾气半点不减，此时他彻底被激怒，摇身现出原形，浑身银白的皮毛，身后甩着五条蓬松的雪尾，他望着头顶照妖镜冷笑一声："这等破铜烂铁也想伏我！”

利刃般的长爪扬起。

啪的一声，半空中照妖镜炸开，四分五裂。

红凝避开一块碎片，意外地道："九尾狐果然厉害。”话虽如此，她并不惊慌，弹指又打出数粒木珠。

木珠太多，来势太急，陆玖翻身躲开大半，仍是不慎中了一粒，疼痛难忍，试了几次都冲不出那八卦图阵，不由心下叫苦，硬着头皮支撑。

红凝举起桃木剑，一口血喷在剑尖，直朝他削去。

身在阵中，法力迟早会耗尽，陆玖哪肯坐以待毙，情急之下再不管什么天条人命，咬牙将长爪一伸，桃木剑应声折为两段。当然这样一来，他也踉跄后退几步，口里喷出股血箭。

红凝微惊。

桃木剑被毁，陆玖顾忌也去了一半，咆哮着扑来。

他长长的指甲极其锋利，仿佛银亮的钩子。红凝冷静地闪身，斜斜移开二尺，同时抬手从头上拔出簪子，变作三尺宝剑，回身刺去。

陆玖扑了个空，被长剑刺入肩头。

眼前一黑，红凝被打得直直跌飞出去，伏在地上再难爬起。

惨哼声里，鲜血狂涌，陆玖忍痛拔出长剑，反掷回来。

红凝滚了一滚避开，眼见机不可失，早已抱定同归于尽的决心，顾不得胸口剧痛，摸出道灵符往地面一拍。

地上八卦图开始缓缓转动，光芒暴涨。

先前硬接桃木剑时已身受重伤，再吃这一剑，陆玖终于难以支撑，倒地不起。

“表哥！”胡月大急，向红凝求情，“我表哥纵然有不对之处，认罪让姑娘打一顿出气便是，姑娘细想，他总是我姨父北界王之子，若真杀了他，我姨父必不会罢休。姑娘既是修道之人，怎好与北仙界交恶？”

妖力逐渐消磨殆尽，陆玖只顾做垂死挣扎，心里焦急，喘息着大骂：“混账！还不去找我父王，这丫头疯了，跟她说什么！”

红凝亦喘息，大笑道：“北界王又如何？我既来了，就没打算活着回去。”她努力挪动身体，擦擦唇边血迹，将符按得更紧，“戚公子可以为你挡天劫，我师兄也是为了救我才命丧三昧真火之下。你这位好表哥有北界王庇护，为所欲为，至今不思悔改，留着将来也是祸害！”

陆玖不作声，掌中碧光乍现。

最后关头，他竟然以毕生法力相搏，想要强使三昧真火。

红凝冷汗出来，咬牙死死按住灵符，同时开始念诀。

八卦图转动更快，紫光更盛。

掌中碧火忽明忽灭，陆玖到底法力不继，伏地喘息。之前服了桃妖的内丹，此刻勉强作法，体内阴阳之气互相碰撞，从未受过这等煎熬的他几乎就要昏死过去。

谁先撤，谁就是死路一条。

幽幽绿火越来越弱，终于熄灭。

陆玖趴在地上再无动静。

八卦降妖阵中，一样叫你精魂俱散！红凝抓起旁边的剑，用尽全力掷出。

报仇！

白泠，害了你的人，会受到惩罚。

你怕我伤心，让我忘记，而我亲眼看着重要的人灰飞烟灭，又将如何忘记？遗忘前世，是我的选择；在意今生，是我的坚持。我不能让今生的你白白丧命。

从天道手中为重要的人讨回公道，这，就是我的道。

伴随着胡月的尖叫声，长剑闪着寒光朝仇人心口钉去，眼看就要将他钉死在地上。

红凝微笑。

然而她眨眼的那一刻，那笑就凝固在脸上了。

离陆玖尚有一尺远，长剑却猛然坠地，与此同时，地上的八卦图暗淡失色，凭空消失！

“阿玖！”三人头顶传来女子的惊呼声。

红凝缓缓地转脸，看向来人。

阵法被撤去，胡月急忙冲上前扶起陆玖，见他只是重伤昏迷，这才松了口气。陆瑶仔细检查过，拂袖将他变回狐形，身形也小了几圈。

胡月甚是内疚：“表姐，我……”

“不关你的事，”陆瑶摇头，“是他自作孽。”见胡月更加不安，她反倒笑了，安慰道，“你且进去看看妹夫，外头这么大动静，不知吓着他没有。”

他们都赶来了，自然不会再有事，胡月放心，匆匆进房间去了。

陆瑶俯身将变作狐形的陆玖抱入怀中，缓步走到锦绣身旁，柔声向红凝赔礼：“是阿玖的过错，他竟敢不听我吩咐，又向姑娘下手，回去我必定狠狠责罚他。这次幸亏我们来得及时，姑娘伤得重不重？”

“幸亏你们来得及时，救了他一命。”红凝毫不掩饰厌恶，“他竟然没死，可惜！可恶！”

陆瑶垂首，默然。

锦绣终于开口问：“他怎样？”

陆瑶看看怀中陆玖，摇头道：“无妨。”

锦绣道：“你……”

陆瑶莞尔：“不关你事，是我不该放他出来闯祸。我先送他回去，只是先要将他安置在你那里几日，省得叫父王知道了又生气。”

锦绣点头：“多谢你。”

陆瑶低声嗔道："跟我还客气。"

说完她抿嘴一笑，转身带陆玖驾云离开。

眼见那双手伸来，红凝往后缩，避开。他已经不是她一见倾心的那个温柔的锦绣，也不是梦里那个多情的神尊大人，而是执掌中天的神王，维护的永远是仙界的利益。

那手仍然扶住了她。

红凝厌恶地侧脸道："救了罪犯，中天王的目的已经达到了，还要做什么？"

他强行将她从地上拉起来，抱住。

红凝愤怒至极，言语也刻薄起来："未来王妃刚走，中天王就抱别的女人，倒是多情。"

目光略严厉，锦绣皱眉检查她的伤势："凡人怎能与北仙界作对？"

清脆的巴掌声响起。

真能打到他，红凝有点意外，看看自己的手，又抬脸道："凡人做事，与你这神仙有什么相干？我就想不通，前世我怎么会喜欢你？这一巴掌前世就该送你才对！"

面纱早已掉落，红衣如火，她依稀变作记忆中的模样。锦绣看着她许久，道："你没有。"一个嚷着要做神后最终却对他扬起巴掌的小妖，纵然在最恨他的时候，也没有真打下去。

红凝恶意地道："因为那时她还是喜欢你的。"

锦绣沉默，继续替她擦拭脸上的灰土。

"我不是她。"红凝挣开那双手，摇摇晃晃地朝院门走。

巨响声中，院门被踢开，一群人涌进来，当先一个正是杨缜。

原来她迟迟不归，杨缜怕有意外，派人出来寻找，找遍了满城大街都不见，后来还是他自己想起这条巷子，便亲自率人赶来搜查。

红凝一笑，尽力将手递到他手里："我们走。"

第十六章

我行我路

天阴阴的，长亭外衰草寒烟，尽显冬日萧索气象，道上并无车马，行人也甚是稀少，因此亭前一众人便显得格外引人注目。

杨缜道：“不用马车？”

望望延伸的道路，红凝摇头。没有必要，因为她不知道这条道路会通向哪里，更不知道自己将会在哪里停下，“不知何去何从”说的大约就是这般情况了。

倔强的挣扎最终敌不过命运和那个掌握命运的人。

而强者掌握弱者的命运，似乎也是天经地义。

休息两个月，这个世界已经变得有些陌生，红凝漠然收回视线，唇边挂着礼貌的笑：“在府上叨扰这么久，多谢王爷。”杨缜嗯了声：“怕是要下雨了。”

红凝抬头看看天色，道：“那民女先赶路，告辞了，王爷珍重。”

红凝转身之际手被扣住，那手很有力，宣告着对方的强势与专制。

他淡淡地道：“一定要走？”

那天晚上他没见到锦绣，只道她与妖狐斗法受伤，匆匆带她回来请名医寻良药，令她安心调养，之后再没像往常那般纠缠过，直到她说离开也不曾出言挽留，亲自率人送她出城。红凝原以为他已经忘记了那夜的话，谁知他这时重新提起，不由得摇头：“我要的，王爷给不起。”

“愿得一心人？”杨缜没有意外，“你不是寻常女子，心中所想无非是这个，本王也料到你必不会答应。皇家王族，不可能有一心人，便是本王立业之前也有许多事不能自主，如今本王虽不能休妻娶你，然这世上果真有合你意的男人？寻常男子实难配得上你。”冷锐的眼睛里泛起暖意，他缓缓抬起二人的手，“女人不必过得太累，何不寻个归宿，纵然身份委屈些，我会宠你。”

“王爷是好归宿吗？”红凝唇角微扬，“王爷这些话对多少女人说过？”

杨缜道：“只有你。”

红凝略觉意外，但仍是摇头：“王爷想要留下我，是因为真的喜欢，还是因为得不到？”不待他说什么，她抬眉道，“我很特别，不像别的女人那样奉承王爷，王爷或许有点兴趣，可惜那始终只是兴趣。喜欢过的人尚会被王爷冷落，兴趣就更难长久了，何况王爷明知道我肯接受你的好意，是因为你长得像一个人，王爷甘心做别人的影子？”

杨缜道：“你又如何确定，本王对你不是喜欢？”

“能确定的是，没有我，王爷也会过得很好。”红凝回头看了眼远处的王夫人，笑道，“可惜不能留下来喝小郡王的满月酒，民女先恭喜王爷了。”

杨缜沉默，扣着她的手越发收紧。

杨缜猛然丢开她的手：“也罢，你要走便走，但下次若是再让本王遇见……”他低头凑近她的脸，冷冷地道，“本王可能会仗势欺人强抢民女。”

红凝尚未反应过来，唇上瞬间的触觉已消失。

“前面是沥州。”杨缜直起身不再看她，径自率众人回府去了。

不能接受的情意，却也出自真诚，其中爱护之意，仍令人感激。

红凝也只是感激。

方才一幕当着远处那么多人，红凝没觉得羞恼，而是莞尔而笑。她并没有回头看那远去的挺拔背影，仿佛什么都没发生过，挎着包袱顺着路就往前走。

天色越发阴暗，冷风吹在脸上，吹入衣领，吹得她心里一片空荡荡的。

纵然失去了目标，跌得头破血流，却还是要继续往前走下去，这就是人生，充满妥协的人生。

人总要在现实中妥协，只是，终究意难平。

放弃固执顺从现实安排，也许会过得更好，她却害怕将来回头那一日，已经认不出自己，忘记了心中最重要的事物。

红凝丝毫没在意天气变化，默默地迈步往前走，感到无限的灰心与疲乏。

她走了不到一里，前方路口处站着个人。

红凝顿了顿脚步，此时，身后忽然传来急促的马蹄声，不等她回身，一匹骏马拖着淡淡的烟尘在她身旁停住。马上的人红凝认识，正是杨缜从京城带来的亲信太监。

那名太监先下了马，恭敬地朝她作了一礼。

红凝道：“王爷还有话要带给我？”

太监面有暧昧之色，谨慎地道：“王爷说，姑娘什么时候累了，可以再回来。”

心高气傲目空一切的人，这些话也只能让人转达，当面他是万万不会说的。红凝忍不住觉得好笑，累了，已经累了，可王府不是个休息的好地方。

见她神色尚好，那太监忙道：“王爷是有心人，想留姑娘多住些时候，姑娘何不——”

红凝打断他道：“民女漂泊四方，行踪不定，恐怕没有机会再回来了。”

那太监愕然，渐又露出赞赏之色。平民女子能嫁入王府，已经是飞上枝头变凤凰了，何况睿王风华正茂，如今亲自开口挽留，对别的女子来说是想都想不到的好事，不会也不敢拒绝。

红凝郑重地作礼道：“有劳公公，且代民女多谢王爷的好意，请王爷保重。”

见她去意坚定，那太监知道劝不过来，叹息良久，也没多说什么，嘱咐她几句“保重”“平安”之类的话，便打马回去了。

等到太监离开，红凝径直走到路口，在那人面前站定。

风吹动金色衣袍，如同盛开的金色花朵，上有云霞映衬，他随意站在路旁，从容闲适，不怒自威。

红凝平静地道：“中天王还要封印我吗？”

不待他回答，她又自嘲地道："我看也没必要了，有你们在，我这点微末法力也做不成什么。"

锦绣面色不改，语气平淡："此事干系甚大，不容你胡来。"

对这句"胡来"，红凝连讽刺的力气都没了："是我区区凡人不自量力，自取其辱，事情已经如你所愿，你不必特意来嘲笑我。"

他摇头道："昆仑天妃本是凡人，姓闻。"

红凝一愣。

他解释道："她在凡间还有个嫡亲的妹妹，杨缜正是她的后代。"

这还真是巧合。红凝恍然："怪不得他和白冷长得那么像。"

他轻声道："你为何要有这么重的凡心？"

"因为你们，"红凝毫不迟疑地道，"看到你们，我就厌恶仙道厌恶天意。若你真的对我还有一丝内疚，不如开恩成全胡月他们。当初你能用瑶池水助我脱胎换骨，一定也能帮胡月。"

天不容人妖结合，当初海明与连华选择放手，那样的成全，也是种变相的爱和保护吧，这种选择固然明智，却始终负了他们自己的心，谁能保证他们不会遗憾？胡月不肯放手，所以才会落到今天的境地，但这种外人眼里的凄苦日子，在他们夫妻二人看来未必就不好，可见好与不好，只要他们自己来评判就够了。

红凝叹气她："是我骗了她，听说戚公子已经死了，她也失踪了，想是被强行带走的。若能让她脱胎换骨跟丈夫一起转世，她肯定愿意，你就当是可怜他们吧。"

锦绣道："胡月非我族类。"

红凝莞尔："未来王妃不正是北界王之女吗？你要讨北仙界灵泉应该不难。"

锦绣沉默片刻，道："若她愿意，我会尽力。"

红凝也不称谢："尽力不尽力与我何干，都是你的恩典。你可以放心了，我不会再找陆玖。"

她走出十几步，背后清晰地传来他的声音："你可记得入世的缘故？"

"我不需要记得。"红凝头也不回，语气平静得近乎麻木，"既然我前世选择做人，一定有我的道理，今生更不会修仙。"

冬季的大雨原本很少，偏偏又这么巧让红凝给赶上了。雨水眯住眼帘，周围景物也已经看不清。模糊中红凝只见前面有片密密的树林，如烟如雾的雨幕中，那树林仿佛一道神秘的墨色屏障，将里面与外界隔绝开来。

衣衫紧贴在身上，红凝并没有感觉到冷，依旧不紧不慢地朝前走。她恍惚记得方才那太监说过沿途有不少酒店客栈可以避雨，谁知这半日竟没见到一家。

大概是太累的缘故，思绪也开始麻木，红凝心中只剩一个念头：树林里没有雨，可以进去歇会儿。

离树林越来越近，她脚步越发沉重。

一双手从后面伸来，将她扶住。

头顶的雨仿佛也停了，身体被柔和的金光包围，空气中充斥着淡淡的香味和暖意，红凝转脸，眨掉遮挡视线的雨水，努力看清来人：“又是你。”

湿透的青衣犹自滴着水，沾湿他那身干净的金色衣袍，他对此全不在意，只是将她拥入怀中，一只手轻轻地替她拨开额上被打湿的发丝。

那夜的场景在他看来早已习惯了，正如千年前，他亲自将她送入地府，亲眼见她将手递到那人手上。人间十世，这样的场景几番重现，他每次看过便是彻夜难眠。

任凭他搂着，红凝静静地看着他半晌，忽然轻声笑了。

他立即看她的眼睛。

红凝认真地与他对视：“中天王很在意我？”

周围飒飒的雨声不停，泥泞里溅起水花，听在耳朵里反觉得更加沉寂。她许久才见他开口，声音很轻，如同天地间遥远的雨声，虚无缥缈：“纵然生我的气，也不该这样，凡人更应珍惜自己。”

生气？红凝哈地笑了声：“我是生你的气，因为你把我弄到这个鬼地方，害了白泠，包庇陆玖，仗着法力安排我的人生，还要假惺惺地做好人。我选的路，自己会承担后果，要你管什么闲事！”

因为我不能任你承担那样的后果。他紧紧地皱了眉，凤目里也隐约有了一丝恼火之色。

她转世为人还能闹出这么大的事，不知惜命！仙界的力量岂是凡人能撼动？陆玖真被杀，北界王岂肯罢休，动不了昆仑天君，动她却轻而易举，灰飞烟灭都是轻的。

两人对视半晌，他责备的话终究无从出口，多少恼怒无奈，尽化作轻声一叹。

他没有解释，用宽大的衣袖将她裹住。

面前是少女苍白的脸，带着雨水，有点泛青，却始终不曾有半点示弱，目光甚至是带着仇恨的。这只小妖做出的事总是那么危险，让他不能心安，她可以不惜代价去报仇，他却不能任她这么做。

红凝看了他半晌，突然道：“中天王缠着我不放，莫非……是动了凡心，喜欢上我了？”冰凉的手指轻佻地从他唇上抚过，感受到那身体明显僵了下，她改为用双手搂住他的颈，故意压低声音道，“仙凡殊途，你是中天王，就不怕天劫？”

他看着她，不语。

她从腰间拉起他的手，放到脸上摩挲，接着慢慢地往下带：“或者你只是和陆玖一样，想下凡玩玩？”

他抽回手。

“可惜我对你没兴趣。”她从他怀中离开，含笑吐出恶毒的话，“我看到你只有厌恶，若有天劫，我真恨不得你也尝一次。”

他站在那里，看着她越走越远，凤目中没有半点表情。

他执掌中天十万年，年少心性早已不见，习惯谨慎与算计，掌控所有的事，包括他自己。正因为预感到事情发展下去的危险，在眼看她步入情劫时，他明明可以控制，可以留住她，却选择保全自己，侥幸地选择放任，执意相信她是年少轻狂，将她的陪伴与追逐当作花朝宫寂寞生活的点缀，亲手推开。

他保全了自己，得到了千年的内疚。

她还是那只不知天高地厚的、固执得可恶的小妖，他也还是名震天庭的中天王，不同的是，她忘记了他，他却没有。

忘记不要紧，可以再想起来，历经此番苦心安排，她若能想通，会不会就是最终的解脱？

雨更大了，道路泥泞，那单薄的身影摇晃着往前走，终于踉跄几步，跌倒在树林边上。

他下意识地上前一步。

嘈杂声响起，一队人马仿佛从天而降，出现在林边，马上十来名或着青衣或着黑衣的带刀劲装人，似乎是保镖，另外还有几名没带武器的家丁，中间是一辆朱漆马车。

趴在泥水里，红凝头脑昏沉，与神仙斗本就是件可笑的事，果然败得这么彻底，一年多的苦心，落得如今狼狈的模样，还是快点离开吧。心里想着，她挣扎着想要从泥泞中爬起来，谁知大病初愈又遭雨淋，最终还是体力不济，只得继续伏在泥水中喘息。

一双雪白的缎靴面映入眼帘。

靴子做工精细，靴筒镶着金丝线，嵌着几粒宝石。稍微识货的人就知道，这种白缎质地非同一般，绝非市面上卖的寻常缎子，价格必定十分昂贵，而且最不经脏，一旦被污，想要再如先前一般洁净鲜艳就难了。

然而此刻，它的主人丝毫没有珍惜的意思，任它泡在泥水中。

此人下雨天不着木屐，却穿着这样的鞋出来，简直奢侈至极。

不要在这里。凭着仅剩的意识，红凝死死地抱住那腿，声音微弱而坚决：“走，带我走。”

第三卷

前世今生

第一章

千年障

远远地望见梅仙来了，杏仙主动上前打起帘子，口内娇笑道：“神尊大人现在里面，梅姐姐若有事回禀，就快些进去吧。”

梅仙停住脚步，看着她道：“北界小公子受了伤。”

杏仙叹道：“我也正奇怪呢，神尊大人的封印除了他自己还有谁能解，原来那丫头的法力没被封住吗？想是……天女打听错了？”话虽如此，她目中却忍不住闪过一丝幸灾乐祸之色。

她只当利用了自己，所以得意，却不知究竟是谁被谁利用呢。梅仙心里冷笑，不屑与她再说，默默地走进房间。

锦绣正立于桌旁，随手翻阅案上的书卷，神色温和一如往常。

梅仙上前跪下道：“神尊大人。”

锦绣似早已料到她会如此，合上书卷道：“起来吧。”

梅仙低声坦白：“封印是我解的。”

锦绣嗯了声。

眼圈微红，梅仙垂眸道：“我……”封印的消息本是杏仙透露的，可恨当时自己一心想要替她隐瞒，没留意其中问题，直到北界小公子受重伤回来，才知被有心人利用。更委屈的是自己如今还不能分辩，无凭无据，对方只“无心”透了个消息，说出来反有嫁祸之嫌。

锦绣看了她半晌，点头叹道：“事情已过，不必耿耿于怀。但经此一事，你当知花神令意味着责任，也意味着令许多人觊觎的权力，仅做好分内之事是不够的，更须时刻警惕提防，其中教训想必你已明白，起来吧。”

弄巧成拙，原以为定会受到重责，谁知这两个月下来他都绝口不提，梅仙一直忐忑不安，忍不住主动前来请罪，此刻见他果真没有追究的意思，这才迟疑着站起身。

锦绣走到她面前正要说话，却听得外面杏仙的声音：“神尊大人，天女来了。”

话音方落，陆瑶已经走进来，穿着白色与淡蓝色交织的衣衫，白云晴空般干净的颜色衬着高髻越发显得飘逸秀丽。她看着锦绣笑道：“这些日子扰了你清净，好在阿玖的伤势已有起色，算着明日便能醒过来，多亏了你。”

锦绣示意她坐。

梅仙会意，立即告退。

梅仙路过陆瑶身边时，陆瑶伸手拉住她，关切地问："怎的脸色不好，可是太忙的缘故？"

"不过是近日参悟心诀有些困难，急于求进了，多谢天女关切。"梅仙不动声色地回答，又看着她淡淡一笑，"天女也要当心心魔。"

陆瑶依旧笑得温和，放开她道："修行总是如此，多用些心思便好。"

梅仙低头自去了。

锦绣似乎并没留意二人的对话："你昨日回去，北界王怎么说。"

陆瑶道："反正阿玖没事，能瞒就瞒过，父王也听到了点风声，他老人家无妨，只是怕母妃心疼罢了。我想着阿玖的伤已无大碍，不如明日待他醒来就搬出宫外，另寻个地方安置，静心养伤。他的性子你也清楚，留在这花丛中难免要生事，惹你烦心。"

锦绣没有反对，沉吟道："胡月为害人间已久。"

陆瑶忙道："姨父早已强行将她带回来了。"说起此事，她忍不住拧眉，"我这表妹难度情劫,一心只要去找那姓戚的凡人,再这么下去将来必定难逃天刑,姨父姨母都急得不得了。"

锦绣踱了几步："纵然你父王肯赐灵泉，强行削籍也不容易，难免祸及北界。"

陆瑶叹了口气，轻声道："他老人家可不正是碍着这个，否则自己人岂有不帮的，当年你执意替那丫头削籍，至今无事，我还在担心。"

锦绣像是没听出话中关切之意，问："你父王的意思如何？"

陆瑶嗔道："父王自然没答应了。表妹也太不懂事，只顾吵闹，说不依她便要散尽修为毁去根本，父王索性不管，但好歹我与她姐妹一场，所以来问问你有没有主意。"

锦绣不说话了。

这倔强的话竟耳熟得很。

人间繁华之地。

没有想象中的热闹场景，这座园子不在城里，离村庄也有点远，准确地说，它是座山中别宅，出了大门四周都是山地，林木葱茏，绵延无尽。

当然，红凝先前的猜测也没全错。园子正在修建中，虽然尚未竣工，但已有雏形，工匠们几乎就是堆土成丘，引水造湖，工程量何等巨大，需要动用多少的人力财力，绝非寻常人家能办到，其实主人家的财富，单从下人丫鬟们的吃穿用度就能看出来。

园子很大，近日工匠们都在西边忙碌，东边景点大多已建好，因此更加清净，红凝自打病好后就时常出来闲逛。

数竿翠竹掩映着小径，通向一座小轩。

无意中转入此间，见到这场景，红凝禁不住倒吸一口冷气，后退两步，脑子里有点恍惚。

这地方……

“姑娘。”身后有人唤她。

红凝回神，收起惊异之色，转身。

这里的丫鬟都很美，也很有礼节，间接显示了主人的眼光。唤她的这个小丫鬟名叫小云，十五六岁年纪，也是红凝醒来后看到的第一个人，据说是受了公子吩咐，特地跟着照顾她的。

红凝随口问道：“你们公子还没回来？”

小云抿嘴道：“刚刚韩管家来了，我特地替姑娘问过，韩管家说快到年底，公子去解州各处查看生意了，听说要过了年才回来呢。”

红凝皱了下眉。

小云笑着推她：“姑娘急什么？公子说了，你爱住多久便住多久，要道谢就等他回来。”

她说的公子自然是红凝的救命恩人，可惜住了这半个多月，红凝并没有真正见过他，因为当日她醒来他已离开了，所有与他有关的信息都是通过与丫鬟们闲聊打听到的。

公子姓段，名斐，二十六岁，风华正茂，是甘州城极其有名的富商。

“细数甘州八面财，九成尽在段郎手”，而比他的财富更有名的，就是他的风流。

一个男人从不娶妻纳妾，不代表他就老实规矩，只代表他风流起来更无顾忌。他可以为了博美人一笑而花去上千两银子，只为寻找一朵赏心悦目的西域奇花簪在美人鬓角；他也会因为心情愉快打赏乞丐，随手给出的银子足以令这个乞丐成为当地小财主……这些不可思议的事都是他干出来的，若是别人，必定早就被当作败家子唾骂千百遍了，可一个父母早亡独自支撑全族却在五年内一跃成为甘州首富生意遍天下的青年，有谁敢嘲笑？

他的财富似乎永远都散不尽。

搭救陌生女子就罢了，居然还留她白吃白住这么久，这种事也只有这种人才做得出来，因为他根本不在乎多一个人帮忙花钱。这就能解释为什么丫鬟们不吃惊了，她们早已司空见惯，更匪夷所思的事主人都干过，这种救美的小事不算稀奇。

有关此地主人的诸多风流韵事，红凝已听得不少，而她所担心的是，听说他经常流连花丛，若是一年半载迟迟不回怎么办？毕竟受了他的救命之恩，她总不能一声不响就走。

据说那日她被救回来时，浑身如炭火般烫得厉害，神志不清，几乎已回天乏术，所幸段公子连夜从城里请来几名大夫开方用药。当时她服了药，几位大夫都说怕她熬不过天亮，谁知一夜之后烧就莫名退了，这才保住性命，后来连小云提起都称侥幸。对于此事，红凝没有表示什么。

小云仔细观察她的神色：“姑娘住得不习惯？”

红凝摇头，岔开话题道：“你们公子修这园子，必定花了很多心思。”

小云骄傲地道："这本是两个大乡绅家的地，公子从他们手上买下来，想要修座别宅，现下才修了一半呢，待将来完工就更好看啦。"

红凝了然地道："你们公子应该很喜欢清净。"

小云拍手笑道："姑娘可猜错了，公子最喜欢热闹。"

喜欢热闹的人会跑到这种地方来修别宅？红凝忍不住好笑，摸摸身旁的竹子："这些竹子已有多年，应该是本来就长在这儿的。"

小云点头道："公子见了很喜欢，说要留着它们，将来这里就叫听竹轩。"她伸手指着远处，惋惜地说，"那边还有个很大的花圃，里头种了不少花，可惜公子嫌那些花太杂太多不好看，打算等西边建好后，开春就铲了它们修摘月台。"

红凝顺着她指的地方望去，果然见斜坡那边有段残破的矮墙，应该就是花圃。

小云又说了两句便走了。

小径弯弯曲曲，全用黑白石子儿铺成，素净如水墨画，偶尔一两片干枯的竹叶飞落在上面，更显清幽。

红凝仔细打量四周，越来越迷茫，不知心底那股莫名的熟悉感是怎么来的。她记得当时离开重州，杨缜说过那条路是朝着沥州方向的，如今却阴错阳差被段斐带到什么甘州，更想不到深山中竟有这样一座园子，简直就像书上怪谈。若非感受不到妖气，她差点就要以为这里是野狐山精幻化出来的。

小轩的窗开得极大，几乎占了半面墙，宽敞明亮，由于建成不久，房间里没有太多陈设，有点空荡荡的。

这里应该会摆上一张竹榻吧？红凝看着墙边空地，陡然生出这样的想法，反应过来之后又觉得好笑，必定是自己潜意识里认为摆张竹榻合适，就想当然了。

可她望着壁上的琴匣，为什么冥冥中能听到琴声？

轻快缠绵的琴声，偏又透着几许豪迈，可知抚琴人高明的琴技。那种风流潇洒，还有发自心底的愉悦与满足，正如一个寂寞琴师觅得知音，又如一个春风得意的青年高中归来对着心爱的人开怀大笑。

红凝扶着窗棂呆立许久，隐约有点不安，忙转身匆匆走出小轩。对于方才的古怪感觉，一路上她百思不得其解，正准备顺原路回去，哪知路过山坡时，忽然听得帷幕外有人在说话。

"不能赶在年底完工？"一个不悦的声音响起。

"如今别的都弄得差不多了，只剩松园与摘月台来不及动工，大伙儿近日都没歇息过，实在赶不出来。眼下就要过年，我总不能留着他们不让回去，大过年的敲敲打打，也扰了你们的清净不是？"回答的应该是工匠头儿，他刻意压低声音赔笑道，"还望总管帮忙在段公子跟前说个情，宽限两个月，过了年，二月里就能告成了。”

“我试试，你那边也要催着些。”估计是收了贿赂，总管语气好了许多。

…………

原来是园子工程量太大，难以在年底之前告竣，红凝暗忖，忽然想起方才小云说的那片要被铲了修摘月台的花圃，不由得心中一动。

花圃在园子的角落里，靠着山，十分简陋，矮矮的墙还缺了道口子，由于是冬季，圃中许多花枝都已经枯败凋残，唯独一树梅花傲然飘香。梅树旁边斜坡下居然还有一大片绿油油的叶子，与花繁叶少的蜡梅互相映衬，生趣盎然。

那是一丛茶花，长势格外茂盛。

红凝喜欢茶花，尤其喜欢红茶花，不为别的，只因觉得这种花开的气势很合自己的脾气，美得刚强，经得看耐得寒。当初她正是在茶花丛中昏倒，从而被锦绣带来这个世界的。

“胆大无礼，这性子也只红山茶能配得上。”

不知为何想起他的话，红凝忍不住苦笑，很明显自己当时误解了，把堂堂中天王当成茶花仙，自作多情了一番，而对方却是真的以花比人，根本就没有别的意思。

她忽然想起梦中那个小妖。

花木之族，难道她前世是与它有关？红茶花？

红凝痴痴地看了茶花许久，摇头，前世的事已经过去，现在自己是凡人不是小妖，知道了又能怎样？不需要。

好奇心随之消散，她摸摸那精神的枝叶，想到这片花圃将来的命运，不由得惆怅，半开玩笑地道：“打算怎么办？要我搬你走，还是听天由命？”

茶花似听懂了她的话，花枝在风中摇摆。

可惜我也不知道带你去哪里。红凝沉默半晌，站起身，我的命运尚不能自主，又怎能拯救你的命运。

她突然不想再走下去。

中天王近万年极少参与议事，最近却频繁出现在朝会上，神帝虽然没有表示，但众神仙岂有不明白的，纷纷道贺。

应付完一批神仙，锦绣走进偏殿。

神帝坐在案前看奏折，头也不抬地道：“近日你忙得很。”

锦绣微微一笑，拂衣作礼：“花朝宫上神锦绣参见帝君。”

神帝这才将视线从奏折上移开，示意他坐：“无事献殷勤，又有什么想要求我的？”

锦绣看看旁边的椅子，没有坐：“我想替一个人削籍，望帝君恩准。”

神帝不动声色地道："胡月？"

锦绣点头道："她难度情劫，再这样下去必遭天谴，为今之计，唯有自天册上削去妖籍，再借北界灵泉脱胎换骨转世为人，方能脱得大难。"

神帝慢悠悠地道："削籍可以，只不过上次是为那丫头，这次又为胡月，朕倒不明白，你几时多情到如此地步了？"

锦绣道："既是天女的表妹，我总不能袖手旁观。"

神帝抬眉道："天女？"

锦绣对这称呼不作解释："胡月凡心太重，强行修仙也再难有成。无论如何她都是北界王妃的外甥女，帝君何不做个人情，网开一面成全她？"

神帝道："朕的人情不能白做，她既是北界王妃的外甥女，北界王怎的不提？"

锦绣面不改色地回道："逆天行事，北界王自是担心将来祸及北界。"

神帝道："原来你还知道'逆天行事'四个字。"

见他有意嘲弄，锦绣好笑："我已经做过不少，如今并无大碍，多一次也无妨。"

神帝低头继续批阅奏折，轻描淡写地道："此事不难，脱胎换骨，取北界灵泉一盏便好，朕答应替你跟北界王讨个情，至于削籍，不过是八十一道天刑，你可速速叫她来领。"

锦绣道："八十一道天刑，神仙都未必受得住，何况她尚未成仙。"

神帝重新抬脸看他："你的意思，打算叫谁替她领？"

锦绣忍不住笑了："师兄何必捉弄我？"

神帝道："你？"

锦绣道："除了我，还有谁更有经验。"

神帝将奏折一推："混账！"

锦绣不语。

神帝起身走到他面前，冷冷地道："逆天削籍非同儿戏，天劫在即，你倒难得糊涂。"

八十一道天刑，上神上仙也难以支撑，稍有不慎便折损修为，甚至被打回原形，何况替人逆天削籍，将来更不知会招来什么祸患。

锦绣沉默半晌，微笑道："二十四万年的道行，师兄当我连这点天刑也受不起吗，上次不也没事？"

第二章

风流段郎

红凝走上黑白石子铺成的小径，似梦似真的感觉又开始蔓延，旁边泥地上草色青青，修竹掩映，似乎比年前更苍翠了些，虽是早春，头顶已有不知名的花瓣簌簌落下。

红凝心神恍惚，放慢脚步。

她在别宅住了这么久，每日都无所事事，直到除夕过去，二月里段斐才查完各地的生意。下午车马刚刚抵达别宅，接着便是打扫房间、清点物品、更衣沐浴、歇息，直到傍晚，打听着他用过晚饭，红凝才决定过去相见，向他道谢。

“听竹轩”的匾已经挂上，门口垂着精致的布帘，里面隐约传出女人的笑声。

两名陌生丫鬟站在门外，见了红凝都抿嘴笑，也不用她说明来意，其中一名丫鬟就掀开半面帘子朝里面报了声：“公子，先前你救的那位姑娘来谢你了。”

门内沉默半晌，才响起一个男人含笑的声音，似恍然大悟：“是了，当初我救过一个美人儿来的，快请进来。”

几个月他就忘了这回事？红凝对这位公子的脾性也有了点了解，连丫鬟都敢当面放肆取笑，可见他待下人甚宽，于是掀起帘子走进去。

房间里早已不是先前空荡荡的模样，桌椅小几齐全，琴箫玉笛，笔墨香炉，每件东西都摆在该放的位置，昂贵的价格与精美的造型都显示着主人的品位。一幅巨大而精美的帘子挂满了一面墙，恰好遮住大窗，阻挡寒气进来，帘子上面绘着色彩鲜艳的桃花图，外面又挂了层轻纱，纱上花鸟半隐半现，映得整个房间温暖如春。

然而刚看清里面的情形，红凝就禁不住倒抽一口冷气，愕然不已。

墙边真的摆了张竹榻！

大约是她的反应太过激烈，引得房间里所有人都朝这边看过来，每张脸上神色各异，奇怪的，促狭的，饶有兴趣的……

世间巧合事不少，那位置本来就适合放竹榻。红凝不是没见过场面的人，发现自己失态，立即收起异色，换上礼貌的笑，同时将视线投向榻上的人，谁知这一望，心中震惊反而更多了。

手执夜光杯，他就那么随意地半躺在榻上，美服华冠，身上饰物却并不多，似乎天生就带着一种富贵闲适的气度。他鬓发如墨，双眉间距略近，容易造成眉头微锁的错觉，平添几分忧郁与清雅，挺直的鼻梁更让人感觉到他的果断，那薄而有型的唇却噙着说不清道不明的笑意，几分暧昧，几分玩味。

直到此刻，红凝才终于知道，什么是真正的风流。

更让她失神的，是那双眼睛。

所有风流都在这双眼睛，漆黑深邃不见底，乍一看满含戏谑，可当你集中心思仔细看时，深处却是萧索一片。

仿佛找寻回了失落千百年的东西，红凝站在原地，整个人都痴了。那双似曾相识的眼睛，轻狂而落寞，竟看得她心里阵阵发紧。

段斐饶有兴味打量她半晌，举杯道："美人儿要看我，尽可以过来看。"

他开口时，红凝几乎以为他就要叫出"小红茶"了，谁知听到的话与意料中相去甚远，她顿时惊醒过来，忍不住发笑。巧合吧，她竟然把现实当成做梦，差点混淆，眼前的人是真实存在的，绝非在梦中。

红凝走到榻前作礼："多谢段公子救命之恩。"

段斐打量她几眼，眉眼中尽是笑意，朝左右赞叹："怪道美人儿越来越少，原来都出家修行当道姑去了。"

一名美丽女子倚在他肩头，另一名则半跪在榻前替他捶腿，闻言都笑起来。

早已摸清楚此人的脾性，红凝也不计较他的轻佻无礼，轻声道："本来是不打算叨扰这么久的，但承蒙救命之恩，总该等段公子回来说声谢谢再走。"

段斐似乎对客套话没什么兴趣，直接问："你要如何谢我？"

红凝认真地想了想："红凝身无长物。"

段斐笑道："说要谢我，却身无长物，岂非太没诚意？"

知道他不是真介意，红凝也笑道："段公子此言差矣，红凝是只剩诚意。"

"难得难得，这世上的诚意不多，我若再推托反倒不近人情。"段斐饮尽酒，随手将玉杯递给身旁女子，笑问，"你们说，要她谢什么好？"

女子是风月场上混的，应对自然在行，转了转眼珠，掩口取笑道："她自称身无长物，段郎要别的岂不吃亏，既有诚意，何不教她以身相许？"

"有理，"段斐击掌，转而看红凝，"你可愿以身相许？"

对方分明是在戏弄，红凝听得一愣，随即自嘲："红凝当真是只剩个人了，公子一定要报答，我就只好以身相许。"

这话说得轻率，若是别人难免嫌弃看轻她，段斐却一本正经地道："这就对了，美貌姑娘就该用心打扮，戴戴花儿唱唱曲儿，捉妖这等事还是让给那些老和尚老道士吧。都说千年修仙，千年神仙何等寂寞，怎及人间好？"

红凝淡淡地打断他："不过略懂点法术而已，怎敢奢望修仙？"

段斐屈指敲敲额头："你这么说，倒叫我想起一句话。"

红凝露出询问之色。

段斐接过女子重新斟好的酒，饮一口道："只羡鸳鸯不羡仙，与我做对鸳鸯戏水相伴，岂不强过做神仙千百倍？"

红凝没有回答，只是微笑。

段斐看了她半晌，搁了酒杯，抬手让捶腿的女子离开，缓缓坐直。这姿势原本会令人显得严肃些，可在他做来，整个人看上去反而更潇洒亲切，尤其是那陡然间变得明亮的眼神，依稀竟带着一丝期盼："我猜，美人儿尚无去处。"

红凝不语，这样的眼力，的确不是寻常纨绔子弟能有的。

段斐起身离开竹榻，缓步踱到她面前。

红凝这才发现他很高，几乎比她高了一个头，那身段，那风采，绝对当得起"玉树临风"四字，纵然站在人堆里，也能被人一眼就认出来，让所有面对他的人先自觉矮了三分，不敢仰视。当然，其中还有一半缘故是那隐约流露出来的魄力，他能将生意做到这地步，自然就没人敢轻视。

他俯下脸，逼近。

红凝没有后退，也仰脸望着他。

"特别的美人儿，"段斐轻轻捏她的下巴，眼睛里是毫不掩饰的欣赏之色，"那就留下来以身相许，如何？"

红凝几乎没有犹豫地道："好。"

仿佛早已料到她会答应，段斐自然而然地揽着她到榻上坐下，向旁边二女笑道："园子里今后更热闹了，公子我新得佳人，怎能不多喝几杯庆贺，快倒酒！"

二女忙道喜，倒酒奉上。

接过酒，段斐没有立即喝，反将酒杯送至红凝唇边："来，先陪你的段郎喝一杯。"

红凝看看那酒，不慌不忙地道："段公子真要我喝这杯酒？"

段斐问得直接："你想要什么？"

红凝抬手指着旁边两名女子道："把她们送走。"

二女倒没发怒，都看着段斐撒娇："段郎！"

段斐大笑。

红凝心里又是一阵发紧，那笑声仿佛多年前就听过，不太沉也不太浮，七分愉悦，三分洒脱，春风得意，开怀至极。

"新来的美人儿会吃醋，只好先送你们回去了。"段斐含笑哄二人，然后提高声音道，"秋水绿绮，送两位姑娘。”

两名丫鬟应声而入。

想不到她来真的，先前提“以身相许”的那位已笑不出来了，二女都毫不掩饰地怒视红凝两眼，这才起身。

整个甘州城谁不知道段斐的风流名声，做出这种事毫不稀奇。二女本是他从外面接回来的，早就清楚他的脾性，贪爱新鲜，处处留情，因此虽然灰心失望，倒也没有见怪，只不过女人们顶多暗地较劲，还从没有当面示威赶人走的，红凝此举伤了她们颜面，自然可恨。

段斐冲二女举杯道：“先回去，过几日我再——”

红凝打断他：“他不会再来找你们。”

这回连段斐也听得呆了一下，二女再也忍不住，其中说“以身相许”的那位轻笑一声，婉言道：“妹妹这话未免说得太早。”

红凝悠然道：“我不过说说，答不答应，还不是要看段公子。”

二女看段斐。

“答应，当然答应。”许是红凝看错了，他落寞的眼睛里似有光芒闪过，段斐忍了笑道，“想不到美人儿这么厉害，那今后你们自己珍重，不必等我了。”

他说得随意，二女自然也不会放在心上，冷笑着离去。

要风流郎君答应不去偷腥，红凝还真是随口说的。因为他之前的轻佻与戏弄，红凝才故意提这种条件，原以为被嘲笑两句不自量力就罢了，谁知他这么轻易答应下来。他虽然未必当真，但说送走就送走，整个过程从开始到结束不过一盏茶的工夫，红凝犹未回神，酒已送到唇边，一时反而不知道怎么办才好。

段斐也不逼她，悠悠地道：“如今只我们两个，你还不满意？”

弄假成真，红凝看着酒杯迟疑。

段斐将酒杯送回桌上，没有生气：“既不愿意，想走便走吧。”

红凝取过酒杯饮干。

段斐意外地道：“果真要跟着我？”

红凝将酒杯放回去，道：“段公子问了两遍，是怀疑我的诚意？”

不知是有意还是无意，段斐往那只杯子里重新斟满酒，也端起来喝了口，格外透出几分暧昧：“这可关系到你的终身，我有什么好，能入你眼？”

红凝垂眸浅笑：“段公子年轻有为，且有千万身家，要什么有什么，哪有女人不满意？”

段斐斜倚着锦垫，笑赞道：“说得好，些许物事我倒从来不缺。”深邃的眼睛里，隐约有一丝失望之色闪过，他叹息，“我不介意多养个人，只是她们虽被你赶走了，但除了她们还有别人，你未必留得住我，最好想清楚些，将来莫要后悔。”

“将来”二字听得心头一阵空虚，红凝暗暗自嘲，断然道：“我已经无处可去，有个栖身之地就好，怎敢奢望留住段公子？”

单身女子想寻个归宿，这是不讨人喜欢的理由，却很真实。段斐看了她半晌，伸手摸摸她的脸，没再调笑，声音柔和了些：“至少你今晚留住我了，天底下的东西有一大半我都能取来，美人儿想要什么礼物？”

红凝摇头道：“你的便是我的，何必非要取到面前，且放着，将来要的时候再取吧。”

段斐愣了半晌，挑眉道：“好大的口气，坦白得很，你就不怕我听了不喜欢？”未等她回答，他忽然拥着她翻身倒下。

身上陡然增加了重量，红凝本能地想要反抗，反应过来立即停住，移开视线道：“你现在……”

段斐示意她看窗外：“天色不早，该歇息了。”

红凝镇定地推脱：“榻上太凉。”

是欲拒还迎还是真正的紧张，段斐久经风月场，怎会看不出来：“头一次？”

被他问这种事，红凝再淡定，脸皮也禁不住发热了，闭口不答。

经验丰富的男人，应付一个生涩少女绰绰有余，段斐自然不放在心上，笑了笑，俯下脸在她耳畔柔声道：“不怕，一次就好了。”

轻轻的吻没有直接落在唇上，却是在额头，居然能感受到一丝疼惜，红凝纵然不很期待，却也绝不至于太反感。一个真正风流的男人才知道怎么让女孩子放下戒心。

没有想象中那么难以接受，红凝闭上眼。

既然不知道做什么，那就顺其自然，实际上她并没有奢望过什么“一心人”，这时代凡人的生活不都这样？嫁人生子，终了一生，这样也不错，只不过那个人不该是杨缜。看着他的脸，红凝就会因为想起另一个人而心生内疚，段斐就不存在这些问题。

额间发际，细细的吻逐渐往下，甚至还俏皮地在她鼻尖一点，最后才落到唇上。两个陌生男女要拉近距离，肌肤之亲向来是最直接的办法，此刻他已不再像先前那般小心，如同熟悉的情侣，多了几分热情，手指轻轻拔下她的发簪，把玩她的秀发。

耳畔一热，红凝忍不住颤抖。

他的手缓缓往下，熟练地解开她的衣带，褪去那身青衣。

温柔的唇印上锁骨，勾起酥酥麻麻的感觉，红凝如触电般睁开眼。

几乎同时，段斐从她身上起来：“忘了你大病初愈，还是先歇息几日吧。”

红凝意外，虽然不知道他为何改变主意，却也没来由地松了口气。

欣赏过她的表情变化，段斐随手扯过那件青衣丢到地下，然后从架上取过一件自己的衣裳递给她道：“这些就不要再穿了，我不喜欢女道士，美人儿就该打扮得婀娜多姿乖巧可人，过两日我带你进城做衣裳，再买几件好看的首饰、几盒胭脂。”

花朝宫，锦绣坐在案前，双眉紧锁，杏仙垂首跪在地上。

锦绣责备道：“前些时候白菊竟一株未放，他们并未接到花信。你在花朝宫多年，也不是头一次执掌花事，谁知你这般大意，现下若不主动请罪受罚，今后叫他们如何服你？”

当时只顾与北瑶天女商量事情，竟将任务忘得干净，杏仙撇撇嘴，低声道：“杏杏知错。”

锦绣略加思索，道：“禁足一年，在水月镜里思过。”

杏仙立即抬脸，似不能相信。

水月镜是花朝宫的极境，人一旦进去，就不能再利用法术与外界互通音信，除非有花神之令，外人更不得擅入。杏仙这样的性子，要她独自在里面住一年，梅仙也觉得这处罚过于重了，为她说情：“杏杏并非有意延误，何况花朝会当前，演练歌舞还需她——”

“这些事暂且移交给别人。”锦绣果断地决定，随即神色缓和了些，“水月镜里清净，正适宜修行，这一年能在里面潜心修行，提升法力，参悟心得，对她来说也未尝不是好事。”

杏仙急道：“可——”

锦绣打断她：“担心天女？她若有事找你，我自会派人传话。”

俏脸立即涨红，杏仙再也不好说什么，望着他半晌，见他并没有宽恕的意思，顿时眼圈一红，低头跑出去了。

梅仙担心：“杏杏对神尊大人很是敬慕，这样会不会太重了？”

锦绣示意她取过花册：“身为司花使，须时刻记得自己的责任，她性子本就浮躁，若再纵容下去，将来不误事便是万幸，又如何办事？须知你如今已是百花之主，她是你的部下，情面固然要有，但若一味碍着这些，出错不予责罚，必失威信，将来花朝宫人人如此，你又如何号令他们？稍后我叫人送她进去，过几天你再带几粒丹药送去给她，不必说是我的意思。”

梅仙答应着，眼角余光忽然瞟见他的手，顿时倒抽一口冷气，惊呼道：“这是……神尊大人！”

锦绣将长袖拉下了些：“先下去吧，有事再来报我。”

梅仙犹自发呆，那样的伤痕她曾经见过一次，只不过是在千年前。没受过天刑的人都不知道那是怎样的蚀骨之痛，那次他整整三个月不能躺下休息，夜夜在亭子里静坐，白天照常理事，云淡风轻，不露半点破绽，外人不知道内情，花朝宫上下都在奇怪宫中为什么突然少了只小妖，至今还有人以为小花妖是被送走了。

除了天刑，还有什么能伤到他？

传言是真的！他又受了天刑！

可这次他是为谁？因为天女的面子？梅仙移开视线，低声道：“晋升在即，神尊大人该保重。”她垂首退下。

第三章

宝剑赠美人

先前在重州时，红凝只当重州城已是当朝最繁华的城市，想不到这甘州城竟丝毫不逊色。这里不只风物特别，男女的衣着口音也很有特色，与别处大不相同，红凝身为外地人，非但不觉得陌生，反而有种亲切感。

红凝走在街上，看身旁一派热闹景象，那种如梦境般的不真实的感觉又浮上来了。想到不久前自己还在重州与睿王爷逛街，如今转眼就到了甘州，身旁的人也变成了富家风流公子，其中变化实在太快，遇雨，被救，生病，答应段斐……一切真的是恍然如梦。

“美人儿在想什么？”段斐揽住她的腰，端详她的脸，“虽然美，脸色却太苍白了些。”他也不顾旁人的眼光，揽着她就往旁边店里走，“去买点胭脂，这里的胭脂水粉很有名。”

红凝没有拒绝，随他进了店。

甘州谁不知道这个金主？二人刚进门，掌柜就堆了满脸笑，立即吩咐伙计将最新最好的货摆出来让二人挑选，自己则亲手端上最好的茶。

十来盒胭脂一字排开。

段斐往旁边椅子上坐下，笑看她：“你仔细选，喜欢哪样便取哪样。”

红凝本性不好这些，看了两眼便道：“随便吧。”

这回连掌柜也意外了。这些胭脂都不是寻常女人用得起的，往常段斐不知带了多少美人光顾他的店，不是欣喜若狂爽快应下，便是挑三拣四有意撒娇，他从没得到过这答案。掌柜顿时也没了主意，心道叫你随便挑你还故作矜持，于是试探性地问段斐：“段公子看……”

段斐不甚在意地道：“都买回去吧。”

话音未落，红凝已随手取了一盒：“那就这盒。”

掌柜的笑僵在脸上。姓段的没娶老婆吧，你只是个外头的女人，说不准这位风流公子哪天就丢开你，还不趁机捞点好处，用得着替他省吗？这么好的炫耀机会白白丢弃，傻了吧！转念一想，他似乎又明白了什么，露出恍然之色，暗暗佩服，这位姑娘还真比别的姑娘高明，懂得放长线钓大鱼。

段斐果然顺着她：“就那盒吧。”

眼见下人付过账，将那盒胭脂收起，红凝也知道方才的举动不符合自己现在的身份，暗自后悔，随口解释道：“我不爱搽胭脂，买那么多也是白丢了……”说到这里她忽然停住，苦笑，果然是节俭成习惯了，装也装不像。

段斐笑着附和：“美人儿说得对。”

看不出他究竟怎么想的，红凝索性闭嘴不再多说，跟着他走出门，先后又买了些金银首饰和布料。当然她已留心许多，充分显示眼光品位，挑选时全无顾忌，一圈下来，四名随从手里都抱满了大大小小的盒子和布料。

路过自家的银庄，段斐忽然想起些要事，带着随从进去找掌柜。红凝对生意不感兴趣，便推说看杂耍，独自在街上闲逛，正无聊时，忽然见前面路口围着许多人，便跟着挤进去一看，却是位三十来岁的落魄书生在卖剑。

“不是我吹，这可不是寻常的剑，乃是柄千年古剑，能驱鬼辟邪，安家镇宅，是祖上做官时传下来的。”按照程序，书生先将剑吹嘘一番，然后做出愁苦之色，“可惜如今家境败落，衣食无着落，只得为它另觅良主，谁出得起价，我便将这家传宝剑卖与他了。”

剑被横搁在地上，隐隐泛着青光，无甚特别，剑鞘更是木头做的，有点破旧，看上去实在不入眼。因此众人都将信将疑，议论纷纷，却无人开口问价。

红凝是内行人，发现那股强烈的煞气，便知这是柄古剑没错，于是走上前问：“怎么卖？”

摆了这么久无人问津，那书生正在着急，闻言大喜：“姑娘果然是识货人！既这样，姑娘就估摸着出个价吧，合适的话我便卖了。”

明知他是外行，红凝却不好昧着良心骗他，想身上此刻只带了二十两银子，便问：“二十两银子，如何？”

想不到这柄祖传破剑能值二十两，书生大喜，也不问有没有出价更高的，立即双手将剑奉上：“二十两说定，此剑是姑娘的了。”

花二十两银子买柄破剑，周围众人有惋惜的有摇头的也有赞她识货的，红凝不在意，取了银子递给书生，接过那剑把玩。

剑身冰寒，杀气逼人。

正如一个改行的武师看到好武器也会心痒，红凝无意中买得一柄好剑，明知今后不用降妖除鬼，心里还是很喜欢，正要转身走开，忽听得旁边响起一个声音：“慢着。”

那是名盛装女子，雪面柳眉，打扮十分惹眼，身后跟着两个丫鬟和几名家丁。她一现身，原本要散去的人群立即又聚拢过来，谁不知道这位远近闻名的大美人是苏知府的千金苏小姐？红凝却不认识她，皱眉道：“有事？”

苏小姐也不答话，只拿眼睛看身旁的丫鬟，丫鬟会意，上前丢了两锭银子给那书生：“这剑我们小姐买了，二十五两银子。”

看看手上银子，书生呆了片刻，马上赔笑着看红凝："这……苏小姐出的价比姑娘高，姑娘看……"

红凝明白他的意思，笑了笑道："一手交钱一手交货，你已当着这么多人的面收了我的银子，还要变卦不成？"

书生自知理亏，一时无言。

丫鬟上前道："这剑小姐要买了送给我们老爷的，姑娘就做个人情，让了吧。"

对方话说得委婉，表情却颇为盛气凌人，红凝更加反感，淡淡地道："剑是我买的，你们老爷是天王老子不成？还能抢我的东西？"

丫鬟沉了脸要说话，苏小姐止住她："既然这位姑娘已经买下了，我们就出三十两，请姑娘转卖吧。"

那书生一听钱要落在别人手上，大急，上前扯红凝："我不卖了！"

已经决定与过去作别，红凝原不是非要这剑不可，只不过当时看他急需用钱的样子，才顺手买下。如今听苏小姐这么说，红凝也正打算松口，谁知他反倒主动来拉扯，一时被激起了性子，挑眉退开两步道："卖出的东西又拿回去，天底下有这道理吗？"

书生涨红脸指着她，转向人群道："这是我的家传宝剑，她却只肯给二十两，分明是欺我老实想坑骗我的银子嘛！"

众人有说他不是的，有说他上当的。

听他说得不像话，红凝怒上心头："坑骗你又如何？是你亲手将剑送到我手上，我可有抢你的？"

见她要走，旁边丫鬟不动声色地拉住她，有意放慢语速道："姑娘行个方便，让给我们小姐吧。"

有好心人也含蓄地劝："一柄破剑而已，既是苏知府家的小姐看上，姑娘就让了吧。"

丫鬟纠缠的工夫，书生已过来拦住她："你……怎的不讲理？众位街坊快些看，这丫头出不起钱，就想骗我的宝剑！"

红凝看着对面主仆两人。

这位知府小姐明知交易已经做成，真想要剑，完全可以私下找自己商量，如今她当着这么多人的面出价，分明就是有恃无恐，要逼自己让出剑来。势大就可以欺人，世道如此。

红凝冷笑一声，正要说话，人群里突然传来一个声音："说谁出不起钱？"

五个人走出来，当先是名年轻公子。绣着金边赤纹的白袍，有最上等的面料、最精致的做工，似乎只适合穿在这个人身上，加上俊美的形容，鬓发如墨，眉眼含笑，天生的风流倜傥之相，他就那么随意往人群中一站，已是道亮眼的风景。

很快有人认出他，低声传开，都觉得不可思议。这姑娘打扮素净得很，想不到竟是他的人，如今可有好戏看了。

苏小姐也看着他发呆。

他却不看旁人，直接揽过红凝的腰，柔声责备道："要买剑，怎不说明白些？叫人到银号取钱便是，倒受这种委屈。"

红凝一笑。

苏小姐回神，柔声招呼："段公子。"

段斐这才看到她，惊讶地道："原来是苏小姐。"

红凝特意强调："苏小姐也想买剑。"

"是吗？我看看。"段斐从她手中取过剑，拔出来看了看，赞道，"果然好剑！"看罢他又将剑送回鞘中，重新揽住她，"好眼力，我们出一百两够不够？"

红凝会意，浅笑道："罢了，这么贵，还是让给苏小姐吧。"

他主动把价抬这么高，苏小姐大家身份，怎好意思当面压价，一百两银子不是小数目，真要花这么多银子买剑也太不合算。知道惹错了人，苏小姐那张俏脸顿时一阵红一阵白，所幸也不是没见过场面，很快就镇定了，嫣然一笑道："既然段公子喜欢，我怎好夺人所爱？"

段斐道了声多谢，就有下人上来付钱给书生。

红凝本是鄙视那书生，又看不惯苏小姐主仆无礼，见他有意给自己争脸面，便顺水推舟领了这番好意。如今他真花这么多银子买剑，红凝也看不下去，劝道："算了，一柄破剑而已，不值得。"

"只要你喜欢，千金也值！"段斐含笑低头，鼻子贴上她的脸，"我的美人儿不爱红装爱武装，难得遇上心爱之物，还想着给我省银子。"

二人情状甚是亲密，外人看来也就那回事，有羡慕的有惋惜的，都在意料中，这位风流公子什么荒唐事没干过，不差这一件。

倒是苏小姐看得脸红，低声别过，带丫鬟离去。

红凝看看那背影，似笑非笑地道："真正的美人儿走了。"

段斐大笑道："可惜，果然可惜。"他低头，双眸深处隐约有光华沉淀，带着几分戏谑，"可惜别人家的比不上我的，我的人也没有她说的那么喜欢钱。"

红凝及时侧脸躲过他的吻，转身就走。

"不过多看两眼，又吃醋了。"段斐无奈地向左右解释。

身形僵了僵，红凝走得更快。

她背后果然响起一阵哄笑声。

十来件衣裳，五颜六色，轻薄柔软如羽毛。

榻上，段斐斜倚锦垫，手执夜光杯，津津有味地看了许久，忽然眼睛一亮，伸手将她拉入怀："这件好。"

她红衣如火，苍白的脸也被衬得有了颜色。

段斐饮尽酒，随手将夜光杯搁到桌上，低头称赞："你天生就该穿这件衣裳。"

红凝噙着笑，不露痕迹地侧了脸想要避开那酒味，谁知淡淡的酒气喷在脸上，混杂着他身上的味道，居然也没想象中那么反感。

"来戴镯子，"段斐取过旁边的盒子，打开，里面是一对古朴的玉镯，他拿起一只轻轻戴在她手上，再拉着那手端详片刻，皱眉道，"要配你的手，这等货色还差了些。"

红凝微笑："上哪儿找比这更好的？"

段斐真的想起来："解州店里有对好的，明日我叫人去取。"

红凝摇头，忍不住提醒他："那是苏知府家的小姐。"

"我知道是知府家的小姐，"段斐并没放在心上，拿起她的手亲了口，"怎么，还在吃醋？"

本欲商量正事，他却嬉皮笑脸出言戏弄，红凝哭笑不得，索性别过脸。

"在担心我？"段斐大笑，摸摸她的脸，"有我在，你只管天天试你的新衣裳，不要想太多，想太多就容易老了，变成老婆子，我就不要你了。"

商人做生意，许多时候都要指靠官府。红凝原本是担心惹恼苏知府会招来麻烦，此刻听他的口气似乎不甚在意，想必是自有把握应付了。于是红凝不再多说，暗暗疑惑——一个把生意做到这地步、举止又特别的风流公子，绝不会默默无闻，可惜往常她对这些生意方面的事没多大兴趣，否则应该会听说过他的名字和事迹吧。

湿热感从耳垂处传来，如触电般，红凝身体一阵颤抖。

衣裳已滑到肩下，红凝下意识地抓住那手。

"走神了，在想什么？"段斐若无其事地抬起脸，仿佛什么都没做过。

红凝松开手，垂眸："没有。"

段斐压低声音道："天色不早。"

红凝不语。

段斐道："我该回房歇息了？"

红凝沉默片刻，唇角一弯："这里是段公子府上，所有东西包括我都是段公子的，段公子想走便走想留便留，何必问我？"

段斐看着她半晌："因为舍不得。"

红凝微露询问之色。

"舍不得，就是舍不得。"段斐笑着推开她，"难得遇上特别的美人儿，我喜欢她主动些，或者哪天她会自己过来找我。"顿了顿，他意味深长地道，"她会把她的心交给我。"

红凝登时怔住。

这句话……

“你真的是想找个归宿？我看，就算找到了你也未必安心。”他站起身朝门外走，袍袖飘扬，“你只是累了，不想再走，所以要找个地方歇一歇。”

还是有顾虑呢，自己真的只是累了？长久地维持着一个姿势，手有些麻，红凝缓缓地从榻上起身坐直，望着门外，沉默。

心头一阵阵内疚，竟隐隐地开始酸痛，越来越强烈。

或许是因为被他一语道破弱点，又或许是因为他明知自己无心，仍无半点责怪之意，保留着最后的尊重。

“把你的心交给我。”

记忆中仿佛有什么东西正在被唤醒，像是早已存在于灵魂中，刻骨铭心。那双相同的眼睛，梦中公子，风流段郎，她已然分不清是梦，还是真。

一双手轻轻替她拉起衣衫。

红凝抬眼。

锦绣看着她，神色复杂，依稀竟有笑意：“人间轮回，至今转过十世，你已不记得他了。”

红凝心中一动：“我前世和他什么关系？”

锦绣没有正面回答：“不论有无关系，前世已过，恩情还尽，你们的缘分早已了断。”

梦中公子果然是段斐！红凝低头看着手腕上的玉镯，怪不得见到他会有那么强烈的熟悉感，或许前世自己和他真的很亲密，如今却对面不相识，仅余一丝莫名的悸动，正如她和白泠。

锦绣道：“人间之情，便是如此短暂。”

红凝断然道：“不知道我们的前世，我的确很惆怅，但感情从来不是寿命能影响的，多少夫妻一世未完就已变心，不老不死就有永恒的情？世间缘分如同轮回，生了又灭，灭了又生，彼此相忘又如何，或许哪一世我们又能相遇，正如今生，我在茫茫人海中再次遇到了他，就能用一生去珍惜。”

锦绣道：“他喜欢的不是你。”

红凝忍怒笑起来：“中天王太自信了，他会不会喜欢我，现在说似乎为时过早。”

锦绣看了她半晌：“看到的未必是真的，他自有他的缘分。”

“缘分是自己争取的！”红凝没去细想话中意思，起身道，“他了解我，愿意等我，我也愿意和他再续前缘，凡人结合总不违反什么天意。”

锦绣扣住她的手腕道：“不要任性。”

察觉他的怒意，红凝全无畏惧：“你以为我是跟你赌气？那就错了，我是真的有点喜欢他……”她忽然停住，倒抽一口冷气，神色震惊。

锦绣放开她，广袖下滑掩去伤痕："不妨。"正宗神族后裔，拥有高贵的血统、扭转乾坤的法力和举足轻重的地位，只要她愿意，他就能给她别人想要的一切，可唯独她想要的，他除了这件事，别的都不能答应。

他以为自己会担心？红凝只觉得好笑，恢复平静："想不到神仙也会受伤。"

锦绣道："天界有正神邪仙，天将镇守中天，受伤更免不了。"

红凝了然道："中天王为天庭果然尽心得很。"

话中讽刺之意明显，锦绣没有计较，放柔语气："这是你唯一的机会，你不想见你师父？"

"想见，可成天对着你们这些神仙，我就不想了。"红凝道，"我宁愿做个凡人，你既然知道今生与前世大有区别，那更该明白，我早就不再是前世那个小妖。"

锦绣道："你是。"

有时候，看得最清楚的人反而更执着。红凝也有点无力，半晌才道："你不是说可以送我回去吗？那现在就送我走吧。"

回去，就意味着她会彻底忘记这里的一切，从此与前世再无瓜葛，她当真毫不迟疑地说出了这话。

锦绣沉默片刻，道："过些时候吧。"

红凝微嗤："你还不死心？"

"现下还不能送你回去，近日我或许没空，过些时候再来看你。"锦绣说完，转身消失。

就算答应，他目前也未必有这能力，刚受过天刑，勉强作法助她穿越轮回是极度危险的，何况还有最后的机会。

第四章

赴宴

二月早春，花圃里满眼新绿，白衣如雪，拥着红衣如火。

丫鬟们呈上小银剪。

段斐笑推怀中人："好花配美人，去选两朵花戴。"

天气尚寒，群花初醒，含苞待放。晚梅刚凋零，桃花将吐，早杏也绽了一两枝，其余开了的虽不少，却都是些不起眼的杂花。唯独斜坡下那丛茶花开得正盛，受清晨几丝细雨滋润，花色愈深，红而美，远远望去就像一团团燃烧的火焰。

仿佛有奇特的力量指引，红凝心中一动，缓步走过去。

她越接近，那茶花越发鲜活，仿佛有了生命。

红凝俯身做挑选状，事实上却在发呆。自从住进园子之后，她总被这种熟悉而不安的感觉缠绕着，可具体又说不出来是哪里不对，这里的每个景物、每个人以及日常发生的事，都和往常经历的、见过的没什么两样，并无任何不合理之处。然而那听竹轩、这茶花都让她感觉似曾相识，冥冥中好像有什么声音在召唤。

出神的瞬间，段斐已伸手将她拉起来："怎么了？"

红凝忙抛开思绪，一笑："这么多，不知道选哪一朵。"

段斐看看那花，又看她："这花倒配你，我来选。"

眼见小银剪伸向花枝，忽然没来由地心痛，红凝拉住他的手道："算了，好好的摘它做什么，不如留在枝头，开得长久好看。"

段斐含笑低头："你既知道惜花，那也该明白，有花堪折直须折，莫待无花空折枝。"

此情此景想到这两句诗不出奇，但自他口中念出来，无端便带上了几分调情之意。红凝忍不住笑了，这是个不知名的朝代，想不到也有这诗，可见天下处处有巧合。更巧的是自己与他前世相识，今生偏又遇上，不知将来会发生什么事。难道真如锦绣所言，一世缘尽就再没瓜葛了？

她只作不懂："我没念过几本书，怎及段公子风雅。"

段斐不逼她："不戴花了？"

红凝指着墙头红杏道："摘两朵吧。"

段斐将银剪递给丫鬟。

两朵红杏鲜艳，煞是好看，采花的丫鬟眼光也很不俗，剪得恰到好处，然而红凝接到手里便觉一阵烦躁，随手丢开："不戴了。"

段斐既不惊讶也不生气，笑道："原来是我看错，将你误当作惜花之人。"

他刚说完，红凝就见一个五十来岁穿戴体面的家仆走来，正是韩管家。韩管家上前来陪着说笑几句，便试探着问："公子，如今只剩这处摘月台了，是不是尽快动工？"

不远处堆着巨石，一块块垒得如山高，想是等着铲了这些花就用来修建摘月台。红凝低头看那丛茶花，虽觉不忍，却也没有出言劝阻。护得了一时，护不了一世，段斐对自己的兴趣能维持多久都难说，弱者再怎样努力，仍逃不出受掌控的命运。

段斐瞟着她若有所思，半晌突然道："这茶花开得好，且留几日，等开过了再动工。"

韩管家答应着退下。

红凝道："何必延误工期？"

"你喜欢，延误几日又何妨？"段斐拥她入怀，俯下脸示意，"若心里感激，就亲我一口。"

周围响起低低的笑声。

说话半真半假，做事随心所欲，此人好像根本不知道“身份”二字，从来没有个正经的时候。红凝好气又无奈，推开他就走。

姹紫嫣红，浓香沁鼻，桃花、菊花、兰花、杏花等各色花枝堆满了房间。花丛中，陆玖一身白衣半躺在床上，媚笑着要一名花仙变牡丹。原来自他醒来后，陆瑶便提议搬出花朝宫，将他另安置在花朝城里一处宅子里养伤。碍着他北界公子的身份，众花仙花妖多有奉承的，也有碍着脸面不敢得罪的，离了锦绣的视线，他便越发放肆了。

陆瑶掀帘走进来，见状俏脸一沉，喝令众仙娥退下：“好了伤疤忘了痛吗？我因怕他见你无礼，都搬到这边来了，你还闹什么！”

陆玖全不在意地道：“恭喜你如愿以偿。”

陆瑶走过去坐下：“这话奇怪，什么意思？”

陆玖邪笑：“未来姐夫一心想让那丫头成仙，如今你‘不慎’放我出去，落到她手上，偏又被未来姐夫救了回来，你说那丫头会怎样？”

陆瑶装作不懂：“她怎样，我如何知道？”

陆玖道：“那丫头脾气倔得很，你说她能不恨我这未来姐夫吗？”

陆瑶瞟他：“她恨不恨，与我何干？”

陆玖笑道：“怎会无干？她若成仙，天天在姐夫眼前走来走去，姐夫难免不旧情复发，说不定就收她在身边了。如今她因恨姐夫再不肯修仙，错过今世就永远是凡人，你从此便高枕无忧矣。”

陆瑶道：“那是你想太多了，无凭无据就冤枉亲姐姐？”

陆玖道：“你自小行事都周密得很，我想冤枉也没证据啊，只是有些看不过眼，中天王妃之位已经捞到手，你还不知足，要得也太多了。”

陆瑶道：“能要多点，为何不要？”

陆玖嘲讽道：“怕只怕九条尾巴贪心不足，算计来算计去，到头来反而什么也得不到。”

陆瑶脸色微变，怒视他。

陆玖大笑，抬手指着她：“对了对了，你那些贤惠留着给姐夫看，跟我装什么，难道将来你能保证中天王宫只住你一个女人？”

怒气逐渐散去，陆瑶叹了口气：“那不同，论姿色我还怕她们？他当年是什么样的性子谁不清楚，如今这丫头都在人间转了十世，他还念念不忘，可见恋的不是她的姿色。”她柔声道，“阿玖，你我终是亲姐弟，纵使让你受了点委屈，我又怎会害你？上次若不是我及时求他来，你早已死在昆仑天君的斩神刀下了。”

陆玖咳嗽两声，这才露出几分病态，冷笑道：“这次你却险些毁了我千年修为。”

陆瑶道："我也没料到那丫头这么厉害。"

陆玖道："你可知道她为何这般恨我？"

陆瑶道："因为她师兄。"

陆玖道："帝君不是已赐过金莲露了吗？只要她修仙，他们将来自有相见之日，但她为何不肯罢休？"

陆瑶脸色不太好。

陆玖笑道："再聪明还是个女人，你当是她记恨姐夫的缘故？"

陆瑶愣了下，似乎想到什么，恍然："这件事她并不知情，你姐夫没告诉她。"

"还没嫁呢，你真拿他当我姐夫？"陆玖嘲讽道，"你不妨试探一下，若果真如此，便告诉她真相，她说不定就肯修仙了，姐夫只有感激你的。千年后她自与她师兄团聚，就不会再恨我，姐夫也死了心，你也放了心，岂不皆大欢喜？"

这看似是个好办法，但谁能保证她知道真相后不会消除对他的恨意，不会发生另一种意外？况且，他的隐瞒已经不合常理，人间十世他都没死心，她成仙跟了别人又怎样，只要她在，他的心就永远不会回来。

陆瑶转动茶杯，浅笑道："如今她突然消失了，我正在寻找。"

三月初，城里郑公家有喜事，摆酒宴请亲友。郑公在甘州城也算有头有脸的人物，因此一大清早郑府就车马盈门，宾客不绝，素日交好的官员和大户都在邀请之列，纷纷携女眷登门道贺，鞭炮声响成一片，热闹非常。

一辆华丽的马车徐徐行来，车后跟着七八个骑马的衣着不凡的家仆。

马车在郑府大门外停下，车帘掀起，出来一名年轻公子，华美的衣袍，高大俊逸的身形，矫健潇洒的行动引得众女宾侧目。听到他的名字之后，女宾大都摇头笑，未出阁的姑娘们都羞得掩面转身，却又禁不住偷偷拿眼睛瞟他。在某种程度上，段斐这个名字虽象征着年轻有为，但同时也是风流浪荡的代名词。

有段斐的地方自然少不了美人，而且每次各不相同，众人都在好奇这次会是一位什么样的佳人。

果然，段斐站定后，回身又从车内扶下一名红衣女子。

红艳的衫子，最上好的布料，最精细的做工，最时兴的样式，她略显单薄的身材因此显出几分婀娜，脸上那淡淡的笑看上去也变得明朗热情了。

在场男人们私下已开始品评，多数露出赞赏之色，相反，女人们却只是嗤笑。

此人向来好说话，但要在甘州立足，绝不能得罪。郑公亲自迎上去。礼单与贺礼已先派人送到，段斐拱手道贺，说了几句吉利话，郑公大笑，拉着他一道进了门。

郑府虽不及段府富丽，规矩却比段府立得严多了，尽显大户人家的气派。段斐刚进去，立即便有专门招呼女眷的妇人上来将红凝请进后园，与众夫人小姐坐在一处品茗赏花，闲谈说笑。

见她来了，众人碍着段斐的面子都客气地问候，称呼她为“姑娘”——段斐是公认的风流公子，人人都知道他不会娶妻，且并未承认收她做小妾，只有这称呼最合适。红凝也不计较，大方应下，让小丫鬟自去玩耍，自己则静静地坐着喝茶。段斐今日带她赴宴，并不曾多嘱咐什么，这些夫人小姐的谈话内容也实在引不起她的兴趣，因此她坐了会儿便借口赏花起身离开。

她刚走出不远，身后便传来议论声以及异样的不屑的目光。陪在段斐身边的女人会有什么好身份，这些夫人小姐表面待她客气，内心还是鄙薄的，红凝明白缘故，不以为意，只当没听见，自顾自地闲逛，心里却在想另一件事。

这一个月来，段斐待她确实不错，她想到的他都想到了，她没想到的他也会想到，什么都依着她，并无半分强迫的意思，纵然石头心肠也要被感动了。

这种感动让红凝隐约有些不安，却又说不出哪里不对，她最近经常有类似的感受。

寻不到根由，她只得自我宽慰地笑了笑，理智地摇头。

一个月的新鲜劲，风流公子都会用这些手段，变着法儿地俘获女人的心，真情假意谁知道呢。今生不是前世，对着一个不放心的人，她又如何再续前缘？

“姑娘怎的不过去坐？也热闹些。”身后有人唤她。

红凝回头，只见二女并肩走来，其中一位做年轻贵妇打扮，另一位正是当日在街上竞价买剑的苏知府的女儿苏小姐。不知是不是凑巧，她今日也穿了件红衫子，满身珠翠，加上本就是有名的美女，盛装打扮令人惊艳。

同是妙龄少女，同样穿着红衣，肌肤如雪发如云，然而远处的男人们看过来，头一次没有将目光停留在苏小姐身上。正如段斐所言，红衣似乎天生就适合红凝，夺目的光彩掩盖了她所有的不足。

红凝自然没留意这些，苏小姐却有些不忿，自觉与一个身份低贱的女人撞了颜色，还被比了下去。因此她特地拉了那位贵妇过来打招呼，面上笑道：“那日不知你身份，你可不要见怪。”

对方有意无意加重“身份”二字，红凝岂有不明白的，只是懒得与她计较，淡淡地道：“苏小姐客气。”

苏小姐笑着推身旁那名年轻贵妇，介绍道：“这是文家夫人。”

“我见姑娘的衣裳样式时兴得很，这钗也没见过，所以来见识见识。”那文夫人毫不客气，上下打量红凝两眼，鄙夷之色尽数流露在脸上，“段公子最是怜香惜玉，姑娘尽心服侍着，想来好处少不了。”

红凝生性不爱打扮，今日因为跟段斐赴喜宴，不好穿得太素净，便少少地戴了两三件首饰。可就这两三件，已将对方满身珠宝给比下去了，女人们难免妒忌，所以文夫人这“服侍”就有了另一层意思，分明是讽刺她以色事人。

苏小姐未出阁，将脸转向了一边，只作听不见。

红凝微微一笑："是吗？我先前倒不明白，果然还是夫人见识高，多谢教导。"

文夫人顿时涨红了脸，不好发作，冷笑道："不知姑娘出身哪家楼里？"

红凝道："只是个不起眼的小地方，夫人有兴趣，红凝愿意引路。"

见文夫人没占到便宜，反被激怒，苏小姐忙打圆场："姑娘现下自是住段公子家里了，二姐总问这些做什么？"说完，她转脸看旁边的桃花，岔开话题道，"论起桃花，还是凉州的最有名，可惜三王叛乱过去这么久，我前日随爹爹路过那里，方圆数十里都不见人，桃花也不开了，怪萧条可怜的。"

文夫人道："当时害得我们生意也不敢做。"

苏小姐笑道："所幸我们甘州离得远，爹也没受连累。"

她二人兀自讲话，红凝在旁边听得呆了呆，说不清心底那些不安从何而来。她转身欲离开，可巧一名丫鬟端了个盘子路过，上面放着三盏热茶："夫人小姐们要喝茶吗？"

文夫人看红凝："说了这么久，口也干了，有劳姑娘替我拿一杯过来。"

她带了丫鬟，却故意使唤别人，红凝怎会不知她是借此显示身份？要拒绝倒显得小气，红凝不愿在这些小事上计较，便随手取了杯递与她。

文夫人正要接，忽然惊道："我的玉佩怎的不见了？"

苏小姐会意，马上吩咐丫鬟们俯身寻找。

红凝端着茶皱眉，那茶是新斟上的，隔着杯子越发烫手，端茶的丫鬟转眼已离去，这么失礼，分明是这两人有意串通了看笑话。红凝再瞧附近并无搁置茶杯之处，换作别人必定丢了茶杯或强忍着被烫伤，未免狼狈，不过这点小把戏还难不倒红凝，她没耐心再看二女演戏，正要作法脱身，可目光无意中一扫，却又立即打消了这念头。

"段公子。"

"段公子来了。"

听到声音，文夫人与苏小姐忙直起身作礼，苏小姐明显有点紧张，娇怯地打趣他："段公子不在那边，倒跑过来了？"

"过来看看我的美人儿。"段斐随口应着，走到红凝面前，"听说你把丫鬟都打发出去了，跟前没人伺候，这如何使得。"

见他并不看自己，苏小姐涨红脸，笑得有些勉强了。

文夫人揶揄道："段公子待姑娘向来是极好的。"

"既是我的人，自然要待她好。"段斐随口说着，顺手就去接红凝手上的茶杯，"这府上丫鬟如此失礼！喝过茶就该来收，哪有要客人自己拿着的道理……"

话没说完，他突然倒抽冷气，松手，茶杯砰地落地。

“谁送的茶？全没规矩！”段斐退开半步避开四溅的茶水，面有愠色，立即拉过红凝的手查看，“这些丫鬟粗手粗脚，你就该骂她们，烫着没有？”

看他做出这副关切的模样，红凝暗笑，既是对方过分，她也不打算装什么大度，摇头道：“是文夫人要喝茶，叫我顺手替她拿着。”

段斐冷了脸，转而看文夫人。

文夫人脸上一阵红一阵白，竟不知该说什么。

文夫人带了丫鬟却要红凝服侍，段斐岂会看不出来，淡淡地道：“原来我的人只配给夫人使唤递茶吗？”

苏小姐见势不妙，忙堆出一脸歉意，上前解释：“方才二姐见姑娘离得近，并不知这茶烫手，姑娘可曾伤着？”

都是做客，事情闹大对主人影响不好，红凝转身道：“走吧。”

段斐略消了气，拉起她道：“想是我段斐无能，叫这些名门望族看不起，所以连累你。方才那边还在夸你呢，转头你就被烫了，若再留下来出点事，我岂不是更心疼，早些回去也罢。”

这次红凝也听得头皮发麻了，忙低了头跟着他往大门走。

第五章

迷乱

宴席未开客人就执意要走，人人都很疑惑，后来隐约听说原因与红凝有关这才了然，看红凝的目光便有了不同。虽说段斐为姑娘们做什么都不奇怪，大家却没见他不顾场合这么较真过，郑公再三挽留不住，只得亲自送出门来。

二人作别上车，马车很快驰出城。

红凝坐在车厢里看他，忍不住道：“何必为点小事扫了大家兴致？你虽有本事，但过于傲慢容易招来麻烦。”

“她们给你气受，怎会是小事？”段斐掀起车窗帘子让队伍停下，叫过韩管家道，“最近文家与唐家合伙做了笔生意。”

韩管家记起来，忙道：“正是，我都险些忘了，公子倒记得清楚。”

段斐道：“把我的帖子拿一张给唐家送去，叫他们撤了。”

韩管家也不多问，答应。

红凝觉得他有点小题大做，但转念想，他这么做固然有替自己出头的意思，不过更多应该是维护他的体面。毕竟自己名义上是他的人，受了欺负他当然没脸，就算他是出了名的好说话，偶尔也是需要借几件事显示地位的。因此红凝便没再劝，转过脸。

马车重新向前走，段斐放下帘子，拉过她的手细看："真没烫伤？要不回去请个大夫看看。"

红凝发笑："就算烫着，也不过几天就好了，你当我是那些夫人小姐呢？那么娇贵。"

段斐搂着她，没有笑，只带了点惯用的调侃语气："别的夫人小姐娇贵，我的人却更娇贵，就算伤了几天就好，也不能总教人烫着你。"

红凝愣了下，不语。

段斐瞧瞧她："是不是有些喜欢我了？"

红凝好气又好笑，未及答话，马车忽然停住，紧接着外面响起一阵喧哗声，然后是韩管家惊怒的声音："你们……"他只来得及说出这两个字，后面的话被刀剑交击声淹没。

段斐意外地道："这是怎么了？"

"好像出事了。"红凝推开他，揭起车帘看。

果然，外面无数蒙着脸的黑衣人围着马车，腰间俱束着白色腰带，正在与随从们打斗。段斐今日是赴宴，并没带多少人，几名随从身手都不错，但对方人数占了优势，且都是亡命之徒，一时便落了下风，很快就有两名随从受伤。

韩管家见势不妙，急急退至车前请示："公子，如何是好？"

红凝问："打劫的？"

段斐倒很镇定："三王叛乱后，各地多有山贼草寇之流，官府数次出兵也未能剿尽。这一带山势险峻，草盛林密，他们过来扎根也不奇怪，我去看看。"

红凝听得越发惊异。

又是三王叛乱？印象里，当今正值太平盛世才对，想自己之前独自在外行走一年多，也从未遇上过这种事……

情势危急，红凝也来不及深究这些，仔细观察外面那群劫匪，不由得皱眉。

看样子这些人的确像是有组织的山贼，但他们难道事先没派人打探？段斐外出是赴宴，他们真要劫财，就该在出门时劫贺礼才对，现在贺礼已送出去了，他们在回来路上能劫到个什么，难不成是要挟持他做人质好敲诈一笔？

段斐不慌不忙地下车，走上前，提高声音道："各位先住手，听段某说上两句如何？"

众山贼并不答话，只管动手攻上来。

韩管家惊慌地拉他："公子别说了，他们就是群亡命之徒，这……"他还没说完，一名山贼砍倒旁边的随从，红着眼扬刀朝段斐劈来。幸亏段斐反应不慢，当即侧身避开，后退几步，饶是如此，情况仍惊险万分。

目标近在眼前，那山贼目中闪过狂喜之色，不依不饶地挥刀砍去。

退无可退，段斐索性不再躲避了。

“公子！”韩管家惊呼。

千钧一发之际，一道炫目的红影有如鬼魅般飞来，将他拉开好几步才站稳，同时青光闪过，半空中扬起一片血雾。

沉重的身躯倒下，致命伤在颈上。

救人，杀人，只在眨眼间。对习武之人来说，半路偷袭得手，未必有多高明，但对方若是个美丽娇弱的姑娘，就惹人意外了。在己方占绝对优势的情况下，这么快就折了个兄弟，众山贼都不约而同地住了手，打量她。

看看胸前横着的长剑，段斐居然还笑得出来，颇有几分风流倜傥：“宝剑没送错，多谢女侠出手相救。”

早就看出他没有武功，情势危急，不先来点狠的镇住这些亡命之徒，他们绝不会住手，红凝咬牙推他：“你先上车。”

段斐果然不再多言，进车里去了。

红凝上前两步，以剑指众人：“你们不只是打劫，谁让你们来杀他的？”

众山贼缓过神，当中一人眯起眼，目光在她身上打转，口里嘿嘿笑道：“好个小娘，姿色不错，留神别伤了她。”

见他们又要上前，红凝微微一笑，三尺长剑立时变作三寸左右的簪子：“想自寻死路，尽可以上来。”

长剑忽然消失，众山贼正惊疑，却见红衣女子抬手凭空画了几下，平地里竟刮起阵狂风。发现事有蹊跷，众山贼都站住，迟疑着不敢上前。

昏天黑地，狂风大作，树林里隐约传来许多哭声。

众山贼听得胆战，纷纷道“妖法”，本能地由攻势变作守势，聚拢在一处。那头目见状懊恼，眼底凶光一闪，将胆壮了几分，率先横着刀朝红凝走过来：“不过是小小妖法，怕……”他的声音猛然顿住。

众山贼瞪大眼，呆若木鸡。

一只披头散发的女鬼站在头目面前，双手已烂得只剩白骨，发出阴森的嗬嗬声，不知是在哭还是在笑。

那头目面颊倏地变白，转青，嘴唇颤抖，大呼“鬼啊”，跌跌撞撞地往回跑。其余山贼哪里还顾得上许多，见周围无数影子飘来，不知有多少游魂野鬼，顿时都吓得没命地逃散了。

忽略韩管家敬畏的目光，红凝回到马车内坐好。

段斐倚着车壁，脸也有点发白，却仍然镇定地笑道：“厉害，夫人好本事，将来还要多多仰仗你。”

红凝没留意称呼的变化，扬眉道：“你不怕？”

段斐看了她半晌，轻轻一叹：“你在怕。”

红凝低头整理衣裳，自嘲道：“我也是头一次遇上这事，往常斩妖除鬼，现在开始杀人了。”

“因为他们要杀我。”段斐将她拉入怀中，拿袖子替她擦拭额上汗水，“你是在救人，不是杀人，他们是群亡命之徒，犯的罪早已够死几十次了。”

安慰的话如此暖心，红凝抬脸朝他微笑：“我没那么胆小，杀过鬼斩过妖，知道有些人比鬼更该杀，你不用担心。”

段斐含笑道：“是我多事了，宝剑可还好用？”

方才用的宝剑正是他送的那柄，红凝没有被引开注意力，盯着他道：“那些人不是寻常劫匪，是受人指使专程来杀你的，你仔细想想，到底怎么回事？”

“有些人以为我死了，我的财产就会落到他们手上。”段斐不以为意，摇头道，“事实上，他们一文钱也拿不到。”

红凝默然。

一个二十六岁的年轻人独自支撑全族，可总有那么一些狼心狗肺的人，因为眼红巨额财产做出恩将仇报的事，非但不感激，反而希望他早些死。

红凝不禁握住他的手：“你……”

眼波流转，段斐叹气道：“谁叫我还没有儿子，只好受别人欺负。”

他的本意应该是没有儿子继承，死了家产难免旁落，但此刻他故意用这种半真半假可怜巴巴的语气说出来，听着就格外滑稽。红凝登时失笑，半晌才道：“你真的不打算计较？”

段斐道：“计较又能如何，送他们进衙门？”

这世上善未必有善报，恶未必有恶报，他早知道有人算计自己，却故意只带这么几个人出门，还这么镇定，怕是早就看出自己能应付吧。红凝想明白其中关键，倏地丢开他的手，冷笑道：“段公子也太看得起我，不过略施幻术而已，他们若真上来，今日你我都要命丧此地了。”

“我们不是还活着吗，”段斐果然笑着抬起她的下巴，“别生气，我救过你，你这次救了我，便不欠我什么了。”

红凝道：“你不想要我欠你？”

段斐道：“两不相欠，才能真心谈别的事。”

红凝不语。

段斐低头吻她的鬓角：“我的命很贵，如今你救了我，我该怎样报答你？”

红凝别过脸：“段公子出手向来大方。”

段斐压低声音道："不如我也以身相许？"说罢他迅速在她唇上亲了口。

红凝还未反应过来，他已抬脸离开，原来不知何时，马车已到了别宅门外。段斐一句话也不说，匆匆下车，打横抱着她大步朝后园走。

她的房间，她的床，他似乎有些迫不及待，将她丢上去，急切地俯身吻住那红唇。

温热的气息吹在脸上，轻轻的，痒痒的，柔软的舌探入口中，动作不再像上次那般温柔，少了几分怜惜，却已带了种说不清的特别的感情，红凝几乎喘不过气，心一阵乱跳，竟不知道该顺从还是该推开他。

"我等不及你来找我了。"他抬起脸，噙着无数笑意，"我愿以身相许，你可愿报答我一个儿子？"

红衣褪去后是细嫩如雪的肌肤。

他的唇逐渐往下，若即若离地滑过长颈、锁骨……

他的动作透着奇怪的熟悉感，红凝有刹那的疑惑。她再也控制不住，涨红脸，喘息着咬住唇，身体微微颤抖，手指握紧，又松开，再握紧……

发现她的不安，他抬脸盯着她，目光热烈，明显已动情，声音略有些沙哑低沉："把你的心交给我。"

红凝垂下眼帘，避免与他对视。

"还怕？不会难受的，"他失笑，温柔地吻了她一下，"也不会很疼。"他握住她的手引导着移向自己的腰带，语气略带蛊惑，半是期待地道，"解了它，把心交给我，让我今后照顾你。"

手停在他腰间，迟迟不动。

红凝看着那条精美的腰带，努力地想去解，可那手仿佛不听使唤，连她自己都不明白为何会这样。他能懂她，也愿意让她依靠，而她也希望告别过去，过上普通人的生活，早在答应留下来的时候就已经决定了，然而事到临头，身体还是不由自主地迟疑甚至退缩，这让她更加慌张。

看清她的退缩，他握得更紧，低声道："我不知道来世如何，但今生我答应，必会好好待你，你别担心。"

红凝闭了闭眼，半晌才又睁开，看着他一笑："段公子经常这样骗女人吗？"

瞬间，他目中热情退去，变作深深的失望和落寞。

他看了她许久，慢慢地摇头道："原来你不是，是我错了吗？"话中带着自嘲的意味。

心莫名地缩紧，刺痛。红凝低声："你相信我，我却不能相信你。"

他微笑道："你不只不信，更不知。"

红凝甚至不敢再看那双眼睛，侧过脸躲避："段公子的心岂是我能猜到的。"

段斐大笑，丢开她的手，起身："我知你，你却不知我，罢了，罢了！"

门外黑夜正静静扩散，眼看着他头也不回地融入夜色中，红凝情不自禁地抬起手，又放下，终于缓缓地闭上眼睛。

花朝城百年一度的盛会，日子比人间花朝节要早多了。仙妖齐贺，百花来朝，三日大宴，花神摆驾出宫安抚臣民，至晚方率众人回宫。一切照例，除了比往年更热闹些，其他并无任何变化，只是再没见到那熟悉的人影。

宫门处明灯高悬，柔和的灯光映得心也柔软了。

现在两人不再是毫无瓜葛，她离得很近，他是不是该去看看？

御赐的酒才喝了十来杯，他走下舆驾时竟已微醺。心知中计，他微微一笑，只得打消了先前的念头，整理衣袍，率先走进宫门，步伐依旧稳健。唯有极其细心的人才会发现，那双凤目已不如往日清澈。

路过廊上吩咐众人几句，他便匆匆朝卧室走。

“想当初中天王千杯不醉，如今不过万年光景，酒量反倒越来越差了。”柔美的声音略带促狭，一双手伸来扶住他。

他有点意外，不着痕迹地推开那手，含笑往案前坐下：“瑶池御酒，自然非同寻常。”

陆瑶笑道：“我看你是被帝君捉弄了才对。”

他没有否认：“你怎的过来了？”

陆瑶揶揄道：“我来朝拜花神呢，这三天外头里头可不都热闹得紧。你放心，阿玖如今已无大碍，不用我再日夜照料，我想着你忙了几天，便特地过来看看。”

他笑了笑，看窗外：“时候不早了。”

陆瑶亲手端来一盆水：“我不扰你，稍后就走，先洗洗手吧。”

他皱眉道：“怎能劳动你，她们呢？”

陆瑶将盆放到桌上道：“你别怪她们，花朝会总算忙过了，我看她们累得慌，就叫她们歇着去了。左右我无事，不过是端茶递水。”

他不再说什么，起身。

陆瑶主动替他撸起长袖，见那伤口多已结了疤，一道道交叉纵横，略显狰狞，尚带血色，不由得微红了眼圈：“你觉得怎样？”

他面不改色地洗过手，拿帕子擦净：“好多了。”

天刑之伤，蚀骨之痛，岂是那么容易好的。寻常神仙犯了大错未必受得起三道天刑，像这样八十一道，全凭他通天的法力与二十万年的道行才能支撑过来。

陆瑶低声道：“早知道你要做这些，当初就不该告诉你，父王也说了我一顿——”

他打断她：“胡月得以顺利削籍，也是她命中注定，否则就算我插手也未必能成。”言毕，他又转脸看窗外，“不早了。”

陆瑶展颜笑道：“你没事就好，那我先回去了。”

他点头：“我叫人送你。”

见他转身朝门外走，陆瑶目光闪动，忽然快步跟上，从背后抱住他。

他停住：“你……”

“倘若胡月不是我表妹，你会不会帮她？”他身后是陆瑶轻轻的声音。

白而美的手环在腰间，纤纤十指颤动着，温柔的声音也与平日不太一样，格外轻软，竟听得他心神一荡。

他不禁转身看她。

妩媚的眼睛危险如陷阱，充满勾魂摄魄的力量。

御赐的酒被动了手脚，一杯已胜过几十杯百花仙酿的酒力，他纵然道行再深定力再好，只要醉了，就未必能抵抗她天成的媚术。

他的凤目本就不怎么清澈，此刻越发迷蒙。

第六章

遗失的故事

天气越来越暖和，园子里也越发热闹起来，段斐又恢复了以前的放浪生活。每日都有不同的美人陪着游园、赏花、喝酒，笑看美人舞，醉卧美人膝，满园花飞，莺声燕语。丫鬟家仆们对此倒也毫不奇怪，在他们眼里，这次和往常并没有什么不同，因为他们本来就不信风流公子会果真守着一个女人过一辈子。

三月艳阳天，茶杏如火，桃花如霞。

风吹过，落英纷纷。落英下，段斐白衣翩翩端坐琴前，两名盛装女子左右倚着他，笑靥比花还娇艳。

琴声并不那么平和，正如他的人，潇洒飞扬，带了点轻狂自负，透着点风流，还有一丝难以理解的寂寞。

红凝远远地看着，说不清是失落还是内疚。

前世自己与他一定有着极为特别的感情，所以亲热时才会有熟悉感。也许，自己其实是懂他的，知道他一直在找什么。可他要的已经不是单纯的“以身相许”，自己始终还是放不下过去，白泠的情，锦绣的纠缠，带着这些没有理清的感情去接受他，岂不也是一种辜负？

最重要的是，那莫名的不安。

她来到这个世界，接连遇上与自己前世有关的人物，真的只是巧合？还是所谓的“天意”安排？白泠落得那般结果，自己留下来会不会害了他？

琴声停止，两名美人拍手称赞。

红凝走进去：“段公子。”

段斐拥着美人看她：“我这曲如何？”

原来他早已发现了。红凝垂下眼帘道：“我不过是山野之人，对琴棋书画一无所知，如何听得懂这些，但此曲既出自段公子，想来必定是高明的了。”

段斐不再多问。

红凝轻轻地吸了口气，作礼：“蒙段公子搭救收留，在府上打扰多日，我如今也该走了，听说段公子明日一早便要动身去章州谈生意，所以特地提前来道别。”

“要走了，”段斐顺口重复了一遍，微微笑了，似乎不在意，“那就走吧，随时都可以走。”说完他含笑喂身边美人喝酒。

红凝几番欲言又止，最终还是忍不住低声道：“世上不止一个红凝，段公子真有心寻找，将来终会如愿以偿的。”

段斐动作一僵，眼底泛出异样的光彩，紧接着又暗下去。他推开怀中美人，起身，缓步走到她面前。

红凝也知道这种安慰很可笑：“我——”

“我不会看错，你知道，”段斐打断她，盯着她的眼睛，“你只是不愿意，不想给。”

红凝咬住唇。

知道，她当然知道。

他想要的，不过是一个真正了解他的人而已。

红凝微微垂首，后退两步，缓慢而凝重地道：“段公子保重。”

说完她转身走了。

桥下行云如流水，空茫无际，远处可望见一座巍峨的宫殿，宫门紧闭，甚是冷清，二女一前一后行来，缓步走上桥头站定。

梅仙望着宫门道：“莫非那就是中天王宫？”

陆瑶含笑点头：“万年寂寞，自他被贬，这里便闲置下来。”

梅仙收回视线，恢复应有的恭谨之色：“所幸神尊大人晋升指日可待，将来王宫别有气象，小仙今日长了见识，多谢天女。”

陆瑶笑着执起她的手道：“客气什么，我们过去看看。”

梅仙垂首推辞道：“多谢天女好意，只是时候不早，花朝宫还有些事务未处理完，神尊大人天劫当前，既将花朝宫托付于我，我就更不能误事，叫他分心，还是先回去吧。”

“罢了，那就改日再来。”陆瑶也不勉强，放开她的手，随口道，“这些时候我与兄弟都在宫外，听说杏杏要被禁足一年。”

梅仙道：“她误了花事，神尊大人令她在水月镜里思过。”

陆瑶叹道：“其实杏杏也曾叫人来求过我，但我想着此事不小，他待你们从不徇私，我开口未免叫他为难，所以也没好为杏杏求情，很对杏杏不住。”她专程去求情，恐怕会引他怀疑，那个没脑子的东西，成事不足败事有余，留在身边也没用。

梅仙道：“天女一向通情达理，杏杏将来自会明白。”

“你说得是。”陆瑶展颜，重新转回脸望着宫门，意味深长地道，“自他离去，中天王宫至今无人入住，你可知道帝君的意思？”

梅仙斟酌了一下道：“帝君想是盼神尊大人早日归位。”

陆瑶点头道：“与凡人牵扯太多对他晋升没有好处，我很担心。”

梅仙沉默半晌，道：“天女多虑，神尊大人岂会失了分寸？”

“果真如此就好。”陆瑶似笑非笑地道，“但凡事都难预测，万一出了什么差错，你该清楚这中间的利害。”

梅仙道：“天女的意思？”

陆瑶直言道：“那丫头近日踪影全无，我竟不知道她去了何处。”

梅仙摇头，道：“自从上次害令弟重伤，我就没敢再插手此事，想是神尊大人另有安排。”

见她神色不似说谎，陆瑶柔声安慰：“阿玖之事也是因我而起，若非我无意中说出封印的事，杏杏也不会那么莽撞叫你去解。如今事情既已过了，你不必内疚。”停了停，她微笑道，“你也快要晋升上仙了，父王曾赐我一粒灵珠，对修行大有裨益，改日叫人送来给你。”

梅仙规规矩矩地道：“天女的好意下仙心领了，只是下仙无功于北仙界，不敢受此厚礼。”

陆瑶笑道：“怕什么，我虽与你不同族，可你素日办事谨慎，叫他省了不少心，也算是为我分担，原该谢你。”

梅仙沉默片刻，肃容道：“天女既是为神尊大人好，有句话下仙不知当说不当说。”

“哦？”陆瑶看她，“但说无妨。”

梅仙平静地看着她道：“神尊大人一番苦心逆天改命，是希望补偿小茶，助她重归仙道。谁知令弟之事使得他们误会更深，他如今更是内疚，必不希望再横生枝节。天女认识神尊大人多年，应该很清楚他素日的行事，下仙能知道的，他会不知道吗？天女何必让他失望？”

说完，她低头作礼："下仙告退！"

清晨，斜坡下的茶花静静绽放，绿油油的枝叶带着露水，挺拔精神。可惜不久之后，它们就要被铲除。本是离开之前顺道来看看，无意中见到这样一幅娇媚的图画，红凝爱极，探手就去攀那花枝。

"既然喜欢，为何不替它求情？"一只手伸来拨开花朵，"你好像很喜欢装傻。"

红凝意外，直起身："你没去章州？"

段斐看看她肩上的包袱，道："过些时候再去，要走吗？我送你。"

红凝沉默半晌，勉强笑道："住你的吃你的，走的时候还劳你亲自送，这……"话说一半忽然顿住。

一夜不见，他眉间竟隐约似有黑气流动！

红凝大惊之下，忙凝神细看。

见她目不转睛地盯着自己，段斐挑眉道："如何，面前郎君俊俏否？"

红凝没理会他的挑逗，骇然变色："你最近有没有见过什么特别的人？"

段斐道："你算不算？"

"这不是玩笑，"红凝扣住他的手，把脉，"你身上有妖气。"

段斐不动声色地抽回手："怎么会？"

红凝相信自己的眼光："果真没有异常？"

段斐一本正经地道："没有。"

红凝冷笑道："有些妖孽善以美色惑人，段公子不要只顾风流，到头来枉丢了性命。"

段斐道："我丢了性命，与你何干？"

红凝掉头便走。

"要留下来替我抓妖怪吗？"身后传来他的笑声。

"替你收尸。"

不出红凝所料，自那日后园子里又开始安静下来，段斐再也没带女人回来过，这让红凝更肯定心中猜测。段斐妖气缠身，用不了多久肯定会出事，她自是着急，然而每次问起，段斐总是言语敷衍，待她也更加客气，甚至带了些疏离的味道。园子太大，那妖精平日里藏起妖气，很难察觉，红凝只好暗地里用了几道符，几个月下来倒也没出问题。

水流花飞，西风落叶，转眼到了秋季。

琴声如私语，仿佛是在向恋人倾诉衷情，之前那丝寂寞已荡然无存。

红凝在门外几乎听得呆了，许久才回神，大步走进去质问："你动过我的符？"

段斐低头抚琴，不看她："听得懂吗？"

红凝不答："你动过我的符？"

段斐还是自顾自地道："有人听得懂。"

怪不得自己这么久也没察觉半点踪迹，原来真是他在维护那妖孽，这个多情种子被女妖迷住了！红凝暗暗气急，知道此时劝他不成，便放软语气问："她是谁？"

琴声骤停，段斐抬脸看着她微微一笑："如你所言，我找到了。"

红凝震惊地道："你……难道是……"

段斐笑而不语。

红凝立即扣住他的手把脉，发现一切正常，这才相信他的话。他动过自己的符，可见与那妖精交往已久，而那妖精确实没有害他的意思。

段斐看她的手，语气带着惯常的戏谑："你这样，叫她知道会吃醋的。"

女人很奇怪，推开别人的真心容易，可当他真的转投其他女人怀抱……说不清缘故，红凝竟心里泛起一阵酸意，放开他，自嘲地笑了声："你还真舍得用心，就这么相信她不会害你。"

段斐道："生气了？叫你白担心这么久。"

"人妖殊途，你们……"红凝停了停，迟疑许久，才艰难地说完后面的话，"你们不可能的。"

段斐道："会遭天谴？"

这个他也知道，必是对方告诉他的。红凝点头道："你不怕？"

段斐起身收了琴："正好我活累了，能在有生之年找到她，我甚是感激庆幸，又有何可怕？"

红凝忍不住提醒他："但这样下去，她或许会被你连累，成不了仙也做不了人，甚至灰飞烟灭。她是妖怪，应该知晓其中利害——"

段斐打断她："若真有天谴，我会一力承担，决不连累她。"

知道劝不过，红凝于是不再相劝。

人与妖相恋从没有过好下场。正如胡月与戚三公子，戚三公子为妻子挡了天刑，最终胡月还是难度情劫，一身修为换得凡间一世情缘，若非锦绣相助，她的下场必定凄惨。

还有，那个护了自己三世的人。

事情既已弄清楚，那妖精没有害人之意，红凝自然不会再去追究。她也没有急着离开，或许是因为心里隐隐生起的那一丝期望，竟然很想亲眼见证这场人妖恋的结局。她曾想问一问了解的人，可惜将近一年，锦绣再没有出现过。

段斐近日经常坐在听竹轩里抚琴，琴声里的寂寞又回来了，红凝也不怎么在意。恋爱中的男女能不闹点别扭吗，难得他肯付出真心，被挑中的小妖怪必定不会太差。

过了年，天气回暖，丫鬟小云闲时便拉她散步。

“摘月台还没动工？”

“什么摘月台，公子早就改变主意，采好的石料都用来砌花圃的围墙了。今日天气好，他正在里头摆酒赏花呢，说来也怪，那丛茶花开了快一年，竟还没谢。”

茶花？红凝心中一动，立即朝那边望，高高的巨石堆果然已不见，取而代之的是几堵高墙。想到自己很久没去看，倒让它侥幸逃过这一劫，红凝顿时微笑。

小云突然悄声道：“姑娘有没有觉得，公子近日有点奇怪？”

红凝笑问：“怎么个奇怪法？”

小云道：“他这半年都没找过别的姑娘，也不来看姑娘你，夜夜都歇在听竹轩不许我们过去伺候，我们都在奇怪呢。”

红凝哦了声。

小云道：“听韩管家说，这两个月公子推了许多生意，不出门，只是成天抚琴，好像在等人。”

红凝戏谑地看她：“你以为他在等谁？”

小云红了脸，笑嘻嘻地道：“听竹轩从来没有外人进去过，我们都在猜，若不是那里头藏了个美人，他就是在等姑娘你吧？你也真狠心，都不去看他！”

红凝莞尔道：“这回你们可猜错了，他等的不是我。”

混得熟了，小云也不怕得罪她，摇头道：“我看着也不像，依公子的性子，等不到他自己就会来找的。”

红凝若有所思地道：“难道他找不到了？”

“什么找不到？”小云听得莫名其妙。

“说不定听竹轩真藏了个美人。”红凝半真半假地说着，岔开话题，“好像要下雨了，回去吧。”话音刚落，就有凉风吹来。

小云望望天色：“云这么厚，怕是要下场大雨。”

二人才匆匆往回走了几步，风就大了许多，尘土漫天，沙石扑面，小云连忙拿丝巾掩面，红凝也抬起衣袖遮挡尘沙。

小云惊叹：“这才三月，怎会有这么大的风！”

红凝也觉得很不寻常，随口笑道：“天有不测风云，说的就是这个。”

小云想起来：“前日姑娘要走，不知打算去哪里？”

红凝道：“我原本往沥州方向走的，谁知阴错阳差来到甘州，想是当时糊涂走岔了路，不知甘州过去又是哪里？”

“沥州？”小云疑惑，伸手朝远处指，“这里过去，往南是章州，往北是解州，再过去是凉州，前年凉州三王叛乱姑娘听过吧？姑娘是从哪里来的？”

三王叛乱？红凝早听苏小姐她们提过，当时没留意，此刻终于觉得不对：当初自己与杨缜别过，没走多远就昏倒了，应该还没出重州，至于后来被段斐所救，带回甘州别宅，一直都没人问起自己的来历，莫非这甘州竟不在重州边上？

她忙问："重州在哪方？"

小云摸不着头脑："什么重州？"

红凝惊疑，自言自语道："这儿离重州很远？"

小云笑道："姑娘说什么呢？我虽识字不多，本朝的地名还是知道的，哪里有个什么重州？便是先前姑娘说的沥州，我也从未听人提起过。"

这里没有重州！

脑子里轰隆一声，红凝总算明白那些不安的感觉从何而来，简直难以置信，呆立许久才喃喃地道："现在是哪年？"

小云眨眼道："顺德五年啊。"

顺德五年！哪来什么顺德五年！自己记得清清楚楚，今年分明是泰和十年！而且国泰民安，几时有过什么三王叛乱！红凝几乎站立不稳，扶住身旁廊柱，脑子里乱成一团……

"小红茶，怎么了？"

"快出来，我给你买了好东西。"

"……"

声音在她耳畔回荡，仿佛就在昨天，不知是尘封已久的记忆，还是一场梦。

顺德五年是有的，三王叛乱也是有的，连同那位驰名一时的甘州风流公子，都早已铭刻在她心中最深处。

纵使地府忘魂汤，也敌不过千年刻骨的疼痛与恨意，所以那些奇怪的梦始终缠绕不去。原来在告别杨缜离开重州时，她就已步入那个人精心安排的迷局，千年往事重现，所见真真假假，苏醒的心竟依旧难以辨别。

小云拉她："姑娘？"

红凝忽然扯住她问："今天什么日子？"

小云道："三月十五啊。"

三月十五！

"不对，不要！"红凝面色惨白，倒退几步，猛然转身，发疯似的朝花圃跑。

不过一盏茶的工夫，云散风收，天空恢复了澄澈，阳光明媚，远远的高墙里传来哭声，真的有，假的也有。

红凝冲进园门，跑了几步又站住。

一群人抬着竹床朝这边走来。

白衣沾了许多尘土，胸前更染上了大片大片的血渍，可还是有血源源不断地自他口里流出，顺着竹床的缝隙淌下，洒了一路。

那张脸依旧俊美风流，就如若初见时的模样。

见他路过身边，红凝痴痴地伸手，想要去摸他的脸，拿袖子替他擦拭那些血。

手如同触摸空气，虚无缥缈。

红凝就这样直直地伸着手，发呆。

似乎想要坐起，他努力抬了抬脸，没有看她，也没有看别人，那双轻狂又落寞的眼睛只努力望着一个方向，目光已渐涣散，却又显出一片痴迷，带着许多不解与遗憾，还有心愿未了的不甘，更多的是期待……

一丛开得正旺的红茶花，瞬间枝枯叶萎。

嘴角扬起，泪流下。

红凝静静地望着那张脸，目送那些人抬着他越走越远，周围的景物逐渐变得模糊，正在消失，艳阳、茶花、巨石、竹林……

记忆中，那个风流公子与小茶花的故事却越来越清晰……

荒凉的山坡上，她独自伫立。

身后传来轻轻的叹息声："记起来了？"

红凝缓缓转身，保持着那个痴痴的微笑："神尊大人也记得。"

第七章

花朝会

百年一度花朝会，四方花仙花妖纷纷赶往花朝城朝贺花神，花朝城内随时都能遇见熟人，而花朝宫里比外头看上去更加热闹，许多美丽仙娥进进出出，忙着布置会场。

"真的能见到神尊大人吗？"一只茶花小妖满脸向往地道，"上回我好像远远地望见他了。"

"内宴规矩多得很，哪像外面乱糟糟的，这次你可以看清楚些，他会坐在上头跟我们说话喝酒呢。"回答的是只芍药妖，她已有近千年修行，参加过好几次内宴。

"宫里比外头好看，人间也没这么大这么高的柱子。"茶花小妖抱着殿门外的柱子赞叹。

她刚刚修行五百年，这是第一次进花朝宫，因为只有五百年以上修为的花妖才有资格进花朝宫参加内宴，否则就只能留在外城了。

“没见识，叫别人看见连带笑话我。”芍药妖埋怨，赶紧拉她，“人间算什么，当然没有仙界好了，亏你还成天乱跑。”

茶花小妖也意识到自己出丑了，忙松开柱子道：“我去过人间，人间很好，我还吃过他们的菜呢。”

“吃，吃多了沾染烟火气，叫你成不得仙！”芍药妖想起往事，心有余悸，“当年我修行尚浅时住在皇家的御花园里，那些混账凡人攀折花枝，害我丢了多少道行，成日提心吊胆担惊受怕的。你现下也还不能脱离草木本形，若是叫他们发现，定会砍了你！”

茶花小妖嘴硬道：“人间也有人喜欢花的。”

“花木一族修行都受本形所累，由不得自己。”芍药妖叹息，“是我们命苦，都小心翼翼做妖，到头来还有难逃劫难的，哪像青蛇他们。”

茶花小妖哪有心思听她感慨，催促道：“我们快过去坐吧，说不定神尊大人就来了。”

“早得很，至少还要等两个时辰。”芍药妖白了她一眼，忽然瞥见远处的水仙妖，忙哄她，“我过去找她们说说话，你自己随便走走吧，记得两个时辰后回来，我在这儿等你。”

芍药妖是茶花小妖唯一认得的高级妖怪，她一走，茶花小妖更加觉得孤独无助。能进宫的都是修行五百年以上的花妖花仙，像她这种小妖谁会放在眼里。没人打招呼也没人理会，素日相熟的伙伴们都留在外城，虽说她从不知道自卑的概念，但对着那些眼高于顶的小仙老妖，她也没兴趣去巴结拉交情，于是顺着游廊往人最少的地方跑。

长长的游廊，高高的殿宇，还有大大的报时花钟。

她正看得津津有味，忽然听得一个声音呵斥：“谁在那儿！”

茶花小妖吓了一跳，慌得转身看，只见两名女仙领着数名仙娥并肩行来，一个穿着红衣，面色冷漠，另一个则穿着黄衣裳，打扮得花枝招展，方才正是她出言呵斥的。

黄衣女仙神情倨傲：“谁叫你跑进来的？”

茶花小妖不知所措地道：“她们没说不能进来……”

一名仙娥忙道：“哪来的小妖？不知道宫里的规律！这是梅仙使与杏仙使。”

冲撞大人物，茶花小妖也知道该怎么做，慌忙跪下求饶。

杏仙冷笑道：“撵出去！”

茶花小妖涨红脸。她是头一次进宫，也怕闹出笑话，所以每走一步都很留神，并没见这里有什么“不得擅入”之类的牌匾。外人不知情，无意走进来原不稀奇，要撵人根本没有道理。只不过对方来头大，自己苦修五百年，还没见识花朝会就要被赶走，未免可惜，想到这里，她便忍了不忿连连赔罪。

分明是杏仙忘记吩咐人设置禁牌，如今却拿住小妖不饶，旁边梅仙皱了下眉，开口道："罢了，她进来也不容易，既已知罪，就饶过这次。走吧，别误了神尊大人交代的事。"

有了面子，杏仙也不好再计较，冷着脸走了。

众仙走远，茶花小妖才从地上爬起来，暗暗感激那位梅仙使，心知不能继续在这儿逗留，慌忙转身顺着原路往回走，寻了个安全僻静的角落歇息。

刚坐下不久，忽有一股从未闻过的奇异的香味飘来，仿佛无数花香混杂着，醇厚醉人。

茶花小妖好奇无比，伸着脖子四处张望，发现香味是从对面墙内飘来的，可惜视线被高墙挡住，看不清里面的情况。进了花朝宫就不能再用任何法术，她自然不敢乱来，无意中瞟见旁边廊柱，顿时心生一计，见四下无人，开始抱着柱子往上爬。

墙内是个巨大的园子，高高的台上设着主位，台下也设了无数座位，座前都配有小几，几上放着百合花瓣做的酒壶和喇叭花做的酒杯，美丽的仙娥们捧着酒坛，正在逐次往那些酒壶中倒酒，芳香四溢。

这不是花朝会举办内宴的地方吗？原来只一墙之隔，茶花小妖恍然大悟，深深吸了口气，陶醉。那酒肯定是百花仙酿，她们在准备内宴呢！

自觉比别人先看到，她不免有点沾沾自喜。

"看什么，怎么爬到上面去了？"一个含笑的声音传来。

这里已很僻静，万万想不到会有人来，茶花小妖这一吓不轻，差点当场从柱子上摔下。

不远处站着个年轻男仙，锦袍绣带，丰神俊朗，还有双温柔含情的凤目，让人备感亲切，却又绝对不敢生出不敬之心。

他正看着她微笑："仔细些，下来。"

茶花小妖更抱紧了柱子，脑子里飞快想主意。这宫里全是神仙，随便哪个都是她得罪不起的，这位仙人看上去比梅仙使还亲切，应该好说话……

他打量她："山茶族的？"

茶花小妖却理解成了另一种意思，立即哀求认错："大人别撵我出去，我好不容易才修到五百年进来的，只是想看看里面是什么样子。"

他教训她道："既知道进来不容易，行动更该谨慎才是。"

这里的神仙个个都爱教训人，看来自己今天定要被撵出去了。茶花小妖见求情不成，索性将心一横，大不了过一百年再来，无论如何今天也算是见识了百花仙酿……的香味。话虽这么说，心里到底还是不甘，她啪啪地敲打柱子："不就爬个柱子吗，又没弄坏东西，要撵就撵吧，真当人人都想进宫呢，我才不稀罕！"

他愣了一下，笑意更多："下来，我不撵你。"

茶花小妖大喜，忽然想起先前那位很凶的杏仙使，有点不放心："你别说出去啊。"

他含笑点头："再不下来，叫人看见就要骂你了。"

茶花小妖立即从柱子上滑到地面，拍拍衣裳，乖巧地跪下拜了一拜："多谢大人饶恕。"

族中凋零，难得她有仙缘。他示意她起来，勉励道："潜心修行，他日必能载入仙籍。"

这位大人很亲切，茶花小妖不怕了，想到芍药妖教的规矩，忙低头道："回禀大人，天劫真的很难过，我好不容易才修到五百年，就是为了进花朝宫参加内宴，下次还不知道会不会被打回原形……"

他含蓄地透露："只要勤奋，自然能过。"

茶花小妖不在意地道："不过也没什么。"

他意外。

茶花小妖自顾自地道："过不了我就不修仙了，留在人间玩，修仙真无聊。"

他皱起了眉，责备道："修行怎能怕苦？"

不想惹他生气，茶花小妖忙道："当然，我会尽力啊。"

他颔首，转身就走。

突然很想知道他的名字，茶花小妖快跑两步追上去拦住他道："大人叫什么名字？"

来到花朝宫八千多年，头一个敢问他名字的竟是只小妖，他顿了顿脚步，笑了："锦绣。"

浅浅的笑容，却盛过百花的风采，真的配得起"锦绣"二字，茶花小妖站在那里发呆，目送他走远。

回到约定的地方，芍药妖正等得着急，见了她不由抱怨，二人一道随众花妖花仙入场。里面的座位都是按名册设好的，刚刚找到位置坐下，茶花小妖便东张西望。

芍药妖奇怪地问："在找什么？"

"没有啊。"茶花小妖收回视线，一阵失望与惆怅，他应该在宫里别处负责吧？不过很快她又拾起信心，花朝会要开三天，还有机会再见到他的。头一次见识这么大的场面，茶花小妖有点紧张，"内宴要开始了吗？"

芍药妖道："还早呢。"

茶花小妖双手捧起盛着仙酿的百合花酒壶，深深吸了口气，信誓旦旦地道："下回我一定要过天劫，还来参加内宴。"

芍药妖嘲笑道："这次就差点过不了，下次把你打回四百年，又来不成了。"

茶花小妖白她一眼，悄声问："你参加内宴这么多次，知不知道一个叫锦绣的大人？"

芍药妖撇嘴道："没听过，想是个寻常小仙，你也长点见识，别看谁都叫大人。"

他那装束不像个寻常小仙啊。这话茶花小妖没说出口，转脸看别处。

高高的台上，玉栏嵌着明珠，神圣美丽，众仙娥摆好果品仙酒都退下了，两名女仙沿着石阶走上去，正是梅仙使与杏仙使。接着又出来四名男仙，想必就是传闻里的桂仙使、兰仙使等，几位仙使各自入座，中间主位却始终空着。

芍药妖眼睛亮了，催她："仔细些，仙使们齐了，神尊大人就该出来了。"

先前多亏梅仙说情，茶花小妖感激，心想该瞅个机会去谢谢她，正在考虑，就见一位神仙缓步走上台。

锦袍绣带，风采逼人，尽管隔得很远，茶花小妖还是能感受到那双明亮的眼睛还有眼睛里的笑意，不知他说了几句什么，下面响起一片笑声。

他就是那位从天庭贬来花朝宫的神尊大人！茶花小妖从震惊中回神，红了脸。神尊大人长得真好看，说话声音真好听，对人也很温柔和气……

芍药妖激动地抓住她的手臂："神尊大人在朝我们笑呢！"

茶花小妖也冲着上面笑，可惜她很快就发现，那笑不只是给她的，他根本没注意到她。

芍药妖好不容易平复了心情后道："来了这么久，怎么就没人知道他的名字呢？"

我知道，茶花小妖望着远处的他发呆。

两天匆匆过去，芳香的百花酿，仙娥们优美的舞姿，花神舆驾出宫亲赐仙酒安抚臣民，外城宫城都喜气洋洋。唯独茶花小妖闷闷不乐，时常发呆，心中是无尽失望，因为自始至终他都没有留意过她。

最后一日的内宴，他执杯走下高台，园内更乱成一团，芍药妖丢下她挤上去了。

过了今日就没机会了，花朝会百年一度，谁能保证下次还能安然度过天劫？再说，他要是不知道她的心意，中间喜欢了别人怎么办？眼见他被众人围住，茶花小妖倏地丢下酒杯，飞快拨开人群冲上去，不理那些抱怨的声音，焦急地唤他："神尊大人！神尊大人！"

她的声音很快被众人的笑声淹没。

茶花小妖正在着急，周围忽然安静了，无数目光朝这边投来。

他认出了她："有事？"

他竟听见了？茶花小妖迟疑了片刻，下定决心走到他面前："我……能不能做你的神后？"

宫中一阵诡异的沉寂。

茶花小妖紧张地握起手指，不眨眼地望着那张略带意外的俊美的脸，连一丝神色变化也没放过，等待他的回答。

可惜他还没表示，周围哄笑声就炸开了。

众人不笑还好，这一笑，茶花小妖反倒恼了，怒视众人道："笑什么！我喜欢神尊大人，就是想做神后！"

小花妖居然敢当众要求做神后！众人笑得更厉害。

他看着她，声音里也带了笑意：“那就好好修仙吧。”

小插曲很快过去，今后众人再谈起此事，顶多就是笑这次会上多了只傻小妖而已。仙乐重新奏起，仙娥重新舞起，茶花小妖也回到了座位上，早已将方才的尴尬忘得干净。面对周围无数嘲弄的视线，她一一瞪回去，喜欢神尊大人有什么可笑的！果然，她采取这种无声的对抗方式，众花仙花妖嘲笑一阵便觉得没趣了，各自散开。

茶花小妖坐在那里，远远望着他发呆。

修仙真的很苦很难，可她喜欢他，修成仙就能做他的神后……

他在指路？难道他也喜欢她？茶花小妖想入非非，脸红了又红，几乎和身上鲜艳的衣裳一个颜色。接下来她更是受宠若惊。

他竟然看着她笑，还举起了酒杯！

茶花小妖愣了半晌才回神，慌慌张张地伸出双手从桌上捧起酒杯回应他，一连喝了几大口，却被甜香的酒呛得直咳嗽。

他一直在留意那只有趣的小妖，这么大胆的花妖不多见，原本他还担心她会因为众人嘲笑而羞惭。谁知她此刻反而表现得出乎意料地镇定，既不喝酒也不说话，坐在那里不眨眼地望着他，而且一脸严肃，若有所思，仿佛在决定一件极其重要的事情，全不理会周围嘲讽的目光。

小妖天生灵气，让他忍不住动用法力去卜算一番。

可惜，她注定只有散仙之缘。

他摇头惋惜，想到方才的情形又忍不住笑。这是场不太高明的表白，而且当着这么多人，两日之前她还曾当着自己的面可怜巴巴地求饶，转脸就有这么大的胆量了。

那双眼睛遥遥望着他，痴迷之色半点不减。

年少时的心性被勾起，他向前踱几步，随手倒了杯酒，微笑着冲她举起酒杯。

没有人知道，就是这一举杯，她的命数已开始变化。

第八章

千年天劫

五百年后的一天，他受神帝之命秘密外出办事，宫门外竟等着个红色影子。她见了他，那小脸上立即现出许多惊喜之色，只是站在那里迟疑，一副想上前又不敢的样子。

他认出了她："小茶。"

呆了半晌才反应过来他是在叫自己，她立即上前，垂着眼帘，有点手足无措："神尊大人。"

当年那只大胆的小妖还清晰地留在记忆里，想不到五百年不见，面前的人已出落得越发美丽，比之前也多了几分矜持，他微笑，随口问道："这几次花朝会怎的不见你？"

她马上抬眼望着他，大为失望："我以为神尊大人看见我了。"

五百年，小妖的修为明显精进，他赞赏地端详她，忍不住再次动用法力卜算，哪知得出结果令他震惊不已：几百年不见，小妖的命数竟然中途生出异变，原本应有的散仙之缘已模糊不定，似是前路不明，又似有巨大的劫难，凶险得很！

他此生还从未见过这等异事，不用说，必是修行意外所致，很可能应在劫难上。可若是这劫难连他也不能卜算了，那事情就不简单，到底是什么意外才会造成这种异象？必要找出来才好消弭，只不知道这"意外"代表的是已经发生的事，还是将来注定要发生的？

他凝神重新审视她，忍不住问："近年修行可有异常？"

她显然将这话听作了关心，羞涩地摇头："没有啊，就是天劫越来越重，有点……难过。"

都是年少多情时过来的，他怎会看不出她的局促，发笑之余暗暗叹息，懵懂的小妖，即将大难临头还不知道，于是转了话题："怎的突然跑进城来了？"

她涨红脸，还是说了实话："因为我想见神尊大人。"原本是想等成仙后再来找他的，可她实在忍不住了。

族中臣民由于形体所限，修仙艰难，如今难得有一个，却遇上这种不祥的怪事。看着那张小脸，他心生怜惜："那就留在花朝宫修行，你可愿意？"

他竟然亲口挽留她？她又惊又喜，不敢相信："我真的可以留下来？"

照她当前的状况，留在宫里修行无疑更安全，或许能找出原因替她化解此劫，他侧脸看向天边："不过要先随我去办一件事。"

她点头不止。

他抬手示意，见她满脸莫名，又忍不住微笑，索性挥袖将她变作一朵小小的红茶花，拎到掌心，放入袖中："此事十分机密，不得带外人，你且在我袖中避一避。"

神尊大人身上真香！小妖在袖中东摸摸西摸摸，胡思乱想。

千年眨眼即过，她已修成了仙，无数花仙花妖在台下参拜新神后，他含笑牵着她的手，带她去赴瑶池仙会……

正在高兴处，耳畔忽然传来叹息声，小妖从美梦中惊醒。

"既要修仙，怎能贪睡？"略带责备的声音传来。

生怕他不高兴，她吓得一翻身，紧接着就重重地摔到了地上。原来昨夜回来得太晚，她竟然在他袖中睡着了，见她睡得香甜，他便没有惊动她，只将她放入了床头高悬的花篮内。

恢复人形，她顾不得疼痛，爬起来支吾："我……我不是……"

他含笑拉过她："摔疼没有？"

自己才住进来就丢人了！她努力想要纠正他对她的印象："我不贪睡，只是昨晚太高兴，我这五百年才出来玩过一次。"

他点头道："能持之以恒，很好。"

她惋惜道："可惜人间有很多好玩的，神尊大人去过没有？"

凡心这么重，莫非这就是她命数不定的缘故？他敛了笑，皱眉告诫道："人间有生老病死，花木有循环转化，唯有潜心修行，跳出轮回转化之外，方得永恒仙道。"

她不解："人死了生，生了死，人间轮回和我们的循环转化不就是永恒吗？"

自己果然没看错，这只小妖颇有灵气。他暗暗赞叹，摇头道："怎会一样，正如你，若是经历生死转化，便会忘记我，何来永恒。"

"我不会忘记你。"她一扫方才的羞涩，笑得灿烂，"我一定会用心修行的。"

他当然不会将她的话放在心上，她却将他的话当了真。她早晚潜心修行，平日在花朝宫上上下下地跑，不到一年就和众仙娥仙人混熟了，索性将他的侍女的活儿都揽下来。众仙娥只将那句"做神后"当戏言，见她热心有趣，取笑之余也不与她计较，搁了差事乐得清闲。

"总看着我做什么？"他含笑搁了笔。

"神尊大人好看。"她一脸痴迷。

喜欢就因为长得好看，这回答直白得……他摇头，重新提笔，同时也放了心——她的确只是迷恋他，单纯的喜欢，有这样一只小妖陪在身边也多了不少乐趣。自入住花朝宫，他足足清静了八千年，她的一言一行都令他想起当初年少轻狂的时候。

她重新开始磨墨，嘴里嘀咕："要是神尊大人不那么好看就好了。"

他意外地问："怎么？"

她别过脸道："她们都喜欢你。"

没想到这小妖的占有欲还很强，用的也是最直接的吃醋方式，他提笔蘸墨，随口逗她："你喜欢，她们自然也可以。"

"我和她们不一样。"她赌气似的丢了墨块，自信地挑眉，"你答应了我，就不能再喜欢她们，我将来会做你的神后，和你双修，给你生……"她脸红，说不下去了，大大的眼睛却还是毫不示弱地瞪着。

双修？他抬起脸平静地看看门，微笑道："不可在外面说这些，今后也不可再这么想。"

她不悦地道："为什么不能想，我真的喜欢神尊大人。"

被一只小妖表白两次，他忍住笑解释："仙妖殊途，如今你妖性未除，是不可以喜欢我的，妄动情丝必招劫难。"

她怔了半晌道："那就是说，我要成了仙才可以喜欢你？"

他点头道："用心修行，不可再胡思乱想。"

她只顾发呆。

小妖命数不定，来花朝宫这段日子倒也听话，勤奋修行，并无任何不祥的征兆，莫非那异象真的是应在将来的天劫？他寻思片刻，起身吩咐道："我有事出去一趟，你不许乱跑，就在这儿将我教的新术法抄上两遍，不得偷懒。"

她扯住他的袖子，低声唤道："神尊大人！"

他低头问道："怎么？"

她望着他发问："我若不喜欢你，怎么能做你的神后？"

他伸手拍拍她的脑袋："那就不做。"

她脸黑了："不做神后，我成仙做什么？"

意识到不对，他收了笑意正要说话，却见她两眼一亮："神尊大人，你是不是也喜欢我？"

年少心性又被勾起，他忍不住又笑了。

他如果不喜欢，当初为什么不拒绝？她自动误解笑容的含义，欣喜地道："要是你不喜欢我，我做神后有什么意思啊，不过现在我还是妖，神和妖是不能有情的，你先别喜欢我，等我成了仙再喜欢吧。"她往案前坐下，抓过他的笔就开始歪歪斜斜地抄口诀，"可你不能喜欢别人，一定要天天看着我，不能忘了我。"

他摇摇头，心中一动，随口问："倘若是别人做神后呢？"

她毫不犹豫地答："我就再不理你了。"

他愣了下。

大约是感觉到什么，她开始不安，丢了笔讨好地拉他："不要别人不行吗，你答应过我，别喜欢她们，我会好好对你的。"

这承诺有点不伦不类，他失笑："不可胡思乱想，成仙之后再说。"他边说边走出门。

对于小妖说的话，他当然没有放心上，年少轻狂，她将来就会明白了。

五年弹指即过，花朝城外的白周山上，黑云沉沉直压下来，石边生长着数株茶花，花朵美艳缤纷。千年妖孽现世，必降天劫，这次不出意外是风雷之刑。

她缩在他怀里发抖："我能过吗？"

他拍拍她的脑袋，鼓励道："不是教过你法术吗，如今设了假形体，只要躲起来，风雷便找不到你了。”

当年亲眼见芍药妖在千年天劫之下被打回原形，她的恐惧并没减少，强作镇定：“我要是被打回原形，或者受不过雷刑死了怎么办？”

见她怕得可怜，他心生怜悯，安慰：“我们花木一族虽无轮回，但也有循环再生，不用害怕。”

她倔强地别过脸：“我怕被风雷伤了根本，将来再生时不记得你了。”

为这个？他愣住。

她咬唇：“前几次都差点过不了。”有一次险些被打回原形，可想到他，她就不甘，最后还是撑过来了。

他回过神，柔声：“能过的，我的话你也不信？”

对啊，他是神尊大人，能预知过去未来！她忽然没来由地生起信心，冲他嫣然一笑：“当然信，我一定会成仙做你的神后的。”

这种时候还想着当神后的事，他既好笑又无奈：“那就仔细应付，不可惊慌，只要过得天劫，我便带你去瑶池会。”

天庭瑶池会！她大喜：“真的？”

明知道修仙靠的是信念，绝不是利诱，可对她来说，他竟也不觉得这样有什么错，含笑点头：“见机行事，我会看着你。”

她乐得直眨眼：“我知道你会帮我，我不怕。”

他愣了下，没表示什么。

只要略出手相助，庇护她自然不成问题。但如今她命中出现的异象凭着自己二十万年修为也不能卜算，可见严重至极。万一正是应在这件事上，自己贸然插手就有违天意，恐怕会招致大祸，将来归位的关头是万万不能出错的。何况这种事太多，根本帮不过来，所以族中凋零至此，值得为一只小妖冒险出手？

看着那双神采奕奕的眼睛，他终是不忍拒绝，叹了口气，叮嘱：“记住，不论如何，都万万不可离了土地伤了根。”

她坚定：“我记住了，你别担心。”

他望望天：“快些藏起来。”

在他面前现原形？她涨红了脸推他：“你先走。”

他也不勉强，转身就走。

“记得带我去瑶池会！”她冲着他的背影叫了声，纵身化作一株红色茶花。

比起周围那些茶花，这株格外特别，有一人多高，巴掌大的墨绿的枝叶闪闪发光，枝头鲜花大如人头，红亮耀眼，八朵已盛开，还有一朵含苞欲绽。

风刮过，雷霆即将作起，红茶花被吹得东倒西歪。

千年一大劫，不能慌，撑过去就好了！她忍住没有颤抖，暗暗鼓励自己，只要安然度劫，今后行动就可以不必受本形限制，更重要的是离他又近了一大步，前几次都努力过了，这次也一定能，何况他还会帮忙。

一人高的茶花逐渐缩小，变作寻常茶花模样，混在花丛之中。

黑云重得天空都承受不住，霎时天地间风雨大作。

雨打花瓣，一片狼狈景象。

好疼！比上次疼！她咬唇忍住，紧紧抓住脚底的土地。

半空中出现了一条银蛇，盘旋游走，在乌云的缝隙里飞快地穿行，预期的响声却迟迟没有到来，银蛇仿佛在寻找什么。

一声巨响，整个白周山都晃了晃。

地上被劈出一个大坑，一株茶花瞬间枝叶全都枯萎。

她躲在石后，满身雨水与冷汗。这次天劫果然重得多，幸好他早已教过她移形叠影之法，被雷击中的只是个假形体。第一道雷刑如愿躲过，下一道也不能马虎，想到这里，她立即照他教的办法，在大石后设下另一个假形体，自己却重新回到花丛中。

那银蛇果然上当，一声响，大石连同假形体都碎裂。

三道雷刑，他的法子只能躲开前两个，还有最后一道怎么办？直到此时她才想起这个严重的问题，开始发慌，又不敢自作主张乱动乱跑，只得屏住呼吸，尽量收敛枝叶，与其余茶花混在一处，整个身体几乎伏在了地面上。

银蛇在上空盘旋，俯瞰地面，似乎也在寻找目标。

忽然间风力猛增，周围群花被连根拔起，很快就剩下孤零零一株红色茶花。

她惊惶万分。

风更大，银蛇游动，张牙舞爪得意万分。

一定要挨过去，自己已经离他不远了，他还答应带自己去瑶池会！想到这里，她咬紧牙牢牢抓住泥土，护紧根须，告诫自己不可离开地面，前两道雷刑都躲过了，只剩最后一道，挺过去应该不成问题，尽管比前几次重得多。

这不是寻常的风，是天风，吹在身上如受凌迟，本形叶子早已掉光，唯有那九朵红艳的花依旧挂在枝上，第九朵花苞竟然还微微打开了几片花瓣，似努力要绽放。

终于，银蛇狂暴地扑下来。

铁了心要挨过这道刑，她紧张地睁大眼，看着银光逼近，凝聚千年法力准备一搏。

眨眼的工夫，一片金色的东西飞过。

就在她发愣的工夫，身体猛地一震，仿佛要裂成无数片，汩汩鲜血顺着枝干流出来，痛得她几乎昏死过去，本形险些被带出地面。

巨响声中，第九朵茶花应时绽开！

漫天浓云瞬间散去，和风轻拂，艳阳高照。

望望澄澈的天空，她艰难地笑起来，终于回复人形，无力地倒在地上，满身血污。

花朝宫里，他静静地看着半空，那里清晰地显示着她劫后余生的惨象。

他秀眉皱得更紧。

卜算结果显示，她的命数依然模糊不定，可见他方才出手并没有违逆天意，不至于酿成大祸，自是可喜。然而从今日之事也能看出，她的天劫明显比别人严重得多，应该正是那种异象带来的，至今没应劫始终不是好事，下次恐怕更加凶险。

方才他若让她应劫，会不会从此命数就明朗了？只要他肯冒险放手让她自己去应付，照她的修为，或许真受得住最后那道雷刑。这只不知天高地厚的小妖成日除了修行就是缠着他，然而天威当前，看到她惊恐的样子，他还是忍不住丢下了一片花瓣。

这次出手究竟是对是错？

事情既过了，后悔也没用，他叹了口气，挥袖隐去空中图像。

第九章

人间路难行

拖着满身伤走到宫门外，侍卫们认得她，见她这狼狈模样都吃了一惊，正询问时，却见杏仙领着几名仙娥从宫里出来。

这些日子经常被杏仙为难，她也十分不喜欢这个仙使，想能避则避，于是使个眼神和侍卫们道别，顺着墙悄悄往里面溜。

杏仙却看见她了道：“站住。”

她只得硬着头皮回来作礼：“小茶见过杏仙使。”

杏仙上下打量她两眼：“还真的逃过了千年天劫，恭喜你。”

此刻累极，身上又痛，听出话中那些讽刺，她忍了气不作声。

杏仙吩咐左右递上一张单子道：“这是近日的花信，你去帮忙传个信，再查查上次有没有迟误的，不可误了事。”

旁边侍卫看她满身血迹，不忍地道：“小茶刚过天劫，是不是——”

“谁没有历过天劫？”杏仙冷笑着打断他，“受了点小伤也这么娇贵。历来只有小仙下仙才有资格进我们花朝宫当值，这只不知道哪里跑来的野妖能留下来是神尊大人看她可怜所以额外开恩。如今宫内人人各司其职，都忙得很，唯有她成天不要脸地缠着神尊大人，不知给我们添了多少麻烦，做点小事都推三阻四的。”

侍卫不敢再说。

她沉默片刻，忽然一笑，抬脸看着杏仙道：“小茶入宫是神尊大人亲口答应的，神尊大人吩咐我用心修行，别的差事不用管，是我想照顾他，所以该做的事情都在做，并没有闲着。平日里另外几位仙使也十分关照我，说我给他们添了许多麻烦是有的，但不知又给杏仙使添了什么麻烦？”

杏仙在宫里向来跋扈，如今被这么骂一顿，反倒人人大快，只不过从未有谁敢当面顶撞杏仙，众仙娥侍卫都默不作声，暗地里替她捏了把汗。

杏仙怔了一下，反应过来顿时脸涨得通红，指着她道：“你……放肆！”

她依旧笑得愉快：“据我所知，花朝宫两季花事都是梅仙使负责掌管，内务有莲仙使打理安排，宫规赏罚属兰仙使，花信拟旨有桂仙使。敢问杏仙使除了向四方传传消息，指派别人做事，其他时候又在忙些什么？”

杏仙气得怔住。

她接过清单就走：“小茶这就去替神尊大人做事，告退。”

四方花信十分烦琐，她忙了大半日，总算照清单上的地址全部传送出去。再将上次违令迟误的消息打探清楚，直到黄昏时分她才支撑着走回宫，却四处寻不见锦绣，侍女们也只知道他有事外出了。失望之下她又累又痛地回到房间，躺在床上迷迷糊糊地睡去。

这一觉醒来，外面天早已黑了，想是半夜。

他坐在床前看着她。

大约在梦里的时候，伤口的疼痛感就已消失，遍体清凉十分舒适，知道是他用了灵药，她重新闭上眼睛，忍住没有作声。

他微笑着问：“还痛不痛？”

被他察觉，她忙睁开眼翻身爬起来：“我要去瑶池会。”

见她还惦记这事，他简直不知道该说什么好，半晌才轻轻叹息了声。

她想起来，问道：“神尊大人去哪里了？”

“去办点小事。”亲眼见她度劫的艰险比别人严重得多，实在难以解释这种奇怪的现象，因此他特地去拜会紫微星君，不出所料，紫微星君也无能为力，他只得回来另想办法。

自己苦苦撑过天劫，他却问也不问一声就跑出去办事，她未免失望委屈，别过脸不说话。

曾是多情人，他当然明白其中缘故，忍笑谴责："不懂事。"

她大哭道："方才我差点死了。"

方才回来见她满身血污地躺在床上，模样确实可怜，他隐约生出疼惜之意，轻轻拥住她，柔声道："不怕，我不是看着吗？伤很快就好了。"

她明白过来，抬脸道："是你救我的？"若不是那片金色的东西飞来挡了下，自己这次绝对不止受这点伤，后果可能更严重。

不该救你，他摇头岔开话题："今日怎的顶撞了杏仙使？"

她咬唇不语。

他皱眉道："纵然不满，也不该惹她生气。"

她倔强地将脖子一仰："她骂我不要脸地缠着你，我为什么要讨好她？"

见她满脸不服，他不再多说。

她紧张了："神尊大人也觉得我是那些轻薄的花？"

他摇头道："怎么会。"

仔细观察他的神色，确认不是说谎，她这才放了心，低头想了半晌："你不高兴，我就跟她赔罪好了。"

他微笑道："罢了，下次不可再这样。"杏杏平日行事张扬，不能服众，也该有人提醒一次。

她本来不是真心想道歉，闻言便丢开这个话题："你怎么不教我避第三道雷刑？"

他拍拍她的脑袋道："避雷刑容易，躲在花朝宫就过了，但修仙求永恒总有代价，不历劫就成不了仙，所以避重就轻可以，却不能躲，这回躲了，只会加重下回的劫难。今后的天劫会越来越重，你要勤奋修行，不可松懈。"

越来越重？她睁大眼睛。

他不忍："你——"

目光马上变得坚定明亮，她打断他道："我不怕！"

没有忽略方才那双眼睛里浮现的恐惧，他有瞬间的犹豫，是不是让她留在花朝宫，在他的庇护下做个快活的小妖怪？不过这想法很快被否决掉，他不可能永远留下来庇护她，照她的性子，离了他，在花朝宫恐怕很难立足，何况妖族寿命顶多万年，她同样不能永远留在他身边。

把这只小妖永远留在身边？他不由得心中一动，想起紫微星君的建议。

她命中本有散仙之缘，如今忽然模糊不定，他一直当这是祸，难道就不能是福缘，说明事情还有转机？散仙是不能随意出入天庭的，他归位之前为她求得下仙的机缘，她将来就能名正言顺地进天庭留在他身边当值，由散仙升作下仙，莫非这才是她命数模糊不定的原因？

他沉吟片刻，问她："小茶，若是再历劫一次，便能叫你少修五百年，且能得下仙机缘，你可愿意？"

她不解地问："修下仙做什么？"

他答道："只有下仙才能进天庭当差。"

她更疑惑："我为什么要去天庭？"

他耐心地解释："因为我是从那里来的，暂且住在花朝宫，将来仍要回去。"

她小心翼翼地问："你真的是被……派来的？"

她特意避开"被贬"二字，他怎会听不出来，失笑，也有点为这份心思感动，逗她："是，我办错了事，所以被派来这里。"

原本还有一千年就可以成小仙了，猛然间听到这消息，她沉默半晌，喃喃地道："下仙要修五万年啊，你能不回去吗？"

他摇头。

她很失望："修成下仙才能跟着你？"

他点头："不是下仙，就不能自由出入天庭，只要这次你成功度劫，不仅可获得下仙的机缘，还能少修五百年。"

"那我修吧。"她不情愿地答应，随即整个人扑到他身上，"我听你的，你先抱抱我吧！"

他没动："将来再说。"

她从他怀中离开，赌气道："那我不去了。"

他无奈地道："难得的机会，为何不去。"

"是你安排的，你也想我快点成仙？"她这才重新抱住他的脖子，"放心，我不会让你等太久的，快抱我。"

"我比你老二十万岁。"他的声音里带了笑意。

"不怕，老三十万岁也行！"

小妖轻狂，他暗暗叹息，果然将她抱在怀里。

她似乎有意要为难他："走，我们出去看星星看月亮。"

"外头没有星星。"

"那就出去坐坐，现在是夜里，没人会看见的。"

"……"

外面果然没有星星，时近拂晓，晨风轻拂，他抱着她坐在廊上，看着远处黑色的天幕。

"神尊大人。"

"嗯。"

“我不喜欢修仙，前几次都差点过不了天劫，后来想到你，就过了。”有这种事？他微笑。

她沉默片刻，抱住他的脖子低声道：“只要你能等我，我可以再修五万年的。”

他看着怀里小脸：“修五万年不妨，能否求得下仙之缘才是最重要的。”

“那我要怎么历劫，再受雷刑吗？”

“不必，去人间一趟就好。”

人间？她眼睛亮了：“什么时候？”

“越早越好，”留意到她的喜悦，他皱眉，严厉地提醒，“这次去人间是历劫，万万不可因此动凡心，更不能与凡人有情，否则必会自食其果，你可记住了？”

她看了他半晌，似有点委屈，小声地道：“我将来会做你的神后，怎么会喜欢凡人。”

若说之前对她更多是兴趣与怜惜，那此刻听她再提起此事，他心中竟也五味杂陈，生起许多不祥的预感：“你一定要做神后？”

她很敏感，听出话中试探的意味，不安地道：“你答应过我的。”

他沉默。

单纯得透明的小妖，他原以为仅仅是因为迷恋他想做神后，没有任何别的缘故，可如今万万想不到她是认真的。

他本是天神之尊，暂且谪居于此，而她，就算这次成功历劫，最终也只有下仙之缘。她不知道这中间的距离，一味傻乎乎地相信他，跟着他的安排朝前走，有朝一日若是知道真相，发现受了欺骗，会有怎样的反应？而且她的命数模糊不定，这是种险象，稍有不慎便会殃及身边的人。他居然一直忽略了这事，这只小妖的心是真的，神与妖，不该生的情，岂不就是她的大劫？天意不可违抗，千年后他将提前归位，重升天神，若不收心，势必会影响将来的天劫。中天历来是正宗神族的腹心之地，昆仑族觊觎已久，更不能出差错，否则正宗必遭牵制。作为正宗神族后裔，情势不允许他出任何错。

这样下去太危险，对她是，对他也是。

他放下她道：“天快亮了，回去睡吧，养好伤之后我会送你去。”

天上岁月无尽，人间朝代更替，顺德四年，春。

凉州三王叛乱终于平息，连带着附近州县元气大伤，隐约显露萧条景象。唯有最繁华的甘州依旧不减旧时风貌，不仅丝毫未受影响，甚至还带动周边解州等地渐呈复苏兴旺之势。甘州的富商乡绅们眼光似乎从来都很准，总会在该撤的时候先一步撤去。

甘州城外冷清的山里，近几个月来，随时都可见许多人抬着巨石进进出出，引得周围百姓纷纷打听。他们知道缘由之后都咋舌，有人心血来潮要在山里修建一座别宅。光看这阵势就可以想象出宅子的规模了，听说这块地也是特意花高价从两个大乡绅手上买来的，如今它的主人正是甘州有名的首富风流段郎。

园内有片花圃，圃中生长着各式各样的花，旁边不远处堆着如山高的巨石，许多工匠拿着铲锄等工具聚在一处商量。

“只剩这摘月台了，是不是现在就动工？”

“总管已经去问公子了。”

正说着，忽见一名穿着不凡的中年男人走来，众人忙围上去问：“总管，公子怎么说？”

那总管道：“公子稍后要在园子里摆酒，叫你们先歇着，明日再动工，工钱照算。”

白赚一天工钱，工匠们都乐得散去。

花圃中，一只小妖悄悄松了口气。

她刚来就差点被铲除，可见正如神尊大人说的那样，这次历劫十分凶险。如今自己法力受了限制，连神尊大人也不能插手，要在人间待上整整一年，守护现在这个脆弱的寄宿形体，是该寻个恩人庇护。

想到他的指点，小妖暗地里开始盘算。

不远处传来笑声。

其中有女人撒娇的笑声，有男人开怀的笑声。

一个年轻的白衣公子左右拥着两名丽人走来，数名丫鬟嬉笑着跟在后面，有的抬着长凳小儿，有的捧着酒壶果菜。女人固然漂亮，男人生得更是出色，属于站在人群中一眼就能挑出来的那类，高大的身材，闲懒的神态，天生带着富贵气。

“细数甘州八面财，九成尽在段郎手”，而有风流段郎的地方，就一定有美人。

小妖撇撇嘴。

虽然这个公子很好看，可还是神尊大人最美了，而且神尊大人只会抱她，不会抱这么多女的。当然，至于在她之前神尊大人有没有抱过别人，她根本就忘记去追究了。

“这丛茶花开得真好，就摆在这儿吧。”一名丽人建议。

“美人儿说摆在哪里好，就摆在哪里。”公子毫不迟疑地回身，让丫鬟们收拾摆酒。

…………

花圃更热闹了，两个美人一时陪他喝酒，一时又赞茶花开得美，一时离座跳舞取悦他，小妖索性闭着眼睛晒太阳。

须臾，有动听的琴声响起。

琴声不似花朝宫的仙乐平和，轻快略显张扬，透着几许风流，小妖不用想也能猜出抚琴人是谁。

小妖好奇地睁开眼。

原来看二女起舞，公子也来了兴致，叫人在茶花旁边设了张香案，坐在花荫里，一边抚琴一边含笑欣赏美人舞姿，仿佛心情很好。

琴声越发欢快，美人舞得也越开心。

动听的琴声交织着笑声，五百年来清苦修仙的生活不由自主地浮上心头，小妖反倒莫名生出一丝寂寞之感。她不喜欢修行，不知多少次看着人间美景心生向往，可为了当神后，她忍住了，如今终于走近他身边。

不知谁说的，寂寞如春草，越生越多。

必须要修成下仙，这样才能跟他进天庭啊。小妖更觉惆怅，忍不住抱着脑袋叹了口气，低头自我安慰，幸好有他陪在身边，否则今后还要忍受几万年的寂寞呢。

“那朵茶花好看，不如剪来插瓶？”

“剪来戴！”

所有多愁善感的思绪立即飘走，小妖吓得抬脸看。

美人笑着看向段斐：“我们剪一枝来好不好？”

不好不好！见她指着自己的本形，小妖简直想哭，真被剪了花枝，肯定要折损十年修为！于是她立即望向公子。

公子看不见身旁的她满脸哀求的模样，毫不迟疑地挥手道：“既然美人喜欢，剪来便是。”

小妖恨得咬牙，差点没立即现形冲上去暴揍他一顿。

幸好那美人转了念头，跟他撒娇：“罢了，戴这些假花儿有什么好看。”

公子一本正经地摸摸花朵：“美人此言差矣，这才是真的花。”

美人赌气转过脸。

公子笑着搂住她道：“那你想要什么？”

美人转怒为喜，低声在他耳畔说了两句。

公子点头道：“明日我叫人去给你买回来便是。”

第十章

把心给我

小妖往常躲在山里修行，顶多就是夜里悄悄溜到人间看看，从未想过人间竟有这么危险，别人的一个念头都会决定自己的命运。小妖提心吊胆地度过一天，好不容易挨到天黑，才悄悄溜出花圃。她亲眼见公子遣人送走了一名美人，然后带着另一名美人说去听竹轩歇息。这姓段的真不是好人，喜欢两个女的不说，还想剪她的花枝，不过为了度劫，她只好求他一次了。

修竹，落花，小径，景色幽美，小妖忍住没有停下来玩，径直从窗户飘进听竹轩，却被里面的场景吓了一跳。

公子半卧于榻上，正低头亲怀中的美人。

她看得面红耳热，呆了好半天才回神，知道来得不是时候，慌忙想要退出去，却不慎撞到桌子，桌上的玛瑙碟子随之摔落于地，发出清脆的碎裂声。

美人受惊叫道："谁？"

公子也抬起脸皱眉察视，发现房间里空无一人。

园子四周都是山林，又是新建成的，很可能招来什么不干净的东西作祟。美人害怕地望着他道："段郎。"

"丫鬟们没放好，搁到桌沿上了，"公子不在意地道，"你去叫她们进来收拾下。"

见他镇定，美人放了心，起身出去叫人。

想起凡人是看不见自己的，小妖松了口气，暗笑自己太紧张，本欲速速离开，可想到那些工匠的话，她又害怕了——明日花圃里的花都要被铲除，自己形体难保，度不了此劫，得不到下仙之缘，将来就不能跟着神尊大人回天庭……

现在除了段公子，没人能救得了自己，此刻美人离开，正是求情的好机会，再晚就来不及了。

想到这里，小妖立即打消离开的念头，踮着脚尖走到公子身旁悄声唤他："段公子。"

恍惚听得耳畔有个细细的声音在唤自己，公子微惊，四下扫视。

她慌忙安慰："你别怕，我不会害你的。"

公子勉强镇定地问："你是人是鬼？"

人类都怕妖怪吧。她尽量放轻声音解释："我不是人也不是鬼，不过我真的不会害你，只是想求你帮个忙。"

大约是想不到这些东西也会来求自己帮忙，公子有点意外，漂亮的眉毛朝上一挑："既有求于我，怎的偷偷摸摸地藏着不肯出来，莫非你长得很丑？"

这人真无礼！她不太高兴地道："我怕被人看见。"

公子正要说什么，美人已带着丫鬟进来了，丫鬟上前收拾玛瑙碎片，美人过来搂着他道："段郎，这园子是新建的，会不会有古怪？不如明日去庙里请——"

公子似笑非笑地打断她："怕什么，有个小妖怪陪着不更好？"

小妖在旁边撇嘴。

美人不好违拗他："那我们今晚换个地方吧，这听竹轩太凉了。"

公子拉开她的手道："罢了，此番叫你受惊了，你先回去，改日我再叫人去接你。"不待她答应，他便吩咐丫鬟，"叫韩管家好生送美人儿回去，没我的吩咐不得让人进来。"

事情诡异，美人也有点害怕，没有拒绝，乖乖地起身随丫鬟走了。

公子歪在竹榻上，美服华冠，鬓发如墨，那双眼睛分明满含玩味之色，却又莫名透出一派萧索与寂寞。

他的话不容抗拒："要我帮忙，那就出来让我见见。"

小妖果然显形，犹豫着不知该从何说起。

公子打量她："你叫什么？"

既然是来求他救命的，小妖索性往地上跪下："我没名字，不过神尊大人叫我小茶，因为要历劫求仙缘，所以灵体暂且寄宿在公子家花圃里的茶花上，可他们说要把花都铲了，求公子救我。"

公子摇头道："你是花妖？世上哪来这等怪事。"

小妖急了："我当然是花妖，你方才不是看不见我吗！"

"那是你藏起来了。"

"我没有！"

公子一本正经地道："你现原形让我看看，我就信你。"

让花妖当面现原形是最无礼的事了！小妖更加不悦，迟迟没动作。

公子挥手道："我看你必是个小骗子，走吧。"

先前让美人剪花，如今还故意要她现原形，小妖觉得他讨厌极了，但有求于人不得不低头。于是她灵机一动，欺他不识原形和灵体之别，摇身化作一朵红红的茶花，飞上他面前的小几，嘴里嚷道："看到了，看到了？"

公子果然惊讶，伸手要去碰。

小妖立即滚下地，恢复人形，没好气地问："你到底救不救我？"

公子慢悠悠地道："我是人，怎能救妖怪？"

小妖分辩道："我不害人。"

公子笑道："原来是只好妖怪，白天花圃里的红茶花？小红茶？"

小妖有点恼："我不叫红茶。"

公子忽略她的不满："救你对我有什么好处？"

小妖道："这是件大功德。"

公子道："我要功德做什么？"

没有实际好处打动不了他，小妖想也不想就换条件："等我将来修成仙，一定会报答你，达成你的心愿。"

公子问："你何时成仙？"

小妖道："度过这次劫难，我就可以少修五百年，还能得到下仙之缘。"她越说越骄傲，"五百年后成小仙，五万年后升下仙。"

公子叹气："五百年，五万年，你看我能活那么久？"

人类的寿命真的太短了，比妖怪还短！小妖心生同情，认真地解释道："你是人，有转世轮回，来世我会找到你报恩的。"

公子不在意地道："来世如何谁知道，那时我都不记得你了，我只管今生。"

小妖忙问："今生你要什么？"

公子摇头道："我什么也不缺。"

"这……"小妖犯难了，低头寻思。

公子笑道："你看，你打算怎么报答我？"

"我知道你不喜欢现在的日子，"小妖忽然抬脸望着他，粲然一笑，"我也不喜欢，因为我要修仙，修仙很无趣，我们可以做伴。"

夜光杯在手中转动，公子沉默许久，忽然举杯指着她，动作轻佻，语气一本正经："不如你以身相许，嫁给我如何？"

小妖惊讶地道："这……我是妖怪！"

公子道："我喜欢妖怪。"

小妖摇头道："你是人我是妖，种族不同在一起会有天谴，会招来大难的！"

公子道："若有天谴，我替你挡。"

小妖慌了："可我喜欢别人。"

公子大笑道："那就没办法了，是你想求我救你的，小红茶。"

小妖恼了，从地上跳起来："跟你说了我不叫红茶。"

公子和气地跟她商量："你不是说修仙很无趣吗？我现在活得也很无趣，若是你嫁给我，我们就可以一起过有趣的日子，不好吗？"

小妖连连摇头："不行不行，除了这个，别的我都答应你。"

公子笑道："果真？那就答应我两件事。"

万一他提出更过分的条件怎么办？小妖开始后悔，强调道："我有喜欢的人，只不过现在他是神我是妖，我还不能多想他。"

公子不再逗她："我要你天天开花给我看，出来陪我说话。"

这个好办，虽有违花时，但神尊大人一定会同意。小妖松了口气："好，不过我现在灵体被缚，白天不能出来见你。"

公子很好说话："那就晚上，我白天也忙。"

小妖问："第二件呢？"

公子道："把你的心给我。"见她发愣，他直起身重新强调一遍，"把你的心给我，除了我，不可以想着别人。"

小妖马上反对："我喜欢别人的。"

公子斟了杯酒，饮尽："我知道，但你不是说现在不能多想他吗？你还要修五百年才能成仙，而我只是凡人，这辈子很短，过个几十年就死了，那时你便不用再想也不用开花给我看了，几十年你都舍不得？"

几十年对妖怪来说确实很短，这要求虽然不妥，但好像也有点道理，答应起来更加容易。因为究竟想没想只有自己知道，若在心里悄悄想神尊大人，他也不能怎样。小妖权衡之下觉得很合算，神尊大人说过这次度劫至关重要，为了将来能进天庭，骗骗他也没什么吧。

于是她拿定主意，点头道："好，你死了我就不想了。"

"那就说定了，"公子愉快地放下酒杯，"你会不会抚琴？"

小妖摇头。

公子叹息道："连这都不会，那就过来陪我喝一杯吧。"

小妖横眉，转身朝门外走："我不喝酒。"

公子在她身后笑。

最大的危机消除，小妖欢乐地离开了园子，去见她所谓的心上人。

漆黑的天幕上闪烁着几粒星星，他早已等在花朝宫外的山上，静静地站在那里，似乎在想什么事情，夜风卷起云潮从他身畔飘过，锦袍绣带更添了几分飘逸。

突然很想让他抱，她跑过去唤道："神尊大人。"

他回身微笑："怎样？"

小妖道："都照你说的做了，他答应救我。"

他点头不语。毕竟这是让她获得下仙之缘的唯一一次机会，人类是万灵之长，虽不得永生，但天意眷顾，寻找凡人帮忙度劫是修仙者常用的办法，所以他才指点她去找段斐。

暗淡的星光勾出脸部轮廓，不怒而威，越发显得神圣，凤目比星光更温柔，今夜的他看上去格外好看，好像有种特别的魅力，尤其是那有型的唇……

小妖的脸开始发烫，脑子里竟浮现出听竹轩那一幕。

双修就是那样？今后她当了他的神后，他也会亲她吧？

正胡思乱想，却听他叫了声"小茶"，她吓得立即回神，后退两步："神……神尊大人。"

冒冒失失，她总是少了些沉稳。他微微皱眉，也没去追究她的异常，只是有点后悔。这个劫是提升修为强求仙缘，什么意外都可能发生，更可能会落得修为尽毁的下场，所以正宗神族是禁用的。自己先前仗着与紫微星君的交情为她求来这次机会，却没想到她始终是只没头没脑的小妖，这么去历劫太冒险。

事情已成定局，自己后悔也无用，只有仔细看顾着了。他轻轻地叹了口气："那凡人可有提什么条件？"凡人的条件，替她办到应该不难。

经他一提，她这才想起来："他要我天天开花给他看。"

违背节令看花，那人类果然是个风流人。他点了点头，正色叮嘱道："你须记得，凡间之事都是过眼云烟，不可妄生情愫，否则将来必会大难临头。"

"当然不会，"她连忙剖白，"他喜欢很多姑娘，我不会喜欢他的。"

他满意地颔首："就这样？"

要是让他知道自己答应把心给了别人，他会不会生气？她有点不安，小心翼翼地用了个比较容易接受的说法："他要我这几十年不许想别人。"

他面色一变。

她慌了："你别生气，我就是骗骗他的，我可以悄悄想你啊。"

这要求看似简单，真正要的却太多，情是心生，心岂能轻易给出！他隐约感觉不祥，让她冒险去求下仙之缘或许真是个错误，对修仙者来说，有时候无意中许下的承诺非同儿戏，是不是该让她放弃？

话到嘴边又咽下，他最终还是选择了沉默。

原则上只有下仙才有资格进天庭当值，他的确是因门下凋零所以想要提携她，但凭他的身份，要放谁在身边，小仙下仙甚至妖怪又有什么区别？

原来潜意识里，他也想要拉近她与他的距离。

他对一只小妖的关心太多了，这样下去太危险！他本是天神，她现在还命数不定，从最近这次天劫来看，能不能顺利成仙都很难说，身份不允许他犯下这种可笑的过错。既然将来她的愿望终会落空，何必再教她抱有幻想，她不过是年少心性，果真几十年不想他，心思自然就淡了。不如借这次契机推开她，既保全了她，也保全了他。

只要她心志坚定，就不会有意外，何况还不一定就是情劫。

他自我安慰着，尽量不考虑那个重要的问题：没了当神后的目标，她的心志还如何坚定？

见他迟迟不表态，她轻轻扯他的袖子："神尊大人。"

该放手了。他看着她半晌，微笑道："既答应了就该做到，违背诺言恐会招致劫难，今后你要少回花朝宫。"

她放了心，抱住他道："我以为你生气了。"

亲手将她送上那条未来不明的路，在她最需要他的时候将她推开，一切都让她自己去应付，到底还是有点内疚与不忍，他终于搂住她，再次叮嘱："你虽不可想我，却也不可想他，明白吗？"

她哪里听得出话中真正用意，保证道："我只想你，不会想他的。"

他默然，显是知道这话的苍白无力，如若此劫真变作情劫，岂是一句叮嘱就能避过的？

温暖宽大的怀抱散发着香味，她又开始心猿意马，吞吞吐吐地道：“神尊大人……”

他低头看她。

她鼓足勇气道：“我将来会做你的神后，站在你身边，可不可以叫你的名字？”

站在他身边与他并肩而立，对她来说是永远不可能的事，不应该再耽误下去了。他看着她的眼睛道：“我比你老二十万岁，你怎能跟我站在一起？”

她反对：“为什么不能？我会努力修行的。”

他沉默片刻后道：“当着别人时不可以叫。”

她高兴又紧张，好半天才轻声道：“锦……锦绣。”

自师父离去，这名字纵然是在天庭，几乎也无人当面叫过，如今从一小妖口里叫出来，本是亲切好笑，可他没有作声。二十四万年的修为，执掌中天十万年，他自然知道怎样的决定是最好的。然而此刻听到这细细的叫声，他心里竟一阵紧缩，涌上前所未有的内疚与自责。

她掰着他的手指兀自盘算：“瑶池会快到了啊。”

她还记得这事，那么他的承诺也该兑现。他点头：“到时我带你去。”

第十一章

瑶池会

第二日清早，小妖被一阵闹声吵醒，发现自己不知何时已回到了花圃里，旁边许多人正拿着工具铲土，还有许多人在搬石头。

她早就知道那是个讨厌的人，说话不算数！她既气又怕，蹲在那里不敢作声。

远远地，公子领着韩管家走来，不知是有意还是无意，在她面前停住，指点众人：“可以动工了，就这片花圃。”说的时候，他还似笑非笑地瞟了她一眼。

她即将大难临头，锦绣知不知道？她开始掉泪。

不远处，工匠们开始拆除破旧的矮墙，铲土。

公子这才在她面前蹲下，探手摇摇她的枝叶：“小红茶好像在发抖。”

她哼了声，抖得更厉害，想躲开他的触碰，当然这看在旁人眼里，只是风吹枝叶罢了。

公子大笑，起身叫过韩管家低声吩咐几句，然后头也不回地离去。

可恶的凡人！她咬牙望着他的背影，心里恨恨地想：言而无信，真卑鄙，今后再没有美人喜欢他就好了！

正在此时，她耳畔响起韩管家的声音：“公子说了，这几面新墙要修得结实些。”

修墙？小妖登时愣住，满头雾水。

那家伙不是要铲了花圃修摘月台吗？

工匠们闻言打趣：“这么多石料，别说修几堵结实的墙，就是修城墙也够了。”

“那就修得高一些，剩的用去修外墙。”韩管家笑道，“我也奇怪呢，公子怎的忽然就改了主意，偏要留着花圃修起墙来。罢了，他怎么说，你们照做就是，活又轻，工钱一文也不少你们的。”

修几堵墙自然比修摘月台简单省力，工匠们怎会不乐意，都应下。

韩管家想起什么，叮嘱道：“还有，公子特地吩咐过，万万不可伤及这些花，就是碰坏了片叶子，也要加倍扣除工钱——”

话没说完，一名下人就插嘴道：“公子喜欢美人便罢了，现下连好看的花儿也不放过了？”

众工匠哄笑，韩管家也笑骂他。

小妖气得朝地上唾了一口。

入夜，听竹轩里琴声又响起，轻快，却带来更多冷清的感觉，公子坐在案前，身旁陪着一个新的美人。

小妖趴在窗台上，托腮倾听。

半晌，公子忽然停下，笑着看美人：“今晚我有点事，先叫他们送你回去，改日再去接你。”

美人满脸失望地走了。

他不要美人陪了？小妖正在诧异，却见他站起身，惬意地舒展四肢，朝窗户这边看过来，目中满是笑意：“偷偷摸摸地在想什么？小红茶！”

他怎么知道自己在偷听？小妖吃惊，只得显了形，嘴硬道：“我方才路过，见你弹琴还不错，过来听听。”

公子顺手取过桌上的酒壶倒了杯酒：“听出什么了？”

小妖想也没想：“你不快活！”

公子道：“你怎知道？”

“因为我听着不快活！”小妖垂首，这琴声牵动人心，让她对枯燥的生活倍感无趣，修仙的决心竟差点动摇。

“我不快活。”公子饮尽酒，叹息道，“我赚钱养活了很多人，可他们都只盯着我的钱，一心要我死了，好把钱都留给他们。”

竟有这种事！小妖大怒道："那你别管他们了！"

"他们是我的亲戚。"公子道，"姑娘们陪我，为的就是要我给她们买这样那样的东西，找我的人，都想从我这里多拿些东西走。"

小妖同情地道："我不会拿你的东西。"

"你也一样，只是想要我帮你度劫罢了！"公子搁了酒杯。

瞬间，小妖发现自己不那么讨厌他了。

这个人其实也没那么坏，明知道亲戚可恶还肯养着他们，虽然总爱逗自己玩，但也算言而有信，别人从他这里拿走的东西已经很多，而自己也在变相地利用他的庇护……

小妖生起许多歉意："我不是故意的，因为我喜欢一个人，要成仙才能嫁给他。"

"你不必内疚，这是我们谈的条件。"公子缓步走到她跟前，俯下脸道，"小红茶，你答应过我不再想别人的，你在想他。"

小妖心虚："我没想。"

公子道："我不信，你骗我。"

被逼得急了，小妖索性仰头："随你信不信，你有那么多美人陪，我偷偷想一下别人也不可以吗？这不公平。"

跟做生意的人谈"公平"，公子笑得开怀："这么说，我不要她们陪，你就不会想他？"

小妖想也没想就道："当然。"

"说话可要算话，"公子抬脸离开，"我方才把美人儿送走了，你今天是不是可以陪我？"

锦绣说要少回花朝宫，此刻独自待在冷清的花圃里多无聊，小妖点头。

"陪我喝酒？"

"我不喝。"

"那就听琴？"

"好。"

在人间的日子没有想象中那么难熬。公子很有趣，会抚琴会下棋，还知道很多新鲜事，晚上经常带着她进城玩，然而时间一天天过去，小妖还是感觉不安，因为她已有几个月没见到锦绣了。

这天夜里，她没去找公子，独自蹲在花圃里发呆。

他嘱咐过不许轻易回花朝宫，她就不能不听，可这么多日子过去了，她忍不住开始想他，难道他就一点儿也不想她吗？他会不会已经把她忘记了？

当然不会，锦绣他是神尊大人，却肯让她直呼名字，他是喜欢她的。

想到这儿，她又高兴了些，好在人间的生活也不无聊，至少比当初独自在深山修行好多了，公子时常会抚琴给她听……

猛地回神，她终于发现不妙。

公子这段时间真的没再找那些美人，他能守信，难道她这几十年就真的不能再想别人？

悄悄想？违背承诺，她始终还是会过意不去的。

灯笼移近。

“小红茶，怎的还不出来？”公子探手摇花枝。

她更加不安，忙出声劝他：“你快去找她们吧。”

公子笑道：“你答应陪我的，可不能耍赖，快出来。”

她低声解释：“可我喜欢他，不能只想你，你别生气，我不是故意骗你的。”

公子没有计较，放下灯笼道：“照你所说，他是上神，你还是小妖，还要五百年成小仙，五万年后才成下仙，什么时候才能修得跟他一样？”

小妖烦躁，跳出来道：“要我陪你玩什么？”

公子道：“我今日去城里，给你带回了好吃的。”

小妖忍住口水，别过脸道：“不吃，人间五谷杂粮烟火气太重，吃多了就不能成仙。”

一枝枝莲花亭亭而立，莲叶闪着金光，清风仙乐，瑶池中充斥着喜气，上神上仙们早已赶到，或立于桥头，或坐在席中，三三两两聚作一处谈笑。

远处有人走来，当先是位上神，绣带起伏，丰神俊朗，身边跟着两名美丽的红衣女子。左边那位长相姣美，手执花仙令，全身笼罩着淡淡的清气，显然是位下仙。另一位却十分艳丽明朗，且毫不避讳地瞪着大眼睛四下张望，野性未除，竟是只小妖。

谁会带只小妖来天庭？众神仙都有点惊讶，纷纷迎上去作礼。

一位老者玩笑道：“中天王千杯不醉，今日来迟，稍后定要多罚几杯。”

锦绣微笑拱手。

从未同时见过这么多上神上仙，小妖有点胆怯地躲在他身后，他不是花族神尊吗？中天王是他在天庭的称号？这些神仙对他好像很恭敬……

旁边杏仙轻笑，十分不屑。

知道她是嘲笑自己没见过世面，小妖涨红了脸，立即挺胸站好，毫不示弱地反瞪回去。往常瑶池会都是梅仙与杏仙跟来，这次锦绣决定带她，杏仙自然不乐意，最终还是梅仙主动请命留守花朝宫才作罢，为着此事二女难免赌气，互相看不顺眼。

“我要去朝拜帝君，你们自己玩，不可走远。”他回身吩咐过，便与众神仙一同朝灵霄殿去了。

小妖有些不知所措，想要追上去叫他，却被杏仙拉住：“神尊大人的意思就是让你四下走走，多见识见识，别不知好歹。天宫庄严，你这样大叫大嚷成何体统？让上仙们见了笑话我们花朝宫没规矩。”

小妖怒视她，却又不好反驳。

杏仙嗤道：“天宫规矩森严，像你这种修为浅薄的小妖也就这点眼福，还不趁机多走走看看，今后就再也见不到了。我要去拜会南河神女，你仔细些，别给神尊大人丢脸。”

小妖别过脸道：“有什么了不起？等我将来修成下仙，神尊大人会带我来的。”

杏仙冷笑道：“神尊大人原本贵为天神，是帝君的师弟，如今虽然暂且谪居花朝宫，可说不定什么时候帝君就赦他归位回天宫了，你以为你真能当神后？做梦！”

小妖道：“他答应过我，等我历劫得了下仙之缘，就会带我回天宫。”

其实锦绣将来会不会归位，谁也不知道，杏仙原是胡乱编来气她的，谁知陡然听到这消息，顿时脸色不好看了：“他真的说过带你回天宫？”

小妖暗悔说漏了嘴：“骗你的！”她转身要走。

杏仙哼道：“我说呢，正宗神族最重血统，你不过区区小妖，就算修成下仙，也轮不到你当神后！”

血统和神后有关？小妖从未听说过这些，闻言站住。

杏仙颇觉得意，走到她身旁道：“血统关系到神族命脉，你可知道昆仑天君的儿子就是天君和凡人所生，修行比别人都难。听说上神婚配都有天条规定，神尊大人是跟你说着玩罢了，将来他自会娶别的神女天女，不过看你可怜，或许几时收了你留在身边也说不定。”

小妖握拳，后退两步道：“他喜欢我，不会娶别人！”

杏仙满意地看着她的反应，嘲讽道：“现在知道了吧，你只是区区一个小妖，神尊大人早就说过你没有上仙之缘，就算修成下仙，跟他进了天庭，到头来连侧妃也不够格，还妄想做神后！”

小妖看了杏仙半晌，翻了个白眼道：“我才不信，随你怎么说。”说完她径自走了。

见她不在意，杏仙忍了气只是冷笑。

雄伟的宫殿，精美的石柱，祥云掩拥，金碧辉煌，比之花朝宫的幽美，又另有一番气象，连台阶上都刻着飞云图案。

小妖漫无目的地走着，早已没了来时的兴致。方才虽说在杏仙跟前没有输了气势，可她听到这些话，心里的自信也没有表面那么多。他确实说过这次度劫成功她方能求得下仙之缘，难道关于血统的事是真的？难道他一直在骗她？

他没有拒绝她，而且都让她叫名字了，骗她能有什么好处？

杏仙这么说一定是故意想要气自己。小妖狠狠地点了下头，决心不再多想，准备找个地方坐下来休息，却发现前面就是高高的天宫宫墙还有高高的牌楼，气势极壮，牌楼上深深地刻着“南天门”三个大字，数名天兵天将执戟在此把守。

小妖好奇，这就是传说中的南天门？刚刚他们并不是从这儿进来的呢。她试着靠近，见那些天兵天将并没拦阻，便索性爹着胆走过去，仰脸看着大字赞叹。

牌楼旁砌了个窄窄的高台，台上中央吊着一口巨大的金钟，形态古朴优雅。

钟上居然躺着个人。

见众天兵没注意自己，小妖便悄悄爬上台看，发现那人十分年轻，身穿黄色宽袍，此刻闭着眼睛睡得正香。

能在天宫当值的至少都是下仙，如今有人靠近，他居然没有察觉，真是睡得太沉了！小妖顿觉有趣，拿手在他面上晃。

“误了时辰！”那人忽然跳起来，狠狠踢了脚底古钟几下，那钟立即当当响起来。

小妖吓得想要溜。

那人喝住她：“哪里来的大胆小妖，竟敢混入天宫！”

小妖慌忙辩解：“我不是混进来的，我是跟神尊大人来的！”

“谁会带只小妖进天宫？当真无法无天，胆敢无视天庭法令。”那人揉了揉眼睛，冲她勾勾手指，“你，过来。”

这里的神仙个个都比自己等级高多了，小妖哪敢不听，乖乖凑过去。

那人重新侧身躺下，单手撑着脑袋，懒洋洋地看着她问：“小花妖，你们现任花神是谁？”

小妖想了想，悄声答道：“锦绣。”

“原来是中天王，我怎的忘了。”那人面色变了变，堆出一脸笑道，“小花妖，今日我睡觉的事可千万别告诉他。”

看来锦绣真的是什么中天王，小妖点头：“你是谁？”

那人松了口气，重新闭眼：“我是这南天门的司时官钟仙，你走吧，我要睡觉了。”

他是在天庭当差的，应该知道很多天庭的事吧？小妖咬了咬唇，悄声问他：“钟仙大人，神族婚配真的有天条吗？”

钟仙想也没想地道：“当然，正宗神族血统不容混淆！”说完发现不对，他睁眼看着她笑起来，“小花妖你问这个做什么，想嫁谁了？”

小妖只是发呆。

钟仙颇觉无趣，闭眼又睡了。

自灵霄殿出来，就不断有女神仙与他招呼，他也含笑应对，小妖远远躲在柱子后面望着，那些脉脉含情的目光让她看了很不舒服，甚至有点恼火，原来他这么风光……

瑶池会即将开始，女神仙们终于都被打发走。

她悄悄移到最近的墙角，待最后那位女神仙走后，才跳出来拉着他的金色衣袖，满脸醋意地质问："她是谁？"

早已发现她，他忍了笑："东岳君之女。"

她望望那女神仙去的方向，不悦地道："你认识这么多仙女神女。"

他柔声道："花朝宫也有很多女的。"

是啊，他似乎对每个女的都这样温柔。小妖不说话了，或者是害怕继续想下去。在她心里，他对她好应该是不一样的。

他拉起她的手道："各路神仙都已到齐，你不是专程来看这瑶池盛会的吗？稍后人多，须跟紧了我，少说话，莫要闯出祸来。"

她没有动，仰脸望着他的眼睛："什么时候我才能做你的神后？"

他沉默了一下，微笑道："待你载入仙籍再说。"

带她参加瑶池会的承诺兑现，今后他应该推开她了，慢慢地远离总比将来突然失望容易接受，单纯的小妖会明白的。

听出敷衍的意味，她莫名地着慌，顾不得忌讳："锦绣，你抱抱我好不好？"

他拍拍她的脑袋道："别胡闹，先去看瑶池会。"

她不敢再多说，任他拉着走。

仙乐飘飘，池上数名仙娥足踏莲叶，或抱琵琶，或扶洞箫，或翩翩起舞。池畔设着无数张精致的小几，上面摆满了各色仙果琼浆，另有斟酒的仙娥往来其间，神仙们安然而坐，谈笑风生，互相劝酒，又举杯齐贺神帝神后。

她站在他身后，羡慕地道："帝君和神后真好。"

神仙们纷纷过来敬酒，接了数杯，他已微醺，瞅个空扭脸笑看她："怎么？"

他凤目带着几丝醉意，少了平日的严谨，多出无限风情。

听公子说酒后吐真言，喝醉了酒的人都会说真话，那喝醉了酒的神仙也一样吧？她打定主意，俯身凑到他耳畔，重新提起那话题："我什么时候可以做你的神后？"

未等她说完，他已转回脸，笑着与一位神仙喝酒了。

隐约发现他在故意回避，她惊慌地叫他："锦绣……"

"不得胡闹。"他沉声斥责道。

第十二章

骗 局

一场热闹的天宫盛会，归来如隔千年。

自瑶池会回来，他就开始对她疏远，除了吩咐她不得轻易回花朝宫之外，就再没有多说什么，她也没有继续缠着他，默默地回到花圃里。

“小红茶，出来。”公子唤她。

她迟迟没有动静……

公子放下灯，摇摇她：“不是说好了给我讲瑶池会的吗？”

她还是没回答，因为不想说话。

“我知道你在，不许躲。”公子在她身旁坐下，含笑道，“我猜猜，是不是你喜欢的那个人惹你生气了？”

她终于忍不住出声问：“你怎么知道？”

他是风月场上走的，女孩子们的心思还用猜？公子道：“他不喜欢你吧？你看你答应把心给我，他知道了竟没生气，可见心里没有你。”

她怒了，跳出来道：“我不信！他喜欢我！”不待他多说，她又大声道，“他是对别人好，可对我是不一样的！他答应过让我做神后，都让我叫名字了，还说带我回天庭。他不会骗我的！”

理直气壮的话说完，心里反而更加空落落的，她倔强地咬着嘴唇。

公子看了她半晌，笑了：“他骗你也无妨，不是还有我陪着你吗？我有个法子叫你不难过。”

房间燃着高高的蜡烛，一大坛酒摆上桌，两人坐在榻上。

公子先倒了杯酒饮干：“喝。”

心情坏到极点，她想也不想，端起酒杯来就灌了一大口，顿时辣得直咳嗽，胸中如被火烧，眼泪也流出来：“没有我们的百花仙酿好喝。”

公子大笑：“不好喝，但一样能让人醉。”

醉的感觉真那么好？她从没喝醉过，尝试着喝完剩下的半杯酒，一样的辣，一样的难受，却带来一种变态的痛快感。

她小脸红红，美艳非常。公子摇头道：“酒量真差，一杯就倒。”

头有点晕，她瞪眼："谁一杯就倒！"

公子伸臂揽住她："小红茶，他怎么惹你生气了？"

眼泪像止不住了，簌簌地往下掉，心头堵得慌，她趴在他怀里大声哭起来："他说修仙就可以嫁给他当神后，可他……好像真的是在骗我。他要娶上仙和神女，我成不了上仙，也当不了神后！"

神仙也有甜言蜜语哄人的？公子忍不住笑道："那有什么，他既然骗你，你今后就别理他了。"

她哭得更伤心："我喜欢他，喜欢他五百年了！"

"五百年……"公子将她搂紧了点，叹道："他骗你，你还喜欢？"

她抽噎着，不答。

公子抬起她的脸，低声道："我也很伤心，我喜欢小红茶，她却喜欢别人，连答应我的话都不记得了。"

她立即抬起脸看他。

公子看着她，眼睛里泛着她从未见过的光彩，声音也很温柔："成不了神后，就嫁给我当夫人吧，我对你一定比他好。"

脸涨得更红，她慌了，飞快地从他怀里跳起来逃出门去。

公子没有阻拦。

因为五百年前的那句话，她从此苦心修行，到头来却发现那是句谎言，原来做神后始终只是个梦。就算她修成下仙，他们之间的距离还是那么遥远，明知永远达不到那个目标，还有继续走下去的必要吗？

时间会让人清醒，三天后，她正在花圃里发呆，公子又来了。

"小红茶，还在生气？"他含笑在她跟前蹲下。

突然有点紧张，她没有作声。

公子拉拉她的叶子："我不喜欢这样的日子，你也不喜欢修仙，我们若是在一起，没有他，还是会有人喜欢你疼你，这样不好吗？"

她忍不住道："你有那么多美人，还用得着喜欢我吗？"

公子道："我只喜欢小红茶一个，只要小红茶喜欢我几十年，几十年就够了，反正我活得不长。你可以试试，看我对你是不是比他好，怎样？"

她很奇怪，问道："你为什么喜欢我？"

公子道："因为只有你知道我不快活。"

她拒绝："你是人，将来转世后就不记得我了，还会喜欢别的姑娘，我不要只喜欢几十年，要永远对我好的。”

公子道：“我可以转世，转世后你就找到我，不让我喜欢别的姑娘。”

她还是红着脸拒绝：“不行，人妖在一起天理不容，将来会有天刑的，会让我们……灰飞烟灭。”

公子道：“我替你受。”

她有点愣怔：“你不怕吗？”

公子道：“只要小红茶肯喜欢我，我就不怕。”

她又不作声了。

公子似明白她的心思，笑了：“我不骗你，真的。”

他眉梢笑意风流，带着七分引诱三分戏谑，一如往常逗她时的模样。

她突然被召回花朝宫，锦绣坐在案前，锦绣衣袍，不怒而威，正如初见时那般，只不过脸上已没有了亲切动人的微笑。

她没有回避，直视他的眼睛。

她一直嚷着要做神后，这么快就喜欢上了凡人，果然是孩童心性，可见这次的选择没有错。他暗自摇头，看着那双眼睛，终究说不出责怪的话，只轻轻叹息了声：“还记得我的话？”

每次他与别的仙女神女多说话，她都会不舒服，如今她和别的男人在一起了，他却没有任何表示，甚至没有半点生气的意思。那声叹息终于让她彻底清醒，也彻底绝望。

她坦然地道：“记得，不可与凡人生情，否则必会大难临头。”说到这里，她垂下眼帘，“可是他对我很好，没有找别的美人了，只喜欢我，还要娶我做夫人。”

劫难终于变作了情劫，原来她命中的异象竟是这个！而且是他一手造成的！他皱眉斥道：“凡人的情都是过眼云烟，怎及仙道永恒？你再这么任性下去，连我也救不了你。”

任性？她沉默片刻，忽然问：“我永远都做不了神后，对不对？”

他愣住。

“钟仙都跟我说了，你一直在骗我。”她眼圈微红，傲然仰脸，“你到底喜不喜欢我？我还能不能做你的神后？”

他看了她许久，只回答了后一句：“不能。”

她转身就走。

轻快缠绵的琴声从听竹轩里飞出来，正如抚琴的人一样，透着一股子风流味，还有发自心底的愉悦与满足，仿佛一个春风得意的青年对着心爱的人开怀大笑。

公子是真心喜欢她，保护她。公子对她那么好。

苦涩的心终于感受到一丝甜蜜，她加快脚步。

窗前，公子白衣如雪坐在案旁，轻抚琴弦，不时还侧脸看着身旁的美人笑，一脸宠溺。

犹如晴空霹雳，她远远地呆住。

“我只喜欢小红茶一个。”

“我不骗你，真的。”

…………

“凡人的情都是过眼云烟”，那些动听话都是假的！承诺都是骗人的！连公子也在骗她！

浑浑噩噩中，不知是怎样回到花圃的，她坐在枝头，望着黑沉沉的天空发呆。自己来人间将近一年，大难逃过，这次劫看样子是可以安然度过了，可就算度了劫有了下仙之缘又怎样？他从来没有喜欢过她。修仙生涯全凭一股信念坚持下来，如今前面目标突然消失，她竟不知道该如何继续。

不喜欢没关系，但他当初为何不拒绝，欺骗她到现在？他的怀抱、他的维护、他的温柔……她这五百年的追逐到底算什么？

她不能理解，更难以放下。

一只手轻轻地拍她的肩。

她只是看了他一眼，又转回脸去了。

这小妖是和他赌气才回应人间之情的吗？他本欲像往常那样搂住她安慰，然而最终还是没有。他直起身道：“你也看见了，人间未见得好，本不该执着于凡人之情。你还有三个月就能安然度劫，不可多想，到时我会来接你回去。”

花圃里恢复沉寂，她缓缓侧脸，已不见他的身影。

第二日黄昏，公子照常来找她，连催数次也没得到任何回应。

“小红茶，快出来。”

“怎么了？”

“出来，我给你带了好东西。”

“……”

风流、玩世不恭、全无半点惭愧之色，那张脸怎么看怎么令人生厌。

她没有理会，只是翻了个身，闭着眼睛睡觉去了。

终于，公子失望地离去。

她睁眼看看那高大的背影，又闭上，心里竟不那么难受了。人妖殊途，在一起始终会遭天谴，他不喜欢她也好，免得将来落得灰飞烟灭的下场，她也是怕死的。或者说，她在潜意识里还是希望他快去找别人，不要再喜欢她，如今发生的事正好给了她疏远的借口和机会。

只不过，她觉得更孤独了些。

听竹轩里琴声夜夜不绝，其中寂寞的味道又回来了，公子很少再笑，会经常坐在茶花旁边唤她，伴着一张小几、一杯酒。

红色花瓣逐渐透出淡淡的金色，意味着仙缘将近，她却无半点兴奋，反而觉得很累，还有种莫名的惆怅与迷惘。

今天三月十五，是她来人间满一年的日子，过了今天她就圆满度劫，获得下仙之缘。

对面矮榻上，公子似乎睡着了。

温柔的阳光下，他的白衣明亮耀眼，几缕发丝投下阴影。不可否认，他是个长得非常好看的男人，眉扬鼻挺，轮廓分明，俊美阳刚，姿势随意却浑身都透着魅力。

怪不得那么多女人喜欢他，她看得发呆。

他既然喜欢了别的美人，天天来陪她又是什么意思？她到现在也没想明白其中缘故，但无论如何这段日子马上就要过去，她会离开，他很快又会陪着那些美人喝酒了吧。

驱除心中惆怅，她这才发现，头顶不知不觉已遍布乌云。

这个时节会下暴雨？念头刚冒出来，地面就刮起了凉风。

感觉不对，她立即将枝叶摇得沙沙作响，想要叫醒他快些回房间去避雨，可是他睡得好像有点沉，根本没察觉天气变化。

风力越大，云层更厚。

哪有睡成这样的！她无奈地看着对面的人，开始不安，因为突然间想起了之前那次可怕的天劫。

天昏地暗，沙石扑面，狂风几乎将她吹倒。

对面公子终于被惊醒，从榻上起身，拿手挡风沙，自言自语："这雨怎的来得这么快？"

她好气又好笑，忙缩起枝叶避风。

公子何等眼力，立刻发现了她的动静，眼睛一亮："小红茶，你回来了？"

他以为她走了？她正在发愣，忽听得背后一阵轰轰的响声，由远及近，沉重无比，好像是重物滚动的声音。

不远处的斜坡上，高高的墙头原本摆着一块多余的巨石，此刻被狂风吹落，顺着斜坡直朝这边滚下来！

劫！她还没有成功历劫！眼睁睁看着那巨石越滚越近，她竟没有害怕，只是很灰心。反正花木能循环转化，她的根会延续她的生命，重生后运气好的话，她照样可以修成快快乐乐的小花妖，只不过失去记忆而已，不记得他也不记得公子，这样不是更好吗？

她兀自想着，冷不防有一道白影扑到面前。

巨石意外受阻，发出一声闷响，自她头顶跳过，终于落到平地上，滚了几滚再也不动。

她看看那石，又看看面前的公子，发呆。

鲜血大口大口吐出，似乎永远也吐不完，公子撑起上身，颤抖着手抓住她的一条枝叶，尽力抬脸看着她笑，声音模糊不清："这就是你的劫吗？怎的……这么快？"

红红的茶花仿佛有了生命，散发着淡金色的光芒。

他答应过保护她，会帮她挡天刑，他也做到了，她安然度了劫。

公子无力地垂首，已经不能说话，伏在地上缓缓侧过脸，那双轻狂又落寞的眼睛看着她，不解，期待，还有不甘。

眼泪一粒粒往下掉，她知道他想问什么，他是想问她为什么突然不理他了，可他难道不记得自己做过的事？她亲眼见他和美人坐在一起抚琴的。

远处一群人跑来，男的女的都有，真哭的，假哭的，毕竟他留下了这么大一笔家产，他们闹哄哄地将他抬上竹床，渐渐远去。

那双眼睛始终不肯离开她，努力朝这边望。

没有人留意到，方才还开得旺盛的茶花，瞬间已枝枯叶萎。

第十三章 前世今生

游廊，柱子，假山，永不凋谢的百花，她习惯了冷清的花圃，花朝宫反而变得陌生了。对于她最后一刻放弃仙缘，锦绣并没有过多责备，只是将她强行带回，然后避而不见。

她转过墙角，廊上传来低低的争吵声。

"变作小茶的模样去找那凡人，你以为我不知道？"那是梅仙的声音。

"神尊大人都没怪我了，你管什么闲事！"杏仙若无其事地道。

梅仙忍怒道："身为仙使却心生嫉妒，你分明是不想让小茶得下仙之缘。"

"你少血口喷人，我不过是一片好心，略施小计想帮她度劫而已。"杏仙涨红脸，横眉道，"是她自己看不透，与凡人纠缠不清，把到手的仙缘丢了，怎的怪起我来？"

…………

公子的情就像火一样热烈，他许下承诺，就真的不顾一切去做到。她本来是怎么也想不明白，既然公子那样喜欢她，为什么那天晚上会和美人在一起，谁知此刻寻求多时的答案突然浮现。二人后面的话她已懒得再听，冲过去，狠狠地扇了杏仙两巴掌。

敢出手打仙使，在花朝宫是何等大罪，幸得梅仙拦下，加上此事杏仙本就做得不光彩，也不便宣扬，因此忍气骂几句就算了。

她面无表情地跪在他的门外，三天后，他终于出来见她，略显疲倦。

“求神尊大人救救他。”

“人死不能复生，你原本已得了下仙之缘，这样放弃不值得的。”

她抬眼望着他。

“这是你的情劫，你勘不破，所以错过下仙缘。”他轻声道，“自你答应他的条件起，这劫就变作了情劫。”

她迅速站起身，难以置信地道：“那你当初为什么要让我答应他？杏仙使变成我的模样去骗他，你早就知道，为什么不告诉我？”

他不能回答，竟是默认了。

这一切都是他一手造成，亲手将她送上这条路，亲眼看着她一步一步陷进去，却始终抱着侥幸的心理袖手旁观，从不曾伸手拉过她。杏杏擅自插手此事，他没有及时拦阻，是希望能借此误会使她看破人间情爱，收心敛性离开段斐，免受将来的天谴。事实上她误会后确实已灰了心，打定主意不再纠缠段斐。

如果没有后来的这个劫……

心中剧痛，失望与气愤同时涌上，她扬起巴掌。

他微微皱眉，这不知天高地厚的小妖，打了仙使，还敢打他不成？

巴掌停在半空许久，始终不曾落下。她忽然笑了：“其实我没那么喜欢你，所以我不恨你。”她垂下手，后退两步道，“我会忘记你的！”

那眼神是从未有过的决绝，他看得一惊，心直往下沉，语气也随之变得轻柔：“他命中注定在二十七岁时死，原是寿数已尽，合当为你挡劫，你不该太执着，为此入了魔障。如今下仙之缘不要也罢，但能否保住散仙之缘，只在你的一念之间……”

话未说完，她已重新跪下：“人死不能复生，好在他有来世，求神尊大人放我出去报他一世。”

最担心的事终于发生，他严厉地拒绝：“人妖殊途，擅自结合必遭天谴，你要报恩可以有很多法子，不得固执。”

她立即道：“我宁愿受天谴，他要的是我，不会要别的报答。”

他微怒道：“胡闹！”

她伏地不起：“求神尊大人成全。”

之后三天她都没有见到他，直到第四日，梅仙忽然将她带至一个高台之上，那里站着位神仙，身穿缀有日月星辰的法服，头戴珠冠冕旒，白面黑须，相貌威严，全身笼罩着金光瑞气。

瑶池会上见过，惊讶之下她脱口而出："帝君？"

神帝看着她。

她回过神，跪下拜道："山茶族小妖参见帝君。"

神帝冷冷地盯着她许久才缓声道："听说你定要去凡间报恩？"

她磕头道："求帝君成全。"

神帝道："罔顾天意，将来必遭天谴，你就不怕？"

她摇头道："不怕！"

神帝笑得高深莫测："区区小妖有这般勇气，倒也难得，朕便成全你，让你留在花神身边。但要息了你那做花族神后的念头，你命中无上仙之缘，此事干系甚大，这个例不能破。"因为师弟，他语气略带了三分笼络，神情却是不失身份的威严，气定神闲地等待她叩首谢恩。

她愣了半晌才明白话中意思，忍不住笑了，再次伏地叩首道："帝君误会了，我并不是求做神后，我求的是下凡报恩。"

神帝的目光阴冷下来："你要抗命？"

她直言："我既然去报恩，就是连天谴都不怕，何惧一死？"

一声冷哼，神帝拂袖而去。

她独自在台上跪到第五日清晨，他终于再次出现在她面前。

云潮翻涌，茫茫无际。

他立于栏边，锦袍绣带随风而动，比初见时更多了几分威严。

她抬脸道："神尊大人。"

他没说什么，挥袖，半空云层间立即出现了地府里的画面，公子端着一碗汤，摇头迟迟不肯喝，旁边两名鬼卒立即上前夺过碗就灌。

公子是在等她的解释！她又急又怒，站起身："我要去见他！"

他收了画面："这是地府的规矩，喝下忘魂汤才能转世，他不会再记得先前的事，你这样下去报恩就是白白牺牲自己，有何意义。"

公子忘记她了！她忍怒道："我只知道他待我是真心的，他救过我，记不记得是他的事，我要报恩是我的事。"她望着茫茫云海，"小茶对天发誓，今生后世永不修仙，求神尊大人成全。"

他转身看着她，语气依旧温柔："你们本非同类，你若执意如此，便是有违天道，必遭天谴，人类有六道轮回，你却没有，若断了根本，到时只会落得精魂俱灭的下场。"

她毫不犹豫地道："那又何妨！我只求报答他一世。"

曾经，她也是这么勇敢地恋着他。

他默然片刻，不知从哪里取出一杯水："这是瑶池水，若饮下，便可化去本形，精魂得以与他一道投胎转世。"

她伸手去接："多谢神尊大人。"

凤目中没有任何表情，他没有立即给她："饮下此水，从此便非我族类，仅换得一世相守，他难道比成为神后还重要？"

神后？她想起当初那个美丽的梦，摇头笑了。纵然帝君开恩，他的怀抱也永远不可能只属于她，她永远都不可能做他的神后。

"我只是区区小妖，与仙道无缘，神尊大人离我……太远。"

"永堕轮回，断却仙缘，你……"

"不求仙道，愿生生世世做凡人。"

"不后悔？"

"不后悔！"

饮下瑶池水，剧痛令她昏迷过去，醒来之后已是脱胎换骨。他抱着她送到地府，一路阴森的道路、奈何桥下的血水还有地狱中那些冤魂恶鬼受刑时的哭喊声、轮回中的千般苦刑折磨也没能让她脸上的坚定之色减少半分。

远处，公子一身素衣等在轮回投胎的入口。他已喝过忘魂汤，面色平静，连同那双落寞的眼睛里也没了半点波澜。

她脸色苍白，挣扎着下地，快步走过去将手交到公子手上，低声向他解释着当初的误会。

无论她说多少遍，公子仍是一脸茫然。

锦绣衣袍下，天刑之伤到此刻终于开始作痛，彻骨之痛，他轻声提醒："他不会记得了，你今后也不会记得了。"连同他自己，真的会被她忘记。

她像是没听到，接过鬼卒递来的忘魂汤饮干，随即拉着公子走上前面的路，头也不回。

她这一去，就是人间十世。

他亲眼见她历经十世，生老病死，嫁人生子。

而她，没有看见那八十一道天刑留下的伤痕，更不知道天宫里曾有过这样一段对话——

"了断仙缘，她便要永堕红尘，受轮回之苦。"

"朕原有心成全她，让她成仙后留在你身边。但她不知好歹，区区小妖妄想做花中神后。今日破例，将来人人都能破例，上下婚配乱了血统，势必叫我们正宗神族没落。何况中天王妃执掌金印，干系重大，她怎能当此重任！"

"师兄何必与她计较。"

"她去了也罢，以免耽误你将来归位。中天地位至关重要，自你被贬就无人执掌，昆仑族几番上奏朕都推了。所幸昆仑天君当年触犯天条与凡人婚配，本当削去天君之位的，有这理由在，昆仑族才不好闹开，可他们一直都在盯着。中天绝不能落入旁族手中。如今朕身边无人，只有你能让他们心服，当年师父委重任于我二人，你万不可辜负他老人家的期望。”

“我明白。”

…………

三月艳阳，巨石花木，连同园林别宅都不见了，山坡上冷风瑟瑟，衰草连寒天，方才发生的事就如南柯一梦。

亲眼窥见前世，她微笑：“你设置这些幻象，就是想补偿我，让我看透凡间情缘，好一心一意修仙？”

他没有回答：“仙道，世间人梦寐以求，纵然你抛弃仙缘，也只能换得那一世情缘，之后你们便再无瓜葛，对面不识。你如今甚至已不记得报恩的初衷，人间一场有何意义？”

她为报恩放弃仙缘，换得一世情缘，最终还是跳不出凡世间的轮回。如今二人形同陌路，不知对方转世何处，甚至连对方是谁也不记得，前世所有的情连同转世的根由都被忘得干干净净，恩情已还，她继续留恋人间果真值得？

片刻的迷惘过去，她摇头道：“不记得不表示它没有过，既然有过，怎会没有意义？”她转脸望着远处天空，“当初我决定做人报恩，为的只是心中一个希冀，不曾追求太多。前世后世不重要，他喜欢过我，我们有过一世情缘，彼此无憾，这就够了。正如白泠以五千年修为换我一世，他并不后悔，至于值得不值得，不是外人能评判的。”

第一世她遇上白泠，却因为报恩嫁给了段斐。第二世白泠找到她，她却被贺兰雪害死。十世后，她又因锦绣逆天改命被从后世移来，为的就是以后世之眼去看前世，从而省悟，好再得仙缘。所以准确地说，这应该是她的第三世，就连亲手安排这一切的人也没料到，这次会正好遇上寻找她多年的白泠；白泠不惜散去五千年修为求一世之缘，却不知冥冥中自有天意安排！

他轻声道：“世间难得莫过于永恒，还在为你师兄的事生气？这是他命中注定的劫而已，当初昆仑天君已将他带走，若非他擅自回来，也不会落得如此下场。”

红凝笑了声，傲然道：“我有危难时，要他袖手旁观等着看天意，那样的永恒，我要来有何用？”她看着他，“有些情，追逐了五百年也无动人之处；有些情，刹那的维护已刻骨铭心。岁月轮回能磨灭记忆，却磨不去存在的事实，过去的情，不代表它不存在，存在过，就是永恒。”

他默然。

红凝道：“原来神尊大人已不是第一次骗我修仙，其实我根本不可能做你的神后，你若肯早点告诉我，就不会有后来的事。”这一切的开始，就是因为她想当神后。

他沉默半晌，道：“你不会甘心做侧妃的。”

“错了，我不仅不想做侧妃，连正宫王妃也不想做。”她摇头道，“你觉得欠我，所以才非要度我修仙。因为内疚就擅自决定别人的命运，到头来别人却不领情，这不是自讨苦吃吗？我早已发誓不修仙，就算现在想起前世，还是不会。”

她终于做出与当初一样的选择，永留凡间，而他始终要归位中天。他们之间的距离还是会越来越远，事实上他们早就应该毫无瓜葛的，他这番不计后果逆天改命的行为，究竟是想解脱她，还是解脱他自己？

他缓缓收回视线，侧身看天边，恢复素日的淡定：“你当年放弃仙道，如今只这一世能再得仙缘。”

“所以你把我带来这里点化，是我辜负你的好意了。”红凝叹了口气，“你其实并不欠我，那是我自己的决定。我虽然放弃仙道，却得到了世间永恒的情。我误会段斐，他却舍身相救；白泠明知我是他的劫，还坚持回来，这些都是我一直想要的，我很满足。所以神尊大人放弃吧，这样对你、对我都有好处。”

他点头道：“待我晋升成功，会送你回去。”

她微笑道：“回去做什么，反正将来还是要投胎转世，我说过重要的是把握今生，人人都该活好眼前这一世才对。我还不想那么快忘记师父师兄他们，多谢神尊大人让我看清前世，让我又记起另一个重要的人，也让我重新找到当初那个希冀。你可以放心回仙界，至于我，会好好活下去的。”

第四卷

相伴人间

第一章

人间路

贫瘠的小县，地处沥州与平州交界处，一共居住着不到八百户人家，稀稀拉拉略显荒凉。傍晚时分，炊烟四起。街道不够宽阔，尘土厚重，两旁都是低矮的木房，尽头难得有户像样的，高墙大门，是县里一户有名望的乡绅人家。此刻门外阶下站着个灰衣老者，还有两名头裹棉布身穿蓝袄的家丁，都朝着一个方向张望，神情焦急，应该是在等待什么人。

远远地，一名青衣女子朝这边走来，青玉簪束发，干净利落，背上负着柄长剑，衬着落日余晖，浑身似镶上了一重柔和的金边。

老者如获救星，拱手迎上去："姑娘总算来了。"

女子仰脸打量高墙，笑容明快："久等了。"

老者顾不得客气："老夫全家人性命都指望姑娘搭救，只要除去这东西，必有重谢。"见她身上只有柄长剑，老者顿时醒悟，后悔不迭，"该叫他们来接的，姑娘要用什么法器？现下回去拿恐怕来不及，不如列个单子，老夫叫他们替你置办。"说完他就叫下人取笔墨。

女子阻止他："不妨，先进去看看吧。"

家里出大事，老者本已心急如焚，巴不得她说这话，闻言忙让她到厅上用茶，众人一道进门去了。

一名白衣女子站在墙角，望着这幕场景，秀眉微蹙，若有所思。

突然从这世上消失，半个月后又突然出现，这段时间里她究竟被藏到哪儿去了？各处土地城隍也查不到她的踪迹，必是他作法设了迷障。他这次回来神情不同往常，梅仙半点口风也不肯透，这中间究竟发生了什么事？

唯一能肯定的是，他待自己越发疏远客气。

指尖的玉钗被折断，半截掉落在地上。

"怎么到这儿来了？"她身后传来熟悉的声音。

思绪被打断，陆瑶不免吃了一惊，目中冷意迅速变作温柔的笑意，转身道："前些时候突然不见她的踪迹，如今又有了，所以我奇怪，顺道来看看。"

锦绣看着她手中的断钗。

陆瑶愁眉道："方才竟不慎碰断了，可惜我最喜欢这支簪子。"

突然想起先前有人当面折断玉簪发誓，而今终于应验，锦绣沉默片刻，俯身拾起地上另外半截断钗递给她："是我设了迷障。"

玉簪重新合成一支，完美无缺，陆瑶抬脸朝他一笑："我说呢，必是你的安排。"

事情已成定局，自己说出来，她或许会安全些。锦绣点头道："我以为教她亲眼窥见前世，她便能恍然顿悟，谁知她还是执着于人间之情。如今我晋升在即，不能随意动用法力，待归位之后再送她回去，你……"

多情名声尽人皆知，但他素日的行事——恐怕跟他关系密切的所有女神女仙都清楚——在这上面很是随性，对未婚妻尚且如此，几时会为一个凡间女人费这么多心思？只凭"内疚"二字谁会信，这茶花妖堕入凡尘十世都没能忘记，送回去就能叫他收心？

陆瑶缓缓移开视线，掩去目中神色，柔声嗔道："我是那么小气容不得人的吗？若非她是凡人，便留在你身边也无妨。"

锦绣没多说，只是淡淡地道："你果真这样想就好。"

梁家最近出了怪事，每夜都有人莫名失踪不见，弄得全家上下都不敢睡觉，入夜全躲在房间里，还派了家仆轮流放风，谁知后来连放风的人也失踪了。两个儿子连同大儿媳相继出事，至今下落不明，梁公又痛又急，急忙将孙子送去别人家住着，派家丁四处寻访法师道士，正巧最近城外庄上来了个姑娘，听说法术极为了得，梁公于是忙派人将她请了来。

夜深人静，红凝闭目躺在床上，丝毫不敢松懈。

得到过的东西何必再去强求，过了今世，将来这里的一切，包括学习了十几年的本领她都会随之遗忘。既然这样，她就更该好好珍惜现在，做自己喜欢的事，在这个世界留下点东西，才不枉跟着师父这么多年，也不枉来这一场。

更重要的是，她今后可以走自己想走的路。

听一名家丁说，大公子出事当晚，他正好起来上茅房，路过房间外的时候，恍惚看见里面灯光映出有东西吊在梁上的影子，第二日门就大开着，里面大公子也失踪了。此事乍一看是鬼魅作祟，但人口失踪难免有些说不过去，哪只鬼会把人拖到某个角落去慢慢虐待？

红凝正想着，房梁上忽然传来咯吱咯吱的声音，似承受了什么重物，整条横梁都在摇晃。

自小跟着文信白泠办事，红凝早已养成了极高的警惕性，依旧一动不动地躺着，右手却暗暗握紧了剑。

危机感越来越强烈……

忽然，床顶剧烈地晃了一下，好像有什么附在了上面。

有东西靠近！红凝敏捷地翻身跃起，手中剑朝自己方才躺的位置狠狠刺去！

剑刺在了某个东西上，表皮有点坚硬，却还是能感受到剑尖刺进去了一截，那怪物吃痛，赶在红凝再次下手之前，不知怎的就挣扎退开了。

没得到意料中的结果，红凝有点吃惊，心知那怪物接下来肯定要攻击，顿时顾不得多考虑，急忙跳下床。

砰的一声响，整张床应该是受到了剧烈的撞击，紧跟着传来床柱折断的声音。

红凝惊出一身冷汗，既然这怪趁夜而来，必定不惧黑暗，而黑暗明显不利于自己。因怕它再趁势偷袭，红凝迅速闪避至墙边，背靠着墙，同时左手凭空画了几下，桌上早已摆好的符纸立即亮起，房间里的一切都被映得清清楚楚。

除了那张床已不成样子外，别的摆设没有任何变化。

地上有几滴血，散发着浓重的腥味。

她手里是柄难得的宝剑，煞气极重，寻常妖魅望而生畏，这东西却只受了轻伤，可见正如猜测的那样，它并不是什么灵体，而是只怪物。

红凝寻思片刻，抬脸望头顶的气窗。

院子后面紧挨着一片树林，林间杂草乱石，看样子平日里极少有人去，草丛里有一道明显的压痕直通向树林深处。红凝敏捷地从屋顶跃下，在灵符光芒里，手执宝剑循着踪迹往前走。每隔不远，草上或旁边石上就会留下些血迹，想是那怪物逃走时不慎沾上的。穿过树林，那痕迹直往旁边的山中延伸。

更加证实先前的猜测，红凝微笑，这怪物尚未脱去本形，说明修为尚浅，对付起来应该不难。原本寻思着等天亮多叫些人来，但她转念一想，还是顺着踪迹往山里走去，打算先探出那怪物的巢穴再说。

灵符光芒映照着小径。

自从走进山谷，红凝就觉得不对劲，暗地里加紧了提防。

两旁山林一片死寂，静得不太寻常，似乎这一带有什么厉害的东西出没，使得其他野兽都远远地避开了。

前面的血迹忽然消失！

心知不妙，红凝本能地停住脚步，凝神扫视四周。

就在此时，一阵狂风猛然卷起，隐隐带着热气与腥臭味，接着旁边树丛里就蹿出条长长的黑影来！

所幸红凝早有防备，闪身避开。

黑色旋风刮过，那怪十分灵活，一扑不中就迅速折回，高高仰起头，但见它粗如小木桶，身上鳞片闪着点点微光，嘴里正咝咝吐着芯子，分明是条黑色巨蟒。

果然是它！红凝暗叹，梁家人口失踪，并不是被什么鬼怪掳去，而是都葬身蟒腹了。大公子出事那晚，家仆曾看见有东西悬在房梁上，其实不是什么吊死鬼索命，而是这大蛇通过气窗从房梁上下来，吞食了大公子，再从门溜走，可见它已有了灵气，只是尚未修成人形。

对付这样的笨重东西，自然犯不着用血肉之躯去跟它硬拼，因此在它再次扑来之前，红凝先捏了个诀，身形从原地消失，化作白光遁到不远处的树上，静静伏在枝丫间不作声。

灵符犹自燃烧，眼前的人凭空消失，巨蟒呆了下，随即竟有感应似的，飞快掉头朝大树这边游来。

方才遁形之际，红凝已趁机封住了自身生气，哪里想到它还能察觉，当真是低估了它。这畜生究竟修炼了多久？红凝越发诧异，忙作法念诀，晴空隐隐传来雷鸣。

那巨蟒究竟是野兽，惧怕天威，在离树一丈远的地方停住，仰天望望，犹豫着不敢上前。

红凝大喝："残害人命，天理不容，还不俯首认罪？"

她本是怜这巨蟒修行不易，想借机劝化封印，哪知话音未落，原本迟疑的巨蟒像得到什么指示般，猛地朝她扑去。

雷声轰轰不停，有点灵气的东西大都惧怕雷刑，当初连恶龙潭那条龙都上了当，区区蟒蛇竟全不畏惧，难道它还有什么厉害本事？红凝皱眉，见它性子凶恶根本没劝化的可能，于是再不心软，决定先下手为强，飞快从树上跃下，念诀驱动宝剑至半空，狠狠向它钉去！

剑没至柄，巨蟒被活活钉在地上。

红凝摇头，退得远了些。

那蟒蛇既痛且怒，拼命甩动尾巴挣扎，在地面扫起无数尘土，力气之大，区区宝剑怎钉得住？三两下它就挣脱控制，带着宝剑疯狂地朝红凝攻去。

红凝无奈，冷笑道："凶性不改，自寻死路。"

宝剑被口诀驱动，自行从巨蟒身上拔出，高高飞起，再度刺下，如此重复多次，血浆四溅，那蟒蛇几乎已被戳烂，奄奄一息地躺在地上再也不动了。

红凝轻轻叹息，估摸着时候差不多，走过去拔起剑，取出块帕子仔细将血迹拭净，收回鞘中。她心想它既在这一带出没，巢穴应该离此地不远，不如先行回去，等天亮后再多找些县里的壮丁一同前来寻找。

红凝转身之际，一道细细的红影自地上死蛇口里飞出。

右边小腿上一麻，紧接着剧痛传来，红凝心知不妙，挥剑就斩。

那红影速度极快，避过剑锋，在两丈开外落地，变作一条两三米长、小碗口粗细的火红色的蛇，却长了个披头散发的女人头，阴阴地冲红凝笑。

怪道巨蟒道行不深却能感应到自己的藏身之地，原来是她在指使作怪，她借巨蟒的妖气藏匿身形，巨蟒吞食梁家人，应该也是受她教唆。蛇腹藏蛇！红凝哪里料到会有这等怪事，心里一阵凉，暗暗后悔，立即取出随身携带的丹药吞了两粒，仍觉得右腿疼痛难忍。

额上汗珠直冒，她勉强镇定地道："原来是你，你擅自取人精血修炼内丹，将来必受天谴，不如就此改过，还能回归正道，否则必定在劫难逃，只会白白毁了一身修为。"

那蛇女只呵呵笑。

原来她还不能说话，红凝恍然，右腿疼痛逐渐转为麻痹感，再也抬不起来，心道这毒寻常药定然解不了，还是先制服她再作计较。

红凝打定主意正要出手，蛇女忽然扭动身体，没入草丛不见了。

想是她见识过自己的本事，不愿硬拼，反正自己中了毒迟早会死，犯不着去攻击一个危险的必死之人，这蛇女竟如此精明。红凝不由得苦笑，待要走动，右腿已经不听使唤，只得坐倒在地，见小腿伤口发黑，忙从衣角撕下块布条扎紧上方，接着拔出簪子朝伤处一刺。

腥臭的黑血流出来，同时红凝额上冷汗直冒。

血越流越多，依旧发黑。

红凝暗道疏忽，之前应该先跟梁家人招呼一声的，也不知他们发现不对没有，深更半夜不可能有人进山来，她这样恐怕支持不了多久。红凝索性不再理会伤口，摸出怀中整瓶药，也不管多少，尽数倒入嘴里吞下，然后借着左腿与两只手的力量，一点点顺着路往回挪。

不论有救没救，总比坐以待毙要好。

可惜情势并没有她想象的那么好，右腿麻痹感开始蔓延，到左腿，再到全身，最后连两只手也失去了知觉。

无力支撑身体，红凝伏在地上，无奈闭目。

是生是死听天由命，就这样无声无息地离开也没什么不好，她虽然在这里只活了二十岁不到，经历却比世上许多人丰富，还除了不少妖解救了不少人。死也没什么可怕，她很快就会投胎转世，来世再不会记得这里的一切，重新展开一段新的人生。

意识越来越模糊，往事反倒一一浮了上来，微笑的文信，拉着她的手四处行走的白泠，迷障中似梦似真的段斐，甚至杨缜不屑的眼神与火热的唇。

对不起，我提前把你们忘了。

眼前的画面一页页被抹去，红凝微笑，任由意识消失。

身畔似乎飘浮着异样的香气，熟悉的香气，她险些忍不住要记起那个温柔宽大的怀抱。

"红凝，红凝。"朦胧中，有人紧紧抱着她。

她没有死过，不知道魂魄是怎样离体的。不知过了多久，意识逐渐恢复，红凝试着动了动，发现自己还是被牢牢缚在这个身体上。

一睁眼，她就看见了蛇女。

一粒火红的珠子滴溜溜转动，散发着红光，罩住腿上伤口，伤处颜色已经转为嫩红，肿胀也退去了。待伤痕完全平复之后，蛇女才收回内丹吞下，伏地朝着旁边的人叩首不止。

他严厉地告诫道："作孽太多，终将自食其果，回去吧。"

蛇女连忙点头，再拜了两拜，游入草丛不见。

他俯身扶起她："怎的还做这些事？"

红凝也没拒绝，印象中，无论发生什么事，他都是这副温和的态度，方才那个焦急的声音是梦里的还是真实的？

她看着他半晌，笑道："总是要你救，我都快当你是救苦救难观世音菩萨了。"

他微微一笑："那是蛇母。"

见伤腿活动自如，红凝顿觉轻松，低头拍拍衣襟上的土："不是有意给你添麻烦，我学的本事只会做这些，谋生而已。何况降妖除魔也是在做好事，你其实不用总来救我的，我是凡人，死了自会投胎转世，这样才是顺应天意。"

这样你就不会再记得今世了，锦绣没有说什么。

红凝整理过衣衫，抬脸笑道："当然，现在你救了我，我还是会珍惜性命活到老死为止，多谢你！"

锦绣轻声道："这样很好？"

红凝敛了笑意道："是你把我带到这儿，所以想保护我周全，你的意思我明白，不过我既然选择留下来过完剩下的日子，就没打算再计较以前的事。你这样又是何必，难道以后每次我有难都要你来救？仙凡两界，凡人自有凡人的活法，生死有命，顺其自然的好。"

锦绣沉默片刻，道："我不会干涉你的路。"

他逆天改命，终究还是逃不过命运，出手搭救，不过是勉强将她今世的记忆，多留些时候。

第二章

情不自禁

自山中回来，红凝半真半假地将事情讲了一遍，带了几名壮丁进山谷，很容易就寻到那个蛇穴，巨蟒的尸体还在，加上巢内又有人骨头，众人没有不信的。听说失踪的儿子已无生还可能，梁公大哭一场，忙着赶做棺木报丧，另又赠送红凝许多银两作为酬谢。见他心地实诚，红凝只取了一半银两就告辞回去了。

田庄上有座小小的尼庵，一共不到十间房，红凝租用了其中一间。

蛇母受了警告，应该不敢再出来作恶，红凝心情大好，快步朝房间走。忙了一夜没睡，她正打算好好补一觉，哪知刚推开门，就发现已经有人等在里面了。

那人雪衣黑发，脸上笑意恰到好处，纵然是坐在简陋的木椅上，姿态也是优雅无比，端庄却不至于严肃，妩媚却不至于轻佻。

“是你？”红凝怔了下，含笑走进去，“这好像是我的屋子，难道我走错了？”

陆瑶道：“你没有走错。”

“没错就好。”红凝随手将剑搁到桌上，自顾自倒了杯茶喝下，“我这里随便得很，陆姑娘想喝茶就自己倒，不用客气。”

陆瑶道：“我专程来找你，不是来喝茶的。”

红凝往她对面坐下：“你知道，我不怎么喜欢见到你们。”

“姑娘说话倒直接得很。”陆瑶笑道，“我来找姑娘，其实是想跟你谈个条件。”

红凝摇头：“我想不出能和你谈什么条件。”

陆瑶垂眸看着茶杯，不动声色地道：“你也把我想得太小气了，我找你，是因为你师兄的事，你这么恨阿玖，无非是因为这个。”

笑容僵住，红凝语气微冷：“你也太看得起我了，有你们护着，我还能把他怎样？”

陆瑶不紧不慢地道：“虽说那本是你师兄的劫难，但此事阿玖也脱不了干系，因此我与父王特地送了北界灵泉赔罪，帝君也赐了瑶池金莲露，昆仑天君早已集齐九界之水，将他余下的一缕精魂保住了。阿玖总是我的亲弟弟，如今你师兄已经得救，你又何必耿耿于怀，不如就此化干戈为玉帛，岂不好？”

红凝直直地盯着她，半晌才吐出几个字：“余下的精魂？”

陆瑶做出惊讶之色：“莫非锦绣他没有告诉你？阿玖的三昧真火并不精纯。”

且不说凡间的事，花朝宫游廊上，梅仙缓步行来。前日花朝会时锦绣已当众宣布了她的继位者身份，加上她素日行事端正，侍女们敬服，见面都纷纷停下来作礼。她随口吩咐两句便径直往殿旁小厅走，刚到厅外，就见一名土地公等在那里，想是有要事回禀，原来锦绣清早奉诏去了天宫，迟迟未归。

见了她，土地公忙问候。

自那日赶去救了红凝回来，锦绣就一反常态，再没去凡间，更没问过红凝的事，只令各处土地公留意照看。如今这土地忽然前来，梅仙只当出了意外，立即询问。

那土地公摇头笑道：“倒也没什么大事，只因那位凡人姑娘今日走出了小仙的地界，往雍州方向去了，是以小仙特地来请示中天王，不知今后该如何看顾她。”

梅仙微微皱眉：“请示什么？吩咐雍州土地留意便是。”

土地公笑道：“仙使忘了，雍州是昆仑族的辖地，小仙无权入境，平日和他们更无交情，哪里使唤得动？”

“是我记差了，有劳你报信。”梅仙想了想道，“神尊大人应诏去了天宫，一时恐怕回不来，不如你先回去，待他回来我再禀报，省得叫你久等。”

土地公一想也是，谢过她，自回下界去了。

照凡人的脚程，短短两三个月就进了昆仑族的地盘，这也太快了些，倒像是有目的地在赶路。梅仙反复寻思，越想越觉得不安，索性叫过一名仙娥吩咐道：“我有要事去天宫一趟，你且跟桂仙使说声，这里劳他看着些。”待仙娥应下，她便匆匆出宫驾云而去。

偏殿上，神帝看着如山奏折，拿起一本瞧了瞧又扔下，冷哼道：“短短一个月就能闹出这么多事，朕对他们也佩服得紧。”

锦绣笑道：“师父当年说，这叫能者多劳。”

“还记得他老人家的话，你也不至于太糊涂。”神帝往椅子上坐下，“晋升在即，听说你这两个月极少外出，很是用心，不知进境如何？”

锦绣道：“尚可。”

他既这么说，应该是有把握，神帝点头道：“没忘大事就好，你先安心度劫，至于那丫头的事，归位之后再理会也一样。”

锦绣道：“我明白。”

归位之后又能如何？凡间十世，她与那人的姻缘早已了断，他本以为逆天改命就能弥补当初的亏欠，纵然她当不了他的神后，至少能将她带回原来的地方，谁知到头来还是难逃天意。先后为两个人发誓“永不修仙”，她已经不愿回来，一番心力注定白费了。

神帝瞟他一眼：“罢了，你知道轻重，不爱听朕就不说。”

话音刚落，一名侍卫匆匆从外面走进来，跪地禀报：“花朝宫梅上仙有急事求见中天王，现等在殿外。”

锦绣意外。

神帝没在意，抬手道：“想是你宫里出了什么事，天色不早，且退下吧。”

锦绣答应着，起身出殿。

巍峨神秀的昆仑山脉一带仿佛与世隔绝，但见古树香藤，奇花异草，鸟兽成群，更有无数洞天福地，多产灵芝仙药，不愧是钟灵毓秀之所，历来不少真人都爱来此处修行。山中也住了些世代采药为生的山民，只不过深山人少，常常十几二十里都见不到一户。

一间废弃的木屋中，红凝大略收拾了下，准备歇息。

日落月升，阴气渐重，昆仑山得天地灵气，更少不了山精木魅，入夜都出来游荡，群妖聚集，红凝身在屋内，依稀就能感受到外面的妖气，不远处还有几座幻化出来的园子。对此红凝倒不怎么担心，只习惯性地用了几道符，让寻常妖孽难以接近——玄境既然就在这一带，昆仑天君脚下，它们绝对不敢作怪害人。

麒麟洞在昆仑山玄境，玄境是昆仑神族的居所，红凝要入玄境，不可能瞒过昆仑天君。据说玄境的入口在玉虚峰一带，至于究竟是哪里，陆瑶却碍于天条不肯说。但既然这里已是昆仑神族的辖地，凭自己曾经的身份，要设法见昆仑天君一面也不难，难的是怎样说服他放自己进去，见面机会必定只有一次，怎样才能把握住，还须考虑周全。

三世的守护，换得灰飞烟灭的命运，情虽永恒，人已不在，原本以为那就是结局，谁知道事情出乎意料地有了转机，红凝抑制住心中激动，遥望夜空。

“当初他侥幸余下一缕精魂，昆仑天君借助九界之水，养足灵气，再辅以麒麟洞天火锻炼，为他重塑了身形。但那麒麟是上古神兽，守护昆仑族数百万年，要借麒麟天火，必先与它签下一个契约，供它驭使千年。你那师兄这千年就要被困在麒麟洞里，受尽天火煎熬。”

“只要进洞将他平安带出来，就能免去千年的煎熬。这是十万年前正宗祖师赐予我父王的瑶池金莲露，仅此一滴，若将它浇到麒麟身上，麒麟便会沉睡片刻。趁机取得麒麟血，你二人就可结永世之缘。”

突然听到这样的消息，红凝如何能不激动，甚至可以不去计较话中那些算计的味道。永世之缘先不说，她只希望救他出来，使他免受天火煎熬。她之所以日夜兼程赶到昆仑山，是因为此事万万不能教锦绣察觉，否则难免生出麻烦，当初他不肯如实相告，可见正是想阻止自己。

月色冷而明，木屋周围妖气更重。

红凝心生警惕，眼睛瞟到包袱，忽然明白了缘故。瑶池金莲露是难得的至宝，别说人间，天上神仙也难求，正是它的灵气吸引了众妖。红凝从包袱里取出那只玉瓶，多下了道封印。

灵气再不外泄，窗外果然逐渐安静下去。

“你要做什么？”有人扣住她的手。

还是瞒不过他。红凝知道挣扎没用，无奈地抬脸看着他：“你说过不会干涉我的路。”

“瑶池金莲露，”他打断她，轻易将玉瓶取在手里，面色难看至极，“谁给你的？”

红凝立即沉脸：“还我。”

他忍怒，隐隐显露威仪：“面对麒麟天火，神仙也难逃灰飞烟灭的下场，何况你只是个凡人。”

计划受阻，红凝抑制住心中不悦，打算好声气地商量：“白泠的事你一直瞒着不告诉我，是怕我去救他？我知道你是好意，但现在有希望，瑶池金莲露可以让麒麟沉睡。”

他摇头道："哪有你想的那么容易，是陆瑶跟你说的？"

见他没有否认，红凝更确定陆瑶说的是真话："当初我执意报段斐之恩，是你用瑶池水助我脱胎换骨，使我免去灰飞烟灭的下场如愿留在人间，我很感激你。但你也知道，我当时决定报恩，就不怕什么灰飞烟灭，现在白泠要忍受天火焚身的苦楚千年之久，我不能眼睁睁地看他受煎熬。"

岂止是瑶池水，她的魂魄是他受了八十一道天刑才保住的，岂能这么轻易就让她为了别人送掉？他看着她，凤目中终于有了无奈之色，语气柔和下来："他得了九界之水，借麒麟天火重塑身形，千年后自会解除契约出来。何况纵然找到他，他也不会记得你了，你不是喜欢人间吗，怎的不惜命？"

红凝坦然地道："我喜欢人间，是因为人间有我想要的东西。被困在麒麟洞，日夜受天火之苦，他费尽心思护我三世，现在还要因我受千年苦刑，我是无论怎样也不会安心的。陆玖的事我已经不恨你了，前世过往我也放下了，但这次你若再干涉，我不会原谅你。"

锦绣依旧扣着她的手不放："不要去。"

他当然知道天火之酷，因为知道，更明白凡人去的下场。

红凝皱眉道："这是我的事，你还不明白？"

他淡淡地道："我不会让你去。"

红凝终于失去耐性："你是神，怎知人间情？放着那么多神仙妖怪作恶不管，浪费这么多工夫在一个凡人身上，本来你我做不成朋友也能当路人，可你一再自作多情插手我的事，你当自己是谁！"

他沉声道："此事非同儿戏！"

见他欲作法，想是又要困住自己，红凝既惊且怒，口不择言："中天王总缠着我做什么？想要就直说，有未婚妻还跑来纠缠别的女人，是想左拥右抱呢，还是只想尝尝凡人的滋味？"

他恼火："你还要胡闹到几时？"

"我胡闹？"红凝突然贴近他，"是谁一直念念不忘总往凡间跑，不就是因为得不到所以旧情难忘吗？可我都转过十世了，不知有过多少男人，早就不是当初的小茶！"见那双眼睛越来越危险，完美的面具逐渐被撕开，她全不在意，"我是真正喜欢过他们，算来你只不过是其中一个，而即使是那次，也是不巧在年少无知时被你引诱了——"

话未说完，就被突如其来的吻堵住。

他的表情没有太大变化，可那手臂的力道几乎要将她勒断气，还有惩罚似的毫不留情的吻，依稀透着怒意。

俊美的脸近在眼前，仿佛多年的等待，红凝有点失神，没有挣扎，反倒笑出了声。

嫉妒？他会嫉妒！

这个神仙果然对她有情，有情就对了，有情才能报复啊。

红凝拿手擦擦嘴道："我曾经不知幻想了多少次这样的场景。当初我最喜欢你的时候，追着缠着送上门，你不当回事，如今我放弃你，你却放着美貌的未婚妻不要，偏要回来找我。原来不只人犯贱，连神仙都是犯贱的。"

"想报复？"他抬起脸，目光平静。

"怎么，你怕了？"她继续刺激他。

他微笑着，将她丢到了床板上。

床板冷硬，她就像一条待宰的鱼，看着身上的人："你的未婚妻都吃醋了，才想要帮我和师兄结永世之缘，是麒麟血吧？春宵一刻值千金，想偷情就抓紧机会，过了今夜就没你的份儿了，我也没尝过神仙的滋味——"

恶毒的话没有机会继续，他俯下脸。

因为太明白，他亲手将她推开，推到别人的怀里。

麒麟之血，她竟想与那人结永世之缘。

险些沉沦在那热情里，红凝尽量分散注意力。不知何时身下床板已变得柔软，散发着丝丝淡香，她伸手抓起一把，是数片花瓣，有鲜红的，有金色的，红的是茶花，金色的却不知道是什么花。

进入的时候，他恢复温柔。

花瓣从指间飘落，她疼得皱眉，全身颤抖，却还是笑着伸手摸摸他的脸："你总是这么温柔如水的样子，可真叫人厌恶。"

他接受她的挑衅，继续挺进。

被完全进入的一刹那，她忍不住紧紧抓住他的手臂，明显感觉到他也一颤。

他停了动作，轻轻拂去她额上的冷汗。

她看着那手片刻，缓缓掀起金色袍袖，袖中，目光所及之处几乎没有完整的肌肤，一道道疤痕纵横交错，触目惊心，顺着手臂往上延伸。

"身上也有？"

"会好的。"

"你以为我会心疼？"红凝看着那些伤痕道，"为天庭效力，果然卖命得很。"

他轻声道："为何总要说这种话？"

她厌恶这样的语气，微嗤。

不待她再说，他忽然动作起来。

她痛得皱眉轻哼，接着便任性地咬住嘴唇不肯再出声，倔强地盯着他的眼睛，双腿紧紧缠住他的腰，手却更加用力地抓着他的伤处。

伤痕带来剧痛，他却丝毫没有停下的打算，直到有血迹沁出外袍。

大约是报复得逞的缘故，痛楚逐渐变作快意，她终于松开手，筋疲力尽完全瘫软。

他暂停了动作，静静地看她。

她剧烈喘息，挤出一丝笑："得不到就想要，得到了，滋味也不过如此，中天王贪欢犯了天条，可是后悔？"

报复他，她就这么高兴？第一次，那双凤目中没有了半点温柔，他冷冷地警告："不要再说这种话。"

她犹如在风雨里颠簸，半是快乐半是痛苦地挣扎，几番被抛入云端，被无数花瓣包裹着、亲吻着。他在她体内肆虐，带来热潮翻涌，整个人似要融化掉，她终于在进攻下渐渐失去意识，任由他摆布。

朦胧中，有人在她耳畔问："一定要去救他？"

心境似清明了点，她累得不想睁眼也不想说话，点了下头。

"我不能阻止你？"

她摇头。

停了半晌，那声音才重新响起："我会替你想办法，但你须答应我，不可擅自行动。"

许久，她终于几不可察地点了下头。

"真想忘记我？"

不待她回答，他紧紧抱住她，再次将她送上云端。

第三章

麒麟天火

天书阁外无人把守，平日里递茶伺候的仙娥也不见一个，气氛未免异常得过度，似是有心的安排。锦绣缓步进门，迎面便见神帝坐在椅子上，神色难辨，面前案头更无一本奏折。

"师弟一夜风流，心情不错。"

"帝君既已知道，想必也猜出我要来求什么了。"锦绣微笑，轻撩衣摆跪下。

神帝道："你要求什么，朕如何知晓？"

锦绣道："违反天条，锦绣特来请罪。"

神帝不在意地道："你行事素来有分寸，凡间寻乐而已，算不得违反天条。"

锦绣沉默片刻，道："师兄知道我的意思。"他不能放下，逆天改命，想方设法诱她修仙，这些都不仅仅是因为内疚。

神帝端过茶喝了一口："只有求着免罪的，没见非要受罚的。"

锦绣道："求师兄下旨，解除我与北瑶天女的婚约。"

神帝点头道："朕明日便下旨。"

他答应得这么爽快，早先准备好的话反用不上了，锦绣略觉意外。

神帝道："除了朕，还有谁清楚你这固执的性子？朕不成全又能如何，砍了这条臂膀？"

听出话中讽刺的意味，锦绣松了口气："多谢师兄成全，当初我已放弃过她一次，如今不想再放，一切后果由我承担。"

神帝冷笑道："你能承担多少？昆仑天君娶了凡人，他的下场你看见了，如今你最好谨慎些，中天的重任还要指望你。"

锦绣道："让师兄失望了。"

神帝道："朕倒不失望，只不过师父若知道，必定失望得很。再有一件，虽说朕答应解除你与天女的婚约，但天条不可废除，你二人终是仙凡有别，朕的意思是先放一放。"

锦绣道："我会劝她修仙。"

神帝沉吟道："当初朕看那丫头有些意思，不过要做中天王妃……"

锦绣道："不能立她，自然也可以不立别人，中天只需一侧妃便可，至于能拖到几时，将来锦绣若再不能保住中天之位，也定会为师兄寻出一个合适的人来。"

神帝担心的无非是这事，闻言似笑非笑地看着他道："多少地方都可做那些事，下回不必专程跑去昆仑族的地界。"

锦绣起身道："师兄说笑。"当时会失控，也是他万万没想到的。

神帝忽地道："听说北界王丢了瑶池金莲露。"

锦绣取出玉瓶递上："是天女拿的，来日再与北界王赔罪吧。"

面上闪过一丝奇异的神采，神帝随手接过玉瓶放入袖中，略带嘲讽地道："今日遂了你的愿，你是不是也该陪朕喝两杯？"说完他站起身，"坐在这里看了一万年的奏折，朕也闷得慌。"

锦绣道："她尚不知情，我……"

神帝冷哼："过河拆桥也不必这么快。"

想到她被自己作法困住，外人是进不去的，锦绣目光微微闪烁了下，含笑道："师兄金口，岂敢推托。"

空荡荡的木屋，孤身一人躺在床上，衣裳穿戴整齐，让人忍不住怀疑昨夜只是做了场春梦。然而身上的痛楚是真真切切的，红凝努力适应了些，挣扎着起床下地，那些美丽柔软的花瓣逐渐消失，只剩下冷硬的床板，证实着发生过的事。

包袱好好地挂在墙上，周围一切都是原样，人已不见了。

红凝看着床呆了半晌，转身，发现门内光线尚可，门外却还是黑夜，无尽的黑暗，什么也看不见。明白过来之后，她隐隐又生起怒意，从今往后恐怕永远都走不出这扇门，他这是什么意思？

面前忽然有点点光芒飞起，仿佛星光萤火，汇聚成一个“等”字。

这是让自己等他回来？红凝咬紧唇，别过脸，心里五味杂陈矛盾万分，不知为何还是松了口气。“我会替你想办法”，昨夜说话的人真是他，自己是不是应该相信他一次？

一个人影自黑暗中现身。

红凝立即抬眼，看清来人之后不由得怔住。

陆瑶微笑道：“你不必等了，他正在陪帝君喝酒。”

知道她的身份，红凝始终难逃自责与羞愧，默然不语。

借着帝君的天珠果然能冲破他的法阵，眼前的女子略显怯怯，身上已有他的痕迹。陆瑶打量了她几眼，叹道：“其实当初我就见妹妹特别，怪不得他喜欢。”

这就是正室见小妾的场景？红凝暗暗自嘲，“特别”二字还真恰当，他对她的感受就是特别居多吧，毕竟不自量力敢当众跟他表白的小妖不多。

陆瑶上前拉她的手，亲切地道：“我并不是那不容人的，妹妹放心，是他叫我来接你。”

如今要她和害了白泠的凶手的姐姐共效娥皇女英？红凝后退两步避开，突然觉得自己卑鄙且可笑。

她与他纠缠这么久，努力找回了前世的记忆，却一直忽略了另一个问题，这千年里他已有了未婚妻。“我会替你想办法”，男人在床上的话果然不能当真，昨夜的事原本就是她任性而为。让一个神仙和凡人纠缠不清，必定招致天谴，她恨他左右自己的命运，妄想报复，到头来却把自己算了进去，差点相信他。

他一边陪帝君喝酒一边让未婚妻来收拾场面，让她觉得自己现在的身份就像是他藏在外面金屋里的小妾，现在终于征得家中夫人的同意，特地来接她回去见人。他怎会不知道她面对陆瑶时的尴尬，却还是这么做了，或许他认为这是对她最好的安排，因为怜悯她，不忍看她去麒麟洞送死。

罢了，是真是假又不重要，这样让她彻底死心才好。

红凝转脸看着门外黑暗，语气平静而带着歉意：“我不过是个凡人，怎敢高攀？你好像误会了，我并不是在等他。”

陆瑶道：“昨夜的事我已知道了。”

红凝道："寻乐罢了，你太当真。"

陆瑶为难："但他叫我……"

红凝打断她道："你也看见了，我是被他强行困在这里的，现在我只想出去。"

陆瑶道："还是要去救你师兄？"

瑶池金莲露已被拿走，红凝沉默。

有帝君在，出事也不会怪到自己头上。陆瑶微笑道："送你去玄境容易，但如何说服昆仑天君放你进麒麟洞，要看你自己。"她取出只玉瓶，"他把这金莲露还给我了，无论你用不用得上，就当是我和阿玖的赔礼吧。"

浓浓的酒意早已被疼痛驱散，彻骨之痛，几次险些令他坠下云端，他拉了拉被风吹起的袍袖，忍不住微笑。所幸他早有防备，方能瞒过神帝，晋升在即却触犯天条对凡人动情，不可能这么容易就被宽恕。虽说耽搁了半日，但他总算如愿办成了事，神帝固然有心，却不想他也在打主意。

回望云外天宫，他微微黯然。

行事狠绝、老谋深算却情同手足的师兄，当年同领师命，如今天庭外忧内患的情形下，自己不得已骗过他，脱身离去，留下他独力支撑正宗。

自己终于还是选择她，因为已经将她推开太久，为天庭尽心十万年，剩下的时间给她也无妨。

对付麒麟天火，并非只有正宗的瑶池金莲露，昆仑天君也希望自己的儿子早些解除契约出来，少受煎熬。

得麒麟之血，结永世之缘。

不得天庭永恒，便求人间永恒，天火之威非同寻常，后果实难预测，所以要获得更大的把握，还须先去见昆仑天君一面。而此刻，他只希望早些见到她，让她明白，他没有忘记承诺的事，一切都计划好了，事情正朝着预定的方向发展。

源自执掌中天十万年的自信，他自认行事周密尽在掌握中，哪知此刻却忽然生起一种不祥的预感，越来越强烈。

神帝在酒中做手脚，自然不是好意，但碍着他的面，应该不会主动对她下手，而她也答应过不会再擅自行动，何况离开时他还留了话。

废弃的木屋安静地卧于树林里，里面却隐隐有微光。

神帝的天珠！心中最坏的猜测被证实，他脸色一变，神帝此刻安坐天宫，木屋里的人又是谁？很显然，知道昨夜之事的不止神帝一个人，没料到他们算计得这么快，他刚才因那件事不得不耽搁，倔强的她竟连这一天的工夫也不愿等。

他转身直奔玄境。

麒麟洞在昆仑玄境，洞外十里红沙，热浪阵阵向四周扩散，里面锁着一头上古神兽，守护昆仑达数百万年之久。面对麒麟天火，神仙也难逃灰飞烟灭的命运，想当初它为害天地，昆仑老祖与众神合力将其锁在洞里，念着天火有重塑魂魄之能，便封它做了昆仑守护兽，立了契约，将此洞送与它安身。

紫冠明珠，黑袍玉带，长相威严，正是昆仑天君，此刻他负手立于洞外，眼睛望着远处，仿佛在看那十里红沙，又仿佛在观测天边风云之象，神色复杂，甚至难得带了一丝黯然，应该是想起了亡妻。

十来名随从脸上都有震惊之色。

有什么东西重重撞击心口，他冷静地走下云头："人呢？"

昆仑天君看着他冷笑了几声，答得也古怪："还是来了。"

竟然不小心将凡人放进麒麟洞，旁边随从都知道这是大事，见他面色不好，忙过来解释："天君只是答应带她来这里看视，谁知她忽然跑进去了。"

他看着洞口，很快明白缘故。

无形的封印将麒麟洞里外隔绝开，外面的法力不能到达里面，她突然跑进洞再遁走，众神拦阻不及也是可能的。更主要的缘故是，谁也没想到除了主动求死的昆仑天妃，还有凡人也敢闯麒麟洞。他们当时恐怕都很震惊，等反应过来，她早已无影无踪了，而这里谁也没有胆量跟进去抓她出来。

只当正宗神族的人特地前来找碴儿，一随从冷笑道："此事说来奇怪，若无人护送，区区凡人怎有能耐闯入昆仑玄境。"

当年正是中天王卜算泄露消息，正宗神族的人才悄悄将闻夫人送进来，导致昆仑天君难度情劫，丢了天庭之主的位置。而后闻夫人主动进麒麟洞，大义之举反倒赢得了昆仑一族上下的尊敬，昆仑众神由此更加记恨正宗神族，这次又有凡人被送进来，他们自然要借机讽刺一番。

另一随从附和道："这事也不是第一回，中天王法力无边，何不再行卜算，看看是谁——"

他打断那随从："进去多久了？"

随从愣了下，不由自主地顺着回答："小半个时辰。"

凡人哪能在麒麟洞里活上小半个时辰？他笑了笑，这点希望应该比天河沙还小，但若无希望，方才他费尽心机做的这些又算什么？她总是有能耐让他白白忙上一场，却不忍生气！

不再多问什么，他大步走进麒麟洞。

当年闻夫人导致昆仑族动荡，"凡人"二字几乎成了麻烦的代名词。这次的凡人来得更好，索性二话不说就钻进去自寻死路，带累的又是这样的人物，众随从皆动容，面面相觑，一时也忘记门族之见，忍不住失声唤道："中天王。"

昆仑天君只漠然朝洞内看了一眼，抬手制止道："不必叫了，叫人去报昊天便是。"

通红的岩洞，扑面的热浪，几乎让人窒息，洞中每前行三丈便设了封印，法力不能穿透的封印将长长的通道隔成许多段单独的空间。

终于，红凝前面出现一个天然的洞厅，宽阔如小广场。

广场中间地面上没有柴火，却燃着一团熊熊大火，烈焰中，一名白衣少年闭目而立，完美的脸上不露半点痛苦之色，只是紧锁了双眉，唯有从那咬出血印的唇与那紧握的、颤抖的手，方能看出他到底忍受着怎样的酷刑。

麒麟天火，神仙遇见也难逃灰飞烟灭的下场，然而有人也能借它重塑精魂，只不过代价惨重：凡是与麒麟立下契约的人都要受天火千年煎熬，日夜不休。

说不清是愧疚还是心痛，红凝停住脚步，眼泪夺眶而出。

孤身行走世间这么久，突然回头，曾经世上毫无保留地对你好的那个人此刻却在你面前受酷刑煎熬。

他正好朝这边看过来，缓缓抬眼的动作依旧迷人，眼中冷漠之色一如当年，多带了点意外，还有陌生。

红凝张了张嘴，没喊出声。

反倒是他先开口了，语气疏离："我在这儿快两年了，你是第一个进来的。"

红凝垂眸，拭去泪水："这样……痛不痛？"

他轻哼了声，随即又皱眉，声音难以察觉地颤抖着："算你走运，它每过半年都要来回巡视一圈，此刻到那边去了。"

红凝道："你想不想出去？"

这分明是废话，他不耐烦，挥手拂开眼前一缕挡住视线的火焰："能走我还不走？速速出去，它快回来了。"

红凝这才看清，他的双腿似被一条火索牢牢缚在地面，看来正是在履行麒麟的契约，必须让麒麟沉睡才能脱身。红凝迅速冷静下来，扫视四周，却见岩壁上有大大小小无数洞穴，里面是弯弯曲曲的密道，不知通往何处。

她简洁地问："它进了哪一个？"

他愣了一下，明白她的用意之后脸色更差："我父王叫你来的？"

红凝摇头道："是我自己要来救你。"

他终于有了兴趣："我并没见过你。"

需要怎样的决心才能守护凡人三世，最终却差点落得灰飞烟灭的下场，他不记得也好。红凝沉默片刻，微笑道："你只需要告诉我它进了哪个洞就行了。"

他冷冷地道："我不必你救，快走！"

他还是那个面冷心热的人，红凝后退两步，笑道："我能进来，自然有办法救你，你不说，我便不走。"

他嗤道："你不过是个凡人。"

红凝沉了脸："你看不起凡人吗？"

他摇头，忽然压低声音道："它回来了。"

红凝立即问："哪个洞？"

天火煎熬，昼夜痛苦难眠，这样的苦刑还要延续千年，若能早点逃出去自然最好不过。见她铁了心要留下来救自己，他终于抬手指了指远处岩壁上的一个洞穴："它见到陌生完整的魂魄必会发怒，当心别激怒它。"

红凝立即朝洞口走。

伴随着悠长的啸声，一团巨大的火球出现在洞内，正朝外面走来，沉重的脚步压得地面发颤，半空中热浪更加汹涌，皮肤被烤得隐隐作痛。

陆瑶是不是真那么好心，红凝没兴趣多想，只知道她也没进过洞，能透露的消息有限，顶多是天界传言。因此红凝当然不会相信那轻描淡写的话，也曾想过各种严重的情况，然而眼前的一幕的确太叫人震惊了。

那团火球高约三米，仔细瞧，依稀可以辨认出它的轮廓，那根本不是火，而是只怪兽，浑身火一般的颜色。烈焰就像是它的皮毛，它全身都笼罩在火焰里，让人根本分不清楚哪里是鼻子哪里是眼睛，每行一步，脚落处，地面岩石都熔化作通红的岩浆。

红凝握紧手中玉瓶。她来之前留心检查过，玉瓶内灵气充沛并无变化，瑶池金莲露是真的，而且锦绣也承认过它对麒麟天火有制约作用。

热浪逼人，麒麟终于探头出洞。

瑶池金莲露浇上天火，只听得哧的一声，凉气迅速弥散，整个洞穴变得不那么热了，麒麟脚下的岩浆重新冷却，变作坚实的地面。

红凝心喜，迅速后退，谁知还未等她站稳，炽热的火焰就朝这边扑来，同时伴随着白泠的怒斥声："不知道浇它的眼睛吗？蠢材！"

眼睛？红凝立时明白过来，苦笑。

陆瑶自然没那么大度，谁会容忍未婚夫和另一个女人纠缠不清？这件事从头到尾都是她设的局，瑶池金莲露的确能对付麒麟，但必须浇进它的眼睛。半真半假，话说得这么高明，怪道自己试探锦绣和昆仑天君时都没发现破绽。这次还是低估她了，她并不是真盼着自己与白泠结永世之缘，而是要让自己灰飞烟灭才彻底放心。

周围的凉意让麒麟很不舒服，马上意识到自己的地盘被人入侵，被激怒了，摇首冲过来。

别说金莲露已没有了，就算有，红凝眼下也根本看不清这只麒麟的眼睛，上古神兽之威，岂是狐族的三昧真火能比的？红凝慌忙捏个诀就想遁，却又听白泠喝道：“这里遁不了！”

原来当初制伏麒麟时，昆仑祖师亲自在此设下了封印，一代老祖的封印谁能突破？

五行遁术也用不了，红凝心直往下沉，忙扑到一旁，总算避开。

不容她喘息，危险的火焰又扑来。

耳畔依稀传来白泠的吼声。

灰飞烟灭？红凝忽然很后悔，当初他当着自己的面死在三昧真火之下，如今自己却要当着他的面灰飞烟灭，他虽然不记得，但性子一点没变，将来多少还是会内疚吧。

麒麟见到完整的魂魄会立刻摧毁，那魂魄不完整的呢？绝望之时，红凝脑中竟有个古怪念头闪过：这洞里唯一能安然活下去的就是白泠，因为他精魂不全，要借天火重塑身形，所以与麒麟订立了契约，倘若自己的魂魄也残缺不全，是不是也能与麒麟谈判立约？

红凝急中生智，越想越觉得这道理无懈可击。

既然不能救他出去，那就留下来，至少不会让他一个人在这里受煎熬。

想到这里，红凝索性不避了，举手念咒想要抽离魂魄。

白泠惊道：“你做什么！”

话音未落又有金光闪过，一股大力将她从原地推开了三丈。

看看来人，红凝也惊道：“你来做什么？！”

第四章

永世之缘

想不到在这里面还能见到完整的人，锦绣微笑，撕下着了火的衣角丢开：“你以为麒麟的契约是人人都能立的？”

接连有两个陌生人闯进领地，麒麟显然被激怒，吼叫的声音震得人耳膜发疼，紧接着，原本清凉的洞穴内便燃起了熊熊大火，封死了所有出路，看架势它是不将两人魂魄连带肉体彻底毁灭绝不罢休。

麒麟洞有多危险，自己是无知者无畏，他却最清楚不过，红凝怒极：“谁叫你进来的？

还不快走！”

火光映照他的脸，凤目中温柔更多，他长叹一声，拥她入怀：“你没事就好，不要再任性。”

整个洞穴如同大火炉，烤得人口干舌燥，火势逐渐蔓延过来，烈火中，麒麟的身形若隐若现。

万万想不到是在这种情况下站在他身旁，红凝别过脸，冷冷地道：“我从没想过跟你死在一起，你明知我是进来找他的，何必再做这些，你的法力呢？应该能冲出去吧？”

大约已猜到发生的事，他并没有指责她方才愚蠢的自杀举动，只是看着面前烈火点头，温和的声音自有一派不容抗拒的威严：“自然能，我不是答应过帮你救他出去吗？此事容易，稍后我说走，你便带他跑，我随后便来。”

他扣住她的下巴，很快却很真实地在她唇上吻了下。

感觉他动作轻佻，红凝正要发怒，宽大的怀抱已经撤去。

他长袖挥过，通天的法力施展开来，熊熊天火迅速朝两旁退去，清晰地现出中间麒麟的影子还有被火索束缚的白冷。

火索忽然断裂。

契约被毁，麒麟狂怒，朝这边猛扑过来。

红凝来不及想太多，耳畔就传来他的声音：“快走，否则都难逃出去。”

被推出三丈，眼睁睁看着他的身形消失在火海，一切发生得太突然，红凝犹自发呆，一双手从旁边伸来拖起她就朝外面跑。

烈火中生生被开出条路，二人刚冲出火圈，已站在长长的通道里，身后大厅入口再次被火焰封住，里面的情形再也看不到了。所幸这里距洞口不算太远，趁着麒麟没有追来，两人应该可以安全逃出去。

“想不到他有这等法力，能逼退天火，极像父王提过的正宗《通海》之术。”身旁人还是有一张冷漠的脸，拉着她的手却十分温暖，正如小时候他带着她四处跑时的温度。

红凝忽然站住：“你先走。”

白冷道：“火一灭，就走不了了。”

火真灭了的话，就说明里面的战斗结束。红凝推他：“你走吧！”

大约是知道她的决心，白冷看了她片刻，不再说什么，大步朝洞外走去。

他的身影刚刚消失，身后忽然传来麒麟的咆哮声，洪亮凶恶，脚下地面不住颤动，与此同时，宽阔的洞厅内，熊熊天火瞬间熄灭。

不知是不是错觉，红凝只觉得周围冷得很，从四肢一直冷到心头，冷入骨髓。

是因为少了那宽大的怀抱吧。

每次有什么事，那怀抱总会等着她，有着淡淡的温暖，带着点无奈。被掌握的感觉让她厌烦且愤怒，或者说，害怕对这种感觉产生依恋，所以她用尽恶毒的话去讽刺他，去伤害他，想让他知难而退，可如今，她急切地期盼着再被拥抱一次。

昨夜，他满身的伤痕令她触目惊心，十分不安。

红凝扶着洞壁，木然地往回走。

令人窒息的寂静中，宽敞的洞穴不见半点火星，寒意弥散，洞厅中央，一只全身长着火红色鳞甲的怪兽四爪伏地，一动不动似已睡去。

旁边，一袭锦袍格外显眼。

他正俯身看那麒麟。

眼泪忽然落下，红凝咬住唇没有叫出声，快步过去拉他。

他微笑着，反握住她的手。

一滴殷红的血印在她手心，缓缓消失。

红凝甩开那手，转身就朝洞外走，却被他拉回怀中紧紧抱住。

洞外早已等了一大群神仙，不只昆仑神族的重要将领，北界王与陆瑶等也赶到了，中间当先两个正是昆仑天君与神帝，两人神色各异。昆仑天君眉头微皱，不知在想什么，神帝则面色阴沉，身后白泠紧紧盯着洞口，冷漠的眼睛里流露出一丝担忧，目光黯然。

先前听白泠说起里面的情况，众人几乎不抱希望，数十万年以来，从未有人进了麒麟洞还能安然逃出来的，如今见二人平安，喧哗声骤起。事出意外，昆仑天君忍不住也露出一丝惊异之色，瞟了眼旁边的神帝。神帝却只冷冷地看着二人，面色依旧未见好转。

锦绣先与昆仑众神将招呼过，接着走到昆仑天君面前："多谢天君。"

昆仑天君目光闪烁地道："中天王法力通天，佩服。"

锦绣摇头道："麒麟是上古神兽，我能逃脱只是侥幸罢了。我碰巧发现有人在洞内留了片昆仑冰晶，想是怕谁一时冲动跟进去，所以事先带了片昆仑冰晶，结了道简单的印，一心要保后来人全身而退。"

昆仑天君终于动容，半晌才道："是她。"

虽是凡人之躯，但身为昆仑天君的妻子，闻夫人因为自己害丈夫丢了天庭之主的位置，也曾勉力修仙不想再拖累丈夫，所以懂得些浅薄法术。然而后来她才知道自己命中无仙缘，一直是丈夫以通天法力为自己续命，自己却因身份问题屡次为他带去劫难，生白泠时又遇险拖累他，以致他晋升时差点散尽全身修为。诸多无奈之下，闻夫人终于万念俱灰，决定放弃，主动进了麒麟洞，落得灰飞烟灭的下场。

然而谁也不知道，闻夫人一心求死，保全丈夫，进去时特意带了块昆仑至宝神族冰晶，还结了道印，怕的就是丈夫冲动伤心之下会跟进去。事实上，昆仑天君的确险些跟了进去，只不过被众将死死拦下，而后昆仑祖师遣人抱来白泠才作罢。

而那块冰晶，留在洞内五千年，如今恰好派上用场。

锦绣微笑道："当初是我算计天君，害得天君难度情劫，如今叫我也遭遇此劫，果真是天意报应，天君怕是早已卜算到了。"

昆仑天君淡淡地道："本王并没怪你，救了小儿，倒要谢你。"

白泠闻言上前作礼，又走到红凝面前。

同样的脸，已经多了几分陌生，红凝忍不住黯然，人生轮回转世不正是这样吗？将来自己也会忘记吧，包括这里所有人。

白泠仍有些不解："你为何专程来救我？"

昆仑天君并不看红凝，先一步开口道："是我叫她来的。他们救了你，你母妃也救了他们，谢过便是，回去吧。"他停了停又道，"当断则断，天火助他重塑身形，从此脱胎换骨，修行就容易多了。"

白泠迟疑了下，果然退回父亲身旁。

昆仑天君转向神帝道："区区凡人竟能闯进我昆仑玄境，不知帝君作何看法。"

"朕会追查此事。"神帝点头道，"天君并没打算惩处她，反带她来麒麟洞这么重要的地方，或者那人正是知道她是天君的熟人，所以送了她一程，未免太自作主张，朕将来定然叫她与天君赔礼。"

昆仑天君一笑，象征性地道了声"告退"，遂率部族离去。

匆匆相见又匆匆分别，记忆中沉默寡言却对自己呵护备至的少年已不在，他甚至没回头多看自己一眼。红凝望着那白衣身影，张了张嘴，有点不知所措。昆仑天君刚才那句"当断则断"分明是说给自己听的，他历了此劫，已经脱胎换骨，将来必定修行有成，而自己将永远在人间路上行走，守护自己三世的少年从此与自己再无瓜葛。

锦绣强行握住她的手，走到神帝面前道："原来闻夫人之事，天君是情愿的。"

神帝冷冷地道："朕少了臂膀，他自然高兴得很。"

锦绣道："是我未能度劫，让师兄失望，若非师兄所赐《通海》，方才我们早已葬身洞内。"

神帝道："天女求朕带了最后一滴瑶池金莲露赶来。"

锦绣看向陆瑶："多谢天女。"

"这句多谢我已听得够了，没有别的？"陆瑶微笑道，"你当我是傻子，什么都不知道。当年为了替她削籍，你就受过天刑，之后你肯为胡月这么做，我以为你是看在我的面上，对我多少有些情分。"

天刑？替胡月削籍！脑子里似乎有什么炸开，红凝立即抬起他的手，掀起长袖，哪知看到的景象更让她惊恐：旧伤结了疤痕，却又添了数道新伤，手腕以上皮开肉绽，几处血迹早已染透了里面的衣衫，只因他穿着锦袍所以看不出来。

旧伤是他替胡月削籍受的天刑？红凝喃喃地道："为什么有新的？"

陆瑶道："当年你难度情劫，执意下凡报恩，本是要丧命天刑之下，他为助你脱胎换骨，代你受了八十一道天刑，可笑你却半点不领情。他从不曾这样对我，我不明白，你到底有什么好，值得他连神籍也削了，就为了跟你一起做凡人？"

北界王呵斥道："帝君跟前，不得放肆！"

陆瑶不理北界王，执意看着锦绣："退亲？我究竟哪点比不上她，要你这样嫌弃！"

锦绣沉默片刻，道："是我与天女无缘。"

陆瑶道："你也可以对我内疚。"

北界王叹了口气，拉过女儿的手道："他二人既得麒麟血，结永世之缘，你也该放下了，不可生出执念。"

"我不信！"陆瑶甩开父亲的手，优雅地踏上云头，眨眼消失在天际。

北界王摇头，与神帝道了声"告退"，便匆匆追着女儿去了。

神帝冷冷地看红凝："你很有能耐嘛。"

红凝只顾发呆。

锦绣轻声辩解："此事与她无关，师兄不该叫天女设计她。"

"无关？你当真糊涂！她便是你晋升的天劫，留着她你就不能归位。"神帝冷笑道，"逆天削籍，如今连自己的也削了，果然是我的好师弟。中天王宫空了万年，朕就是知道你的性子，所以当初一味由着你，只愿你能放了心结，以为你必不会忘记师父的教诲，顺利归位，你却好得很！修行二十几万年，做出的事连人间三岁小儿也不如，好！好得很！"神帝一连重复两次"好的很"，显是气极。

锦绣垂首道："是我叫师兄失望了。"

"自然失望，果真指望你，正宗就要葬送在朕手上了。"神帝拂袖而去。

两人互相搀扶着出了玄境，昆仑山上已黄昏，落日隐没，暮岚渐升，山鸟归巢，冷风吹过林壑，飒飒的声音格外动听。

红凝停了脚步："我说那么多话伤你，你这样又是做什么？"

他忍不住笑了："你以为什么人都能伤到我？"

红凝望着他。

"只有你能伤到我，你也只能伤到我。"他拍拍她的脑袋，将她搂在怀中，"你命中注定不能当神后。"

"所以你来当凡人，"红凝拉开那衣襟，轻抚他胸前的新伤旧伤，微笑道，"还给自己削了神籍。”

他轻叹：“当初我就预感到会有这天，所以放弃你。”

红凝道：“你现在也可以放弃。”

“来不及了，我只能陪你做人。”他抱着她往石头上坐下，“其实纵然你成了仙，也不可能嫁给我做王妃，但我不想再看你继续轮回转世，继续忘记前世，与我毫无瓜葛。你看这千年过去，我还记得你，你却连恨我也忘了，每当你嫁人，我就一年不能入睡。”

红凝伏在他怀中道：“所以你又骗我修仙，这算不算自私？”

“嗯，我一直很自私。”

他推开她，找回她，都是因为他的自私。而如今，他仍为一己私情辜负了族中期望。为中天做最后的谋划是唯一的弥补，算来奏本也快送到神帝手中了。

他低头道：“不要怪我不肯早些弃了神籍与你相守，因为那样只有一世情缘，我不甘心。如今有了麒麟血，不论转世到哪里我都会找到你。”

红凝在他脖子上咬了一口：“我也会找到你的！”

他轻轻颤了下，制住她的双手，微笑道：“我刚受了天刑，满身是伤，疼得没力气，你不许顽皮。”

红凝道：“你这是故意要我心疼？”

他没有回答，看着她道：“来世我便会忘了你，你也会忘了我。”

红凝挣脱那手，摸着他的脸道：“那正好重新开始，我们可以有很多相见的方式，然后永远在一起，这样不也很有趣？”

他点头，放开她：“方才麒麟洞里我已耗尽法力，怕是要变回原形了。”

红凝从他怀中站起身：“我要看！”

他指着远处道：“看那边。”

红凝没有转脸，抱胸笑道：“你别骗了，我不上当。”

锦袍自眼前挥过，遮住她的视线，她再看时人已不见，面前多了一株参天“大树”。它高约三四丈，枝叶闪着金光，周围瑞气腾腾，上面无数花朵盛开，大如车轮，竟然都是金色的，随风摇动，姿态万千。

红凝嘟哝两句，围着他转了两圈：“原来你的原形是这个，我从没见过金色的牡丹，比所有花都美，不愧是花王。”

“我本来就美，所以你经常望着我发呆。”他含笑的声音响起，“天女对我用过媚术。”

“一定失败，因为你比她更美，”红凝毫不迟疑地道，“她的美要靠媚术，你这样就很美，我当初追着你要做神后，肯定就是被美色诱惑，我要数数你有几朵花。”

牡丹摇摇：“数清了？”

红凝费力地数了半天，揉着眼睛喃喃道："八十朵。"

他笑道："差一朵就九九归真，晋升天神。"

红凝道："没了仙道永恒，你不后悔？"

他低声道："后悔有用？"

红凝不答，仔细看了两圈，发现枝干上有许多深深的伤痕，于是抬手轻抚："你还记不记得昨天晚上？"

暮色中，风更大，摇摆的牡丹忽然静止了。

他也会害羞？红凝正得意，却听他开口："我比你记得清楚，你后来一直在叫我的名字。"

这回轮到红凝脸红了，后来自己叫了什么根本不记得，因为实在太累。她抱着枝干笑，道出脑海里盘旋的古怪念头："若是我现在怀孕了，你说生出来的是小孩儿还是种子？"

"你可以试试。"他也忍不住笑了，"此世我不再是花神，事务已经交接清楚，稍后小梅会来送你我去地府转世。"

她紧张地问："来世呢？你一定能找到我？"

"有麒麟血在，我们虽不能得仙界永恒，却得到了人间的永恒。"锦绣的声音在风中飘散，更加温柔，"你曾为两个人发誓永不修仙，如今也为我发誓一次。"

"好，我发誓。"

第五章

相伴人间

暮春时节，满地落花，柳絮纷飞，正是外出游玩的好时候。园内的游人比平日更多，茶花是整个园子里最大的亮点，各色花朵缀在绿叶间，如碧波上的浪花，挺拔艳丽，不时掌声四起，这里正在举办一场盛大的花展。

一盆不怎么珍贵却开得旺盛的红山茶旁，红玲直起身要走，不料与身后的人撞了个满怀，站立不稳摔倒在地。

"走路不长眼睛吗？"旁边穿黑色西装的人呵斥。

"是啊，有人长着眼睛还撞了我。"红玲认真地点头。

"黑西装"被骂得噎住。

“算了，小心点，有没有伤到？”先前被撞的人扶起她。那是个俊美的年轻男人，穿浅灰色西装，凤目含笑，隐隐自有种威严与贵气。被他这么一说，旁边正要发作的“黑西装”立即闭嘴了。

自己仿佛在哪里见过……红玲呆了下，见他后面还跟着几个人，知道对方来头不小，自己再出言不逊很可能讨不到好处，于是老实许多，改为小声嘀咕：“脚好像崴了。”

他皱眉，看旁边的“黑西装”：“送她去医院吧。”

见他态度好，红玲自觉刚才骂错人，忙道谢：“谢谢，怎么称呼？”

“黑西装”冷着脸递过张名片。

金光灿灿的名片，红玲只注意到两个字，喃喃念着：“于锦。”她念完又皱眉，改为摸脑袋，“我好像听过……”

“应该是听过。”他微笑，眼睛瞟着她的手，“顾红玲，天和的？”

才进公司不到两个月，努力处理好诸多问题，步入正轨，难得出来看花展散心，红玲看看手中的员工牌道：“呃，是啊。”

他点头道：“我也是天和的。”

看他的样子不像普通员工，记忆里，天和集团上层好像只有一个人姓于，那……那……那不是年轻有为、英俊多金，只在上个月会议上露了一次面就引得全公司上下女同事花痴的总裁大人吗？！

确认名片上“天和”二字，红玲擦汗，马上忍痛展示自己的大方与吃苦耐劳的精神：“其实就是崴了下，没什么大不了，我可以自己走回去的。”

“黑西装”赞同，提醒他：“陆小姐还等着。”

“既然是我们天和的员工受伤，总不能不管。”看出她的窘迫，他调侃两句，吩咐“黑西装”，“不如这样，我先去，你送她去趟医院再过来。”

黑西装无奈，硬着头皮扶了红玲就走。

走出几步，红玲突然莫名心慌，忙回头看，果然对上他的视线。

那是一双温柔的凤目，正似笑非笑地看着她，映着朝阳，波光潋滟，身旁缤纷的花朵也黯然失色。

茶花丛中，相逢一笑。

我欲度你成仙，却被你度成了人。

——（全文完）——

番外

“咬人呢，疯狗！”

“还戒指。”

“少管闲事！”

“戒指。”

“傻瓜！信不信我再买你一命，掉一级的滋味怎么样，哈哈哈……”

“我现在就让你掉一级。”

…………

整个世界清静了。

“我砍死你！骗感情就算了，还好意思骗女人的东西，就你这人品也能叫男人？就一人渣！砍你又怎的？有本事起来打，别老像苍蝇似的叽叽歪歪的，我是掉了一级，你现在多少级？掉了十级不止吧？告诉你，戒指我非得要回来，再不还，见你一次杀一次，杀你到一级！”

死人不能还嘴，付涟单独发挥状态良好，骂得无比欢快，骂完收起武器，直接跨过地上的尸体扬长而去。

背后人群传来笑声。

“砍得好！人渣！”小白还不解恨，“他会不会又去风满楼买你的命？你都掉过一级了。”

付涟道：“怕什么？那个戒指花光了我们的积蓄，别便宜他！”

“就是！”小白挥着拳头道，“那个戒指值二十万啊，便宜他我就想不通！对了，小倩组织人手去陵西平原开荒，你去不去？”

“你们去吧，我随便走走。”

“又去吞火坪看花吧？有什么好看啊！”小白露出无语的表情，“八点帮里有人结婚，到时再见吧。哎，我好像想起什么又忘了……”

“……”

小白向来粗神经，这种事不是第一次，她采用惯常的处理方式：“不说了，回见。”

吞火坪。

大片茶花直铺到视线尽头，墨绿的枝叶上缀着或深红或浅红的花朵，灿烂如锦。花海中央有块倾斜的大石，石后生着一株近两人高的茶花树。付涟躺在石头上，这个倾斜的角度正好能饱览美景。一团团火焰般的花朵坠在头顶，鼻端似乎还有浅浅的香味，付涟不得不感叹游戏设计者的用心。

这是当前最红的一款拟真网游，名字很奇怪，叫作“界”。吞火坪是其中一处野外场景，在泌山地图之西，十分偏僻，用轻功回主城至少要半小时，又不适合练级，通常罕有人至，不过付涟很喜欢。

会在花丛里遇到一个人吧。

不知为何，付涟总会产生这种莫名的想法，听起来像是少女做梦。泌山地图开放一年了，除了最初那些新鲜的游客，付涟至今没在吞火坪见到一个陌生人。

眼前大片艳色逐渐变得模糊，昏昏欲睡之际，她脸上突然有丝丝凉意传来。

付涟惊醒，连忙伸手摸。

下雨了！

游戏中拥有现实般的感受，正是“界”的特色，这里每个地图每天有不同的天气变化。各大主城晴雨轩出售的小报上有天气预报，玩家可以花五个铜板购买，付涟省吃俭用没舍得买。

怪不得今天泌山几乎没人，原来要下雨，小白刚刚想提醒的就是这个吧！

在“界”里，淋雨超过十分钟可能产生致病效果，最麻烦的是，生病会有各种难以预测的发展，万一运气不好闹出个肺炎，你就等着被黑心医师剥削到只剩内裤吧。

负重影响敏捷和速度，付涟出门没带伞，忙翻身跳下大石找地方避雨，穷人病不起。

恍惚间，身后似有动静。

“谁！”付涟倏地转脸。

雨已经下得有点大，打在花叶间沙沙作响，除此之外好像又没什么了。

风满楼的影杀神出鬼没，之前那么戒备都吃了亏，付涟刚砍杀渣男，万分警惕，仔细地将周围找了个遍，没发现异常。眼看时间紧迫，吞火坪无处可避雨，原路返回也来不及出泌山了，付涟轻车熟路地运起轻功，踏叶过花海，直接跳下了尽头的悬崖。

悬崖高约百丈，绝壁陡峭，轻功高手摔下去也死相难看，但付涟常在这一带活动，发现峭壁间有些凸出可以落脚，倒让她琢磨出一条近路。也亏她操作能力好，要知道这些凸出很不规律，踏错一步必死无疑。在“界”里，死是会掉经验甚至等级的，付涟不久前遭遇暗杀身亡，从三十一级掉回了三十级。

付涟熟练地沿峭壁而下，不用十秒就到了崖壁中间。

雨丝如针，崖上已经聚集了一层浅浅的云气，飘浮游走，美不胜收。

突然，她左边隐约有白影一闪。

真的有人？付涟停止动作，立即将身体缩进岩石凹处。

在这种地方遭遇偷袭是极端危险的，不过换个角度，偷袭的人也在悬崖中间，未必强多少，何况还有谁比自己更熟悉这里的地势？每块石头、每个可藏身之处自己都一清二楚，占地利的其实是自己。

唯一不利的，是敌暗我明的状态。

艺高人胆大，付涟扣住一粒遁形丸，猛地弹指，遁形丸如流星般射出，打在遮挡的岩石上。遁形丸炸开之处，顿时一片浓烟弥漫。

与此同时，付涟冲出！

烟雾很快在雨中消散，露出清晰的岩石。

付涟并没有莽撞地冲上去动手，而是趁对方视线受阻时换了个藏身之处，化明为暗，观察对方的情况。

白影来处没有人。

崖间草木在风雨中摇动，遮蔽着一块薄薄的岩石，从别的角度难以发现，然而从付涟的角度却能清楚地看到，薄石如门帘，石后竟隐着个一人高的洞口！

付涟的心狂跳起来。

悬崖中间藏着一个洞，寻常人很难发现，难道是……未知领域？

未知领域在“界”中出现过几次，其中的巨大收获令人发狂。当初发现丘阳秘窟的人正是蝉联三届武林大会风云榜“第一高手”的剑客秦书，他最有名的杀招“地杀剑缚术”就是来自秘窟。所以游戏每开放一个新地图，玩家们都纷纷组队去开荒，也是想碰运气，当然一无所获的情况居多。

“界”完全模拟真实世界，除信件往来，并不能千里传音联系亲友。付涟激动地摘下控影仪，拿起手机给两个死党发短信，告知情况。

“在哪里？”两条短信几乎同时过来。

付涟把大致位置说了下，这次两人回的信息不一样了。

小白的短信一条接一条：“是不是真的！”“要帮忙不？我过来？”“哎，来不及了，你加油！”“进去没有？里面有什么？”……

小倩的就简单多了：“一次机会，抓紧。”

相比之下，这句话更有营养。继秦书发现丘阳秘窟之后，另几处未知领域也相继被发现，可惜 boss（守关怪物）太凶残，那位玩家进去就惨烈牺牲，然后……除了掉级就没有然后了。

第二天江湖小报公布：××未知领域探索失败，导致领域关闭。第二次的玩家聪明了，跑回帮里呼唤亲友，等他带着人马赶到，领域入口不见了……

付涟可不敢随便找路人帮忙，如今游戏中抢劫业兴旺着呢。

真是未知领域，她死一次也值！

付涟喝了半杯水镇定心神，做两次深呼吸，重新戴上控影仪回到江湖世界。她仔细地检查春秋袋中的物品，取了些小型暗器和烟幕弹之类的在手——这些东西杀伤力不足，但很实用，山洞里情况未明，打探清楚再说。

洞内空间出乎意料地小，仅二十多平方米，借着洞口光线就能看清里面情形，左边靠洞壁的地方躺着个白发老者，似乎受了重伤，濒临死亡。

这显然是个 NPC（非玩家角色），找到未知领域的关键应该就在他身上。

付涟保持着距离观察，只见老者须发尽白，眉眼平平无奇，乍一看真像电视里的高人，可他身上穿的却是当下最流行的男装青花君子袍。白发高人穿时装，未免显得不伦不类，透着种说不出的怪异感。

“你是谁？”老者开口，声音沙哑。

NPC 开口，意味着开始进入剧情，这时候玩家的应答非常关键，甚至会影响最终结果和收获。付涟抛开疑惑，有点手足无措，只好弯腰施了一礼，憋出一句文绉绉的台词：“小女子偶然闯入，打扰前辈了。”

老者嘴角几不可察地抽了抽，轻哼：“你可知道我是谁？”

付涟忙问：“前辈是……”

老者冷笑：“无知小儿，竟然不知道我血魔老祖！”

…………

付涟搜肠刮肚想了半晌，没记起哪个剧情里出现过“血魔老祖”这号人物，更加尴尬。

“一别江湖多年，小辈们都不知道老夫的名号了。”“血魔老祖”怅然，抬抬眼皮道，“想当初我被正道围杀，受困于此整整十八年，如今苟延残喘，只希望找个传人继承我一身修为，你若肯拜我为师，我便为你打通经脉，让你增加一甲子功力。”

这是何等诱惑！换作任何人都会欣喜若狂，毫不犹豫地拜师。然而之前那种怪异感始终挥之不去，付涟反倒迟疑起来。

“血魔老祖”不耐烦地道：“有这样的好事，还不快磕头拜师？”

付涟盯着他那身青花君子袍，突然问：“当年围杀前辈的，难道是白云城主？”

“血魔老祖”想也不想就道：“正是。”

付涟笑了：“白云城主百里千号称天才，其实出道很晚，二十岁才入门拜师，游戏设定他现在三十七岁，十八年前的他哪有能力围杀你？”

“血魔老祖”噎了噎：“老夫在洞里这么久，哪记得外面的事！不是他，是冷朝阳。”

“紫霄宫冷朝阳道长曾被困优游海境十五年，七年前才重回中原，这些都是游戏设定的剧情，如果你真是NPC，不可能不清楚，只有粗心的玩家才会忽略。”付涟盯着那张呆板的脸，杀气腾腾，“而且，NPC怎么可能回答玩家随机提出的问题，你到底是谁？”

洞中一片沉默。

“血魔老祖”看着她半晌，肩膀颤抖，噗地笑出来：“哎哟，主任真是英明。”

他声音再无半分老态，充满磁性，哪有半点重伤老人的样子！

付涟终于从记忆中搜到这个声音的主人，暴跳如雷：“秦书！”

“想不到你这人挺有意思。”“血魔老祖”从地上爬起来，目光照人，“说你聪明你也天真，哪来那么多未知领域啊？来，再叫声前辈。”

付涟脸发黑。

估计他是在这里避雨，看到有人来，就易容假扮成“血魔老祖”玩恶作剧，恰好他又有一把好嗓子，扮演NPC简直手到擒来。

付涟恼羞成怒：“你找死！”

“要打啊？”秦书收起笑道，“敢不敢出去一决胜负？”

付涟跟此人不熟，有段仇却结得不小，见他主动挑衅，自不肯输了面子：“打就打！”

“请了。”秦书说完施施然走出洞，跃下悬崖。

付涟跟在后面，默默地瞟手腕的经验条。

此人长得像绣花枕头，实力却半点不马虎，自己在外也是响当当的全服第三高手，在他面前就完全没底气——这货是第一。

士可杀不可辱，大不了她再掉一级！

两人飘然落地。

输人不输阵，付涟打算放几句狠话，然而没等她开口，秦书不知从哪里摸出一把伞面是水墨画的绸伞：“哎，抱歉，我突然想起帮里还有点急事，下次见，拜拜了。”

“秦书你无耻不无耻！”付涟差点吐血。

“何必这样，顺便跟你开个玩笑而已。”秦书打断她，“还有，我一直想提醒你，你那个武器实在是不忍直视，让我完全提不起兴趣，下次换个，啊？”

“换你妹！”付涟爆粗口。

外面天昏地暗，雨下得越来越大，茫茫雨幕笼罩泌山，不知何时才会停。

没有伞，付涟不能冒雨追杀秦书，最后不得不重新回到了石洞中，越想越火大，狠狠地踢石壁发泄。

不知打到哪里，她耳畔突然传来轰隆声，大如雷鸣。

付涟吓了一跳。

再看时，前方地面已经多了个洞，一排石阶往下延伸，不知通往哪里。

这是……

付涟好半天才转过弯来，却没那么激动了，谨慎地扔了几颗石头进去，察觉没有异常，才慢慢地沿着石阶往下走。

付涟大约行了上百步，石阶的另一端连着个密室。

密室之中燃着油灯，光芒暗淡，一个中年人盘膝坐在石床上，头发灰白，衣袍破旧。

察觉有人进来，那人勉力抬起头，气息微弱地惨笑："想不到我白不逊竟会死在此地！"

"泌山传承剧情被触发。"机械的声音通过控影仪传入耳中。

最后一丝疑惑消散，付涟简直想仰天大笑。

这才是真正的未知领域！秦书之前已经发现了上面的秘洞，却没找到开启这个地方的机关，反而是自己误打误撞进来了。

白不逊嘛……身为魔修，付涟在任务中听过这位大名鼎鼎的前辈。据说此人为情入魔，是个作恶多端的魔头，七年前被正道高手围杀，中了灵山寺方丈玄相禅师的大梵印，下落不明，想不到会在这儿！

既然是魔头，他所负的传承必是有关魔修的！

NPC 都是智能的，付涟忐忑，不知道该怎么应对才能触发后续剧情。

"小姑娘，"白不逊突然又笑了声，"我身上有你想不到的好处，只要你救我一命，我便将平生所学的秘籍传授与你，怎样？"

这白不逊容色暗淡，五官却生得俊朗，依稀是个少见的美男子，付涟居然被看得有点不好意思。"美女救英雄"的设计太狗血了，魔头长得帅啊，可惜是个 NPC。

想着即将到手的好处，付涟越看白不逊越觉得帅，小心翼翼地问："要怎么救你？"

白不逊精神一振，道："我中了秃驴的大梵印，七年来一直在寻找化解办法，侥幸成功，无奈时日太久，仍落得个油尽灯枯的下场。你只需用真气助我疏通经脉，推血行气，不过……要你牺牲一些血气。"

"没问题。"付涟答应得痛快，实则还是有点忐忑，警惕地靠近他，伸手在他背上一按。

白不逊的血线低得几乎看不见，确实是油尽灯枯。

"界"里 NPC 并无特权，这种状态的他是没有伤害她的能力的，付涟彻底放心，盘膝坐下运功，为他推血行气。

随着付涟的血气逐渐流失，白不逊的血量果然开始缓慢回升。

“就是这样，你做得很好。”白不逊表扬道。

伺候好前辈，何愁传承不到手？付涟继续卖力地催动真气，过了十来分钟，手腕上的血条突然急速闪烁起来。

提示：您已进入重伤状态。

重伤，就是血量已经掉到一半以下了。

付涟猛然惊醒，再看白不逊血气已恢复了两成，状态大为好转，却迟迟不见他叫停。

“够了吧？”付涟试探道。

“还差点。”白不逊示意付涟继续。

这种事岂能半途而废？付涟咬牙再坚持几分钟，额上见汗，越发吃力。眼看生命血条只剩三成，付涟将心一横，果断收功——这血量掉落速度不正常，再继续下去很可能会把小命交待在这里，拿什么秘籍！

付涟欲收功放弃，不料真气受到一股异力牵引，血气以更快的速度流失！

自己上当了！

心念急转，付涟立即放弃抵抗，催动剩下的真气，猛地朝对方体内灌注过去！

遭遇这种情况，多数人会急着摆脱控制，但对方已有准备，岂能轻易走脱？付涟再次被骗，气恼已极，索性反其道而行之：吸真气？那就全给你，你确定吞得下？

探索未知领域本来就是一场豪赌，事实证明付涟赌对了，白不逊重伤未愈，就算是NPC，筋脉也受不住这突然的暴冲，不由得闷哼了声，恢复的血量马上掉下一截。

趁他松开钳制，付涟翻身跃起，手上多了一对硕大的板斧。

这正是让秦书“不忍直视”的武器，全服唯一一对握在女人手上的“雷神之怒”，黑色外观，闪着电火花，无愧这雷人的名字。

其实在“界”里，任何职业的玩家都可以自由选择兵器，创建角色时会有接引人做详细介绍，以便玩家选择。当时模拟图上这两把斧头外观效果各种酷炫，紫光闪闪活像大扇子，付涟毫不犹豫地选了它。

等到角色创建成功，付涟得到了两把锈得快烂掉的板斧。

后来付涟终于弄明白，接引人介绍的紫斧确实是魔修的一种武器，叫作“情人骨”，但那是稀世珍品级，至今无人见到过。“界”里的玩家都经过真实身份验证，每人只能建立一个角色，不能删改，上品武器重铸外观又太贵，付涟扛着两把板斧威风凛凛地升到了三十级，说起来简直就是一部辛酸史。

接引人是骗子！

付涟握着“雷神之怒”，紧贴洞壁站立：“你干什么！”

“想不到我魔道中人竟也与正道一般天真愚蠢，哈哈哈……”白不逊大笑，从容地抹去唇边血迹，站起身，“反应不慢，有点心思，哼哼哼，女人，可惜你还是要死！”

他双手一抬，手上竟也出现两柄斧头，闪着眼熟的紫光。

这家伙的武器竟然是自己梦寐以求的“情人骨”！付涟不知道该露出什么表情，眼见紫光如电，慌忙跳跃躲避。

左臂一沉，她已吃了一斧。

伤处深可见骨，血急涌而出，血线往下直掉。

好快！付涟惊出冷汗，打起全部精神应对，好在她身经百战，加上白不逊尚未完全恢复，双方居然斗得旗鼓相当，僵持不下，血线几乎是等量下降，到最后都只剩了十分之一。

“忘恩负义！”付涟大骂，“是我救了你！”

“你该感谢我，让你明白什么叫恩将仇报。”白不逊将丹凤眼一眯，居然也轻蔑地回应，“弱肉强食方是魔修生存之道，多余的好心只是天真可笑！”

之前受秦书一顿气，现在平白落了个重伤，还被一个 NPC 嘲弄，付涟差点吐血：“你就该被和尚拍死！”

“不用我动手，你自己也能笨死。”白不逊回嘴。

付涟目瞪口呆。

这什么 NPC 呢！

半晌，付涟忍不住试探：“你不是 NPC 吗？”

白不逊没有回答，却道：“罢了，我白不逊也不是真的忘恩负义，这情人骨也算得上珍品，就送与你，权当答谢救命之恩吧。”

“真的？”付涟脑筋又打结了。

白不逊将斧头递来。

付涟挣扎了一下，还是慢慢地挪过去。

果不其然，就在她伸手去接的时候，白不逊扬斧就劈。

早知道长得妖孽的都是渣男！付涟忙不迭地招架，面容扭曲：“渣男！都是渣男！今天就算同归于尽，老娘也跟你拼了！”

这里付涟发誓砍死白不逊，不料此时，门口有人轻轻地嗯了声。

“渣男？”

来人了？付涟惊得停住动作。自己是想跟白不逊同归于尽，但这不代表要白白便宜后来人，如今情势可是对自己极端不利。

她兀自警惕，来人却也在打量她。

半晌。

“哦，是妇联主任啊。”来人声音清朗沉稳又温和，隐隐带着笑意。

这种时候遭遇调侃，付涟威胁意味十足地眯起眼，待看清那人的面容，又是一愣。

这是一张不算最美，但至少也称得上清俊的脸，有点眼熟。

原来是他。

付涟想起一个名字，不由得在心里大笑，语气仍旧严肃客气："哦，原来是茗剑公主——""公主"两个字的读音被特意拖长。

茗剑公主，风云榜第八高手。

说来也怪，两人同是榜上名人，却从未在武林大会上交过手，付涟对此人完全不熟，会有印象是因为榜上高手都有基本资料，付涟当初被那张画像吸引得多看了两眼。

"界"里的角色是真人语音，容貌也是模拟真人，高手的才华和容貌通常成反比，导致风云榜上歪瓜裂枣无数。这张脸难得顺眼，而且他还有个那么拉风的名字——后来小报采访，此人才透露是起名时手滑将"茗剑公子"输成了"茗剑公主"，一字之差，悔之莫及，从此成为众玩家调侃的对象。

茗剑公主显然被打趣习惯了，转头看白不逊："想不到真有未知领域。"

这话透露的信息太多，付涟一愣。

"又来一个？"察觉多了人，白不逊两眼泛红，猛地将"情人骨"高举于头顶，竟直接进入了狂暴状态，"那就……杀吧！"

眼看他冲过来，付涟满心愤怒。

他说杀两个，却只追着自己一个人砍！NPC 都是骗人的！

面对狂暴攻击，付涟全无还手之力，靠着丰富的战斗经验躲避周旋，同时观察旁边的茗剑公主——目前此人似乎没有插手的意思，谁知道他打什么主意呢？鹬蚌相争，渔翁得利，就算白不逊先死，虚弱的自己也是任人宰割，不如……

"一起杀吧，"付涟主动邀请道，"掉的东西是谁的职业的就归谁，若都不是，卖了五五分，怎么样？"

茗剑公主闻言意外地看她一眼，道："好。"

他答应得这么爽快，付涟松了口气，为自己耍小聪明感到不好意思。

白不逊用的都是魔修招式，身怀魔修传承的可能性最大，他应该能看出来，肯同意这个君子之约，等于让自己占了很大的便宜。

付涟咳嗽了声，也不怕当着 NPC 的面，直接商量战略："你左我右，先——"

话音未落，风声骤起！

这种熟悉的风声……比之寻常的剑风，有点不同。

来不及怀疑，强烈的危机感袭来，付涟本能地跳跃闪避，却不觉眼前一暗，意识与这个身体的联系突然断开了。

风卷残云！剑客必杀之招！

耳畔，控影仪机械的提示音响起："您已重伤身亡，请选择重生。"

付涟面无表情地盯着前方的屏幕。

整片屏幕已经变成灰色，角色血量清零，经验条脱离手腕高高挂起，辛苦一个多月练起来的百分之十经验，不出所料也掉到了零。

风云榜第三高手、大名鼎鼎的"妇联主任"华丽地躺了。

"茗剑公主！"磨牙声响起。

话音刚落，周围突然跟着陷入一片黑暗，付涟瞪大眼睛左右望望，好半天才反应过来。

宿舍停电了。

被秦书戏弄，再被白不逊玩弄，最后被茗剑公主背叛杀害，付涟经历了如此刻骨铭心的一天。

小白说的是真理，长得帅的都是渣男！

因为停电，帮里的婚礼付涟也没能参加，小倩来电话询问，付涟请她垫付了五百两银子礼金。得知事情经过，小倩安慰了付涟一番，说并没听到关于泌山传承的消息。

重伤的白不逊不难对付，茗剑公主估计是悄悄拿了好处正乐着呢。

付涟闷闷地挂掉电话，没多久小白也打来电话，气愤地说茗剑公主已经下线，不然就要去报仇，付涟没精打采地将她打发了。小白那点水平去报仇跟送死差不多，"界"里规则就是弱肉强食，抢劫杀人都属正常，这种事真没有生气的理由，有实力就报仇，没实力就缩头。

付涟冷笑。

大意吃亏，她当然属于敢报仇的那种，鉴于武林大会的惨痛经历，可以直接放弃挑战秦书，至于茗剑公主嘛……老八而已！

然而接下来几天的考试让所有同学叫苦连天，付涟忙得天昏地暗，短信谢绝一切打扰，其间却意外接到小白的电话：泌山传承探索失败。

茗剑公主竟然失败了。

付涟惊愕又惊喜，后面的考试发挥得相当超水平。等到噩梦般的几天过去，付涟奔回宿舍，迫不及待地戴上控影仪登入游戏。

角色"浮涟主人"果然回到了重生点，也就是魔修的出生地：无赦暗狱。付涟第一件事就是检查装备和春秋袋。角色战败身亡，身上物品可以被敌人取走，"界"官方为防止玩家用下线的方式逃避损失，角色离线后仍会在游戏里停留一分钟，所以大家都在安全区或找个安全的地方下线。那晚突然断电，等于自己的角色在原地躺了一分钟，好在经过仔细检查，付涟除了那百分之十的经验，再无其他损失，等级也幸运地没掉。

茗剑公主的目的是泌山传承，面对白不逊，他哪顾得上这点东西。

付涟不知道是该叹倒霉还是该庆幸，抱着一线希望跑到吞火坪悬崖逛了圈，不出意外，那个洞口已经消失了。想到丢失的经验，付涟心疼之下以物质损失压抑精神痛苦，破天荒地花了五两银子租马车到白云城。

白云城是游戏主城之一，今日艳阳高照，街市热闹非常，服装店、诊所、兵器铺、杂货铺应有尽有。这些店铺由系统提供，玩家自行租用装修，每个月须缴纳租金。部分玩家不喜欢刀光剑影的江湖，放弃练级专攻技艺，有学治疗当药剂师的，开诊所和出售药剂成品，蒙汗药就是他们做的；有学缝纫当裁缝的，专卖各种漂亮且有使用期限的时装和蒙面巾，高级的裁缝还有概率做出带增益属性的时装；有学铸造当铁匠的，会为客人提供武器回炉重铸外观服务，高级的铁匠也有概率给武器增强属性；有学酿酒和制作食品的，“界”里的角色每天需要吃饭恢复体力，酒店、饭店、食品店很多……甚至有什么都卖的超市和杂货店以及大型酒楼和专业保养马匹的马场。这些玩家是名副其实的商人，知道哪里有商机。

除了商业区，主城还有居民区，那房价贵得……当几十年房奴足够了，能买得起房子的都是土豪，多数玩家仍是“无产阶级”。

街上行人鱼龙混杂，付涟一路警惕着来到东城，左拐右拐，走进流云街的同心酒楼。

同心酒楼是个中小型酒楼，老板是一对夫妻，小倩跟他们关系好，来消费都是半价优惠，鉴于付涟和小白尚未脱贫，通常都是小倩请客。此时酒楼生意兴隆，客人满座，付涟走上二楼，果然见“巧笑倩兮”与“我不是小白”已经坐在靠窗的桌子旁边了。

“巧笑倩兮”真名叫陆巧倩，外貌文静大方，人缘很好；“我不是小白”本名叫白平，身材不高，长得小巧玲珑，一副风风火火的性子。三人偶然认识，得知大家同在一所学校，久而久之就结成了死党。

“妇联主任来了。”邻桌熟人调侃道。

“去，去。”付涟丢白眼。

其实一个月前，付涟还是“文艺小清新”，名字也叫“浮涟主人”，变成“妇联主任”只因渣男。

游戏里找情缘结婚的事很普遍，小白找了个老公叫陌上狼如玉，两人感情甚好。两个月前小白看上一枚极品灵师戒指，为此付涟几乎把积蓄都借给了她。陌上狼如玉也是灵师，听说后就找小白借戒指戴几天，谁知两天后他就说自己遭遇暗杀，戒指不幸被抢了，小白心疼之下也不好责怪，倒安慰他一番。无巧不成书，几日后小白组队打秘境，一个女队友炫耀男朋友送的戒指，小白随口一问，就引出了陌上狼如玉脚踏两条船的事。

事情的发展是，小白果断与渣男离婚，跟付涟上门讨要戒指，渣男不认，被付涟一怒之下砍杀。渣男自是不甘，但无奈他那些兄弟也有“老婆”，这次他坏了人品，谁也不肯为他跟高手结仇，渣男羞恼之下只好到风满楼买付涟的命。付涟哪会怕？见他就砍。有趣的是，此事得到不少女玩家暗中支持，渣男的现身地点总会传到付涟耳朵里。付涟是响当当的高手，渣男妥妥地被虐，结果付涟被刺客杀得掉了一级，渣男却惨掉二十级。

这件事，却又让付涟与秦书结了一段莫名的“仇”。

本来这种事情属于私人恩怨，流传范围并没那么广，谁知上个月一年一度的武林大会决赛上，浮涟主人再次对阵秦书，刚上台，秦书一句“妇联主任”就让全场爆笑。名人的影响力太可怕，第二天“妇联主任”就上了江湖小报，小报还将之前那件事进行了详细报道。再文艺的ID也拯救不了外号的低级，“妇联主任”从此世界闻名，直接导致付涟破罐子破摔，从“文艺小清新”转型为凶残御姐。

旧事不提，这里小倩叫了满桌子酒菜，小白刚拉着付涟坐下，就有一片高大的人影笼罩在两人头顶。

“帮主大人也在啊。”付涟看清来人，开玩笑地起身招呼。

此人正是付涟与小白所在帮会“千里不留行”的帮主，血手不留情。“千里不留行”建立不到两年，能跻身二流帮会，与付涟这些元老级玩家的贡献是分不开的。

血手不留情笑着拍付涟的肩膀示意她坐，然后就盯着小倩。

付涟与小白同时朝小倩挤眉弄眼，血手不留情最近在追小倩，这是大家都知道的事儿。

小倩莞尔，请血手不留情坐，血手不留情马上一脸荣幸地在她左首边坐下，压低声音朝付涟笑道：“我说主任，你又砍了那家伙？”

见付涟要说话，他便摆手道：“我是说，你不用怕报复，现在要买你的命没那么容易了，风满楼把价格提到了十万。”

“这么贵！”小白惊叫，又怀疑地道，“风满楼从不对外公开这些消息，是不是真的？”

血手不留情得意地瞟了眼小倩：“我自有我打听的渠道，保证半点不假。”

“帮主就是帮主！”小白佩服地道。

付涟不解：“我这么值钱？”

“你可是风云榜第三高手。”血手不留情颇有些自豪，“你想想，风满楼对你发动的几次暗杀，成功了几次？他们死了多少人？”

付涟恍然。

前后一共遇上八次暗杀围杀，自己只身亡一次，却干掉了对方十几个杀手。影杀掉级，意味着他们接生意的档次要降低，还得花时间重新练级，大批影杀掉级，对风满楼的生意影响可不小。

“杀你是亏本生意啊，还照普通价格收费，他们当然不干了。”血手不留情大笑道，“你这么贵，就算那家伙有钱买，他买得起几次？”

小倩还是担心：“万一他用人民币买呢？”

小白快言快语地道：“游戏里连女人的戒指都骗，眼皮子那么浅，他能有多少人民币！”

四人都笑起来。

绿色的果酒酸酸甜甜，还能恢复体力，是最受女玩家欢迎的饮料，控影仪通过玩家的意识操纵角色，也能影响人的各种感觉，让人产生身临其境的体验。小倩给血手留情叫了杯小麦啤酒，几个人慢慢喝酒，又说起泌山传承的事。前两天小报已经公开，泌山传承确认探索失败，原因没有明确解释，只说“未达到激发条件”，付涟莫名万分，血手不留情惋惜不已，小倩与小白又安慰她一番。

付涟也知道天上没那么好掉馅饼，接受了事实，只是仍疑惑：“茗剑公主怎么会那么巧找到洞口？”

小倩嗔道：“全服多少人，你以为只有你会去吞火坪啊，说来秦书比你还先找到呢。”

付涟还是不解：“可秦书并不知道未知领域出现了，茗剑公主却像是有备而来。”

“这个，”小白突然吞吞吐吐地道，“我以前跟朋友提过你喜欢去吞火坪，还知道近路。会不会那个茗剑公主听说了这条近路，也跟你一样碰巧进去避雨……”

“这也不能怪你，”小倩微笑道，“你又不是故意的，算了吧付涟？”

“我看也是巧合。”付涟摆手道。

血手不留情倒批评了小白，正说着话，小倩突然哎呀了声，从腰间摸出正在闪烁的令牌：“帮里有事，我先回去，账已经结了，你们慢慢吃。”

帮会都是通过令牌召集帮众，小倩与付涟两人并不在一个帮，她一走，血手不留情也推说有事走了，留付涟和小白两人喝酒。

这时小白才凑过来道：“我听说，茗剑公主午时后要去泌山练级。”

付涟大喜：“还是你最懂。”

“我去帮你！”小白是灵师，主修诅咒系，也会一点辅助和治疗。

“不用，”付涟拒绝，“每次有你跟着，回头我还得保护你。”

小白努力争取道:“有时候我的辅助也是很给力的,哎,万一你重伤,还能抢救一下不是？”

付涟气得揉她的头发：“谁重伤？”

小白缩着脖子道：“我就说说嘛……”

“界”按中国古代十二时辰来计时，让许多玩家长了知识，换算过来，午时就是十一点到一点。

白云城现在是午时大白天，泌山对应的却是子时，半夜。

这种设计是为了方便不同时间上线的玩家，让晚上上线的玩家也好练级。玩家可以打开沙漏形状的系统时辰表查看各地时间，自行选择活动地点。

泌山没有下雨，漆黑无月。

付涟戴上蒙面巾，点燃准备好的火把。这种火把能持续燃烧近一个小时，火器商都能制作，“千里不留行”有制造堂生产，帮会成员都配发了些。至于蒙面，付涟也是经过考虑的，茗剑公主不可怕，但他偏偏是全服第一大帮“大漠沙如血”的长老，据说也是创始人之一，“大漠沙如血”高手如云，要是派几个人盯着自己，今后自己就别想练级了。帮会是没能力为自己出头的，后台不硬，她报仇也只能暗杀。

昏黄的火光只能照亮周围三米范围，石林中不时有虫声传来，还有小野兽的动静。

忘返石林是泌山的必经要道，乱石林立，中间许多羊肠小径交错，形同迷宫，不少新手常常在此迷路，因为地形好，也是劫匪们最爱的地方。付涟边朝里面走边观察地势，想找个地方埋伏起来。

突然，周围刮起阴风，夹杂着无数凄惨号叫，她眼前亮起点点鬼火。

付涟立即感觉到脚步变得沉重，行动明显受到了影响。

“兄弟，哥也不想伤和气，”石后跳出个抱剑的蒙面黑衣人，“最近缺点钱，配合下。”

他刻意压低了嗓子，分明是来打劫的。

付涟二话不说，斧头一挥就砍向左边的石头。

此人用剑，这里布的却是冥阵，必定还有个鬼仙在阵眼，先解决鬼仙是上策，以免他辅助战斗使阴招，至于付涟是怎么找到阵眼的，这全靠战斗经验判断了。

“雷神之怒”闪着电火花，爆裂声中，大石被劈成无数碎块，石后蹦出个黑影，怪叫一声就跑。

“孬种，跑什么！”剑客气得跳脚，也忘记压嗓子了。

“雷神之怒！那是雷神之怒！至少三十级的魔修，你想留下来等死啊！”那鬼仙在远处骂。

剑客一呆，大叫一声也跑了。

这两个二货估计是新手，付涟差点笑出声，索性藏身到剑客先前的地方，占了这个抢劫要道。

火把灭掉，周围陷入黑暗，伸手不见五指。

大约等了半个小时，石后亮起火光。

付涟本已昏昏欲睡，受到火光刺激，立刻重新打起了精神，眯眼看去。

火光映照下，来人身穿宽松的金色长袍，没系腰带，大约是身材不错的缘故，厚重的“土豪金”居然让他穿出了几分飘逸之感，然后黄绸带系着一头黑发，算是中规中矩的打扮，轮廓柔和的脸上长着双狐狸眼，不是茗剑公主又是谁！

偷袭嘛，谁不会？付涟心头嘿嘿一笑，斧头脱手，朝他横劈过去。

“谁？”茗剑公主不愧是全服第八高手，察觉危机，跃上旁边的石柱躲避。

付涟凌空接住斧头，继续冲刺。

看清情形，茗剑公主站在原地，居然再也没有躲闪的意思，还顺手将火把插到了石缝里。

付涟一阵感慨。

魔修主修力道与防御，他一个剑客居然敢让魔修近身！第八就是第八，常识都这么差。

眼看她冲到面前，茗剑公主还是没躲闪的意思。

好像有什么不对……付涟来不及深思，眼冒凶光，正准备用出下一招，突然，金晃晃的一棍迎头敲来，顿时打得她眼冒金星，脑袋直发蒙。

这是……棍子！

怎么会有棍子？这货不是剑客吗？！

那招威力强大的风卷残云，付涟死也不会忘，糊涂之下到底保持着战斗本能，慌忙翻身后跃，到安全距离才落下，惊疑地打量对面的人，确定是茗剑公主没错。

不过他手上那是……

金袍上的绣线闪着光泽，茗剑公主没有追击，含笑站在原地，手里没有剑，居然握着根霞光灿灿的禅杖。

付涟终于看出端倪，满头黑线地道：“你……你你你……”

茗剑公主似乎看透了她的心思：“其实我是和尚。”

付涟抓狂地道：“是和尚你叫什么茗剑！”

“我是和尚，叫茗剑，”他笑道，“这有问题？”

…………

付涟无语地看着他那头长发，“界”里和尚职业可以带发修行，他应该是灵山寺的俗家弟子。

可这也不对啊！

“那个风卷残云……”付涟没忘记上次秒杀自己的那招“风卷残云”，那是剑客看家的技能！

面对她的疑问，茗剑公主扬了扬手中的禅杖，上头光华流转，显然品相不凡。

“烨菩提！”付涟明白过来。

他的武器竟是罕见的珍品，有的珍品武器会附带特殊效果，估计这柄烨菩提的附加效果正是一式剑客杀招“风卷残云”，和尚使来速度不够，力量却远超剑客，怪不得伤害那么高！

这些资料在风云榜介绍上都有，可惜付涟略过了，不留神竟吃了大亏。和尚算是魔修的克星，那强悍的内功和防御啊，自己竟然跟他拼近战！

付涟兀自懊恼，那边茗剑公主却开口道："你是来报仇？"

"啊？"付涟连忙低头打量自己。

玩家们通常在盔甲外穿上时装外衣，这是裁缝们的生意，自己这身外套是最普通的粗布衣，又蒙了面，他怎么认出来了！

"你的武器有些……特别。"茗剑公主一副忍笑的样子。

付涟恍然，看了眼手中的雷神之怒，知道自己跟李逵的形象相去不远，不由讪讪地将斧头垂到地上，直接扯掉面巾："那天……"

茗剑公主道："那天我也失败了。"

"恭喜恭喜。"付涟幸灾乐祸，透着满满的恶意。

"原因是，你没有正确触发剧情。"

"现在你怎么说都可以喽。"

茗剑公主没跟她争辩："白不逊后来的狂暴状态，凭你当时那点血量是应付不了的，有没有我你都会死。"

付涟承认他说得没错，但还是咽不下这口气："死在白不逊手里我没话说，凭什么要死在你手上？"

茗剑公主笑起来，正要再说什么，突然又眉头一皱，摘下腰间不停闪烁的令牌："有事失陪，下次再见吧，请了。"

付涟被堵得那叫一个郁闷。

个个报仇的对象都约下次……

他这么客气，付涟向来吃软不吃硬，反而不好纠缠，想起一事道："等等，你怎么知道那儿有未知领域？"

茗剑公主坦然地道："是帮里一个兄弟得到消息又走不开，请我替他去，具体位置也是他说的。"

看他不像说谎，付涟更疑惑："他怎么知道的？"

"这我就不清楚了。"茗剑公主伸手取下火把走了几步，突然又回头唤道，"主任。"

"啊？"

"下次可以考虑换个兵器。"

付涟皮笑肉不笑地说："抱歉，不换，公主殿下慢走不送。"

茗剑公主又是抿嘴一笑，走了。

付涟垂头丧气地站在原地发呆。

"喂，你没事吧？"树后跳出个人影，竟是小白。

知道她是不放心才悄悄跟来，付涟默默地钩住她的肩膀："小白啊，我最近真倒霉，小白啊……"

"是啊，"小白随口附和着，望着茗剑公主离开的方向，"他刚才打你那一棍挺帅啊！"

"滚！"

"哎，我说了什么？"小白回过神，"我可是有重大消息，专门跑过来找你，路上抢劫的这么多，大半夜的我容易吗我……"

有人在新地图陵西平原打到了珍品魔修武器"情人骨"，委托奇珍阁拍卖。

奇珍阁非常有名，专门接受顾客的委托拍卖各种好东西，从中收取酬劳，老板的名字俗得很合适，叫富贵。小白能提前得到内部消息，是因为恰好认识富贵的情人暮雨深秋。"界"里就这么现实，有成功男士，就有愿意当情人的女士，付涟不是真的妇联主任，这类女士也不会欢迎她伸张正义。

使用斧头的女玩家少，男玩家却多，只冲珍品武器的高属性，那些土豪也不可能错过。全服第一柄"情人骨"，据说竞拍底价是二十万两银子，要拿下来的话，估摸着至少要准备四十万银子才算有把握。付涟的收入不低，但练级和竞技就是无底洞，烧钱得很，除去各种开支，三年积蓄才二十万，又借给小白买了戒指，手头只剩不到十万两银子。

紫闪闪的扇子啊，她从此可以摆脱女版李逵的形象，晋升文艺少女。

想到要跟一堆土豪竞争，付涟压力山大，一晚上都没睡好，第二天顶着熊猫眼上线。

提前得到消息的好处就是有足够的时间筹钱。小白为买戒指还欠着债，帮不上忙，小倩主动支援，但她上个月刚投资酒楼生意，手头只剩十来万两，算上也还差二十多万两银子。在"界"里，二十万银子等于一名高手两三年的收入，大家练级都缺钱，付涟实在不好意思跟帮里兄弟开口。外头有放高利贷的组织，但那就是条不归路，当房奴还好说，付涟可不想当史无前例的"武器奴"。

"帮主也太小气了！"小白坐在草地上抱怨，血手不留情刚答应借五万两银子。

付涟笑笑："二十万不是小数目，人家肯借五万不错了，还是看小倩的面子，要是别人，都未必肯借呢。"

小白愤愤地道："哪次战斗不是你立功最多？他……"

说不介意是假的，付涟沉默了一下，淡淡地道："好了，别说了，借不借是人家的自由，帮里用钱的地方多，他借了我，要是其他人也开口，倒不好。"

"要不干脆用人民币买？"小白道，"用不到一万吧？你也不缺这点钱。"

付涟想也没想就拒绝。

"界"里是禁止人民币和点卡交易的，但人民币玩家永远存在，人家线下给钱，线上交货，官方也管不了，当然上当受骗也是自己负责。付漣家条件不差，生活费绰绰有余，可自从上大学后，付漣所有娱乐开支都是用假期打工和奖学金收入，绝不动用家里的钱去玩游戏，这也是她的原则。

“不知道那渣男还想买我的命不？”付漣转来转去，懊恼地道，“风满楼开价十万，要不我让他们杀两次，钱分我一半好了。”

“你想钱想疯了！”

风满楼虽然是杀手组织，信誉却顶级好，这个方案行不通，只能说说罢了。

两个人苦思半晌，付漣握拳道：“我去挣钱了！”

主城入黄昏，泌山正好天色初明，阴阴的没有太阳，黎明的风还带着冷意。吞火坪的悬崖下有一条路，虽然偏僻，却是通往泌山重要练级点乌啼峡的必经之路。乌啼峡有许多重要的矿物与怪兽，是采集和练级的好地方，来往这条路的行人也不少。

付漣选了个易于偷袭的地方，从春秋袋里掏出一块超大的黑头巾，把整个脑袋都裹上，只露眼睛在外——用“雷神之怒”的女人太少，不能让对方看出自己的性别，否则就等着被寻仇吧。

打劫这种事每个地图都有，是付漣能想到的来钱最快的途径。

今天就看哪些倒霉鬼从这儿经过了。

付漣刚扎好头巾，远处就来了个倒霉鬼。

此人穿着还过得去，估摸着能诈出几千两银子……

付漣喜悦，暗暗道了声对不住，准备跳出去——

“妇联主任打劫了，过路的都交一万来！”头顶传来熟悉的笑声。

付漣也没想到头顶竟然有人，大怒抬头：“你阴魂不散！”

头顶悬崖上有棵老松，稀疏墨绿的枝叶间，一名年轻公子斜坐在树杈上，穿着雪白外袍，下摆与袖口处都绣有古雅的青花纹。他今天没有易容，眉毛秀长，丹唇带翘，漂亮的脸看上去格外风骚，一柄蓝莹莹的长剑架在他身下的树杈上，正是大名鼎鼎的霜华剑。

他正是全服第一高手、帮会“大爷独美于天下”的帮主，大名秦书，外号“情书”。

“大爷独美于天下”是全服第二大帮会，实力雄厚，唯有“大漠沙如血”能与之抗衡。如此牛的帮会，却有个如此低级的名字，帮会发展初期还好，后来强大了，帮众开始抗议这名字，认为有损帮里爷们儿的霸气形象，经过集体商议，帮会名直接被宣传成了“帮主独美于天下”——帮主秦书长得比女人还漂亮，女友也换得勤快，“情书”之名由此得来。严格地说，此人算得上渣男，难得他那些红粉知己没闹事，因为他从不跟谁“结婚”。小倩原本就是其中一个，后来发现此人身边有其他美女，立刻明智地提出了分手，付漣和小白均为此不平，小倩自己倒看得开，说“大家都是玩玩而已，我也拿了他的东西”，付涟和小白直夸她大气。

付涟对秦书没好感，可三次武林大会，三次都遇到他，每次都在他剑下被虐成狗，那句“妇联主任”彻底让两人结下了梁子，加上前日被他戏弄，付涟不怒都不行。

如今他叫上这么一句，分明想坏事。

那倒霉鬼显然是老江湖，抬头就认出他来：“是秦帮主啊，幸会幸会。”

“哎，”秦书用下巴指付涟，“先拿一万两银子跟妇联主任幸会，叫她放你过去。”

那人愣了下，眯着眼睛打量付涟几眼，笑道：“原来是主任，开玩笑呢，你老人家还差这点钱？高抬贵手，我们挣几个钱不容易啊。”

我就是差钱！付涟到底不是专业劫匪，加上身份已经被拆穿，只好假笑了下，放行。

那人连声道谢，又朝秦书拱拱手，走了。

付涟扯掉蒙面巾怒道：“秦书，你找死！”

“我就是想死，”秦书懒洋洋地往树干上一靠，飞了个媚眼，“来啊。”

这就是个妖孽！付涟气得七窍生烟。

秦书又直起身俯视她：“我说，你就这么缺钱花？”

“废话！”

“你一女的怎么能混成这样？”秦书啧啧连声，“也是，哪个男人敢养你？听说你在上大学，还没男朋友吧？”

“关你屁事！”

“看看，看看！怪不得没男人要。”

“我没男人要，也不会找个伪娘。”

“说谁伪娘？”秦书跳起来，“你找死！”

“来啊。”付涟学他飞媚眼。

秦书嘴角抽了抽，拿剑指她：“这是你说的，我看你就是欠教训，有本事别跑。”

付涟掉头就跑。

明知道打不过，自己这种时候挑战他，傻呢！这货不像茗剑公主那样厚道，到时掉级不说，装备和钱被他摸去就惨了。

已经接连“死”掉两次，付涟是真的掉经验掉怕了，骨气什么的多点少点都没关系。

她还没跑出多远，背后突然传来树木折断的声音，紧跟着一声巨响，像是重物落地，砸得地面都轻微颤动。

“你搞什么！”秦书的怒吼声响起。

全服第一高手秦大帮主面朝下趴在地上，正努力地抬头起来，背上仰面朝天压着个小剑客，十几岁模样，一脸蒙，显然还没回过神。

秦书脸都扭曲了，半晌吐掉口中沙土，直接放弃风度，从牙缝里挤出几个字：“没死就给我滚起来！”

小剑客这才反应过来，从他背上跳开，迭声赔礼：“对不起对不起……”

秦书这才狼狈地翻身爬起，嘴角一缕鲜血直往下流，看样子伤得不轻，素雅的青花君子袍沾满尘土，模样很是滑稽。

“哎哟，是秦帮主啊！”小剑客似乎没怎么受伤，认出了秦书，摸着脑袋解释，“我这不是听说上面有那个……未知领域吗，就过来参观参观……想不到秦帮主在下面，那个，你大人大量……”

付涟立刻明白了，这悬崖上的路不是新手能走的，此人失足掉下来，倒霉的秦书不幸做了肉垫，救了他一命。

只是这小剑客的声音好熟悉……

就在这时，悬崖上方有个人扯着根银丝飘飘悠悠地荡下来，银丝落地即消失，乃是鬼仙的“鬼蛛攀月”绝技。那鬼仙细眉细眼，嘴巴却大得比例失调，形象很有点猥琐，见到小剑客就惊叫道：“天哪，你还活着！太牛了！快说说怎么回事……”

眼看秦书处于爆发边缘，小剑客满头冷汗地递眼色制止伙伴，眼珠一转，凑到付涟旁边赔笑：“主任姐也在啊，跟秦帮主看风景呢？”

他年纪小，付涟也当得起这声姐，见他嘴甜，便开口回答：“不是。”

小剑客一脸“我懂”的样子。

秦书花名在外，怪不得他误会。付涟懒得解释：“你认识我？”

“姐你忘了，昨晚咱们有一面之缘呢。”小剑客压低声音道，“多谢姐手下留情，都是同行，放心，小弟我不会泄露你身份的。”

原来是他们。付涟有些好笑，昨晚自己蒙着面，想不到被他当成抢劫的同行了：“你怎么认出我的？”

小剑客得意地道：“不是我吹！虽然你当时蒙了面没说话，可随你怎么装，我鹰头猫都不会认错！你站着的姿势、拿斧头的姿势都跟别人不同，嘿嘿！我看过你的比赛，高手啊高手啊！”

他这么观察入微，付涟真的惊讶了。

鹰头猫笑嘻嘻地还要说，那个鬼仙已大致猜出过程，见秦书脸色越来越差，忙打岔：“这次纯属意外，老猫真不是故意的，两位多多包涵啊。”

“那是，”付涟走到秦书旁边，搭上他的肩，“秦帮主什么人，哪会为这点小事生气。”

平白落个伤残，秦书估计正气得要死，黑着脸没说话。

鹰头猫如蒙大赦："秦哥真是大度，我们就不打扰了，秦哥、主任姐，你们继续、继续。"

说完他拉着鬼仙就溜。

等两人离去，秦书突然将桃花眼一斜，瞟着付涟，声音又变得懒洋洋了："怎么，还真想跟我继续啊……你干什么！"

他的脖子上，不知何时已架了柄斧头。

"当然是继续，"付涟忍住大笑的冲动，慢条斯理地夺过他的剑，踢他的腿弯，"继续算账呢，先跪下，咱们慢慢算。"

秦书好笑："说什么呢？"

"你，跪。"

"开玩笑！"

"信不信我砍你？"

"饶命饶命。"秦书作势求饶，眼里还是不屑的笑意。

"不跪是吧？"

"你做梦呢。"

付涟二话不说直接斧头一转，顿时秦书脖子上鲜血直冒，血量直掉。

"搞什么！"秦书慌忙捂着脖子叫起来，"你这疯女人，真下手啊！"

"谁跟你来假的？老实点别动！姐手抖，一不小心就送你重生去了，你不想掉级吧？"

"快给我止血！"

"你再动一下试试？"

…………

"我就跟你开玩笑，用不着这么小心眼吧？"

"少废话。"

"男儿膝下有黄金，通融下，能不能别跪？"

"你站着比我高，我不放心。"

…………

戏剧性地完成角色转换，秦书到底还是单膝着地跪下了。好汉不吃眼前亏，他经验已经到百分之九十，还差百分之十就升级，这时候死，损失就大了，等于白白练级半年。

付涟占据身高优势，对于他一脸要杀人的表情完全视若无睹，刚才趁机查探，他的血量被生生砸掉了三分之二，重伤状态，攻击伤害减半，防御力大幅度降低，他落在自己手里完全是任凭宰割。

这番折腾，秦书的血条又掉了一截："药！"

付涟丢给他一包止血散。

秦书嫌弃地道："这什么垃圾药？我包里有好的。"

"谁知道你会耍什么花样，"付涟拒绝，"爱用不用，要求那么多！"

秦书跟她互瞪半晌，败下阵来，只好抹上劣质止血散，伤口好半天才止住血。

这家伙浑身极品，就是个土豪……付涟突然心头一动，开始认真地打量他，眼睛越来越亮，态度也温和了："秦帮主，其实打打杀杀多伤和气啊，你说是吧？"

秦书意外地瞟她，挑眉不答。

付涟咳嗽两声："你看咱们无冤无仇，我杀了你，对我也没好处。"

秦书是聪明人，问道："你想做什么？"

付涟假装想了想，一本正经地道："这样吧，你交十万两银子，我就放了你。"

"十万两？"秦书瞪她，"你怎么不去抢劫！"

"我就是想抢劫啊，不是被你破坏了吗？"付涟早料到他的反应，十万两银子数目太大，自己都愿意去卖命了，任谁都不会轻易拿出来，"我最近真缺钱花，你就当被我抢了一回吧。"

秦书看着她，像看外星人。

"我说真的。"付涟认真地点头，"大家练级不容易，你要是掉了等级，第一的名头都可能不保，是和平解决还是暴力解决，你自己选吧。"知道自己的行为很无耻，她又将语气放软和，"就当是我跟你借，无息贷款，等我有了钱就还你。"

秦书好笑："要借钱也不是不行，不过……"

"怎么？"

"你这么穷，什么时候才能还？"秦书瞅她的粗布衣。

付涟咳嗽了两声，厚着脸皮道："我有了就还，总之你现在不借的话，我就砍了你，拿你的霜华剑去卖，卖个五十万都不成问题。"

"你！"秦书瞪大勾人的桃花眼。

这家伙长得确实好看。付涟理解他的愤怒，劝道："想开点，我真不想杀你。你看咱们在武林大会低头不见抬头见，你又是第一高手，我也不想跟你结仇，不如你借钱，我放人，你是土豪也不差这点钱。"

秦书彻底无语。

这还叫不结仇？

"我也不算无缘无故欺负你。"付涟找借口，"是你先给我起绰号，当着全服的人，对我名声多不好。后来你还捉弄我，现在又坏我的挣钱大计，怎么说受害的都是我，你总该给点精神补偿吧。"

秦书嘴角抽了抽："我已经遭报应了，不然怎么会便宜你这个手下败将，十万太贵了，少点？”

没说带的钱不够，而是讲价，看来他身上现金不止十万啊！付涟喜出望外，心想反正都得罪人了，干脆一次搞定武器钱，狮子大开口道：“不讲价，十五万！”

秦书直接怒了：“不是十万吗？”

付涟板着脸道：“涨价了，再不给，二十万。”

秦书表情古怪地盯着她半晌，认栽：“算了，最毒妇人心，自己拿吧，密码 900909。”

付涟从他腰间取下乾坤袋。

与春秋袋不同，乾坤袋不仅容量大，还可以设置密码，防止被偷盗和抢劫，这也是付涟没有直接抢的原因。

付涟输入密码打开袋子一瞧，不由自主地又瞟秦书一眼。

这家伙果然是土豪！

袋子里的衣服和各种高级药品不说，极品饰物有好几件，此人居然随身都带着二十七万多两现银。

付涟也不贪心，转了十五万银子进自己的春秋袋，然后将乾坤袋和霜华剑丢还给他，收回斧头就走。

“等等。”秦书叫住她。

“干吗？”付涟转身问道。

秦书站起来拍拍衣服上的土，拾起霜华剑，恢复风度翩翩的样子：“拿了这么多钱，你总该护送我回城吧？”

游戏中抢劫业兴旺，他是“大爷独美于天下”的帮主，得罪的人恐怕不少，要是遇上风满楼来个暗杀围杀，以他现在的状态，这条小命果断玩完。

“自己走回去！”付涟已经生出仇富思想，不答应。

秦书无奈地道：“我给钱，两千。”

付涟伸出三个指头：“三千，不讲价。”

秦书暴走：“这么短的路程，不用半小时，我找保镖一千都不用！”

“可我不是普通保镖啊。”付涟道，“我是第三高手，最有能力保护你的安全，而且我信誉好，不会半路杀雇主劫财。”

秦书听得眼皮直跳，瞪着她许久，咬牙道：“成交！”

经济问题得到解决，想着紫光闪闪的“情人骨”，付涟打从心底感谢“大老板”秦书，一路上表现得尽职尽责。可惜她大名在外，根本没有不识相的劫匪出来拦路，付涟只好英勇地砍了几只沿途的小怪。

白云城刚入夜，街市灯火辉煌，许多玩家不再出去练级，呼朋唤友玩乐，城里比起白天反而更加热闹。

收费高却无所作为，付涟也不好意思，见秦书仍是面无表情，便主动问道："你现在重伤，城里也不安全，我送你回分堂吧，你们分堂在哪里？"为了方便获取消息和及时反应，许多大帮派在主城设立了分堂，"大爷独美于天下"自然不会例外。

"不用，"秦书轻哼，"就算重伤，要杀我也没那么容易。"

付涟反驳道："那可不一定，万一遇见我这种高手呢？"

秦书的眼神又要杀人了。

付涟咳嗽："放心，我不另收钱。"

秦书丢下她就走。

"真不用我送？"付涟好心地追上去。

秦书停下脚步，干脆不动。

"你是帮主，仇人肯定不少，万一遇上刺客呢？"

"我收了你的钱就送到底吧，你别不好意思，今天的事我不会告诉别人的。"

…………

付涟试图劝他，哪知说了半天，面前的秦书突然消失了。

此人直接下线了。

啪！电脑前的人气恼地摘下控影仪丢到桌上，伸出修长的右手，端起旁边的水杯喝了口。想了想还不解气，他拿起手机拨了个号码。

很快，那边有人接听："断情书？"

"是段秦书，不是断情书！"秦帮主火气大，"你是不是小学没念好！"

"是啊，不是被你拉去打游戏了吗？"

"我刚刚被个女人抢劫了！"

"哦。"那边的人丝毫不意外。

秦帮主自顾自地说："你知道不，她竟然要我跪！要我跪！死女人！"

"你跪了？"

"怎么可能！"

那边的人很清楚沉默的意义，笑起来："谁这么厉害敢抢你？"

"还能有谁，就那只母老虎！"

"你养的老虎那么多。"

"不是我养的，是那个妇联主任，认识不？大街上砍渣男那个。"

那边的人沉默了下，突然又笑起来。

“周剑茗，你看我笑话？”

“你这渣男被妇联主任收拾，合情合理。”

“滚，不用这么狠吧，看我被讹了很开心是不？就算我给你起了个名字，你也不用记恨到现在啊！”

“你来叫‘公主’试试。”

“哎，名字不是改不了吗？”秦帮主马上转移话题，“我说表哥——”

“怎么叫表哥了？”

“你本来就是我表哥。”秦帮主停了停，长叹道，“表哥，那女人狠，拿那么大斧头搁我脖子上逼我跪，抢了我十……三十万两，我现在都穷得揭不开锅了，穷啊。表哥，先借我三……”那边直接挂电话了。

秦大帮主碰了钉子，惋惜地道：“还想弥补下损失的……”说完他伸了个懒腰，起身打开冰箱嫌弃地看了几眼，左挑右挑，最终拿了罐饮料坐到沙发上。

喝完饮料又看了会儿影片，秦帮主冷静了，重新坐回电脑前拿起控影仪：“看那死女人还在不在。”

角色现身闹市中，浮涟主人已经不在了，控影仪却传来系统提示音。

“茗剑公主给您邮寄现银十五万两，请速去驿站支取。”

很显然，对方十分清楚秦大帮主的夸张风格，将三十万压缩了一半。

损失被完全补上，秦书马上去驿站支取了银子，大喜之下也顺手回了一封信：“你就是我的亲表哥！”

这封肉麻的信直接被对方拒收，于一个时辰后退了回来。

后记

因为读者的支持，《落花时节又逢君》新版终于上市，回想起来颇多感慨，作为普通青年的作者就写下了这个普通的后记。

“我欲度你成仙，却被你度成了人”，因为五年前这一句话，许多读者认识了这本小说，我也没想到随意写的一句话会被人记住，更有读者留言说因为这句话找到了自己的幸福，我很为她高兴。这本小说写于 2009 年 5 月，首次出版于同年 12 月，也许开写时真是暮春时节，写作过程比较顺利。香风阵阵，落英缤纷，一群花神、花仙、花妖演绎着自己的故事……想象的画面真是美好，于是我尽力想写出一段美好的感情。都说本书是我的转型之作，因为之前我的书大多偏轻松风格，但其实这本小说代表了我一直在追求的意境，一种平淡而惆怅的美感。可能许多人认为它的剧情不够轰轰烈烈不够惊心动魄，但它确实是我很喜欢的一部作品，其中融入了我所赞赏的生活态度：“珍惜眼前”与“存在即永恒”。

初版的后记曾提到，这本小说原本是另一部小说的一个片段，可我五年之后再来回想，差点想不起来是出自哪部文的构思了，似乎是穿越玄幻类的，后来因计划排不过来就没写。今世的事今世都能忘，果然记忆从来就不是永恒的东西，那部大纲存在过才是事实，在此怀念一下被我遗忘的文，哈哈。这次的新版增删改动了许多细节，对原版进行了完善。值得一提的是，我其实不爱写番外，因为感觉一个故事只有一个最适合它的结局，而且有些东西写太明白反而破坏美感，所以原文至正文结束，番外则送给喜欢圆满结局的朋友。这篇番外本来是打算接着尾声写的，我曾说过会为此书写部现代网游文后续，但后来在人名设定上有了新思路，决定将其独立成一部与此书无关的新小说。可编辑希望新版能有一篇长番外，我又实在太忙，只好直接把新小说开头拿来凑数，看来它注定是这书的番外，我顿时也想长叹一声“天意”……好在主角们可以无限转世，名字不是问题，不妨将番外当作他们另一世的开始，况且那么先进的游戏也的确不是这时代的，师兄修仙就不出现了，其余主角继续出镜。“大爷独美于天下”来自一位朋友的朋友的表妹在网游中的帮会名“大师独美于天下”，感谢提供。（之前我曾计划写女主角与段斐一世报恩的文，同样由于时间原因而作罢。）

“我欲度你成仙，却被你度成了人”，这句话是小说的主题，这部小说就是为这句话而存在的。它其实比正文出现得早，在我当初签约的附件大纲中就已经出现了，乍看也许只是觉得唯美，但细想，它又何尝不是一种生活态度？人都有个性，两个人都坚持个性不肯退让，结果可能就是互相伤害，要继续走下去，总有一方会为对方妥协，为对方改变，宽容忍让也是一种爱。当时结局出来后，有评论说男女主角都没甜蜜够怎么就转世了，也有说来世忘记对方很可惜的，还有说女主太倔为什么不肯修仙要让锦绣牺牲……其实我的小说多采用这种略带惆怅的圆满结局，算是典型的“蜀客式”结局。对于女主角这么固执到底值不值得，大家一定也有不同的看法。

估计新版上市也是暮春初夏时，落花时节，此书再次与各位相逢，如今的我还是当年的我，如今的你是否也是当年的你？

时隔几年，阅读的心境或已改变，却愿你我初衷仍在，祝所有阅读此书的朋友都能幸福！感谢支持本书的读者！感谢悦读纪！感谢晋江文学城！感谢曾经合作过的朋友们！

2015年2月15日